丹心入画图

乐茵◎著

APGTIME 时代出版
时代出版传媒股份有限公司
安徽文艺出版社

图书在版编目（CIP）数据

丹心入画图 / 乐茵著. -- 合肥 : 安徽文艺出版社,2024.7
ISBN 978-7-5396-6951-9

Ⅰ. ①丹… Ⅱ. ①乐… Ⅲ. ①长篇小说－中国－当代
Ⅳ. ①I247.5

中国国家版本馆CIP数据核字（2024）第094463号

出 版 人：姚 巍
责任编辑：卢嘉洋 装帧设计：杭州众书

出版发行：时代出版传媒股份有限公司 www.press-mart.com
安徽文艺出版社 www.awpub.com
地 址：合肥市翡翠路1118号 邮政编码：230071
营销部：（0551）63533889
印 制：成都荆竹园印刷厂 （028）85152246

开 本：700X1000 1/16 印张:21.5 字数:340千字
版 次：2024年7月第1版
印 次：2025年1月第1次印刷
定 价：98.00元

目录

content

第一章　初见良人

夜色微寒，一轮皎月破云而出。

清辉洒下，亭台楼阁、玲珑山石、花草树木俱在微风月色下影影绰绰，斑驳生姿。

云宜颤巍巍地骑在平江侯府后院的高墙上，实在搞不清这究竟唱的是哪一出。

仲春的晚风丝丝和煦，吹拂在脸上，却叫人有些晕眩。云宜探身向外，眉梢上的一颗水珠瞬间滴下，落在墙外的泥地里。她似乎能听见那水珠砸在地上的声音，想见它四分五裂的模样。悬着的心越发慌张，她抬手抹了一下脸，脸上湿漉漉的，不知是汗，还是尚未干透的发丝滑落的水滴。

墙太高，她好不容易攀着墙边的太湖石爬上墙头，却成骑虎之势。仰首看一眼月朗星稀的夜空，想着三天前，她不过是奉父命来这平江侯府画一幅观音图，哪晓得竟会遇到这样令人瞠目结舌、想破脑袋也想不明白的事?

不过这事还真从一开始就有些蹊跷。

云宜出身书画世家。

其父云康，少时即有“吴郡第一才子”之称，而立之年更是独步吴门画派，成为江南文士马首是瞻的人物。骚人墨客、达官显贵，无不以得他一幅字画为荣。

云康虽有高才，笔底千金，却生性狷介，不慕权贵，不事科举，只带着独生女儿云宜隐居在苏州城外西洞庭山上的云庐，隔着浩浩太湖，于喧嚣红尘外遗世独立。

所以那日早饭后，云宜得知父亲让她去为平江侯府的老夫人画一幅观音图，着实有些意外。

苏州，旧名平江。平江侯食邑苏城及下辖各县，江南富庶，一方诸侯。云宜虽跟着云康半隐洞庭，对这位苏州城里的年轻侯爷却也有所耳闻。

平江侯荀予佑，与当今天子同姓，虽非宗室，但其父昔日跟着先皇成帝征战沙场，殊勋累累，因战功封赏在繁华秀美的苏州城，做了逍遥快活的平江侯。

老侯爷驾鹤西去，唯余荀予佑一子，彼时不过二旬年纪。上有天堂，下有苏杭，苏州自是人人想去的好地方。当初成帝虽封了平江侯的爵位，却非世袭，朝中已有不少人暗地里算计着这一肥缺美差。

谁料当今天子荀瞻治对荀予佑亲厚有加，赐其袭了平江侯的爵位不说，还改“流”为“世”，自荀予佑起世袭罔替。众人诧异不已，皇帝又对其擢拔频频，将苏州府的地方军权一并交付，更允其随时进京面圣。这位不在天子驾前的年轻侯爷，俨然成了皇帝的宠臣亲信，叫人惊奇之余却又不明所以。

云宜疑惑父亲分明是“诗万首，酒千觞，几曾着眼看侯王”那般的人，什么时候也和这炙手可热的权贵攀上交情了？更令她想不通的是，云庐门下弟子众多，侯府作画任谁去不是信手拈来，缘何非要派自己去？她虽几年不入苏州城，颇想去城中兜兜转转，可这伺候人的活计却并不乐意去做。

她想，如果一定要去，莫若就叫上祁珏。陌上花开缓缓归，两人结伴在苏州城一日游倒也不错。

说起祁珏，从小伴着她在云庐长大，云宜幼时曾以为他是嫡亲兄长，后来才知他是云康收养的孤儿。云康亦师亦父，对其视如己出，又将平生所学倾囊相授。两人名为师兄妹，却从小饮食起居形影不离，一起识字读书、学诗作画、玩闹嬉戏，相依相伴地长大。

不想云康竟不同意亲事，云宜嘟着嘴有些不高兴。云康看在眼里并不作声，取出一支龙凤金钗，亲手替她簪在发间。

云宜从未见过如此漂亮的发钗，龙盘凤绕，玲珑有致，金光灿灿，熠熠生辉。尤其是那只累丝金凤，口含一颗晶莹剔透、色泽鲜润的大红宝石，真是精工细作，耀人双目，美不胜收。

她虽潜心书画，崇尚天然，亦不禁被眼前饰物吸引，对着镜子喜滋滋地瞧了许久，心中不快遂被冲散。刚想问这般贵重的钗子从何而来，回首惊见父亲凝视自己的双目隐泛泪光。

云宜幼年丧母，记忆里几乎没有母亲的存在。云康伉俪情深，自爱妻逝后便不再婚娶。她恐这宝钗乃亡母旧物，怕惹父亲伤心，遂不敢多言。

云康将她看了又看，叮嘱她到了侯府言谈举止皆要小心，湿润着眼眸把准备好的包袱递将过去。

云宜心生奇怪。不过是去趟苏州城，一两日便可回还，父亲缘何这般情态？

她接了包袱出门，祁珏一路相送到山下渡口，看着她上船离岸。

船驶出很远，祁珏兀自伫立原地，远眺目送，久久不去。

江南烟雨，太湖绝佳。

如丝细雨中，云宜撑伞立在船头。

犹记得最近一次去苏州城是三年前。久居湖山，苏州城热闹的样子却在她记忆中清晰鲜明。她爱山水自然，也喜苏州城繁华，想这回就权当进城闲逛，顺带到侯府作画吧。

云宜的性情书画俱得云康真传，王侯富贵，于她亦是等闲。

欸乃声中小舟飘摇，船到岸边的时候，天气晴朗起来。

云宜离舟登岸，正想雇车进城，一旁停着的马车上跳下一人，自报是平江侯府之车夫，专程在此迎她。

她见那人模样忠厚，暗思自己去侯府作画应无他人知晓，遂放心坐进车里。

车马辚辚，颠簸摇晃，云宜合起眼来，昏昏欲睡。

不知过了多久，耳边忽有人声喧嚷。她揉了揉惺忪睡眼启帘而望，但见粉墙黛瓦、飞檐漏窗、小桥流水、桃红柳绿，景色旖旎，原来已入苏州城中。她睡意立消，兴致勃勃朝车外左顾右盼。几年不到苏州城，城中繁华更胜往昔，端的是市列珠玑户盈罗绮、人群熙攘摩肩接踵之盛世图景。这江南的千年古城，果然轻易间就能撩拨得人思绪飞扬。

云宜想起小时候，云康带着她和祁珏坐船在山塘河里游玩。船家端上的精致点心，直令她垂涎欲滴又舍不得咬上一口。那些玲珑船点香软糯滑，如一件件精美的手工艺品。白色小鹅、黄色小鸭、粉色小猪，还有做成五颜六色、姿态各异的艳丽花朵的，连祁珏都看得两眼放光。

她记得山塘街上的各种小吃：糖粥、豆花、蟹粉小笼、鸡丝馄饨、梅花海棠糕、桂花鸡头米，和让她一尝就难以忘怀的红汤焖肉面。那时她总是缠着云康给她买各种吃食，祁珏则不声不响跟在她身后。云康每次都会一模一样买上两份，她吃完自己的，就去打祁珏那份的主意，而他似乎总比她吃得慢，专等着她去夺食。

云宜莞尔，祁珏的存在仿佛就是为了让她高兴。在他面前，她可以一改人前温婉贤淑，哪怕娇憨跋扈，他都隐忍包容。他一声不响地受她欺负不说，还时常在云康面前揽下她犯下的种种过错。光阴荏苒，岁月倏忽，耳鬓厮磨，情愫渐生。如今，云家有女已长成。她是声名在外的云庐贵千金，他乃江南颇具才名的翩翩佳公子。郎情妾意，不过是一层没捅破的窗户纸。

想到祁珏，云宜心生感激。这浩渺太湖、洞庭山岛，如果没有他的陪伴，自己该多么寂寞无聊啊。她决定到平江侯府画完画，便去将那一众美食逐个品尝，然后再打包几样带回去给祁珏，他一准儿会高兴。

她兀自浮想，忽听车夫一声吆喝，马车停下，已至侯府门前。

云宜下得车来，抬头见朱门高墙威赫赫的一座大宅府邸，临着城中闹市偏安一隅。上前投递名帖，片刻便有管家出门相迎，领着她一路进府。放眼而视，但见雕梁画栋、庭院深深、曲廊逶迤、屋宇重重，果真是朱门绣户华府。

入厅堂落座，不一会儿，便有香茗送上。云宜正是口渴，端茶欲饮，却听那管家说平江侯进京述职未归，请她在府中耐心暂等数日。

云宜举杯蹙眉，想自己不过是来画画，立挥而就，画完即走，这平江侯爷回不回来与她何干？

喝了会儿茶，她问管家何处作画，老夫人对画有何要求云云。管家略显惊讶，说老夫人在老侯爷病逝前已故去。云宜当即瞠目结舌，想是父亲弄错了，便问府上可有夫人在。管家恭敬地回道：“侯爷并未娶亲，姑娘但请放心。”

云宜拿在手里的茶盏不觉一抖，奇哉怪也，这是要她放的什么心？

管家看她一眼，小心谨慎地言道：“侯爷临行前特别交代，姑娘是府中未来主母，让我们好生伺候着等他回来。”

“主母……啥意思？”

“就是侯爷夫人。”管家补充说明。

“什么……夫、夫人？”云宜惊得差点将手中茶盏掉落在地，忙一把捧住了往桌上放好，瞪着那管家道，“光天化日，朗朗乾坤，你、你、你，怎可胡说八道？”

管家诺诺连声，取出一封书信递给她：“这是我们侯爷留下的，说您一看便知。”

真是莫名其妙！云宜接过，展信更是大吃一惊，不想竟是云康亲笔：“云宜吾儿，展笺如晤，无须有疑。平江侯荀，凤钗为媒，名墨为聘，求偕连理，余深思以允。窈窕淑女，君子好逑。儿得此良人，余心无挂碍，野鹤闲云，山水徜徉，离家时日勿念。愿吾儿与侯荀如花美眷，相敬如宾。父康字。”

云宜看完，恍堕五里雾中，半天回不过神来。

这，这是什么情况？

滑天下之大稽啊！一位素未谋面的侯爷，转瞬就成了她的良人？要说良人，聪明如云康，怎会不知她和祁珏两小无猜、青梅竹马的情意？

哪里又蹦出个平江侯荀呢？

这事着实诡谲，云宜想即刻回去找父亲问个明白，怎奈被侯府众人团团围住，任是如何踏不出厅堂半步。

管家告罪连连，请她务必在府中等候。云宜说什么也不听，一头只往外冲，却叫一干人等拥入内室，守着不得脱身。

侍女们将茶水、点心和饭菜齐齐端将进来，云宜气得摔了杯盏，恼道："你们、你们可知晓'王法'二字怎么写吗？"

云宜望着桌上重新摆放好的碗碟两眼发直。她想得昏天黑地，却依然想不明白事情的来龙去脉。

她气恼地拔下发间金钗掷在桌上，原来这竟是那什么平江侯送的定亲信物。她从包袱里翻出个红木小匣，打开看果有一截圭形墨锭，这该就是父亲信中所说的聘礼了。

云宜拿起便想扔在地上踩两脚，仔细看却吃了一惊，此其貌不扬之物，乃是一块如假包换的南唐李廷圭墨。

她是擅书画之人，自然知道这古墨的珍贵。昔日南唐后主赐国姓，封李廷圭为墨务官，专制御墨。李墨丰肌腻理，闻嗅香馨，用之书画，一点如漆，万载存真，素有"黄金易得，李墨难求，天下第一品"的美誉。南唐亡后悉数没入禁中，饶是她出身丹青世家，书画风流，也仅在名墨谱中见过。

云宜暗叹王侯之物果然非同凡响，这一截名墨价值已不可估量。"凤钗为媒，名墨为聘"，媒聘倒很投她所好，只可惜老天错点了鸳鸯谱。

才离了洞庭山麓、太湖小岛，就遇上这等恼人之事，云宜想出门前真该好好瞧瞧黄历。她叹了口气，早知身陷于此，倒不如先去城中吃喝玩乐一番。转念又一掌拍上额头，都什么时候了，还有这心思？而今之计，应该在那进京述职的平江侯归来前速速脱身，回去向父亲问个明白才是。怎奈她之前闹腾得太凶，众人防范甚严，一时竟插翅难飞。

冷静！冷静比什么都重要，尤其在这非常时刻。

云宜心中思忖，环顾四周，见房中几扇花窗紧闭。启窗而观，下临碧潭。原来这屋子三面环水，建在水榭之上。

她暗吁了口气，心道这屋子若非依水而建，怕是这会儿连窗户外都有人站岗。她翻个白眼，心下呵呵，自己从小在太湖里泡大，过这区区水池岂非如履平地？

云宜在屋里转悠一圈，见屏风后除了几个红木小盆，还有个簇新的大木桶，应是供泡澡之用。她望着那木盆和木桶，忽地想到了一个逃离之计。

如此，既来之则安之，莫若先在这侯府好好享受一番，以弥补不能在苏州城闲逛悠游大快朵颐之憾。

云宜坐到桌边，努力加餐饭。

要说这平江侯府的饭菜是真好：松鼠鳜鱼、响油鳝糊、清炒虾仁、卤鸭、酱方、蜜干，还有用腌笃鲜和鲍汁煨时蔬。

她不客气地将桌上菜肴逐一品尝。炒虾仁用了洞庭山上特等碧螺春的茶汁，清香之味她最是熟悉。鳝糊软嫩鲜香，油而不腻，一把小葱撒得恰到好处。鳜鱼改刀精致，酸甜可口，味美非凡。她喝了三碗鲜汤，又塞下两个蟹粉小笼，心满意足之际，想着也算没白来苏州城一趟。

吃饱喝足，云宜望着那绣床锦被顿生困意，遂一头栽倒，拥被而眠。被子上熏了淡香，更令她精神松弛，倏忽入睡。

一觉睡到天亮，连梦也没有一个。

第二天起床，云宜梳洗打扮，不哭不闹，一日三餐，胃口极佳。如是吃吃喝喝，睡睡躺躺，心情好时还展纸研墨，挥毫作画。侯府诸人见状，逐渐放下心来。

这一日吃过晚饭，云宜说要沐浴更衣。侍女忙将桶中注满热水，又取了换洗衣物在一旁伺候。她说不习惯在人前洗澡，便把几个侍女打发出去，锁了房门，吩咐明早再来收拾。

云宜舒舒服服地泡了个热水澡，换上侯府簇新的衫裙，将自己来时所穿衣物并一块干布放入包袱。

她有些踌躇地望着桌上的龙凤金钗和那截李廷圭墨，想了想，还是把它们一并塞进包袱。如此名贵的东西，留在这里若是遗失了可讲不清楚，不如拿回去交给父亲，日后好原物奉还。

她把理好的包袱放在一个小盆中，启窗而出，入水无声，推着木盆向池边游去。

夜色下的池塘有点寒冷，云宜湿漉漉地爬上岸，不觉打了个激灵。她穿廊绕榭猫着腰往后走，边走边暗骂这一座豪奢的府邸不知要用去多少民脂民膏。

她在后园一处假山洞里脱下湿透的裙衫，胡乱擦了身上的水，换回自己的衣服。

月上中庭，夜色更深。

云宜背着包袱悄悄从假山洞里出来，寻找出府途径。

寻了一圈，她颇为失望。偌大的侯府，竟连后门都没有一个。当然，也或许是她没找到，找到了估计也上着锁。

四周俱是高墙，想要出去，看来只能翻墙。一入侯门深似海，云宜望着后园的一排高墙，顿时有些灰心。

她围着院墙绕了几遍，终于发现一处墙角高高立着块玲珑湖石，于是手脚并用爬将上去，踏在太湖石顶，费了好大劲儿才攀上墙头。

颤巍巍地骑在墙头顾盼内外，云宜额上直冒热汗。上来时有石头垫脚，可这一丈半的高墙又该怎么下去？这缺德的平江侯府，墙内花木繁盛，墙外怎么连棵能落脚的树都没有啊。

她望着墙外泥地，暗恨自己从小不该只学诗词歌赋、笔墨丹青。就算没些飞檐走壁的本领，也该会跳这高墙才是。

云宜抹了把脸上的汗，一时倒没了主意。

月影西斜，东方隐现光明。

她咬了咬牙，这样下去可不是办法，若天亮时分还如此骑在墙头，岂非前功尽弃？她想起了祁珏，想起了他伫立渡头目送自己久久不去的样子。

不行，她一定要回去。

她要回去告诉父亲，她才不要嫁什么平江侯。她要嫁的人是祁珏，是那个和她从小一起玩耍嬉戏、临书学字、吟诗画画的祁珏；是那个在她五岁之时，不顾安危，奋力接住贪吃野果从高树坠落的她，救了她性命的人。

云宜将墙里的一只脚跨过墙头，再次看了看高墙外的泥地。

不管了，跳吧。

她深吸一口气，闭起眼睛，正欲纵身跃下，忽听隐隐有马蹄声。睁眼望去，

只见远处的官道上，两匹马一前一后疾驰而来。

云宜把刚才吸进去的那口气又吐了出来，犹豫再三，终于在马匹自墙下飞驰而过时低喊道：“哎，两位义士，能否帮个忙啊？”

四下寂静，衬得喊声格外清晰。两匹马骤然停住，驰在前面的人率先掉转马头往回走。

曙色朦胧中，云宜看不真切马上之人的容貌，只觉是两个年轻男子，前者鲜衣怒马，俊朗不凡。

她想着自己此时的模样，心里暗笑：好，这算哪一出？“墙头马上”？

马匹缓缓靠近，马上之人勒挽丝缰，胯下的马原地踏了几步，停在墙边。

男子仰头凝视，眉峰微蹙：“姑娘，好雅兴。你这是在看星星、看月亮，还是看日出呢？”

云宜微红了脸，想自己这般骑在侯府高墙，难怪别人会诧异。既是求人帮忙，也只得和盘托出，道：“平江侯府仗势欺人，私囚民女。我冒险而逃，怎奈墙高难下，还望义士施以援手。”

男子眉峰更蹙，低头沉吟。身后随从模样的人开口道：“堂堂侯府怎会干这样的事。你不会是深夜潜入府里的女飞贼吧？”

女飞贼？有上得了墙却下不了墙、身手如此不堪的飞贼吗？

云宜心中有气，撇了撇嘴道：“我是良家女子，二位若不肯帮忙，烦请让过一边，别妨碍我跳下来。”

那人还要说话，男子举手阻止，仰首道：“既是如此，姑娘请自便。”拨了马头，腾出墙边空地。

真个是世态炎凉，人心不古。不帮忙就算了，还生生让出地方请她跳。云宜越想越是气恼，但想王侯威严，权势滔天，谁不怕惹祸上身？两人没高声叫喊招了人来已属万幸。

她望望四周，不能再耽搁了。天色渐亮，侯府内隐有人声。若是那些侍女去她房间收拾，发现她不在房中叫嚷起来，很快便会寻至，到时就别想脱身了。

她再望一眼墙边泥地，估摸着这高度最多也就摔断个腿。两害相权取其轻，要是待在这里和一个素不相识的侯爷成亲，那她便是爬也要爬回去的。

她最后往下看了看，咬牙闭目，纵身跃下。

云宜做好了在冰冷的泥地上摔个四仰八叉浑身散架的准备，不料襟袖迎面，扑通跌入一个温暖怀抱，入鼻是好闻的淡淡熏香味。睁开眼来，见一对如星朗目满是吃惊地望着自己。

“这么高的墙，你还真跳啊？”

云宜被那俊朗男子接在怀中，既感激又尴尬，一吸鼻子道：“宁为玉碎，不为瓦全，焉能屈从权贵淫威。”

男子听闻，不觉愣神，半晌轻言：“姑娘真是高风亮节。”

那是。她是谁？她是洞庭西山云庐里长大的云宜。可现在不是接受夸赞的时候，第一次被个陌生男子抱在怀中，她不禁满面羞涩道：“多谢义士仗义相救，这个，这个……能否先放我下去？”

曙色依稀，掩去男子脸上微红。他将她扶正在马上，道：“既然姑娘口口声声以义士相称，那我就好事做到底。姑娘意欲何往，我且相送一程，否则被这侯府之人赶上追回，岂非又入虎口？”

云宜琢磨此言甚是有理。待得天光大亮，在这苏州城中，她能跑多远？倘若真被追回，后果不堪设想。

凭直觉她相信眼前这个能一施援手接住她的人乃良善之辈，既已身处险境，不妨就再冒个险，便道：“我家在城外太湖西洞庭山上。”

男子颔首，转头吩咐随从先走，带着云宜，两人一骑疾驰而去，消失在曙色渐浓的官道上。

太湖浩渺阔大，漫无边际。阳光洒在湖面，泛起粼粼金芒。

云宜坐在船头，望着对面的男子道：“其实你把我送上船就行了，不用跑这么远。”

那人看着她微微一笑：“无妨，好事做到底，送佛送到西。”

云宜理了理被风吹乱的发丝，感激道：“高义相助，还未请教公子姓名。”

男子轻描淡写：“落拓江湖，萍踪何寄，姑娘不问也罢。”

“受人恩惠，自当铭记五内。公子若是方便，还请赐一名姓。”云宜坚持。

男子低首默然，俄而抬头：“我就姓你讨厌的那个平江侯的‘侯’。”

云宜闻言微愣，不觉失笑：“原来是侯公子。”

“这称呼生分了点。”男子漫不经心拿眼瞧她，“要知道平江侯在苏州当可一手遮天，莫不如你唤声哥，也不枉我冒险相救。”

侯哥？云宜忽然想到了洞庭山上的猴子，忍俊不禁，憋住了道：“那侯大哥，我姓云，单名宜。”

男子莞尔，似颇受用她这样的称呼，望之声音慵懒：“宜室宜家的‘宜’，好名字，可你却‘逃之夭夭’。”

云宜知道他用《诗经·桃夭》的句子一语双关打趣自己，不由得红了脸，忙转移话题：“滴水之恩，当涌泉相报。侯大哥救命之恩，不知如何感谢才好。”

“不知如何感谢？”男子笑道，“以身相许可好？”

“侯大哥莫开玩笑。”云宜更是脸红，手足无措间身上包袱掉落，那支龙凤钗子从里面滑将出来。

男子弯腰拾起，阳光下金钗夺目生辉。

“这钗……”他似饶有兴趣，拿钗把玩。

云宜忙一把接过，尴尬道：“这钗不能赠予大哥。”

“莫非是姑娘心爱之物？”男子望着那钗挑眉一笑。

云宜急道：“不是，不是，这东西……不是我的，须物归原主，不然大哥喜欢，定当相赠。”

男子敛笑不语。

云宜红着脸道：“莫若等我回家给侯大哥画幅画可好？山水、花鸟、人物，你要什么样的尽管说。”

“吴门画派宗师千金的画，自然不是凡品。”男子伸了个懒腰，看向远处的湖面。

云宜诧异：“你知道家父是谁？”

男子微一愣神，旋即道：“洞庭云庐名满天下，谁不知道云康先生膝下唯有一女，姓云名宜，字适之？云先生一幅丹青价值千金，但世人恐更想得云小姐手迹，所谓青出于蓝是也。好，你就送我一幅画吧。”

说话间，船已到渡口。这是村口极简易的古渡，一条长石板伸出水面，石板上两株榆树颇有些年头了。

两人登岸，云宜领头往村子里走，不时和相识的村民打招呼。

这小岛在太湖众多岛屿中占地最大，上岛不远便是一处村落，村民大多世居于此。穿过一片民居，眼前山势渐起。洞庭山分东西二脉，此处所在为西洞庭山，虽不高峻，但江南风光，烟雾缭绕，风景秀丽，主峰常在云雾缥缈中。

云宜领着男子一路向上。

午后阳光明媚，山间清风徐来，鸟声悦耳，蜂蝶翩跹，枝头青翠，令人心旷神怡。

云宜指着一片绿荫，说等结了梅子，便能拿它们煮酒喝。这里虽没有苏州城繁华，却年年鱼虾丰饶，四季瓜果鲜蔬不断，风清气朗，宁静安逸，宛若世外桃源。在此结庐而居，实是挑着了地方。

山径蜿蜒，头顶阳光愈加强烈。云宜见男子脸上已沁出细汗，想他定是不常走山路，便指着前面的凉亭说进去歇歇。

两人在凉亭里坐下，放眼远眺，山水清灵，氤氲如画，真个是太湖奇胜甲东吴。

云宜看着男子，忽道："侯大哥，你我初次相识，为何我总觉与你面熟？"

男子本自欣赏山色，闻言回眸，望之灼灼："你……想起什么了？"

云宜一拍巴掌："我想起来了，你和我薛师兄长得有点像呢尤其这似笑非笑之时，连左边的酒窝都一模一样。"

"哦。"男子似有些失望，回看山色兀自打趣，"难不成是我失散多年的兄弟？他叫什么名字？"

"薛士桢。"云宜道，"不过天下容貌相像者甚多，薛师兄是无父无母的孤儿。"

男子听闻，黯然道："家父母亦驾鹤西去。"

云宜暗恼自己冒失，赶忙赔礼："都怪我，勾起大哥伤心之事。"

"生老病死，何人可免？"男子叹息，"只是我没有兄弟姐妹，未免孤独寂寞。"

"我也没有兄弟姐妹。"云宜道。

"但云姑娘师兄弟不少，想来并无孤独寂寞一说。"

云宜莞尔，云庐门下确实弟子众多。凡性喜丹青、勤勉善良之辈，不管天分如何，云康都肯指点一二。但与她朝夕相伴不离左右的，只有祁珏。

"薛师兄住山下明月寺，不时来向家父请教书画，日久便拜家父为师，家父对他很是欣赏。"

"那他可是云先生最得意的弟子了？"

"薛师兄为人忠厚，诚实可信，家父说他人品犹胜画技。若说家父最得意的弟子嘛，"云宜颇是自豪地笑着说道，"那还要数我祁珏师兄。"

男子颔首："祁公子才名卓著。"

“你知道他？”

“吴门才子，书画风流，岂无耳闻？”

听他夸赞祁珏，云宜心头欢喜，戒心全无道：“祁珏的山水画风韵流长，自是一格，家父说他日久必有大成。他学画也最刻苦，光是临摹的画作便能塞满一个屋子。有一次他临了幅六朝的古画，我们都没能瞧出真假呢。”

男子不置可否地笑了笑，云宜还欲再说，却见远处有人急匆匆登山而上。她眼尖，指着道：“那是不是你的随从？”

男子望之沉吟，说：“云姑娘恐怕得自己回去了，想是我家中有事，你送我的那幅画就先欠着吧。”

云宜站起，揖了个万福，道：“多谢侯大哥高义相助，府上既有事，还请快回。此处离我家不远，大哥日后若得空来云庐，我定当尽地主之谊。”说完挥手离去。

男子默坐凉亭看她走远，不一会儿山下来人已至近前，环顾左右，低声道：“侯爷，圣上急召。”

男子有些吃惊，侧首问：“什么时候的事？”

“属下回府不久，传旨的人便到了。”

男子起身，望了望远处的太湖，又转头向山上看了一眼，道：“派人多留意云庐的消息，随时报与我听。”

第二章　洪都王府

云宜回到云庐，云康已不知去向，祁珏也不在。桌上放着张纸笺，拿起看时不觉吃惊，竟是洪都赣王府邀约他们父女前去作画的请柬。

云宜一头雾水，询问后才知她走后不久云康亦离家外出，赣王府的人到了云庐，不见他们父女，就把祁珏给请了去。

一个苏州城里的平江侯还没搞明白是怎么回事，如今又来了个千里之外的赣王爷，父亲和祁珏俱无踪影，云宜急得直想哭。

这到底是要闹哪出？

云宜思前想后一整晚，天光大亮之际下定决心：先去赣王府找祁珏，然后再一起去找云康。她正打点行装，僮仆来报，薛士桢来了。

薛士桢是来拜会云康的，见此情形执意要陪她一同前往。云宜心中感激，去洪都不比进苏州城，千里迢迢，人地两生，有薛士桢相伴，自是再好不过。

薛士桢见云宜神色疲乏，知她未得安眠，便劝她好好休息一晚，自己先回明月寺整顿行装，翌日一早山下古渡口见。

连日惊魂，原就疲惫不堪，云宜吃了点东西倒头便睡，连晚饭也没起来吃。一觉睡至天明，神清气爽了不少。

用过早餐，云宜拿着行李下山，远远望见薛士桢已在渡口等候。两人上船，走水路南下。月旬，到了洪都城西门。

进了洪都城，人生地不熟，又不会当地话，果然晕头转向。薛士桢因明月寺曾有个洪都来的和尚与他讲经参禅，连说带比画地打听到了赣王府的位置。两人不投客栈，直奔王府而去。

赣王荀瞻濠，太祖皇帝孙。其父荀权乃太祖第十六子，原在北方镇守宁城，成帝继位后被改封至洪都。荀权不但骁勇善战，谋略超群，且蕴藉风流，才华横溢，诗词歌赋、琴棋书画样样精通，素喜结交文士，有贤王之称。

荀权无嫡子，薨逝后便由庶子荀瞻濠袭了赣王之位。荀瞻濠颇有乃父之风，广交天下名士，网罗了不少人才在赣王府中。当今天子荀瞻治，对这位远在洪都的堂兄也颇亲厚。

云宜抬头见大门匾额上“赣王府”三字遒劲飘逸，料是当年荀权亲笔，门前一对石狮，姿态威武如生。她从包袱里取出请柬正欲投递，却被人从身后一把拉住。

云宜吓了一跳，回头看时更是大吃一惊：“张世兄，怎么是你？”

拉住她的人名唤张晋，字君吴，吴郡人氏，家住苏州城中。

吴门画派素以“云张”并称，张晋之父张宏与云康画风相近，两家有世交之亲。

云康隐居洞庭，偶尔几次带着云宜和祁珏进苏州城，便是应张宏之邀。两人谈画论诗相得益彰，云宜则拉着祁珏与张晋在张家花园里疯玩。张晋最后一次见到云宜是其成年冠礼，之后数载不见，不想今日竟在赣王府门前相遇。

云宜向他介绍薛士桢，张晋作揖道：“世妹，薛兄，这儿讲话不方便，请先随我去客栈，待我慢慢同你们细说。”

来到客栈，进房关门，张晋立时哭出两滴眼泪。

云宜吃惊道：“世兄，究竟何事？你一个大男人哭什么？”

张晋抹了抹眼泪，道出来龙去脉。

原来张晋的母亲是洪都人，娘家有一姑表姐妹，张晋从小就和表姨之女崔素莹定了娃娃亲。崔家在当地虽非望族大户，却也是世代书香，只此一女，如宝如珍地养着。崔素莹未到及笄，才貌声名已冠绝洪都。三年前，张晋随父母到表姨家拜寿，与之一见钟情，互生爱慕，当即山盟海誓，非君不嫁，非卿不娶。他们本是自幼定亲，两家长辈都乐意撮合这亲上加亲的婚事，商议年后崔家就送女于归。

谁料张宏离开洪都路途劳顿又受了风寒，回到苏州竟一病不起，未及春来便已身故。张晋在墓前痛哭流涕，要为父亲守孝三年，婚事只好暂且搁置。

光阴荏苒，眼看三年之期将满，荀瞻濠却在洪都为东宫太子遴选秀女。不管崔家如何央告已有婚约，王府主事只道“凡未嫁女子都在选秀之列。”崔素莹遂被带入赣王府。崔家叫天不应叫地不灵，只得派人往苏州送信。张晋闻讯赶来，除了日日在赣王府门前转悠，一样求告无门。

云宜闻言，也将自己来洪都的缘由告知张晋。张晋吃惊之余，叹气说："想不到你我两家都摊上这等莫名其妙之事。"

"家父不知所踪，崔姐姐和祁珏身陷赣王府，也不晓得情形如何。"云宜跺脚，"我们平头百姓素不与王侯贵戚交往，如今怕是非去这王府探个究竟不可了。"

张晋忙问她如何进府，云宜说自己有赣王请柬，张晋便央求带他一起去。

云宜道："这个有些困难，虽然你笔下丹青不比我差，但人家赣王没请你。况且，你和崔姐姐是这般关系，若被人知晓岂非自投罗网？"

张晋急着说："我可以男扮女装做你的侍女啊。"

云宜刚喝的一口茶险些喷在他的脸上，拿起桌上的镜子举到他面前："世兄，你说书听多了吧，哪有这么容易男扮女装的？别的不说，且看看你那两条'好看'的眉毛，可有女子长这样的？我劝你还是莫要心急，等我到王府打探了消息再说。"

云宜决定独自进赣王府，拜托薛士桢先去找父亲云康。也许找到父亲，就能将这蹊跷之事理出头绪。

荀予佑跪在御阶之下叩首行礼。

他心下狐疑，数日前他才于京师述职完毕回到苏州城，不想又被皇帝急召返京，究竟是发生了何等紧要之事？

当今天子对平江侯的器重那是众所周知，但朝廷内外都不甚明了这位年轻的侯爷能讨皇帝欢心的原因，包括荀予佑自己。

万事皆因果，没有无端的爱恨。荀予佑曾自揣度，却始终不得要领。君子之泽，五世而斩。不过是同一个荀姓先祖罢了，父亲受封缘于战功，而自己年纪轻轻无所凭据，得蒙圣眷，着实有些匪夷所思。

荀予佑二十岁前从未见过当今天子，但皇帝荀瞻治却在其冠礼时驾临平江侯府，亲手为他戴冠成礼。这本是皇子才有的荣誉，他向父亲提及心中疑惑，老侯爷沉吟半晌，说恐是缘分使然。荀予佑不知这缘分从何而起。

冠礼那日，他第一次见到皇帝。皇帝看上去比父亲年轻许多，俊逸不凡，颜色温和。但天子威仪总不免叫人心生畏惧，他抬眸悄望一眼，便慌忙低下头去，却听皇帝柔声说道："阿佑，你长大了。"

这一声"阿佑"唤得太过亲切，他茫然抬首，见天子殷殷目光正深视着自己，不觉有些发晕。迷糊中，他记不清皇帝如何为他戴冠成礼，只记得那一双手抚上他肩头时是那样的温暖有力。

父母故去，偌大的平江侯府顿使他有茕茕孑立、形影相吊的悲戚。伤怀之际，圣旨甫来，帝赐他承侯袭爵。此外，一封御笔，寥寥一语：“朕在，阿佑不孤。”

荀予佑震惊之余，百思不解。他何德何能，竟得天子如此眷佑？

“平身，到朕跟前来。”御座中的荀瞻治对着跪地拜伏的人说。

荀予佑起身迈上御阶，走到皇帝面前。荀瞻治轻言温语：“阿佑，来回奔波，累着了吧？”

这话听来如同出自一位慈祥长者口中，荀予佑心下暖热，却不敢妄念，低头恭敬地回道：“臣不累，臣唯皇命是从。”

荀瞻治看着他微笑：“朕没记错的话，阿佑今年二十六了，丁忧之期已满，也该娶亲了。可有喜欢的女子？若没有，朕给你指一个。”

难不成皇帝急召他就为这事？荀予佑吃惊之余忙跪倒磕头：“臣谢陛下隆恩，臣……有心仪之人。”

荀瞻治复笑，拉起他，和颜悦色道：“阿佑是真有喜欢的人，还是怕朕乱点鸳鸯谱呢？以后在朕面前别动不动就跪，朕说过，你可以把朕当成自己的父亲。”

“臣惶恐，臣不敢。”荀予佑有些不知所措。

荀瞻治指着旁边的椅子让他坐，荀予佑犹豫之下恭敬地坐了，听皇帝似自言自语：“若真有喜欢的人，朕就不替你操心了。”

荀予佑低头不语，殿中一时静寂。他忍不住抬眸观望，见皇帝正默默注视着自己。

“陛下……”他轻唤。

荀瞻治神色一凛，道：“朕其实有件棘手的事想交给你去办，不知阿佑可愿意？”

哪容自己愿不愿意？荀予佑立时站起：“陛下历练微臣，是微臣的福气。”

“好。”荀瞻治颔首，示意他坐下，“你这样想，朕很高兴。不过，朕让你去做的确非易事。”

“臣赴汤蹈火，在所不辞。”荀予佑应对道。

荀瞻治沉吟片刻:“太祖爷和先帝成皇浴血征战，才有这江山社稷、天下太平。”沉默了一会儿，复叹息道，“朕子嗣不旺，唯余太子和沂王。太子一向体弱多病，沂王年少不免骄狂，只能指着阿佑多为朕分忧。”

“请陛下明示，臣愿肝脑涂地……”

“不！”荀瞻治即时打断，“不要再说这样的话。阿佑，朕也要你好好的。”

不过是句场面上的话，不料皇帝这般在意。

“三个月前，朕让沂王带兵去关外巡防，一者想让他在军中历练，二者也有兵摄之意。可前几日军报急来，说沂王的军队在大漠中失去了踪迹，守边将士遍寻不着。”

“遍寻不着？！”荀予佑亦是吃惊。

“几万大军，愣是没了消息。所以，朕才急召你入京。”

“陛下的意思是让臣去找沂王殿下？”

“对，以代朕巡视边防之名探查此事。只是阿佑，你虽在军中历练过，但毕竟不曾带兵远行，让你去，朕亦是担心。”

“陛下不必担心微臣，臣幼时曾在关外，知晓那一片的地理气候、风土人情。”

荀瞻治点头：“你那时还是个孩子……”忽而闭口不语，半晌才道，“阿佑，你带着朕的亲军去吧。”

荀予佑闻言又惊。亲军精骑扈从帝君，守卫京畿，唯皇命是从，怎能随他远行千里？

“臣可以带上苏州府的兵马，亲军该在京城护卫陛下才是。”他道。

荀瞻治摇头：“江南兵士不惯北地之行，不比亲军多是北兵。京城还有三大营的数万将士，太子守着南京，也有几万人马。朕不会有事，朕实是担忧你初次领兵，远赴塞外。”

荀予佑起身跪倒：“请陛下放心，臣当竭尽全力寻找沂王殿下，不负圣命。”

皇帝颔首，凝视他良久，轻声道：“平身吧，阿佑。一路之上，千万小心。”

云宜在赣王府的偏殿，见到了赣王荀瞻濠。

眼前的这位王爷五旬左右的年纪，身着锦绣，气度不凡，没有她预想的王者威严，倒有令人如沐春风之感。

云宜一时恍惚，只如男子般作了一揖，道：“吴郡云宜，拜见王爷千岁。”

那赣王亦不计较，笑着赐了座，说："果然是江南云庐盛名的女画家、女才子，朗月襟怀，全无半点世俗脂粉之气。"

云宜暗道惭愧，她虽不屑攀附权贵，亦非有意傲视，不料反平白被赞了句与众不同。

她定了定神，四下微顾，问："不知王爷相邀所为何来？我祁珏师兄是否在此？"

"相请云先生和云姑娘，乃是为东宫选秀女子描画真容。云先生仕女图画名闻天下，所画'百美图'冠绝于世，但据说这'百美图'有一半出自云姑娘笔下。"荀瞻濠一笑道，"不巧你们俱不在家中，所以就先请了祁公子来。祁公子乃云庐高足，本王早想一睹风采。今日他去了滕王阁游赏风景，想必一会儿便可回还。云姑娘乃贵客嘉宾，远道而至，本王已命人在水阁设宴，待祁公子回来，一起给你接风洗尘。"

云宜听完暗道："接哪门子风？要不是为了祁珏，我才不来。"

事如乱麻，难理头绪。她想起进府前张晋拉着她的衣袖哭天抹泪，拜托她一定要打探崔素莹的消息。她在这里没着没落心急火燎，某人倒优哉游哉地去了滕王阁。这赣王也不知打的什么主意，给秀女作画，一干宫廷画师驾轻就熟的活儿，何必要大老远跑去云庐？

荀瞻濠命人上了茶点，云宜虚与委蛇地吃了些，只盼着祁珏快点出现。

祁珏一回到赣王府便被告知王爷相请。

他迈步上殿，一眼瞧见云宜坐在那里，惊喜之下，还以为自己眼花。

荀瞻濠识趣地道："祁公子可算是回来了，云姑娘快要望眼欲穿了。坐了大半日想必烦闷，你带着她先去园子里转转吧。你们师兄妹说点体己话，本王就不在眼前碍事了。"

祁珏道了谢，拉着云宜出来。进得后园，见左右无人，忙问："宜儿，你怎么来了？"

"我不问你，你倒来问我。"云宜没好气地说，"你一个人跑来这里做什么？害我和薛师兄巴巴地坐了十几天的船来寻。"

"薛师兄也来了？他人呢？"

"父亲不知所踪，我请他先去帮忙寻找了。"

祁珏叹一口气："先生让你去侯府作画我便觉奇怪，你走当日先生即离家云游，第二天赣王府的人就拿着请柬来了。你们都不在，他们非央我来，说不然不能复命。”

云宜哼了一声：“你坚辞不就，他们还绑了你来不成？”

“这个还真不好说。他们嘴上说请，却是不去不行的架势。”祁珏道，想了想又说，“宜儿，你觉不觉得此事有些蹊跷？赣王府的人远来云庐，先生好似未卜先知，支开了你，自己亦避而不见。其实我来这儿一是不得已，二者也想替你和先生打探一番，看看这位赣王爷的葫芦里究竟卖的什么药。”

“如此，还当谢谢你了。”云宜睨他一眼，“你知道这是什么地方，赣王府是我们平头百姓能随便来去的吗？此人此地，该敬而远之才是。”

“说得有理，但你为何也自投罗网？”祁珏反诘，“在云庐等我回来不就是了。”

“祁珏，你、你好没良心！”云宜气得跺脚。

祁珏见她生气，忙缓语相哄，转换话题：“我知道你是担心我，咱们不说这个了，说说你去平江侯府作画的事吧。可是画完了？”

画完？是差点玩完吧！

云宜心头暗恼，一时又不知如何回答，含糊一声，没有下文。

“怎么了？”祁珏见她神情颇不自然，不觉又问。

“没什么。”云宜继续含糊。

祁珏摇头叹气：“人家王爷还特意让我们单独相处说些体己话，可如今你女大心也大，不把我这个师兄当自己人了，有什么事都瞒着我。”

他径直迈步前行，云宜见状，忍不住追上去把侯府所遇之事一一说了。

祁珏听完，立在原地半晌无言。云宜推了推他：“你倒是说句话呀，我才不信父亲会把我许给什么平江侯。这里面一定有什么问题。”

祁珏低了头，黯然道：“看来先生是不甚喜欢我……”

“怎么会？”云宜急急打断，“他把你当亲儿子养，怎会不喜欢你？”

“先生对我恩重如山，却未必喜欢我……和你厮守终生，也许他觉得宜儿应该有一个更好的归宿。”

云宜不以为然，但细想父亲所为，又不知该如何解释，便道：“反正我才不要和什么平江侯在一起，我只和你在一起，永远在一起。祁珏，你信我。祁珏，你信我吗？祁珏，你到底是信还是不信啊？”见他不说话，云宜急得在他身旁打转。

祁珏忍不住轻笑出声，绕开她继续往前走。云宜亦步亦趋地跟着，嘴里依旧嘟嘟囔囔，指天发誓。祁珏忽而顿步，她险些撞上，只听他道：“宜儿，女孩子家怎可如此不矜持？怎可如此急于表白？不过你这样，我很喜欢。”

祁珏只比云宜大两岁，却从小随着云康唤她“宜儿”。云宜听了傻愣愣地站在原地，祁珏一笑，拉了她道：“我自然相信。”

两人虽互生爱慕，但这是云宜第一次直言不讳，祁珏心中的高兴不言而喻。

云宜蓦然脸红，想着适才自己的心急之语，也觉不好意思起来。

一时默然，恰有人来请他们前去水阁。

赣王府中开挖了一个内湖，湖上有一小岛，当年荀权取名“烟波”。水阁有两层高，重檐歇山顶，就建在这人工堆筑的小岛上。四面环水，门前有石板长条与岸相连。

云宜踩着石板路径直向前，眼前楼阁画栋雕梁，明窗朱柱，气势宏伟，间有玲珑韵味。金乌西坠，渐要没入湖中。远处开阔的水面银鳞闪烁，映着天际几缕霞光，似一幅绝好的图画背景。

酒宴设在水阁二层，云宜连日的疑虑和疲乏被徐徐晚风吹散了一半。她随着祁珏拾级而上，只见灯火明亮，一室富丽堂皇。

荀瞻濠已在桌前主位坐下，席上玉盘珍馐，引人双目。

两人落座，荀瞻濠便命上茶。茶是上好的庐山云雾茶，水色清淡，茶香浓郁。

云宜饮了几口，只觉喉中甘润，肚子却更饿了。对着一桌美食正思何时开动，忽听环佩叮当，楼板声响。抬头看，眼前顿时一亮，一绝色女子已上得楼来。

女子珠环翠绕，美艳不可方物，两名侍女跟随其后。云宜心知此女身份非同寻常，果听一旁荀瞻濠笑问：“婷儿，你怎么来了？”

女子娉娉婷婷，在荀瞻濠面前福了一福，说：“父王好闲情逸致，与江南著名的才子、画家在此欢聚，女儿也想一睹名士风采呢。”

荀瞻濠笑了几声，对祁珏和云宜道：“小女娉婷，自幼便喜舞文弄墨，爱画如命。祁公子来时就吵着要拜师，让二位见笑了。”

荀娉婷过来见礼，祁珏忙起身作揖：“郡主高看，实不敢当。”

云宜也站起还了一礼。

荀瞻濠笑着让两人坐，又指着祁珏另一侧的位子对荀娉婷道：“既然来了，就坐下吧。”

荀娉婷入座，酒宴开始。云宜早已饥肠辘辘，遂不客气地大快朵颐起来。席间，荀娉婷给祁珏和云宜敬酒，两人盛情难却饮了数杯。

酒酣耳热之际，荀瞻濠命人将阁中落地的木格花窗尽数打开。窗外长廊围绕，凭栏可望皓月当空。

良夜寂寂，清风徐来。云宜已是微醺，见此景致，不觉心旷神怡。

荀瞻濠天南海北谈笑风生，又问起祁珏今日滕王阁之行可有收获。荀娉婷更说道：“听闻祁公子在阁中泼墨挥毫，不知能否有幸一观？”

祁珏微一愣神，未及答话，荀瞻濠已微微颔首叫人前去取画，又吩咐将酒菜撤下。不一会儿，侍者捧画而至，小心翼翼在桌上铺展开来。

祁珏道：“信手涂鸦之作，难登大雅之堂，承蒙王爷、郡主抬爱。”

云宜举目而视，但见远山、近水、巍巍楼阁皆在图画之中。这一幅山水布局精妙，笔法灵动，仅以墨色浓淡便勾勒出“江流天地外，山色有无中”的空灵意境。她和祁珏自幼随云康习画，各有所长。她的花鸟、人物技法在祁珏之上，但山水画法却不及他。

荀瞻濠连声称赞，目不转睛地看了许久，忽道：“如此佳作，怎能没有题画之诗？”

祁珏说：“匆忙之作，未及题诗，让王爷见笑了。”

“那就请女才子即题一首如何？”荀瞻濠笑看云宜，“珠联璧合，岂非人间快事？”

云宜听此话弦外有音，脸色微红，未置可否，却听荀娉婷呖呖莺声：“父王，让娉婷来题可好？

荀瞻濠大笑：“婷儿，你这是要鲁班门前弄大斧吗？”

“正想请祁公子与云姑娘指教。”

“如此就请郡主不吝赐诗。”祁珏欠身一揖。

荀娉婷复撒娇似的看向荀瞻濠，荀瞻濠微笑点头。

侍者端上文房四宝，荀娉婷提笔蘸墨，低首在画上书写，写毕谦虚道：“贻笑大方，娉婷献丑了。”

云宜见她所题为王勃的《滕王阁诗》，虽无甚新意，但一笔簪花小楷娟秀异常，足见功力。

祁珏拱手："郡主题诗，乃使拙画熠熠生辉。"

荀娉婷复谦虚几句，又不禁喜上眉梢，转头对荀瞻濠道："父王总说要给娉婷找个教书画的先生，到今日都不见踪影。我什么时候才能画出祁公子这样的画？"

荀瞻濠闻言哈哈大笑，说："莫若就以此画结缘，你拜了祁公子为师吧。"

荀娉婷喜不自禁，立时端起桌上杯盏，奉至祁珏面前，恭敬道："先生，请用茶。"

祁珏一时慌乱，不知该接还是不接。一旁荀瞻濠道："祁公子勉为其难，且收个不才弟子吧。"

祁珏连连摆手，只说不敢当，回头尴尬地望了望云宜。

荀瞻濠一笑，对云宜道："还请云姑娘做个见证，让小女拜了祁公子为师，如何？"

云宜心中不快，想这父女俩纠缠祁珏是何道理，便道："此事还是师兄自己拿主意吧。"

"先生……"荀娉婷端着茶又往祁珏面前递了递，眼含无限恳切。祁珏犹豫地接过喝了一口，荀娉婷脸上立有欢愉之色，指着桌上的画道："先生能否将这张画赐予弟子，弟子当一世珍藏。"

祁珏微红了脸，说："郡主若喜欢，拿去便是。"

荀娉婷欢天喜地地捧着画走了。

荀瞻濠更是高兴，竭力挽留云宜当晚就在府中住下。

云宜本不愿住王府，但想着张晋所托崔素莹之事，一时倒也有些犹豫。只是未曾知会他，便说："行李尚在客栈，还是回去拿了明日再来吧。"

荀瞻濠则道："饮酒至酣，天色已晚，不如先歇息为好，行李明日可派人去取。"

云宜看看祁珏，祁珏冲她点点头。

长途奔波本就劳累，云宜喝了酒有些犯晕，心想罢了，且在此住一晚吧。

赣王先行离去，祁珏带着云宜步出水阁，打发了持灯的小童，自己提着灯笼照明。

云宜微醺，没注意脚下石阶，踉跄一步。祁珏忙伸手相扶，却被她一把甩脱。云宜低哼道："想必今日你甚是高兴。"

祁珏说："见到你我自然高兴。"

云宜睨道："恐怕是因为收着个才貌双全、家世显赫的女弟子，才如此高兴吧。你大老远跑来，真是不虚此行。"

祁珏稍稍举高了手中的灯笼，但笑不语。

明亮的烛火透过红色的纱绸泛出略微刺目的光芒，那一身月白衣衫的男子在光晕中更显丰神俊朗。云宜一时看得有些恍惚，回过神来嗔道："好好地不照路，拿它照我干吗？"

"你吃醋了？"祁珏道。

昏黄的灯晕将夜色衬得有几分柔媚。云宜见他星眸炯炯望着自己，不觉意动神摇，稍稍镇定，瞪他一眼，道："吃你个头！"说罢，便快步向前。

祁珏看她那样，忙提着灯笼跟上："不过是走走场面的事儿，你不会真生气了吧？"

"一个泼墨，一个题诗，珠联璧合呀。茶敬了，画送了，先生也叫了，这场面走得是真好。"

云宜虽知祁珏为难，可心里到底不舒服，任他如何唤自己，都是不理不睬，只顾前行。

祁珏急道："不过是收了一个女弟子，就这般不高兴。那你去平江侯府，还平白收了个夫婿呢！"

云宜猛然顿步回身，差点和紧随其后的人撞个满怀，涨红了脸道："你说什么？什么夫婿？我答应了吗？答应了吗？"

祁珏见她眼中含泪，后悔刚才言语唐突，连声说："都是我的错，我和你赔不是，你千万莫生气。我知你心里有我，我心里又何尝装得下别人？其实，其实是我吃醋才是。"

"就是，你从小就爱吃醋。那次在山塘街上吃小笼包，你喝了半瓶子醋呢……"

云宜破涕为笑。

云宜所住的厢房就在祁珏隔壁，想来这赣王爷既解风情又思虑甚细，好让他们师兄妹闲话家常，方便照顾。

祁珏将她送至房中，云宜洗漱安睡，一觉直到天明。第二日起床用过早餐，正欲回客栈，忽有王府之人来报，说她的贴身侍女正在门房等候。

贴身侍女？哪儿来的贴身侍女？云宜心下惊奇，来到门房，见一女子低眉垂目，背着行囊，战战兢兢地立在那里。

她疑惑着正欲细细打量，那女子忽然抬头，一个对视，吓得她天灵出窍，指着女子结结巴巴道："你、你……你怎么来了？"

女子扑通跪倒，低头几步爬到跟前，抱着她的腿嘤嘤而泣。

云宜环顾左右，尴尬地伸出手颤巍巍抚上女子头顶，依旧结巴道："哭、哭什么……小、小姐不是好好的。不过是在王府住了一晚，你这么着急带着行李找来作甚？"一把拉起那女子，拽着就往自己房里去。

两人进屋，云宜关门落锁，长吁了口气，跺脚道："世兄，你这是干什么？还真男扮女装啊！"

张晋放下包袱，用手擦了擦脸上的汗："不然怎么进来？"

"你就不能等上一等？你这样进来，被人知道该如何是好？你、你……把眉毛也剃了？"云宜凑近了去看张晋的脸。

张晋虽男扮女装，但云宜还是一眼就认出他来，因为总觉着他脸上有什么地方不对劲。细瞧之下，才发现他那对墨黑浓密的眉毛，如今已是细细淡淡长眉入鬓的样子。原来他竟剃去双眉，画了两条女子妩媚的蛾眉，配上他那清俊瘦拔的姿容，不仔细看还真当是一个娇滴滴的姑娘。

"世兄，你、你、你叫我说你什么好？"云宜指着张晋的眉毛，瞪着他道。

张晋被她瞧得不好意思："世妹，虽说身体发肤受之父母，不敢有所损伤，但事急从权，也就管不了这许多了。还要请你多帮忙才是。"说完长揖到地。

云宜叹一口气，不知再讲些什么，只觉如今真个是山雨欲来风满楼了。

第三章　画图相会

云宜带着张晋去见祁珏，祁珏闻知情由，亦不觉倒吸几口冷气。

在赣王府中如此行事，简直是胆大包天。若被人知晓，三人俱有性命之忧。但张晋已然进府，也只能既来之则安之。好在祁珏的厢房在云宜隔壁，云宜的厢房又是里外套间。祁珏让张晋白天待在云宜房中不要走动，晚上偷偷到自己房里洗漱完毕，就在云宜厢房外间的椅榻上和衣而卧。云宜和祁珏是师兄妹，小丫鬟于两人房内穿梭，被人瞧见也不会生疑。

奇怪的是自云宜在王府住下，荀瞻濠便不再提为秀女作画之事，祁珏却常被荀娉婷请去习画论诗。云宜没心思在府里溜达，每天倒有大半时间与张晋在房中大眼瞪小眼。

张晋不知崔素莹的情况，整日心急火燎。云宜既替他担忧，又烦乱于自家的蹊跷事，亦不晓荀瞻濠做何算计，究竟什么时候才能离开这是非之地。

她想和祁珏回去找云康，但张晋拉着他们哭天抹泪，说见不到崔素莹绝不出赣王府。云宜一个头两个大，遂决定投石问路，差人禀告荀瞻濠若不需给秀女作画，便要告辞而去。

荀瞻濠立时叫人来请，笑说原是担心她舟船劳顿，想让她多休息几日。云宜道："承蒙王爷高看，怎奈家中有事，不如早早开工。"荀瞻濠沉吟片刻，点头称好。

云宜回去和张晋讲明情况，张晋兴奋得手舞足蹈，仿佛即刻就能见到崔素莹。

云宜说："你不能随我一起。"

张晋问："为何？"

云宜道："虽说作画之时有侍女为我铺纸研墨未尝不可，但须知众目睽睽，你男扮女装怎可如此显露人前？不若待我见了崔姐姐再说。何况东宫选秀，选中了便是未来皇帝的妃嫔，荣华富贵一步登天。今时今日，她对你究竟是何心意并不知晓，还是不要贸然暴露为好。否则，你、我和祁珏，恐怕都有性命之忧。世兄，你当慎之再慎。”

张晋说崔素莹绝不是贪慕富贵忘却旧情之人，但细想云宜所说并非完全没有道理，只得默然颔首。

云宜见他不语，知他心中难过，安慰道：“世兄，这只是最坏的情况，相信崔姐姐与你皎月冰雪、金石相盟，我会尽力为你探听消息。可是，我没见过她啊。”

张晋说这个好办，当即拿了纸笔画了一幅崔素莹的肖像交于她。

云宜对画兴叹：“人美画美，数笔传神。世兄，你这丹青技法，实是得了世伯真传。”

“侍女人物不敢望世妹项背。”张晋谦虚道。

云宜莞尔，对着画像又细看几眼，揭开灯罩在烛火上点燃，放入铜盆，燎化成灰。

翌日，云宜便开始给王府中的秀女画像。

那些选秀女子，个个锦衣绣服、珠围翠绕、肤白若雪、绿鬓如云，在她面前娇态翩然，摇曳生姿，都希望能借助她的生花妙笔，把自己最美的模样呈于画纸，进献到东宫太子跟前。

云宜画了几日不见崔素莹，所画美人也无愁眉悲泣、郁郁寡欢之神情，不禁愈觉踌躇。

俗世红尘，难免怀一颗势利之心。她在平江侯府已见识王侯富贵的不同凡响，而这赣王府中奢华显赫，更非常人能够想象。那东宫太子，乃一国储君，日后就是登临天下的威仪帝王。皇家权势，无上风光，身在最高层的快感有几人不想领略品尝？张晋为了崔素莹甘冒生死、千里奔赴，而她经此变故，是否还有一颗对着他的初心，实难预料。

云宜画完所见秀女也没看到崔素莹，回去面对张晋愁眉不展的样子，心里亦不是滋味。可若向人问询，又恐荀瞻濠生疑。

她找祁珏商量，祁珏沉吟半晌道：“莫若明日再去请辞。”

云宜道:“你以为我不想离开这劳什子的王府？但我们走了,张晋怎么办？”

祁珏道：“你若请辞，赣王想必会挽留，到时再设法说出崔素莹之事，可减少他的疑心。”

“何以我若请辞他便会挽留？”云宜看他一眼，“秀女图画得差不多了，我走也是常理。倒是你，若要离开，你那女弟子怕是舍不得。”

“宜儿，你又来了。”祁珏叹气，复柔声道，“祁珏之心，难道你还不明白？”

“不甚明白。”云宜故意道，见他情急，笑言，“说说而已，何必当真？”

“你呀！”祁珏伸手轻刮她鼻子。

“我怎么啦？”云宜摸了摸自己的鼻子，以牙还牙地在他鼻子上重重回了一下。

祁珏苦笑，只拿她没办法，忽而想起一事，敛了笑道：“宜儿，你有没有想过这赣王爷请我们来的真正目的？我总觉得他不仅仅是为了那些秀女图。”

云宜皱眉：“我也觉得此事没这么简单，可他到底要干什么呢？”

云宜复向荀瞻濠请辞，果被荀瞻濠竭力挽留。

云宜说：“王爷，秀女图业已画完，我们在王府叨扰多日，是该回去了。”

荀瞻濠微笑道：“吴郡云庐，名满天下。本王附庸风雅，想留云姑娘和祁公子多住些时日。”

昔年荀权就爱结交天下名士，这荀瞻濠果有乃父之风。

云宜道：“王爷谬赞，想我等平民百姓，怎敢攀龙附凤久居王府？画事已毕，还请王爷允我们早些回去。”

荀瞻濠沉吟不语，半晌开口：“其实还有一位美人没有画像。”

“哦，不知是哪位美人？”

“乃是我洪都第一美人崔氏素莹。”

真是得来全不费工夫。云宜心中暗喜，忙道：“我亦听闻这洪都第一美人，不但惊世骇俗艳丽无双，更腹有诗书才华横溢。却不知为何竟不得见，莫非王爷以为我没有资格为她画像？”

“云姑娘说哪里话来，你肯为崔美人作画，那是好上加好求之不得的事。实在是她性情刚烈……”

“王爷是说崔美人不愿画像？”云宜接口道。

荀瞻濠点头。

云宜脸上装出些许愁容：“她若不愿，倒也勉强不得。否则即便画了，亦无生韵。”

“所以本王才一直没请云姑娘为她作画。”

云宜道：“崔美人心事，自是不好猜度。莫若我去劝劝，姑娘家说话毕竟方便些。”

“如此甚好，只是劳烦云姑娘了。”荀瞻濠欣然同意。

崔素莹的住处在一僻静别院，名碧云楼。

云宜由人引领，穿回廊，入院门，来至楼前。但见院落不大，景物清幽，正自赞赏，不想这清幽就被楼上的一声脆响打破。

云宜有些吃惊，侍卫见怪不怪，示意她自行上楼。她迈步登楼，远远见两名侍女守在一处门前，想来崔素莹便在此房中。

云宜与崔素莹素未谋面，只从张晋那里了解些许情况，而崔素莹对自己怕是知之更少。她缓步前行，盘算着进房后该如何寒暄，是否表明来意。总之，一切要看对方的反应来随机应变。

步近门前，只听门内一年长女子的声音道：“我说崔美人，咱无仇无恨，好好地端了饭菜伺候你，你不吃就算了，怎么还把碗给砸了？你来这儿也不是一天两天了，这动不动就砸东西的毛病能改改不？”

另一个声音干笑着说：“崔美人何苦跟自己的身子过不去？若能被太子爷看中，岂非天大的好事？将来再生几个小殿下，哎哟，我的崔娘娘，那可真是荣华富贵，显赫无比了呀！”

云宜不觉停了脚步，想听听崔素莹如何作答。不想屋内并无声响，她踌躇着正欲进屋，却听里面一人颤着声道：“哎哟，美人，你拿着这簪子做什么？快放下，快放下，可别弄伤了自己！”

云宜立在门外，但听屋内幽幽之声：“素莹自有夫婿，你们何苦聒噪？都给我出去。”

“好，不说了，不说了，这饭吃不吃也随你。那簪子尖儿利着呢，划破了哪儿都不好，美人还是快放下。我们出去就是。”

俩婆子慌忙收拾完便出来了，看见站在门口的云宜，不禁一愣。其中一个道：“你是谁啊，怎么上这儿来了？”

云宜微微一笑，说：“王爷让我来给崔美人画像。”

俩婆子将她上下一番打量。一个道：“女画师？这么年轻，长得还不错……

要我说，姑娘家画啥画呀，怪累人的。不如和咱王爷说说，也进宫选秀去。”

另一个忙悄悄拉了拉她衣袖，冲她眨眼摇头。那婆子便尴尬笑道：“看我，咸吃萝卜淡操心。不过女画师，你要给里面那位画像怕是不容易。”

云宜故作惊讶：“请教老人家，此话怎讲？”

“这崔美人长得是很美，可性子烈着呢，脾气还古怪。别的姑娘一听说给太子爷选秀，多是欢天喜地，个别不乐意的，我们劝劝也就过去了。她倒好，自从进了王府，跳楼上吊抹脖子，没消停的时候。所以王爷才把她单独关这儿，派人专门守着，让我们好生相劝。可你看，刚刚只说得一句，她便把饭碗给摔了，我们再说她就要寻死。我们昨个儿才把这屋里的剪子收了去，今天她又拔了簪子，这叫人怎么劝？她要有什么好歹，我们可是吃不了兜着走。所以我说女画师，你也省省吧。”

“哦，原来如此。”云宜暗暗替张晋高兴，不枉他为之披肝沥胆，舍生忘死，便对俩婆子道，“只是王爷交代的事我不能不办，两位老人家先忙，我进去了。”迈步进屋，果见一美人独坐在桌边的椅子上发呆，手中兀自攥着根金簪。

云宜仔细打量，见她虽发丝凌乱、面色憔悴，仍难掩丽质天生、风华绝代，不由得心中喟叹：实实在在一个美人胚子，亦当真是红颜祸水，若非天生有这般撩人的相貌，哪有如今的麻烦？

人见到了，心了解了，接下去该怎么办？云宜不觉皱眉，要在这赣王府里救人，可真是个玩命的活儿。

她轻咳一声，崔素莹回过神来，见怪不怪地望她一眼。自从进了赣王府，多少人在自己面前鱼龙般穿梭，无非是要说动她心甘情愿去东宫选秀。

云宜想还是先表明来意，上前自报家门：“吴郡云宜见过崔姑娘。”

崔素莹闻言微怔，复抬眸看她：“你是苏州人？”

“是，寒舍洞庭云庐。”

“你、你莫非就是洞庭云庐的女公子？”崔素莹有些吃惊。云张世交，她曾听张晋讲过。

云宜点头：“家父云康。”

“那姑娘为何来这里？”

“受赣王爷所邀，专程为秀女画像，以便东宫遴选。”

崔素莹听而色变，冷哼一声：“人说吴门画派多风骨，不想洞庭云庐也摧眉折腰事权贵。”

云宜微微一笑，复上前几步至她跟前：“受人之托，忠人之事。吴门画派‘云张’并称，崔姑娘不可忘了还有我张宏世伯和张晋世兄。至于云庐风骨，自当有目共睹。”

说到张晋的名字，云宜故意放慢语速，深视崔素莹。崔素莹愣怔之下忽然领悟，眼前之人分明话里有话。

她刚欲开口，云宜已拿起桌上的一支狼毫，道：“崔姑娘，物尽其用，人尽其才。花容月貌如你，不陪王伴驾岂不可惜？就好比这一支上等的狼毫，白白搁在此处亦是浪费，不如用在我手，画出姑娘绝世容颜。吴门画派之侍女人物，我张世兄庶几独步。说‘庶几’，是因为有我难分伯仲。”

她边将“张世兄”三字重读，边用手中狼毫蘸了茶水在桌上快速写了几笔。崔素莹凝神细看，竟是“允画相会”四个字。

她眸中瞬时现了神采，云宜放下狼毫，伸出食指轻轻放在唇间，示意她不要作声。自叹了口气，有意无意地拂了下桌子，将刚才所书悉数抹去。

“崔姑娘，识时务者为俊杰，你且细想我的话。今日你心绪难平，我不便为你作画。若是你想画，窃以为调养数日，去除憔悴疲乏之容方好。你要放宽心，多吃东西多睡觉，姑娘虽天生丽质，也须好生滋养。描绘真容，是要心到、神到、手到、笔到，才能形神俱备，人画合一。人有魂魄，画有灵性，人若精神，画亦增色。崔姑娘，我言尽于此，你好好想一想。告辞。”

云宜转身出门，下得楼来暗吁了口气，一路思忖着回到自己房中。

一上午，张晋已在房中来来回回踱了无数遍。见云宜回来，忙关上房门将她拉进里屋打听情况。

云宜在椅中坐下，说：“世兄，这一上午真是说得我口干舌燥。”

张晋忙倒了杯茶递将过去：“世妹，大恩不言谢。你别卖关子，快说说，见到素莹没有？”

云宜喝了口茶，说：“见到了。”

“她、她怎么样？还、还……还好吗？”张晋语不成句。

云宜站起身来，向他做了个噤声的动作，然后打开门步至屋外。只见院中鸟语花香，阳光泻了一地，屋檐下才结的一缕蛛丝在微风中轻轻荡漾。

她返身回屋，却不关门，只对着张晋道：“真是‘袅晴丝吹来闲庭院，摇漾春如线’。如此美景，岂可辜负？来来来，烧水煮茗，开门赏景，你再去把棋盘拿出来，我们下会儿棋吧。”

张晋简直要急晕，这都什么时候了，还有心情赏景下棋？

云宜见他傻愣愣地立在那里，不觉笑道：“大白天你关什么门？开了门才知道有没有人经过，有没有人偷听。我们说话小声些便是，手里下着棋，别人见了也不会起疑。不要叫人一看就是在密谋的样子。”

张晋频频点头，耐着性子照云宜说的做。

茶壶上炉，棋盘上桌。他才下一子，就压低嗓音问：“素莹好不好？他们有没有为难她？”

“好得很。”云宜从棋缸里摸出一子随意摆放，“锦衣玉食地供着，成天有丫鬟、婆子在身边伺候，就差没‘娘娘长、娘娘短’地叫了。”

张晋听着发愣，将手中的棋子重重敲在棋盘上，喘一口粗气说：“世妹，你是不是存心想气死我？”

云宜想着刚才那婆子的话，低声笑道：“若是被选中，可不就是娘娘了。不过崔姐姐说她自有夫婿，不稀罕做什么娘娘。”

张晋闻言，眼圈一热：“我就知道她不会负我，绝不会。我也不会负她，为着她，我死了也行。”

云宜被才喝下的一口茶呛得连咳数声，放下杯子道：“你想干吗？我和祁珏还不想死呢。”

“谁想死啊！活着多好。但若是能救她出来，我不怕死。”

“我怕！”云宜亦重重敲下一子，瞪他一眼，“你也知道我们这是在干冒死之事。”

“是是，世妹和祁兄的恩情，我和素莹铭记终生。”

“不用。”云宜摆手，“你只需记得此乃险境，我们是一条绳上的蚂蚱，切不可轻举妄动。”

“是是。”张晋连连点头。

“还有，见到崔姐姐，你千万要控制自己的情绪。”

“你是说，你是说有办法让我见着素莹？”张晋愣愣相望，手中刚拈起的棋子滚落棋盘。

云宜将那棋子复放进他手里：“既然已经来了，也不能让你白白剃了那两条好看的眉毛。但是……”深视他一眼，“你要稳住自己，还要替我完成一件事。”

“好，好。”张晋使劲点头，“你说，要我完成何事？”

“画画。”

“画画？”

“那赣王叫我给崔姐姐画秀女图，我看一客不烦二主，这差事你担了吧。”

“你是说让我去给素莹画像，然后送去东宫遴选？”

云宜点头：“这秀女图尚需你妙笔生花，你可要仔细描绘，别学毛延寿画王昭君。”

张晋摇头，恨恨道：“你让我精心描摹自己未婚妻的图容取悦他人，哪有这样的道理？”

云宜说：“我知道你巴不得将她画成丑八怪，那样就不用进宫去选什么秀女。可是世兄，这秀女图你还非画得美轮美奂、惟妙惟肖不可，使人见之便欲一睹真容才好。”

“世妹，你究竟打的什么主意？我都被你弄糊涂了。”张晋越发不解。

“你真以为凭我们几个就能把崔姐姐救出去吗？”云宜放下手中棋子，又吃了他一子，“那是痴心妄想。荀瞻濠不是傻子，一幅画他便能看出端倪。而我们的机会，也就在这一幅画上。你不要侥幸崔姐姐不被选中，他会放你们成婚。如此，岂非坐实他强夺有夫之妇的行径？即便不去东宫，崔姐姐又如何出得了这赣王府？我朝惯例，太子坐镇旧都，现在唯一的机会就是崔姐姐中选被送去南京。虽然我还没想出救人的法子，也不能保证一定能想出法子，但那样绝对比陷在这里多几分生机。世兄，你明白吗？”

“明白。”张晋丧气垂头。

“这秀女图本该我来画。”云宜道，“可是，我想让你们见上一面，以慰相思之苦。我们其实毫无胜算，只能走一步看一步。”

张晋抬眸：“你真能让我见到她？”

洪都一别，三年未见，魂牵梦萦自不必说。崔素莹被选秀女，他何尝不明白一介小民怎能与王权相抗？他千难万险来到此地，为的就是和心爱之人见上一面，之后生离死别实不能料。他虽日夜期盼，却终究不敢相信能得偿所愿。

“是，就在这几天。”云宜往棋盘上又落下一子。

五天之后，荀瞻濠告诉云宜，崔素莹允画秀女图。

云宜暗赞崔素莹果然聪慧，听出她话中之意后，没有立即答应惹人怀疑。想必这几日又受了婆子们不少聒噪，就当她们劝说有效，让她们邀功领赏去吧。

云宜对荀瞻濠说崔素莹乃洪都第一美人，秀女图又是送给太子过目之物，凡自己极重视的画作，作画时一定不能被打扰，希望他将碧云楼中一干人等撤得远些。另外，还需一贴身婢女铺纸研墨，随侍在旁。

荀瞻濠一口答应，云宜将作画之日定在三天后。那一天恰逢十五，荀瞻濠照例要去洪都的明觉寺进香。

定的日子转眼便到。

云宜清早起来洗漱整理，换了件方便作画的窄袖衣裙。走出门来，张晋已整束得当，木愣愣地站在外屋，见了她急忙迎上。

云宜瞅他一眼，笑道："不错，眼若秋水眉似黛，粉雕玉琢，我见犹怜。"

张晋尴尬地说："这都是按世妹的要求，你就不要取笑我了。"

云宜忍不住又要笑，但见他眼眸下一片青黛，料他昨晚辗转反侧不得安眠，想来这煎熬滋味难挨难尝，遂敛了笑，问他有没有用过早饭。

张晋摇头，指了指桌上摆放好的餐食让她吃，说："我委实没胃口。"

云宜拉着他在桌前坐下："世兄，没有饿着肚子干活的道理，今日更要吃饱才行。"

张晋被云宜逼着塞了点东西下肚，见她兀自细嚼慢咽，不禁催促道："世妹，我们该走了吧。"

云宜又喝了两口粥，放下碗来，叹道："真个是关心则乱，被你搅得我也饱了。"擦了擦嘴站起，"去，拿小姐的画箱来。"

张晋背上昨夜就整理好的画箱迈步向外，云宜一把拉住他道："世兄，你千万记得，出了这门，我是小姐，你是侍女，见人勤低头少开口。"

张晋点头如啄米。

云宜领着张晋一路来到碧云楼下，见楼前侍卫果被撤到院门外。

两人拾级而上，门口早有婆子恭候，见了云宜满脸堆笑："女画师，可真有你的。不知你上次和崔美人说了些什么，自你来过，美人就有些回心转意，再加上我们这好一顿劝，她终于答应去选秀女了。今个儿一早就把自己打扮得漂漂亮亮，单等着你来给她画秀女图呢。"

云宜笑说"哪里"，携张晋进门，婆子知趣地下楼走了。

张晋低头，背着画箱跟在云宜身后。三年相思，刻骨铭心。咫尺之间，他反似近乡情怯，忐忑慌乱。

崔素莹粉黛盛装端坐厅堂，见云宜进来，两眼兀自望向门外。如果没有领会错她当日话中所指和笔蘸茶水留在桌上的四个字，今天应该可以见到张晋。虽说此地是守卫森严的赣王府，她想不出张晋如何能进来，但仍心怀热望，一双秀目一瞬不瞬地瞧着门外。

“云姑娘，你来了。”不见张晋，崔素莹失望开口。

云宜点头，环视左右，又至门口略略张望，转身到张晋面前说：“愣着干吗？还不去见过崔姑娘。”

张晋放下画箱，走上几步，眼含泪花，慢慢抬头。

刹那对视，崔素莹简直不敢相信自己的眼睛：“……君吴，你、你是……君吴！”站起身来，才迈出一步，已脚下发软。

张晋忙上前扶住，对视之下，二人蓦然相拥，放声痛哭。

云宜吓得差点没跳将起来，急掩了门，低喝道：“祖宗，这是什么地方，禁得住你们这样哭？赶紧的，有什么话到里边说去。”

崔素莹泪眼婆娑，感激相望。张晋忙抹了眼泪，就要扶着她往内室去，却被云宜一把拉住了。就听云宜道：“崔姐姐，请先进去整顿妆容，我和世兄说几句话。”

崔素莹点头，向内而去。云宜对张晋道：“千言万语，长话短说，须记得还有这秀女图一事啊。”拿了画箱放在他手里。

张晋重重点头：“世妹放心，我理会得。”

云宜瞧着他的背影，不由得伸手抹了抹额上沁出的细汗。

张晋进到内室，放下画箱，将纸墨笔砚一一取出放在桌上。

“君吴……”崔素莹欲言又止，终究还是问，“你是来给我画这秀女图的吗？”

张晋背对着她点头，转身四目相对，泪落胸前，一把将她拥入怀中，语不成声：“素莹，你好吗？是我没用，害你受苦。”

崔素莹的眼泪落在他的肩头：“分明是我害你受苦，害你为我冒险。”良久抬头，伸手抚他双眉，“为了我你把眉毛都剃了？想不到我们三年不见，见面竟是这般光景。”

张晋低声言道：“不过是舍了两条眉毛，为了你，就算是性命，我也舍……”

话未说完，崔素莹已一手按在他唇上：“不要这样说，君昊，不要这样说。”

张晋轻轻拉下了她的手，郑重道：“我说的是真的，为了你，一死何惧？只是凡有一线生机，我们都要好好地活下去。”

崔素莹哭着点头，却道：“我们还有生机吗？”

“有，我们还有云世妹和祁公子，他们会帮我们的。”

“可我总害怕会因此牵连更多的人。”崔素莹低喃。

“若真是山穷水尽……”张晋泪眼相凝，忽又凄然一笑，摇头道，“不管何时，我都会记得我们‘不离不弃，生死相依’的盟约。既定此约，必不相负。”

“不离不弃，生死相依。”那是三年前他们在崔府花园无人时的私语。那个有着和煦阳光的明媚冬日，是两人珍藏在心里的一幅绝美图画。三年的日子在翘首以盼中一天天计数，远隔两地的相思因着时间酝酿到浓郁，涂抹不开，化解不去，缠绵缭绕，刻骨铭心。

泪水阑干，冲花了绯红的胭脂。崔素莹拉着张晋的手拂上自己的脸颊：“自从进了这赣王府，我就抱了必死之心。但我其实舍不得，舍不得就这样死了。那些寻死觅活有一半是闹腾给他们看的，我还没再见你一面，怎么舍得死呢？”

张晋心头大恸，复将她拥入怀中，说：“不到绝境，不要轻言生死……即便要死，也有我陪着你。”

崔素莹抱住他，两人紧紧依偎在一起。

虽说夫妻名分已定，可毕竟没有拜过天地，他们从无如此亲昵之举。只是今日一见能否再见，今日一别是否永诀，是不是还有这样温暖的怀抱，能感受彼此胸膛里热切的心跳，俱无从知晓。那就珍惜眼前这一刻吧，珍惜他们还能珍惜的时光。

不知过了多久，张晋低声道：“不离不弃，生死相依。盟誓既定，此生不负。可是素莹，我希望你能好好地活下去。生命于人，太过宝贵。你还如此年轻，若是，若是……不妨……”

崔素莹伸手掩住他的口，决绝地道：“你说不负盟誓，难道要我做背信弃义之人？素莹有君昊，此生足矣。荣华富贵，过眼云烟。我只知你是我今生的夫婿，我是你今世的妻子。君当作磐石，妾当作蒲苇。蒲苇纫如丝，磐石无转移。我与你生则同寝，死则同穴，断无二想。”

“素莹……”张晋再次拥紧了她。“得妻如此，夫复何言？但愿今生今世，来生来世，生生世世，你我都厮守在一起。”

崔素莹在他怀里道：“君吴，你真以为我们这般小民能和王权相斗吗？但是君吴，我不怕。我心里有你，便什么都不怕。”

第四章　江船行救

云宜在厅堂上来回踱步，不时走到房门口向远处张望，张晋和崔素莹已进内室一个多时辰，也不晓得那秀女图画得如何。

她心知两人必是千言万语难分难舍，这片刻光阴于他们极是宝贵。可在碧云楼上待久了难免惹人生疑。荀瞻濠喜与文人雅士结交不假，但若被他知晓张晋的身份和意图，后果则不堪设想。她把计划告诉祁珏的时候，祁珏便觉太过冒险，昨晚还一再叮嘱她千万小心。

一大早祁珏就被荀娉婷叫了去。这位郡主，不是请他授画，就是邀他论诗，似乎天天都得和他见上一面。

云宜暗恼自己为何要来这赣王府，自家那些稀奇古怪之事已令她不胜其烦，如今更陷在这样的险境。哎，要不是因为祁珏和云张世交，她才不来蹚这浑水。

她正低头思想，忽觉一片阴影遮了光亮，耳边娇声倏忽："云姑娘，你是画好了吗？"

云宜被这一声言语吓得魂飞天外，抬头见荀娉婷已盈盈立在门前。

她怎会无声无息从天而降？云宜的心怦怦跳得厉害，张了张口，竟不知如何回答，只是略点了点头。

荀娉婷有些失望地转身招呼："先生，我们来晚了呢。"

云宜目瞪口呆地看着从她身后闪出的祁珏，恨不得上去一砚台砸晕了他。

"先生说云姑娘作画最忌打扰，是我再三拉了他来。"荀娉婷赶忙解释，"听闻云姑娘的侍女人物实乃一绝，崔美人又是洪都第一绝色女子，故而我便想一睹这双绝合璧。"

云宜笑了两声，瞪一眼祁珏，暗道："怎么连个女弟子都看不住？"祁珏干咳一声，心说："这女弟子可是郡主。"

"我的宫楼和这碧云楼是相连的，走来很是方便，只可惜迟了一步。"荀

娉婷叹气道。

云宜有种胸闷到要吐血的感觉，千防万防，不想还是变生肘腋。荀娉婷来得悄无声息，她连进内关照张晋和崔素莹的机会都没有。

荀娉婷迈步进门在椅中坐了，祁珏只得一旁相陪。见她没有要走的意思，云宜急得后背直冒冷汗。

“虽未见如何作画，先睹为快也是好的。云姑娘能否将秀女图赐我一见？对画观人，定是交相辉映。”荀娉婷诚恳相望道。

秀女图，还不知张晋画好了没有。

云宜心里着急，故作镇定，拔高嗓音好让里面听见：“适才在内室替美人作画，画虽已成，色尚未干。郡主不妨在此略坐稍待，等墨色干透，婢女自会送出。至于这个对画观人嘛，”她咧嘴苦笑，“想必郡主也知崔美人的脾气，肯容我一画已是万难。”

荀娉婷点头，三人默坐厅堂，面面相觑，一时气氛僵持。

云宜急得脸上都要冒汗了，忽听荀娉婷悠悠叹息：“从小到大，还不曾有人为我作画。何时也要请云姑娘替我画幅小像才是。”

云宜闻言顿生灵机，望着祁珏道：“郡主如何需要我来画？有现成的画师一旁坐着呢。”

“你是说……先生？”荀娉婷转脸去看祁珏。

“师兄虽擅山水，但人物、花鸟亦好。郡主绮年玉貌，合该留作画像，不如就让他给郡主画吧。”

荀娉婷笑逐颜开，轻合双掌：“若是先生肯屈尊为我画像，那自是求之不得。”

“郡主客气，恐是我师兄求之不得。”云宜瞥一眼祁珏道。

求人帮忙还带嘲讽挖苦，祁珏暗自摇头。今日荀娉婷执意要观云宜画秀女图，他再三阻拦不及，只得随之而来。看眼下情形，张晋必定还和崔素莹在一起，倘被发现端倪，自是不好收场，遂一笑道：“为郡主画像，乃祁珏之荣幸。择日不如撞日，此时此地就替郡主画一幅可好？”

荀娉婷闻言喜出望外，扶了扶头上的钗环，整了整衣裙，道：“今日没有仔细打扮，这平常装束怕是不行。”

云宜道：“清水出芙蓉，自然最好。郡主天生丽质，本不同于寻常脂粉。”

荀娉婷被她哄得高兴，祁珏搬了椅子放在中央，道：“郡主请坐这里。”

他移步桌前，见笔墨纸砚一应俱全，遂铺纸研墨，对着端坐椅上之人细瞧片刻，下笔勾勒。

云宜这才定了定神，暗叹一口气，心说："张晋，我的小祖宗，你可快些画好了出来吧！"

祁珏一笔一画精勾细描，云宜心急火燎陪在一旁。眼看画图将成，里面依然没有动静，急得她直要跺脚。

图画完毕，祁珏又提笔蘸墨在纸上挥毫。云宜知他以诗题画，一心只求他继续拖延。

须臾，祁珏放下笔，荀娉婷喜滋滋走来观画。一看之下两眸放光，羞涩道："先生可是把我画得太好了些。"

"描真之作，但恐不得郡主神韵。"祁珏嘴上谦虚，偷眼去瞧云宜。云宜睨他一眼，别过头去。

荀娉婷细看祁珏的题画诗，心中愈喜，脸红更甚："先生，你这是把弟子夸上天了呢。"

云宜见祁珏所画非但形似而且神肖，画中之人双手相叠倚身而坐，雍容之外娇态憨然，图右上题李太白《清平乐》诗句："若非群玉山头见，会向瑶台月下逢。"不由得暗恼，你倒是写首长的诗呀！抬眸去看祁珏，祁珏颇不自然地转移了目光，道："郡主实有天人之美。"

荀娉婷听了，更如喝蜜糖般，飘飘然矣。

画也画了，诗也题了，张晋还不出来。云宜真快急哭了，担心他只与崔素莹卿卿我我，早将作画之事抛到了九霄云外。

她这厢正急得不知如何是好，那厢祁珏又慢悠悠掏出一圆一方两枚印章。

这两枚刻着祁珏名字的印章，皆出自云宜之手。彼时她尚年幼，云康已教她金石篆刻。她拿着刻刀到处找石头练习，刻得最多的就是自己和祁珏的名字。

一日，祁珏从太湖边捡回两块小石，形状虽不甚规整，却晶莹圆润。她高兴地拿来练刀，不想这石头竟极适合刻章。她刻了祁珏的名字，一个朱文，一个白文。

云宜三岁练书，其时书法已有些模样。但篆刻乃是初学，加之年纪小手力不足，握刀尚不稳健，难免颇多瑕疵。那两枚印章上，祁珏的名字被刻得歪歪斜斜不说，笔画也粗细深浅不一。

祁珏却爱不释手，说如此才有风韵。后来便请人在石上打洞穿链攒在一起，装入锦囊随身携带，以后凡作画钤印，总是用这两枚石章。

祁珏将那章蘸了朱砂印泥，慢条斯理盖在画上。荀娉婷见之好奇，拿过去随手把玩。

张晋背着画箱，捧着一轴画卷低头而出，悄悄站到云宜身边。云宜回头看见，不由得暗吁一口气，接了画道："可算是干了！"

荀娉婷忙将印章还给祁珏，拿了云宜手中的画铺展于桌上，观览之下，止不住惊呼道："天下竟有如此美人，云姑娘之人物画技果然名不虚传。"

云宜和祁珏亦举目而观，只见画中美人盛装玉立，体态风流，明艳清丽，栩栩如生。不禁暗赞崔素莹芳华绝代，张晋之人物笔法着实了得。

"这才是天人之美呢。"荀娉婷由衷赞叹。

云宜卷起画像，一笑说："一站一坐，俱是美人形态。贞静娇憨，皆为自然之态。今日云宜和师兄能为两位美人作画，实乃平生快事也。"

云宜拉着张晋回到自己房中，才觉已惊出一身冷汗。

她握着那张秀女图兀自双手发颤，望着张晋道："你若再晚些出来……这，这……可真是玩命的活儿啊！如今你人也见了，话也说了，我们还是赶快离开这是非之地。"

张晋接过云宜手中的画，展开细看，不觉又湿了眼角，道："我不走，我要救素莹。"

云宜脚下发软，扶了身旁的椅子，说："世兄，你以为我们在这里就能救人吗？"

张晋收起图画放在桌上，转身对着她倏忽下跪。云宜慌得倒退一步："你、你干什么？"

"世妹，我知道不该连累你和祁兄为我冒险，但如今也只有你们能帮我了。我和素莹生死相依，不离不弃。素莹说决不嫁与他人，否则唯求一死以酬知己。我们若不救她，以她的个性，是必死无疑啊！"

张晋的眼泪落下来，云宜望之心酸，一把扶起他道："罢了罢了，豁出去了。可救人也不能蛮干，等祁珏回来我们好好商量一下。咦，他怎么还不回来？"一想到祁珏还在那个烦人的荀郡主处，她就有些气不打一处来。

两人忧心如焚地等祁珏回来，一直等到掌灯时分饭菜上桌，才见他踱步进屋。

云宜说："先吃饭，吃饱了再说。"祁珏脸色微红，说荀娉婷为了感谢他今日作画，硬留他用了晚饭。

张晋见云宜很是气恼，忙替她盛了饭，拉着她一起吃。祁珏赶紧在旁赔不是，他知道云宜的性子，不论对错，勤赔不是总不错。

云宜吃完饭，想着今天多亏祁珏帮着拖延，遂也不再生气，收拾桌子泡好茶，三人关起门来仔细商议。

祁珏看了崔素莹的画像，觉得她十有八九能选上。如果入选，便会被送往南京。去南京多半走水路，由赣水入长江。只要她能出赣王府，确实比在这里多一线生机。

云宜点头，第二天就将秀女图交给荀瞻濠。荀瞻濠看后甚是满意，再次挽留他们在王府多住些时日。

崔素莹说与云宜投缘，想和她学画以遣无聊。荀瞻濠想只要这崔美人不惹事，学画就学画，如此更可名正言顺将人留下。

云宜于是自由出入崔素莹处，宽慰她凡事且往好处想。张晋几次想随之再上碧云楼，都被云宜拦下。一之谓甚，岂可再矣。她劝张晋千万要耐住性子，不要因小失大。

祁珏依然日日被荀娉婷请去授画习字，研读诗文。他一面得应酬这惹不起也躲不起的女弟子，一面又担心云宜会不高兴，真是一个头两个大。

三人各自耐下焦躁，静候消息。

数月之后，消息甫来，崔素莹果被选中，要被送去南京。

碧云楼上，崔素莹抱着云宜痛哭失声。云宜劝慰，嘱咐她无论何时何地都要坚定信心，秉持希望。

遴选出的秀女共两百名，分乘十艘官船前往南京，荀瞻濠派遣王府侍从及百余兵丁随船护卫。

云宜和祁珏相送崔素莹严妆登船后，便向荀瞻濠请辞。荀瞻濠再三挽留，云宜说父亲离家消息全无，心中实是挂念，一定要回去寻觅父亲踪迹。

荀瞻濠沉吟半晌，说："若是寻着，还请同来王府做客。"云宜假意应承，心道傻子才来。荀瞻濠又赐了许多金银以作润资，云宜本不想要，但想去救崔素莹或许用得着，遂大方收了，皆是欢喜。

荀娉婷得知祁珏要走，万分不舍，一时却没有再挽留的理由。

两人各自回房整理行装。云宜进屋不见张晋，找了一圈，见他正躲在屏风后抹泪，遂一把拉出来问："世兄，你这是从早上哭到现在？"

张晋吸着鼻子道："乐莫乐兮新相知，悲莫悲兮生别离。我说要随你去送素莹，和她再见上一面，你非不让。今日她这一去，还不知何时才能相见……我，我怎能不难过……"

云宜虽也替张晋难过，但看他那窝囊样，又恨不得一巴掌往他脑门上拍去。

"你去送？到时候你们两个流泪眼对流泪眼，你当赣王是傻子啊？你要哭就待在这儿继续哭吧，看看能不能把崔姐姐哭回来。我走了。"

她快速整理出一个包袱，张晋呆望道："你去哪儿？"

"去哪儿，去救人啊！"云宜取了锭银子塞进他手里，"喏，这个拿去买船。"

张晋疑惑："买船干什么？"

"那些秀女乘官船走水路，不买船怎么救人啊？你，要么现在去买船，要么就留在这儿继续哭吧，我不管了。"

张晋反应过来，擦了眼泪拔腿就往外跑，云宜一把拉住了道："祖宗，小姐没走，你走什么？"

"救人如救火，那些官船驶得快，若是到了南京就来不及了。"张晋跺着脚道。

云宜一掌拍上他肩头："放心，十艘官船一起走想快也快不了。只要我们追得勤，一定能赶上。你还是快些理理东西洗把脸，随我一起出去。"

张晋猛点头，手忙脚乱收拾妥当，跟着云宜和祁珏离了赣王府。

三人出了洪都城，张晋寻一没人处换了衣服。祁珏见他身着男装，蛾眉淡扫，不禁一笑道："还是我去买船吧。"

关于买船抑或租船、是否请船夫的问题，云宜曾和祁珏商量。两人都觉事关机密，不如买条船自己划。好在他们从小在太湖里泡大，划船游水俱是驾轻就熟。

但买船这事还是有点烦心，买大了既招眼划着又累，买小了长江里的风浪也不是当耍的。黄昏时分，三人买了衣衫吃食，灌满水囊，终于坐在一条半旧不新、大小适中的木船上。

半江瑟瑟半江红，落日光芒，铺洒水面。

张晋拿着船桨说道：“祁兄，世妹，我从小就是旱鸭子，这个……也不太会。”

云宜从他手里接过船桨，睨他一眼：“那请问少爷，您除了画画还会什么？”

一旁祁珏探桨入水，道：“宜儿，就不要打趣张公子了，他从小在苏州城里长大，不似你我。”

张晋红着脸说：“为了我的事如此烦劳世妹和祁兄，当真惭愧。”

云宜摇头一笑，不再多话，和祁珏各自持桨一路划去。两人配合默契，顺风顺水，船行飞快。

赣王府送秀女的官船一早出发，距此已是相差了大半天。三人救人心切，船行急速。张晋观察云宜和祁珏划桨的动作，渐渐得了些要领，也能帮忙划上一阵。

如此轮流替换，夜以继日，终于追上了秀女船。

云宜将小船停在岸边一丛芦苇荡中，探身望着泊在江心的那一排官船。船上灯笼高挂，隐约有守卫的兵士来回走动，让人不由得倒吸几口凉气。停船也不靠岸，果真严防死守，如临大敌。

云宜探回身子，凝神琢磨该如何救人。小船近不了官船，要救人这一段距离只能潜水。崔素莹不会水，以自己一人之力恐难行事，还得叫上祁珏。张晋也不会水，只好留他看船。

三人躲在芦苇荡里吃饭休息，但等夜深人静见机行事。

虽说云宜从小于洞庭山爬上蹿下，往太湖里摸鱼捉虾，可连日追船也着实累得够呛。她吃完东西喝了点水，靠着船舷才合了会儿眼便迷糊过去，恰入梦乡之际，忽觉有人推她：“宜儿，快醒醒，再睡下去，太阳都出来了。”

云宜揉眼坐起，见祁珏已换好潜水的衣衫，一旁张晋正捧着她的那套衣衫巴巴相望。

她伸手取过，张晋忙拽着祁珏转过身去。

云宜换好衣衫，同祁珏轻轻下到水中。虽已初夏，深夜的江水仍旧寒冷。她不觉打了个哆嗦，祁珏关切道：“不急，慢慢来，先适应一下水温。”

云宜心里却是着急。官船上的动静一无所知，救人亦没甚章法。她只晓得崔素莹在最后一艘官船上，其余便只能随机应变，走哪儿是哪儿。

祁珏见她一脸严肃，轻声问：“宜儿，你害怕吗？”

云宜抬头瞧一眼张晋，撇嘴道：“最坏不过江里来江里去，救不了人咱就水遁。这长江之中，谅他们也捉不住我们。”

张晋听闻，尴尬着向她连连拱手。

云宜心下叹气，这浑水既然蹚了，就只能蹚到底了。忽又想起一事，抓着船舷游到一边，伸手探进放在船上的行囊摸索。

“世妹，你找什么？”张晋问。

“工欲善其事，必先利其器啊。”云宜从行囊里摸出一物紧紧攥在手中，对着他道，“世兄，你好好在这里看船，可别乱走动。”

张晋咧嘴苦笑，心想自己这“旱鸭子”还能往哪儿走动。

云宜潜到水下适应了一会儿，复又浮出水面，抬头看两三星斗，流云飘忽。江上起了薄雾。真是月黑风高夜，救人潜水时啊。

她不知怎的在心里胡诌了这句歪诗，便跟着祁珏双双没入水中。

云宜和祁珏水性俱是不凡，不一会儿便潜至最后一艘官船附近。两人浮出水面，云宜指了指船尾，祁珏会意，悄悄游去。

当日云宜送崔素莹登船，刻意送进了船舱，知道她在船尾最末一间房。

她游到船尾观望，见船上并无动静，伸手攀船。祁珏奋力托举，云宜翻上船去，擦了擦脸上的水回头看。祁珏冲她点头，示意按计划行事，她上船救人，自己在水中接应。

时已三更，满船寂静，守卫的兵士皆已睡去。云宜压低身子蹑足而行，见一处窗棂微光闪烁，正是崔素莹船上住所，不觉暗呼菩萨保佑。她竟还未睡，如此便好办得多。

云宜潜身窗下，伸手在窗棂上轻弹一记。等了片刻，里面并无动静，复伸出手去轻弹两记。才缩回手来，窗户忽而轻开了一条细缝，只听里面的人以极低的声音问：“谁？”

“我。”她亦以极低的声音答。

窗户慢慢打开，崔素莹悄悄向外张望。云宜站起身来，对着她做了个“噤声”的手势。

崔素莹如入梦境。她听到声响，以为风动窗棂，谁知竟会是云宜，惊喜之下差点呼喊出声，忙抬手捂嘴，无措相望。

当日云宜在碧云楼告之会在途中相救，她虽将信将疑，但自登船之日起宁可白日睡觉，夜晚亦要保持清醒。只船行数日，动静全无，也就渐渐绝望了。

崔素莹惊喜交加，又踌躇如何才能出去。房门被锁，窗户纵能向外开启，窗棂上却钉了木条。

她用力去扯那木条，怎奈身单力薄，木条纹丝不动。她着急去看云宜，云宜冲她摇摇手，指了指桌上的灯。崔素莹会意，忙取了来，见云宜手中已攥好一物，凝神细瞧，却是一把篆刻用的刻刀。

崔素莹满目疑惑，云宜微微一笑，将手中的刻刀晃了晃，就着灯光便去起那木条上的铁钉。

诗、书、画、印，乃是文人画的要素。云康书画俱绝，在金石篆刻上也有很深的造诣。云宜自学画之日起就跟着他学刻印，久之亦爱而成癖，一把刻刀、一方印石几不离身。

刻刀的刀刃与一般的刀具不同，平口斜薄，用来起钉子倒也趁手。云宜虽是女子，手上却有些力道。想当年她苦练书法篆刻，不知捏坏了多少支笔，刻完了多少块山石。

起了铁钉，将封窗户的木条尽数拆除，崔素莹踩了凳子从窗口慢慢爬出，云宜随手将窗子轻轻合上。

她拉着崔素莹蹑手蹑脚走到船尾，见祁珏正在水中仰着头巴巴地朝船上张望，高兴地向他挥了挥手，悄无声息下到水里。

崔素莹扒着船舷，看着滔滔江水不知如何是好。云宜知她不会水，摆手让她不要害怕，先下来再说。

崔素莹知道此时不能耽搁，遂暗自咬牙，哆哆嗦嗦跨坐上船舷，望一眼波涛涌动的江面，窒息之感扑面而来。

她深吸了口气，闭起眼下到水中，便觉一阵冰冷瞬间漫上脖间。她惊骇至极，睁开眼不及呼喊，已被人仰面一把托住颈项。

“不必惊慌，放松便好，若是害怕就别睁眼。”祁珏在她耳边轻声道。

崔素莹复闭起眼睛，止不住心头鹿撞。她强压惊慌，照着祁珏所说努力放松身心，果慢慢有些适应。

耳边水流轻响，她睁眼看江雾渐散，头顶如深色幕布的苍穹中，一轮明月露出层云。微微侧首，见云宜和祁珏正一左一右托举着她奋力前游，想到自己竟能脱出牢笼，顷刻间泪满双颊。

云宜见她流泪，一边划水一边安慰道：“崔姐姐，你别怕，保证淹不到你。

你再坚持一会儿，马上就能见到我张世兄了。”

崔素莹闻言哽咽：“你们这般冒死相救，叫我何以为报？”

云宜暗想要啥回报，只要那个迂傻书生不再对着自己寻死觅活就好。她猛吸了口气，和祁珏两人架着崔素莹竭力游水前行，终于到了芦苇荡口。

云宜和祁珏拨开芦苇丛，曲曲折折往里游去。渐至纵深较开阔处，见张晋正扒着船舷目不转睛地向外望，看见他们时几乎要手舞足蹈起来。

两人奋力将崔素莹托举上船，张晋赶忙扶住，凝望之下，一把将崔素莹拥入怀中，呜咽出声。

云宜此时顿觉力尽，扶着船舷喘个不停。祁珏托着她上船，自己也翻身入船一阵粗喘。在这江里来来回回游，又担惊受怕地带着个不会水的大活人，真是费劲。

云宜喘定，见张晋兀自抱着崔素莹掉眼泪，推了推他，道：“世兄，哭够了没？没哭够现在也不是哭的时候，快让崔姐姐把湿衣服换掉，我们赶紧走吧！”

张晋这才缓过神来，忙拿出准备好的干净衣衫让崔素莹换上。云宜和祁珏也各自躲在芦苇荡中换了衣衫。

官船上发现崔素莹逃跑是早晚的事，继续走水路太危险，祁珏和云宜一致认为应该弃舟登岸。

祁珏将船划到岸边，四人收拾上岸，刚走出几步，便听江中隐约有喧闹之声。回头看，那官船已灯火通明，想必是有人发现了情况。

云宜道：“快些走，赣王府的人定不会善罢甘休。”

此际曙色微明，举目四望，道路一侧是大江，一侧则是连绵的青山。

云宜觉得几个人这样走在大道上太过显眼，往山里躲藏才较安全。祁珏赞同，遂领着他们进山。

云宜和祁珏长在山间，攀岩爬壁驾轻就熟。张晋自小生活于苏州城，少走山路。崔素莹养在深闺，山行更是步履艰难。

张晋搀扶着崔素莹落在后面，云宜和祁珏不得不时时停下等候。云宜不禁皱眉，祁珏见状，犹豫着对张晋和崔素莹说：“张公子若不介意，我背着崔小姐走可好？”

张晋揉着已是酸痛的膝盖，尴尬道：“要背也是我来背，怎好劳累祁兄？”

“你自己走稳就不错了。”云宜嗤他一声，拉着崔素莹道，“崔姐姐，事急从权，让我祁师兄背着你吧。”

这紧要时节自是顾不上男女之嫌，崔素莹红着脸答应，祁珏蹲下身来背起她，四人的行进速度果然快了不少。

晌午时分，一行人已至山腰。祁珏大汗淋漓，浑身湿透，张晋撑着腰说实在走不动了。

云宜也是又累又饿，一屁股坐在山石上，擦着汗说：“停下歇歇吧。”

张晋扶着崔素莹从祁珏背上下来，连连作揖道：“世妹，祁兄，都是我连累你们。大恩若此，张晋没齿不忘。”

祁珏一边擦汗，一边微笑摆手：“张公子言重了。”

云宜看着张晋迂酸的模样，只觉又好气又好笑。想着自己怎么就随着他蹚了这趟浑水，落到如今好似劫人越货被官府追拿的女贼一般。低头细思，这边赣王爷，那厢平江侯，父亲杳然无踪，却无端多出个金龟婿。也罢，反正是流年不利，债多不愁。

云宜从包袱里拿出些干粮递与众人，崔素莹吃了一口便噎住了，猛地咳个不停。张晋手忙脚乱在她背上轻拍，复打开水囊凑到她嘴边。崔素莹喝了些水，才将那干粮送下去。

云宜望着从小娇生惯养的两人，不免心下唏嘘。随身携带的干粮吃了这顿便所剩无几，水囊里的水也差不多喝完了。这山上满目青翠，却并无野果山泉能充饥解渴。山中虽可藏身，却非久留之地。

祁珏吃了张面饼，山风已将他湿透的衣衫吹得半干，脸上汗水擦尽，面颊仍旧泛着红扑扑的颜色。云宜看他那模样，不觉道：“做了这许久翩翩佳公子，今日又做回山野村夫了？”

祁珏拍了拍衣衫上的尘土，一笑不答，心中想起和云宜小时候的光景。

那时孩童天性，两人习书临画之余便是贪玩，上山采野果，下水摸鱼捉虾，每每都是日落西山，被云康一手一个拎将回去。但他从小就懂事，知道自己是被收养的孩子，就一日比一日小心谨慎。弱冠之际，束发执扇，一袭青衫，更是年少沉稳。刚才为了背崔素莹，他卷袖撩衣别于腰间，山路崎岖，磕磕绊绊，汗湿重衫，自是灰头土脸如山野村夫了。此番救人虽辛苦，可护卫在云宜身边，陪她做想做之事，已然成了习惯。

祁珏站起身来，放下别在腰间的衣摆，拿出扇子挥了几下，说：“宜儿，有这打趣的工夫，不如想想接下去该怎么办。”

云宜似被这一句话戳到痛处，皱眉道：“这个我还真不知道。”转头问张晋，“世兄，你们打算如何？”

“海阔凭鱼跃，天高任鸟飞。自然是走得越远越好。走了这许久，他们也没追来，此地荒山野岭，只怕夜里更是瘆人，不如下山去吧。”

云宜叹口气：“世兄，我想你大概忘了‘普天之下，莫非王土’这句话了吧。”

张晋细思极恐：“世妹，你是说……”

云宜冲他点头：“以后你和崔姐姐都要小心。如果想下山，也得先躲上一阵，等赣王府的人去远了才好。现在，你还是扶着崔姐姐，我们再往山上走走，最好能寻一处隐蔽的藏身之所。”

张晋期期艾艾地点头，扶起崔素莹，一行人收拾了东西继续前行。走走停停，停停走走，终于在天黑之时找到了一个山洞。山洞不大，但洞口有高树藤蔓遮挡缠绕，颇为隐蔽。

几人进得洞去，放下行囊，正自庆幸今晚终有遮风挡雨的栖身之地，忽听洞外隐隐有人声泛起。

云宜跑出洞去向山下瞭望，只见火光点点，无以计数。

第五章　美人何处

张晋出来看时，吓得腿都发软了，一把拉住云宜道："世妹，哪里来这许多人？"

云宜说："还用问？肯定是赣王府的人知会了当地官衙，派人进山搜捕崔姐姐呢。"

"这、这可如何是好？"张晋六神无主。

"此处不能久留，我们赶快走。"祁珏从洞里出来，望一眼山下景象不禁皱眉道。

张晋颤声道："往哪儿走？这山里晚上乌漆墨黑的。"

"乌漆墨黑也得走，不然就是坐以待毙了。"云宜道。

祁珏随手捡起脚边一根粗大的断枝转身进洞，云宜和张晋也跟了进去。

到了洞中，祁珏将断枝上的细枝末节尽数折去，又撕下一块衣襟缠绕在枝条底端。

"你这是要做火把？"云宜问。

祁珏点头，从行囊里找出几块松香。他一直留着松香以备不时之需，今日还真派上了用场。

"祁兄，这个时候用火把，怕官兵找不到我们还是怎的？"张晋耷拉着脑袋几乎要哭出来。

云宜则瞪着祁珏道："你要干吗？"

"我们分开走，我拿着火把引开官兵，你们翻过山去，想办法脱身。"

就知道他想这样，云宜陡而生忧。

"祁公子，怎可让你冒险？"崔素莹在一旁落泪。

张晋也道："是啊，祁兄，断不能叫你为我们冒这样的风险，我……"

"张公子，他们要的是崔小姐，就算抓到我，无凭无据又能怎样？你们安全脱险就好。”祁珏截了他的话，转头看一眼云宜，“我只是不放心宜儿，拜托你照顾好她。”

云宜心说谁照顾谁还不知道呢。她舍不得祁珏，可眼下似乎也别无他法。

四人约定若能脱身，就去扬州张晋表舅家碰头。云宜再三嘱咐祁珏小心，祁珏点头道：“你们也是。”

云宜领着张晋和崔素莹往后山走，祁珏拿着火把反其道而行。

云宜惯走山路，虽是夜晚，但借着点月光也能行走如常。张晋和崔素莹则跌跌撞撞，一路相扶相携跟在她身后。

云宜回头，见远处火光隐现，知是祁珏点燃了火把。那几块松香大概能烧一个时辰。她心中矛盾，既希望火把燃得久些，让张晋和崔素莹安然脱险，又希望火把快快熄灭，好叫祁珏不被追上。

三人不敢停留，急急走了一夜，天将亮未亮之时爬上一个高坡。

张晋和崔素莹实在走不动，要停下休息。云宜背靠山石一阵喘息，道：“别以为人家都是笨蛋，若是他们兵分几路，以我们这速度，一会儿就被追上。”

“世妹，你别吓我们了。我们……实在是走不动了……打死我也走不动了！”张晋边说边扶崔素莹靠着山石休息，自己一屁股坐在地上喘个不停。

云宜抹了抹脸上的汗，望着两人道：“最多只能休息片刻。”

“片刻也好过没有啊。”张晋长长呼出一口气。

云宜借着蒙蒙亮光察看周围地形。这是山中的一个陡峭高坡，周围乱石堆积，扒着石头恰能看见蜿蜒山径。

她也靠着山石坐下来了，心想着不知何时才能翻过山去。一手触地忽觉有异，俯身拨开地上枯枝残叶，发现其下有一块木板，板上装有拉环。

她忙叫张晋，二人合力去拉那铁环。只听“咯吱”声响，木板向上抬起，底下竟是一通道。

云宜小心翼翼爬将下去。原来这是一个内藏于坡下的涵洞，经人挖掘形成一间密室，室内有简陋的桌椅，桌上还有一盏油灯。

云宜点亮油灯，张晋扶着崔素莹也下到室内。云宜举灯四处探查，见墙上挂着铁器，像是山中猎户打猎休息之地，暗自庆幸寻到一处可供藏身休憩的隐蔽之所。

三人围坐桌边歇息，这一天一夜，真是把人累到不行。

云宜趴在桌上，一会儿便沉入梦乡。

她梦见小时候和祁珏在太湖里潜水，远远听见云康在岸上唤他们。她在水下和祁珏做手势，让他待着别动。可云康的喊声越来越急，祁珏便拉着她一把钻出水面。

云宜猛然从梦中惊醒，听外面似有动静，忙推醒张晋和崔素莹。三人蹑手蹑脚至一侧石壁，自缝隙向外望去。

彼时天光大亮，山径上满是官兵，间或几声狗吠，数条猎犬正被牵领着到处闻嗅寻觅。

云宜暗呼好险，心想若不是躲进这山中密室，此刻怕是已被发现，也不知祁珏有没有被他们追到。

她正自担心，忽见一兵士跑到为首的军官身边汇报。军官皱眉道："带过来。"

那军官原是赣王府里的侍卫长，认得祁珏，瞧他一眼，道："祁公子，深更半夜，你在这里干什么？"

"游山。"祁珏说。

"游山？祁公子莫要开玩笑。"那人知他受赣王赏识，又得郡主厚爱，虽分明与崔素莹失踪有关，却也只好耐着些性子问他。

祁珏从容负手："'生年不满百，常怀千岁忧。昼短苦夜长，何不秉烛游？'值此月朗风清，难免会有雅兴。只不知将军亦有如此兴致，带着这许多人秉火夜游。"

军官闻言差点没把鼻子气歪，要不是船上丢了个崔美人，谁愿意不吃不睡满山跑啊？

"祁公子，咱们就明人不说暗话，交出崔美人，你爱上哪儿游山上哪儿游山。"

"崔美人？哪个崔美人？"祁珏只作不知。

"祁公子何必明知故问，你不是看着她登船的吗？"

"哦，这可奇怪了。我走山路，你们走水路，船上丢了美人却来问我，是何道理？"

"祁公子，你真当我们赣王府的人是吃干饭的？"军官怒气升腾。

"那将军是想怎样？"祁珏亦不相让。

军官强忍了怒火，道：“祁公子虽是王府嘉宾，也不能逆天行事，为所欲为。”

“在下实不知将军所言何意。”

“崔美人失踪，我们由猎犬引领追踪到此。你大半夜举着火把满山跑，当我们都是傻子吗？还请祁公子即刻交出崔美人。”

“我早说过崔美人之事与我无关，无凭无据，望将军言语谨慎。”

“我没工夫和你磨嘴皮子，若不交人，就别怪咱刀剑无眼。”

两人你来我往费了半天口舌，军官忍无可忍，倏忽拔剑架上祁珏颈项。

“你倒是敢？”祁珏冷然。

不想那人也发了狠，呵呵干笑几声，道：“兹事体大，寻不回崔美人，王爷和太子殿下那里我们可是没法交代。既然都要以命相搏，不如先拿祁公子的命来搏。公子若有不测，我自会向王爷禀报，就说你雅兴夜游，失足落崖……说，崔美人在哪儿？”

他面色狰狞，持剑在祁珏的脖间紧了紧，祁珏索性闭口不言。

猎犬四处闻嗅，徘徊不前。

兵士道：“大人，应该就在这附近了。”

军官点头，再看一眼祁珏，忽而大声道：“崔小姐，你听好了。若你现在出来，我只当此事没有发生，一切既往不咎。你要是还不出来，那我就先杀了他。”转头命令身边兵士，“来，报数五百为限。”

云宜急得额上直冒汗。

崔素莹道：“你们待在这里，我出去换祁公子。”

张晋一把拉住她：“不行，你不能去。”

崔素莹眼中蓄泪，望着他道：“君昊，天意若此，能与你再见一面我已心满意足。此事皆由我起，我不能让祁公子、云姑娘，还有你，为我丢了性命。”

“要去我和你一起去，要死我们就死在一处。”张晋抱住她，滚下泪来。

崔素莹亦伸手相抱，在他耳边道：“留着命，我还等着你来救我。”心里却盼他再也不要为自己经危蹈险。

两人相拥哭了一会儿，听外面报数已过四百，崔素莹推开张晋，奔上阶梯。张晋欲追，被云宜一把拖住：“世兄，崔姐姐说得对，不要白白牺牲性命！”

张晋略一迟疑，崔素莹已推开头顶上的木板爬了出去。她轻轻放下木板，拿枝叶掩盖严实，蹑手蹑脚绕到山石后面，深吸了口气，闪身从山径上缓缓走下。

报数将毕，那军官兀自踌躇该拿祁珏怎么办，转头忽见一绝色美人悄无声息从天而降，一旁兵士更望得目瞪口呆。

他凝神细看，见正是崔素莹，蓦然松了口气，撤回架在祁珏颈上的剑，道："祁公子，看来崔美人舍不得你死。来人，把他们都带走。"

"慢着！"崔素莹厉声喝道，"你说过若我自行现身，一切既往不咎。"

军官冷笑："既往不咎，那是王爷千岁和太子殿下的事。带走！"

张晋在密室哭得稀里哗啦。

云宜心急火燎，但为安全起见，须等官兵走远了方好出去。她在密室里来来回回走了几遍，心头懊恼。竭尽全力，没救出崔素莹，反倒搭进了祁珏。

张晋哭个不停，云宜心烦意乱："世兄，你莫要哭了行不行？"

"辛苦这许久，不想竟是白白忙活……哭，哭哭还不行啊？！"

"哭有何用？"云宜顿了脚步，见他抽抽搭搭，道，"白忙活就不忙活了？我们非神非仙，没个前后眼，凡事如何尽能预料？有这哭的工夫，不若想想接下去该怎么办。"

"对，我不哭，我和素莹早有婚约，我要去应天府告状。不行，不行我就去京城，哪怕拼死也要告御状！"张晋一把抹了眼泪道。

"好，不管告什么状，先出去再说。"

耳听外面悄无声响，云宜扒着石头缝往外瞧了瞧，见已四下无人，遂收拾起桌上的包袱，拉着张晋就走。

二人出得密室，已是烈日当空，光芒耀眼。

云宜抬头望天，只觉晕眩。她撑着山石站稳身躯，恍然间有隔世之感。一场辛劳，愣是把别人的事管成了自己的事。

她跺了跺脚，心想也罢，便带着张晋下山。黄昏时分，又回到那条还泊在芦苇荡里的船上，待得天色暗下，才持桨入水，慢慢将船划出芦苇荡。

经此一事，云宜知秀女船上定然防范甚严，途中再无机会救人，只得随之到了南京再说。

沿江而下，一路无话。快到南京的时候，江面愈显开阔。"三山半落青天外，一水中分白鹭洲。”来往船只恰如过江之鲫。

云宜远远望着一字排开的秀女船向右拐入秦淮河，不觉长长吐了口气。总算是又追上了，可接下去该怎么办呢？难不成真要和当今太子爷去要人？但为了祁珏，哪怕面对天皇老子，她也敢拼命。

云宜放下船桨极目远眺，只等秀女船全部驶入秦淮河中，自己再悄悄跟上。想不到那最后的秀女船兀自沿江东行，与前面几艘于长江同秦淮河的交界处分道扬镳。

她不觉吃了一惊，心想这船为何不进南京城？

张晋望之亦觉奇怪，问道：“世妹，你看这船是要去哪里？”

船上秀女按理要被送去南京，此船离群而走，真是件怪事。

不知崔素莹和祁珏究竟在哪条船上，云宜有些犯难，回过头来问张晋：“世兄，跟多还是跟少？”

张晋半张着嘴：“什么跟多跟少，又不是赌牌九。”

“我说是跟着那九条船进南京城，还是跟着那条落单的走，你拿主意吧。”

“为什么是我拿主意？我，我不晓得。”张晋结巴道。他哪里敢拿主意，只怕跟错了船。

“因为你的素莹妹妹在那些船上啊。”

“可，可如今祁兄也在船上……”张晋嗫嚅，想着祁珏是为了救崔素莹才被抓走，又觉很是过意不去。

“要我说就跟着那落单的走，但错了你可别怪我。”

云宜觉得最后那船大有蹊跷，忽而有了个连自己都不敢相信的猜测。沿江东行过了南京就是镇江，乃长江与京杭大运河交会之处，莫不是这船秀女另有所用？

“不怪你，不怪你，你拿的主意总比我好。”张晋急忙说。

云宜划着船跟着那条落单的秀女船直至镇江，果见它改变航向，从长江拐折到运河中。

她心下吃惊，难不成这船真要去京城？苟瞻濠拍完东宫太子的马屁，再顺带拍一下他皇帝老子的？

船至瓜州渡，云宜丢了桨拉张晋上岸。张晋满腹狐疑，不知她做何打算。

云宜带着他投了客栈，狠狠睡到日上三竿，才稍稍缓解一连奔波数天的疲惫。张晋却是睡不着，早饭时期期艾艾地对着她道：“世妹，都是我劳你辛苦，可我们不能放弃啊！”

“谁说要放弃？”云宜将一块蘸了醋的肴肉塞进嘴里，“赶紧吃，吃饱了才好做事。”将桌上的一碗锅盖面推到他跟前。

两人吃完早饭结账离店，云宜带着张晋又回到瓜洲渡口，见一艘漕运的货船正在装货，忙给足了银两要求捎带，船上人见了白花花的银子欣然同意。

云宜拉着张晋上船，船只装完货拔锚启程，沿运河向北航行。

船过扬州，两岸风光渐是不同。云宜虽担忧祁珏，但想赣王惜才，再加一个荀娉婷，料应无碍，不禁也赏两眼运河岸边的景致来。

张晋则愁眉苦脸，不知她葫芦里卖的什么药，忍不住嘟囔：“世妹，我们究竟是要去哪儿？为何要坐这货船？”

“跟船啊。”

“跟船，跟什么船？”

“秀女船啊。”

“你看现在哪里还有秀女船的影子！”张晋唉声叹气。

“世兄，这运河只南北一个方向，怎么样都不会跟丢，你且放宽心。我们已然从洪都追至镇江，难不成你还要我一路划船到京城？累死了你世妹，看谁去救你的素莹妹妹。”

“京城？”张晋吃惊，“你怎么知道那艘秀女船要去京城？”

云宜一笑，说：“秀女若是不送太子，沿着运河北上，你说能送给谁？我看你还真是要去告御状了，你怕是不怕？”

“为了救素莹，我什么都不怕。”张晋挺起胸膛，一股书生憨气跃然脸上。

一路逶迤，船行月旬已至通州，却仍未见秀女船的踪影。

云宜不免心焦，心想莫非竟是自己料差了？

天色将晚，河道拐折，远远便是通州河西务码头。暮色中，一艘官船泊在岸边。

云宜定睛细看，赫然就是那秀女船，不禁心头狂喜，见岸上还停了数驾马车，有人正将船上的东西搬上岸去。

送秀女还搭妆奁？云宜望着数十只被抬上马车的箱子心下犯疑。看这架势，莫不是真要进京城？

漕运船在前方不远处的货运码头停泊，云宜道了谢，拿了行李拉着张晋上岸。二人急急往回走，隐身在距马车数十米开外的一片林子里观看。

云宜见有两驾马车甚是高大华丽，心想多半是用来载秀女的，只不知崔素莹和祁珏是否在车内。

“等夜深之时，我们偷偷去那马车上瞧瞧。”云宜对张晋道。

张晋胆小：“世妹，我、我怕……如此，可行否？”

“行不行也只有去了才知道，别怕，有时候不冒险是不行的。我们分头行事，你去看左边的，我去看右边的。”云宜说。

张晋点头，两人在林子里挨到子时光景，见一行人在马车前烤起吃食，吃饱喝足后围坐着打起盹来。

时机刚好，云宜带头往马车跟前摸去，潜身至离马车数米开外的一棵大树后，探首细看。

这马车后边开门，门一半敞着，里面挂着厚实的帘子。

云宜向张晋做了个手势，从树后转身出来，悄悄走到马车后面，一手攀着门框，一手轻掀车帘，脚踩车底的木架，一骨碌滚进车中。

车内漆黑几不可视物，却有好闻的香气弥漫。借着车帘缝隙透进的微光，云宜发现车里东倒西歪躺了几个女子，离她最近的赫然便是崔素莹。

她心下狂喜，忙伸手去推，哪知竟无半点反应。正自惊疑，忽而一阵眩晕，须臾就失了知觉。等她在颠簸中醒来，只觉头脑昏沉，手脚绵软。

她强撑着爬到车边，掀起帘子，用手推门。许是一路颠簸，松了门锁，云宜用力推了几下，门居然开了。她抬头向外，不觉被眼前景象惊得目瞪口呆。

只见湛蓝的空中万里无云，一轮烈日正将炎炎光芒洒向辽阔的草原。

六月的塞外，天气晴朗。

荀予佑坐在帐中，握着卷画轴出神。

他默坐了一会儿，再次展画细看。纸上半开的金笼倚着一丛富贵牡丹，上方两朵浮云，几只黄雀展翅翩飞。左侧题画五言古诗云：“金笼玉粟米，琼浆五彩衣。不及闲云志，翩然处处飞。”

这是云宜留在房内的一幅手迹，以此言志，他却带着它千里征途。他望着眼前的画和诗，心中的感受不可名状。

原来，竟是自己勉强了她。

可是，云康为什么会答应他的提亲，并迫不及待地把女儿送到平江侯府？荀予佑觉得近来发生之事着实蹊跷，就如皇帝急召他入京，交给他这样的任务。

一支几万人的军队，怎会凭空消失？

当今天子荀瞻治本有五个儿子，三子相继夭亡，只余太子荀淳煦和沂王荀淳照。太子先天不足，幼时多病，几次靠着太医们日夜守护床前，才堪堪解了性命之忧。沂王荀淳照，则从小体格健壮，一副生龙活虎、百毒不侵的模样。荀瞻治曾有易储的想法，却因太子乃嫡子，沂王是庶出，众臣力阻作罢。但沂王是帝国唯一后备之储，这一点又不言而喻。

荀予佑自然知道荀淳照对荀瞻治乃至整个国家的重要性，皇帝对自己说了那么多动容之语，无非就是希望他能尽力找回这位沂王殿下吧。

率兵奔驰在塞外这片他在八岁前生活过的土地。虽然已隔了十数年，但那曾经的时光和时光里的人事却依旧清晰。

他其实并不愿去触碰那些记忆，父母也从不过问他彼时的经历，只每每自责疏忽，让他一个才出生不久的婴孩被恶仆抱走，流落塞外多年。据说父亲费尽心力，甚至惊动了朝廷，才找到已是十岁的他。

父母所说的恶仆他全无印象，他初始的记忆里只有美丽的额吉。额吉，在蒙语中是“母亲”的意思。

荀予佑站起身来，踱步到帐中挂着的地图前。那一片长城以外的广袤土地上，有鞑靼，有瓦剌，还有兀良哈。千里草原，瀚海阑干，他究竟该去何处寻找沂王的踪迹？

这找人的活儿真不啻大海捞针，且还不能大张旗鼓。他带领几万兵士，虽有奉旨巡防的名义，却难以深入草原腹地。

荀淳照和他的军队，究竟去了哪里？

望着眼前的地图，荀予佑心中焦躁。

帐外几声怪戾的长啸由远而近，荀予佑被这一串异响打断了思绪。他转身步出帐外，一旁的亲卫指着远处的天空道：“侯爷，快看那里！”

他循声而视，只见一只黑褐色的大鸟盘旋天际，向着自己营地的方向振翅飞翔。而大鸟盘旋之下的一片沙地上，一团火红的影像也正迅速向前移动。

荀予佑微凝双目，往远处的天空和沙地间连线。那大鸟在空中盘旋了几圈，伸展双翼发出嘎嘎的叫声，向着疾驰奔马上的那团火红一头俯冲下去。眼看就要直直撞上，那团火红却倏忽下坠，与俯冲而来的大鸟堪堪擦肩而过。

亲卫惊呼的同时，那团火红已快速翻上马背。

“好骑术！”荀予佑不觉赞叹，也渐渐看清骑在马上的是个身着红衣的少女。那复盘旋至天空的大鸟是一只花雕，它调整了角度和姿势，又向马背上的人疾冲下来。眼看它的利爪就要撞上少女后背，少女俯身拉缰，马首猛然侧偏，大雕再次扑空。可那马似受了惊吓，一声长嘶，前蹄高扬，直叫人替马上之人捏一把汗。

红衣少女奋力挽住马缰，重又打马前行，空中的花雕已复盘旋飞翔，第三次俯冲而下。

几番搏击，马的速度明显减慢，少女的长发在风中愈加凌乱。眼见那雕扑闪着硕大翅膀，伸开利爪就要抓上少女肩头，少女忙一个后仰倒伏在马上。却不料那大雕也疾速转头，目露凶光，突然伸长的尖喙似利箭直击少女咽喉。

少女仰躺在马背上，暴露于外的脖颈再无遮掩。她惊恐地闭起双目，但听凌空弦响，花雕在她身边倏忽坠地，噗地溅起一片飞沙。

她惊魂未定地直起身子拉住奔马，转头看身后，大雕已血染黄沙，一动不动倒伏在地，一支白色羽箭恰穿喉而过。

荀予佑放下手里的弓箭，暗吁了口气。他本不想射杀这只草原雕，无奈情势紧急，为了救人也只能如此。

两名亲卫飞奔而出。一会儿工夫，一人手拿中箭的大雕，一人引领着红衣少女来到荀予佑面前。

少女跳下马来，兀自有些惊魂不定，看见荀予佑，微喘着问：“听说那一箭是你射的？”

荀予佑点头。看眼前少女十八九岁的年纪，身着红色艳丽的织锦袍，脚上蹬一双缀着宝石的棕色马靴，头戴镶嵌红珊瑚、绿松石的银饰，腰缠细绸丝缎，明眸皓齿，美丽动人。他思忖着如此装束，该是蒙古贵族家的姑娘。

少女亦打量着他，说：“你是汉人，你们汉人也有如此好的箭术？”

荀予佑莞尔，道：“我是汉人里箭术差的。”

少女吃惊地吐了吐舌头：“可你的箭术都能赶上我欢哥哥了。”

少女俄而对着他弯腰行礼：“忘了和你说谢谢，今天多亏你那一箭。不过，要不是我的小黑这几天没吃饱，那只大雕才追不上我呢。”她伸手拍了拍马背，那匹黑马倚着她低声嘶叫，很是亲昵的模样。

“那只雕为何要追你？”荀予佑知道草原雕袭击人的情况并不多。

“哦，那是因为……我拿了这个。”

少女转身从马上取下个袋子，松了袋口捧到他面前。

荀予佑见袋内赫然是只才出生不久的小雕，心中立时明白了几分。

那少女又道：“我欢哥哥有只好英武的大雕，只听他一个人的话。我也想要一只只听我话的雕，找了好久才在崖壁间的洞穴里瞧见它。虽然它现在很小，可是你看，它的嘴巴和肚子上都有一撮白色，和我欢哥哥的那只一模一样。听人话的雕要从小养，它刚出生，睁眼就看到我，我天天带着它，它以后自然和我亲。所以，我便趁老雕外出觅食的时候抱了它来。不想那老雕竟一路追踪，怎么都赶不走。”

“你抢了它的孩子，它自然要穷追不舍，同你拼命啊。”荀予佑心头有几分懊恼，若不是为了救人，他真不忍心射杀这只爱子心切的大雕。若不是电光石火间不容细想，或许也可不射要害。只是在草原上，一只负伤不能飞翔的花雕，将会面临更为悲惨的命运。

荀予佑吩咐亲卫拔去大雕身上的羽箭，将它好生掩埋。

少女见他懊恼神情，道：“好啦，我就抢这一回，以后不抢还不行吗？你一个大男人，心肠怎么这么软，不就是一只雕儿吗？我欢哥哥说自己喜欢的东西就要凭本事去抢。”

荀予佑闻言不语，心想这蒙古族少女频频提及的欢哥哥是何许人。

少女看他衣着和眼前成片连营以及兵士恭敬的态度，说：“你是汉人的大官吧，我叫萨莉亚，你叫什么名字？”

她伸出的手几乎要拍上荀予佑的胸口，亲卫忍不住冲着她道：“这是我们家侯爷。”

“侯爷，什么侯爷？”萨莉亚好奇。

亲卫见荀予佑没有阻止的意思，继续道：“平江侯。”

“平江侯是什么侯？”萨莉亚又问。

“跟你说你也不明白。”亲卫小声嘀咕。

萨莉亚围着荀予佑打转，笑着说：“可真是位年轻好看的侯爷，比我欢哥哥还长得好。呀，你这衣服上的刺绣也漂亮，比我欢哥哥的好……我问你，你带着这么多人跑来做什么？”

“奉旨九边巡察。”荀予佑说。

“哦。”萨莉亚点头，忽而又道，“那你巡完了没有？若是巡完了，我带你去见我欢哥哥吧。你救了我，我让他好好款待你。我们那里绿草茵茵，牛羊成群，还有清亮清亮的海子，准保比这儿好玩。”

荀予佑见萨莉亚句句不离“欢哥哥”三字，禁不住好奇道：“你那欢哥哥是什么样的人？”

“他可是我们草原上最英勇尊贵的男人。”萨莉亚说，“不过我只能带你一个人去见他。”

“哦？”荀予佑亦生了兴致，“他叫什么名字？”

萨莉亚一拍脑袋：“说了半天，还没和你说他的名字。”随即满脸自豪道，“他叫马哈木欢。”

荀予佑闻言暗惊，莫非就是当今瓦剌年轻的马哈木欢汗？如此，眼前少女应是瓦剌王室抑或贵族中人。自己带着兵马自是不能轻易深入瓦剌腹地，但若随着她，说不定倒能一探沂王踪迹，至少也能确定那支几万人的军队是否在瓦剌境内。

荀予佑沉思片刻，点头说好，随即叫来副将，命他率军拔营，先回关内休整。

“侯爷，您一个人去，怕是不妥吧？”一旁亲卫不安道。

“有什么不妥的，我邀请的人就是我们瓦剌最尊贵的客人，难不成还会吃了他？”萨莉亚对着亲卫做了个鬼脸。

第六章　宝刀金错

草原的夏季总是蓝天白云，粉色的石竹和白色的火绒草在满目的绿意里无限延展，仿佛要和那一片蔚蓝的穹顶相接在一起。

马哈木欢踱步在汗帐中。

这位三十而立的瓦剌可汗，自登上汗位，瓦剌便在其治理下一天天强大。

然而，他深知瓦剌还没有强大到可以高枕无忧的地步。占据着蒙古草原核心位置的鞑靼，时友时敌，就不怎么把他们放在眼里。

二十多年前，鞑靼斩杀中原使节，中原皇帝一怒之下领兵征伐，两者关系降至冰点。鞑靼虽战败臣服，却时不时会在边界生出些事端。

当年，他的祖父，彼时的瓦剌可汗，自觉同是蒙古诸部，曾在双方交战中助了鞑靼一臂之力。这一臂之力，使得中原朝廷与瓦剌亦生龃龉。而辽东兀良哈利字当前，骑墙态度最是明显。

瓦剌没有盟友，倒有不少潜在之敌。只是近日鞑靼遣使频来示好不说，更有他料想之外的意欲结盟者送来厚礼。一片光风霁月下，他却闻嗅到一丝并不祥和的气息。

他登上汗位十年，自然知道站队的重要性，也知道瓦剌和鞑靼同气连枝、唇齿相依。鞑靼送来的礼物他照单全收，态度则是不冷不热。他终究心存芥蒂，但为一人故。

帐外响起马匹的嘶鸣，马哈木欢眉间微蹙，他听得出这是谁的马在欢叫。

果然，有人进帐向他禀报："大汗，萨莉亚小姐回来了。"

他低哼一声："还知道回来。"

"萨莉亚小姐这次带了个人回来。"

"她带回来的活物还少吗？带个人已经很正常了。"他淡然一语。

"大汗，萨莉亚小姐带回来的是个汉人。"

“汉人？”他不禁皱眉，“什么样的汉人？”

“一个年轻好看的汉人，看衣着身份尊贵。”

马哈木欢思索片刻，警觉道：“派人巡视至三十里外，看有没有汉人的军队。”

“是，大汗。”

来人退出帐外，马哈木欢踱步帐中，才在高位坐定，萨莉亚已引着荀予佑进来。

“欢哥哥，我回来了！”萨莉亚欢快地蹦上台阶，跳到他身边，抓住他的手臂摇摆几下。

马哈木欢的目光凝聚在缓步走近的荀予佑身上，他干咳了一声，轻轻甩脱被抓着的手。

萨莉亚立时醒悟，今日似不能如往日般毫无顾忌地在他面前撒娇，赶忙退下台阶，站到帐中恭恭敬敬行礼：“萨莉亚拜见至高无上最最尊贵的大汗，祝大汗盛年青春，华光永驻，万寿无疆。”

马哈木欢心里发笑。这个姨母家的小表妹，才学了些汉人的东西，就拿来在汉人面前显摆，着实有点不伦不类。

他笑而不语，目光依旧落在荀予佑身上。眼前男子长身玉立，衣着华贵，沉稳俊朗，气宇非凡，实乃人中龙凤。

他转而去看萨莉亚，萨莉亚这才省起，忙道：“欢哥哥，这位是汉人的什么平江侯……”一时又想不起名字。

“参见可汗。”荀予佑躬身施礼。

“侯爷贵姓？”

“荀子的‘荀’。”

“侯爷年少爵显，人物风流，真是非同凡响。”

马哈木欢有些吃惊。他自小学习汉人文化，自然知其皇族姓氏与官制等级，眼前男子年纪轻轻已位极人臣，不知和皇室宗族渊源几何。

荀予佑见面前这位瓦剌可汗分明亦是盛年英才，气宇逼人，不觉惺惺相惜，微笑而视。

马哈木欢一瞬怔愣。

这个初来乍到的汉人，何以他的微笑竟是如此熟稔？他应该在哪里见过这样的笑容，只是一时想不起来，不由复凝神细细打量。

“欢哥哥……”一旁的萨莉亚见马哈木欢目不转睛地盯着荀予佑，忙轻声相唤。

马哈木欢回过神来，请荀予佑落座，转头对萨莉亚道：“你来说说，这是怎么回事？”

“欢哥哥，你终于想到问我了。”萨莉亚复欢快地蹦到他跟前，把如何遇见荀予佑，如何邀他来瓦剌，诸事前因后果、来龙去脉，细细讲了一遍。

马哈木欢闻之沉吟：“如此说来，这位平江侯爷是你的救命恩人了。”

“是啊。若不是他那一箭，你就再也见不到我了。若是见不到我，你该多伤心呀。”

“嗯，若是见不到你，想必会省不少心。”

“欢哥哥！”萨莉亚跺脚，指着荀予佑赌气道：“他的箭法可好了，比你的还好！”

“哦？”马哈木欢挑眉，“所以你带他来，是想让我见识一下他的箭法？”

“不是，不是。”萨莉亚连忙摆手，“他救了我性命，我是不是要表示感谢？再说，远来是客，我们草原上的人不是最热情好客的么？”

马哈木欢一笑道：“好，那就先带着你尊贵的客人去休息，晚上我设宴款待他，也算给你压压惊。”

“真的吗？那是不是还有盛大的篝火和热闹的歌舞？”萨莉亚睁大了眼问。

马哈木欢点头：“你想要的都可以有。”

“欢哥哥，你真好，你真好！我就知道你像我阿爸、额吉那样疼我呢，大汗万岁，万岁，万万岁……”萨莉亚高兴地转起圈来。

湛蓝的天幕群星点点，熊熊的篝火升起光亮的火焰，马头琴琴声悠扬，欢乐的歌舞不曾停歇，天地间光芒辉映，美酒佳肴摆满桌案。草原的夜晚，因着迎接远客的宴会而热闹起来。

马哈木欢举起酒杯朝荀予佑隔空相敬，荀予佑手捧盛满蒙古烈酒的牛角杯一饮而尽。

身边的侍女将空杯斟满，荀予佑端起酒来回敬，马哈木欢一笑饮尽，荀予佑也将杯中的酒喝了个干净。

“好酒量。”马哈木欢放下酒杯道，“草原上的酒苦中带着酸辣，汉人多喝不惯，侯爷倒能入乡随俗。”

荀予佑微笑说道："这酒虽烈且酸，配上上好的牛羊肉，却是人间美味。若是再来一杯煮沸的奶茶，那真是妙极。"

"想不到侯爷如此精通蒙古吃食，只是你还没有醉，不需要这醒酒的奶茶。"马哈木欢哈哈一笑，"本汗感谢你救了萨莉亚，今夜我们一醉方休。"

"承蒙可汗盛情款待。"荀予佑隔空举杯，再次回敬。

又是三大杯酒下肚，荀予佑酒量虽好，亦不免微醺。

篝火堆里新添了木块，升腾起的烈焰噼啪作响，像是要烧到半空。火光摇曳，映红了每个人的脸庞。

马头琴声渐渐止息，欢闹的夜晚忽然有了一时的静寂。

荀予佑极目四望，只觉眼前景色舒张胸臆。这就是草原之夜，苍穹绿野，浩瀚辽阔，浑然一体。

他这一瞬的遐想被再次泛起的琴音打破，有清泠的歌声似响自天际：

蓝天里飘几朵白云
绿野上翱翔着雄鹰
河流蜿蜒牛羊成群
马蹄飞踏花海露水晶莹

夕阳染红苍穹
晚霞织成彩锦
捧在手上的哈达
风中洋溢深情

燃起熊熊篝火
照亮你双眸如天上的星
今日草原之夜
欢歌笑语盈盈

远方来的客人
愿我们彼此相亲
敬一杯马奶酒

请饮尽在我掌心

琴音衬着歌声，如天籁飘入耳中。萨莉亚穿着一身艳丽的鹅黄色长袍，身系五彩裙围，腰束白色绸带，领着一群年轻姑娘婀娜起舞。

她时而挥舞双臂似雄鹰展翅凌空，时而又哈腰握拳如骏马奔驰在草原，发间饰物和衣服上的挂件，随着肢体舞动叮当作响。

萨莉亚欢快地跳着，手上不知何时多了一条哈达。她手捧哈达，一路跳到荀予佑身旁，将哈达围上他的颈项，又端起桌上斟满美酒的杯子奉到他的唇角。荀予佑会意地将她手中的酒一饮而尽，她便又高兴地在他身侧翩然起舞，左右旋转。

哪个男子不钟情，哪个少女不怀春？马哈木欢笑而摇头。自己还当她是个贪玩的孩子，不想这娇憨可人的妹子已萌动春心，对着眼前这位年轻英俊的汉人贵胄频露爱意。

新鲜的烤全羊端上来，空气里香味弥漫。

这是草原上款待贵客的大餐，只在特殊时刻烹制，选取食嫩草喝清泉、膘肥体壮、四齿三岁的绵羊，烤成色泽金黄、外脆里嫩、鲜香浓烈的绝品佳肴。

今夜，荀予佑便是这草原上的贵客。

侍者将烤全羊端到荀予佑桌上，荀予佑知道这是身为至尊的客人才能享有的权利，切下第一刀，品尝第一口鲜嫩美味的烤羊肉。

这瓦剌可汗果然很给他面子。

荀予佑笑而伸手，却倏忽停在半空。原来餐盘里除了烤好的全羊，竟然没有切肉的刀具。他抬眸看向侍者，侍者已然因自己的疏忽而瑟瑟发抖，慌忙要去取刀。

“无妨。”荀予佑道，伸手探入系在腰间的锦袋，取出一把精致的小刀，刀柄和刀鞘俱是纯金锻造，镶嵌着耀目闪烁的七彩宝石。

按蒙古仪俗，荀予佑在羊头和羊脊处轻划了两刀，并割下一块羊肉送入口中。他将刀放入餐盘，侍者感激地瞧他一眼。

一旁侍女端上用银碗盛放的马奶酒，荀予佑双手接过，左手持碗，右手无名指蘸了碗里的马奶酒，上下弹酹以敬天地，再轻点额间，之后一饮而尽。

侍者战战兢兢地将已下刀的烤全羊端到马哈木欢面前，马哈木欢望着盘中荧光闪闪的金错宝刀，勃然变了脸色。

荀予佑坐在汗帐中游目四顾。

这硕大的蒙古包真不啻一座豪华宫殿，雕花穹顶，朱木帷幔，轩敞阔绰。居中的汗座高背宽大，雕刻祥云雄鹰的图案，其下台阶数级，上覆锦毡。两边摆放几案座椅，各色物件，一应俱全。

前夜欢宴，酒醉酣眠。今日才吃了午饭，就被请来喝茶，荀予佑想这瓦剌可汗还真好客。

端起桌上的热茶，一股浓烈的奶香沁入肺腑，入喉咸甜滑腻，久远却不陌生的滋味令他恍若有隔世之感。今日他着了件月白锦袍，玉簪束发，平添几分儒雅之气。

马哈木欢不发一言，双目炯炯望着对面喝茶的人。

一杯茶喝了大半，马哈木欢开口道："侯爷觉得这茶如何？"

"咸中有甜，入口香浓，甚佳。"

"毡帐之中可睡得惯？"

"一夜酣眠。"

马哈木欢点头："难得侯爷入乡随俗，对草原上的饮食起居如此适应。"

"本该随遇而安。"荀予佑一笑说。别人都以为他显贵骄矜，怎知他儿时流浪，也有过天作穹庐地为席的日子。

马哈木欢望着荀予佑的笑容兀自出神，回过神来问："侯爷的那把金错宝刀可带在身边，能否借来一观？"

荀予佑取出金错宝刀递将过去，不知这瓦剌可汗何以对他的这把小刀颇感兴趣。

马哈木欢接刀在手，凝神细观。只见刀身半尺，刀柄、刀鞘皆错金细刻，镶嵌各色宝石。他将那刀翻来覆去看了又看，心中波澜汹涌。

没错，是它，就是它。虽然过了许多年，虽然当年握刀的小手而今已阔大坚实，但那熟悉的感觉，他又怎会忘记呢？他闭了眼，细细摩挲，深味金刀触手之感，更确定了自己的判断。

心头一恸，他睁开眼来望着荀予佑道："侯爷如何得此宝刀？"

"家传之物。"

"那侯爷定知此刀来历。"

荀予佑微愣："虽是家传之物，倒不曾细究来历。"

"请问侯爷贵庚？"

"虚岁二十有六。"

"二十六……"马哈木欢嗓音低沉，"昔日本汗也见过一把金错宝刀，侯爷若有闲情，本汗想给侯爷说一个与这把金错宝刀有关的故事。"

"愿闻其详。"荀予佑道。

马哈木欢摩挲着手里的金错宝刀，原本冰凉的金属渐渐有了热度。他望着那刀，刀上的七彩宝石晶莹夺目。氤氲迷离中，他仿佛又见到了那副温柔美丽的容颜，模糊而清晰。

他缓缓说道："二十多年前，中原皇帝因鞑靼斩杀其使节龙颜大怒，带兵亲征。两军对峙，鞑靼虽铁骑彪悍，却终不敌，接连吃了几次败仗，损兵折将，伤亡惨重。汉军大有直捣王庭之势，彼时鞑靼向瓦剌求援，可汗不忍见同族覆灭，遂在一次交战中施以援手。中原皇帝自与鞑靼开战，每战必胜，不免骄矜。此次却在大漠被鞑靼和瓦剌的兵马前后夹击，铩羽而归。蒙古军队俘获不少汉军将士，逼之投降，不降者则当众斩杀。有一位好心的瓦剌姑娘，偷偷救了一个年轻汉将并暗中藏匿。那汉将身负箭伤，情势危急。她喂他饮食，替他疗伤，救他于命悬一线之际。他心存感激，与她互生情愫，临走之时以自己的一把金错宝刀相赠，说日后会再来找她。"

马哈木欢忽而不语，望了荀予佑一眼，轻叹道："其实一切都是虚妄。邦国交战，南北万里，一朝别后，何时才能相见？但那瓦剌姑娘相信他的诺言，对着他留下的金刀日夜思念。只是不久，她得知她将嫁给鞑靼可汗的消息，并发现自己已经怀了汉将的孩子。她的父亲知道后勃然大怒，决不允许她留下这个孩子，铁了心要将她送去鞑靼。于是在一个风雪之夜，她携了婢女仓皇出逃。她父亲派了很多人去寻找，但把瓦剌翻了个底朝天也没找到，只得向鞑靼谎报她急病身亡，取消婚约。侯爷，你说她是去了哪里？"

荀予佑思索道："有时候最危险的地方恰是最安全的地方，莫非……"

马哈木欢点头："她一个女子，其实并没有太多选择。她不能留在瓦剌，也无法进入汉地，所以她去了鞑靼。"

"哦。"荀予佑听之入神。

"如果没有与鞑靼的婚约，她所面临的困境可能会好一些。因她是瓦剌有名的美人，鞑靼可汗为了感谢瓦剌的帮助，重金礼聘，要娶她为可敦，以此坚实二者联盟。可敦，乃可汗正妻，是多少蒙古贵女的向往。于她而言，却无异于利剑和毒药。”

“那后来怎样？”荀予佑问。

马哈木欢继续说：“起初鞑靼可汗听闻，不过扼腕叹息，后来得知她并未身殒，而是携了婢女逃婚在外，便叫人找来了她的图像四处搜寻。有一天，他听报边境的部落里来了两个带着婴孩的陌生女子，其中一个容貌艳丽，酷似图像中的女子。他派了人去，没看到什么婴孩，只瞧见一个走投无路、孤身逃往高山之巅的年轻女子。她飘然若仙立于山顶，在他们迫近时，纵身跃入山下寒潭。”

荀予佑闻之蹙眉，听马哈木欢言音清冷：“她被捞起时早已气绝身亡，但容颜依旧，艳丽如生。她的身份终被确认，瓦剌闻讯请求归葬，鞑靼不允。自此两国嫌隙互生，相交日少。”

“那个婴孩呢？”荀予佑忍不住再问。

“那婴孩应是被她的婢女带走，从此音讯全无，生死不知。”

“真是可怜了这小小婴孩。”荀予佑轻声叹息。

“如果不是遇上那年轻汉将，她多半会有个快乐的人生，绝不会这样死去。”马哈木欢言语哽咽。

“或许命数如此。”荀予佑不觉长叹，见马哈木欢眼中含泪，问道，“可汗何以如此悲伤？”

马哈木欢默然无语，半晌才道：“因为她就是本汗的亲姑姑，瓦剌的忽兰公主。”

荀予佑心下吃惊，看他一脸悲戚，想必与这位姑姑感情深厚。

“那年轻汉将是否回来过呢？”

马哈木欢摇头：“再未见过此人。”抬眸望向荀予佑，“侯爷若是见到了他，可否代本汗问询一声，问他是否还记得曾经赠予金错宝刀的瓦剌姑娘。”

“不知那将军姓甚名谁？”荀予佑沉吟，蓦然见马哈木欢双目灼灼地凝视自己，回过神来不觉一凛，看着他手里的金错宝刀，无措道，“可汗的意思是说……”

“本汗昔日所见的金错宝刀与这把一模一样。”马哈木欢举起手里的刀，一字一句地说，“如果我所料不差，那位年轻汉将就是侯爷的父亲，而侯爷你，便是那个婴孩。”

马哈木欢等着荀予佑的反应，荀予佑却是不语。

仅凭一把小刀就彻底颠覆他的身份，岂非荒唐可笑？谁能保证世上没有第二把一模一样的金错宝刀？二十多年前，这瓦剌可汗自己尚是幼童，谁能保证他的记忆没有偏差？

可一些遥远的记忆还是如碎片纷呈，在他脑海中盘旋闪回，终究愈加清晰完整。

彼时荀予佑不满四岁。

他跟着一个年轻女子，随着一群牧民流浪迁徙，哪里的水草丰茂，哪里就是他们的家园。

他唤那女子“额吉”。

他记得他吃得最多的东西是羊奶，羊奶多得吃不完的时候，额吉也会给他做奶酪和奶皮子。他喜欢跟着额吉在长满绿草的山坡上放羊，喜欢抱着温暖柔软的小绵羊从平缓的山坡上翻滚而下，躲在羊妈妈的肚子下和额吉捉迷藏。

长大一些，他开始问额吉为什么其他孩子都有阿爸，而他没有。额吉说他的阿爸去了很远的地方。他于是吵着要额吉带他去找自己的阿爸，却见额吉偷偷落下几滴眼泪。

他怕额吉伤心，再不敢提起阿爸。

有一次，额吉说要带他去一个地方。他记不清走了多久，只记得翻过一个又一个山头，实在走不动的时候，额吉就把他背在身后。他醒来时但见满天星斗，远处起伏不定的山岭似有长龙盘旋，看不见头，也望不到尾。

额吉说那是汉人筑的长城，他的阿爸就在长城的另一边。

终于有了阿爸的消息，他被风吹得通红的脸上洋溢着兴奋的神情。他问额吉阿爸长什么样，额吉为难地摇摇头，只将一把金错宝刀放进他手里，说这是他阿爸留给他的唯一的东西。

他小心翼翼地藏好了那把好看的小刀，催着额吉带他去长城的另一边找阿爸，额吉说里面的人不会让他们进去。

他握起小小的拳头，大大的眼眸中满是泪水。他要怎么样才能飞越这望不到头尾的“长龙”去见他的阿爸呢？

因为有了阿爸的讯息，沮丧过后他依然高兴。他希望自己快快长大，终有

一天会过到“长龙”的另一边去。

牧民的生活总是流浪不定，时而有烈日酷暑，时而有冰天雪地，时而也有风雨交加。

他与额吉相依为命，只是这相依为命的日子终结在一个残阳如血的黄昏。一群盗匪飞马而来，凶神恶煞般抢夺他们的牛羊。他们抢了牛羊，还要去抢他的额吉。

他发疯般冲过去，张嘴一口咬住拖着额吉的凶恶男人的腿。那人吃痛，向他挥落手中的马刀。千钧一发之际，额吉奋力挣脱，扑上去将他紧紧护在身下，替他挡了致命的一刀。盗匪余怒未消，又一刀扎向她后心，然后抓了两只白羊，上马而去。

他觉得有温热的液体流了满脸，眼前殷红模糊成一片。血从额吉的胸前汩汩而出，他吓得慌忙用手去捂，却怎么也捂不住。越来越多的鲜血漫过他的小手，滴落在绿色的草丛里。

他哭着喊额吉，额吉张了张嘴，微弱的声音在他耳边说着他不甚明白的话语。她说她其实不是他的额吉，他的额吉早已去了遥远的地方，如今她正要去追寻。

他永远记得草原上的那个黄昏，总觉得那一天的夕阳是被额吉的鲜血染红的。

他记住了额吉的最后一句话，他要去长城的另一边找他的阿爸。长城的另一边，成了他小小年纪里唯一的期盼和目标。

他开始跟着牧民流浪，那些大叔大婶见他孤苦无依，常常轮流照顾他。

他依然温饱不定，但也在艰难岁月中顽强成长。牧民们带着牛羊去深山转场，而他要去寻他的阿爸。八岁那年，他终于混在一个波斯商队中进了嘉峪关。

他不知道长城的另一边竟如此广大，比一望无际的草原和万里无垠的沙漠更横无际涯。他也不知道长城的另一边竟这样纷繁复杂，他该去何处寻找他的阿爸。

他漫无目的地跟着商队跋山涉水，四处游走。春去秋来，流光倏忽，他已经和那些波斯商人混得熟稔，小小年纪做起生意也像模像样。商队在江南的一个古城里卖光了最后的货物准备返回，他却在那富庶繁华的地方落下脚来。

仿佛冥冥中自有安排，就在那江南的古城，他的阿爸找到了他。

他站在平江侯府厅堂上的时候，一脸茫然。面前的男子说自己是他的父亲，他木讷地尚未张口，内堂又走出一个妇人，搂住了他，泪落衣襟。

男子是因战功封爵的平江侯，妇人是男子的发妻，而他是平江侯流落在外的唯一子嗣。只因府中一位犯错被罚的恶奴怀恨于心，便趁平江侯出征之际，将尚在襁褓的他偷盗而去。他们竭尽全力找了很多年，终于找到了他，他身上的那把金错宝刀是最好的凭证。

他记得这个四十多岁的英武男子将他一直随身藏着的小刀拿在手里看了又看，禁不住低喃："没错，是它，就是它。找到了，终于找到了！"

那日之后，他便在平江侯府住下。

许是为了弥补失去他的几年时光，夫妇俩对他百般呵护，诸多关怀。他慢慢相信他们所说的一切，他想只有自己的父母，才会对他有那样深切热烈的疼爱。

但总有一些疑惑没有解开。

比如他既被偷盗出府，缘何会有金错宝刀作为信物？比如他最初记忆中的额吉又是谁，和那恶奴有何关系？比如母亲明明就在父亲身边，为什么替他挡下致命一刀的额吉说他嫡亲的娘去了遥远的地方？

他很想把所有的事情都问个明白，但看父母讳莫如深，也就渐渐不再提起。

总之，他所有的苦难终结在与亲生父母重逢的一刻。这以后，他在荣华富贵、锦衣玉食中长成英俊少年，又蒙皇恩浩荡承袭了平江侯的爵位。

"请问可汗，那年轻汉将彼时多大年纪？"荀予佑沉默良久，终是开口。

"那一年忽兰姑姑十九岁，他么，也就二十出头吧。"马哈木欢想了想道。

荀予佑暗吁一口气，摇头说："那此事应与家父无关，可汗岂能只凭一把小刀牵强附会？"

"牵强附会？"马哈木花冷冷一笑，将金错宝刀递还给他，"不只凭这一把金错宝刀，还有你微笑的样子、眉眼的神情，简直就是姑姑当年的模样。我再问你，你初来乍到，何以对此间饮食起居如此适应？只因你是姑姑的孩子，身上有一半瓦剌的血统。"

马哈木欢一岁丧母，在他幼时的记忆中，母亲就是美丽温柔的姑姑忽兰。姑姑喂他吃饭，陪他玩耍，哼好听的小曲儿哄他入睡……他成天跟在姑姑身边形影不离，他喜欢看姑姑那美得像草原上盛开的金莲花的笑脸。姑姑叫他"欢哥”，说他给她带来了欢乐。姑姑带着他骑马，驰骋在广阔无际的草原上。姑姑一向便是那么快乐，直到有一天，他发现姑姑手里那一把金光灿灿的小刀。从此，姑姑脸上的笑容就越来越少。

他很喜欢那把金光灿灿的小刀，但他不喜欢姑姑握着小刀呆呆出神、终日落泪的样子。他从姑姑手里拿了刀来，握在自己的小手里翻来覆去地看。他见过阿爸的蒙古刀，却没见过这么漂亮的金刀。他将之藏进自己的衣袍，听姑姑柔柔的声音说：“姑姑知道欢哥喜欢，可是这个不能给你。因为这是……姑父留下的东西，要给姑姑和姑父的孩子。”

他彼时完全听不懂姑姑的话，但后来发生的事让渐渐长大的他慢慢明白了一切。那个浑身是血躺在马房里的青年男子、那把小小的金错宝刀、姑姑的欢笑与悲伤串联成章，最终都因为姑姑的消失而成为他心中永久的芥蒂和瓦剌举国不可触及的隐秘。

“这绝不可能。”荀予佑接过刀来摇一摇头，“家父那时已过而立之年，天下自有相像之人，亦或许真有两把一模一样的金错宝刀。”

马哈木欢沉吟：“可天下又哪来如此相似的笑容和神情呢？”那个初见时的微笑，荀予佑不经意间的种种神情，分明就是当年忽兰姑姑的模样。脑中灵光突闪，他忽而抬眸，“莫非，莫非令尊……其实并不是侯爷的亲生父亲。”

荀予佑听闻，暗思这瓦剌可汗的想象力未免太过丰富。先是话里有话隐说他是父亲与忽兰公主的私生子，现在竟开始怀疑自己的生父另有其人。

昔日父亲随成帝四处征战，若曾受伤被俘与那瓦剌公主有一段露水姻缘，倒非绝无可能，可论及年龄却怎么也对不上。况且，若不是自己的亲生父亲，为何要派人寻觅自己多年？只此两点，他就不能相信这无法自圆其说的故事。

马哈木欢见荀予佑摇头，知其并不相信。说实话，便是他也不能相信眼前之人就是姑姑的那个孩子，是他从未谋面的表弟。

他不觉长叹：“你们汉人说‘假作真时真亦假’，可真相总有揭开之时。”

也许一个笑容、一种表情和一把小刀，的确不能判定这远方的来客就是姑姑的骨血至亲。但那种陌生而又熟悉的感觉，那种本能的亲厚和牵挂，却让他不能不揣测遐想。

一时帐中无声，二人各陷沉思。

“大汗……”侍从进帐在马哈木欢耳边禀告。

马哈木欢蹙眉：“带进来吧。”

荀予佑起身告辞，心里还想着刚才的话。走到门口，正欲迈步出帐，忽听帐外有人道："你们不要拉拉扯扯，本姑娘自己会走。"

荀予佑听那声音不觉顿步，才侧身闪过一边，已有人带着几个女子进得帐来。

第七章　君心妾意

云宜勉强镇定了心绪，立在帐中举目四顾。

崔素莹拉着她不住打战，不是说要去南京，怎么竟会来到这“天苍苍，野茫茫，风吹草低见牛羊”的地方？

云宜心下茫然，又担忧张晋，他上了另一辆马车，也不知去了哪里。

“大汗在此，还不快些行礼！”一旁有人催促。

“大汗，什么大汗？”云宜大着胆子问。

那人瞪她一眼：“坐在上面的就是我们瓦剌最尊贵的大汗。”

什么，瓦剌？

云宜大吃一惊，不想荀瞻濠竟然把东宫秀女送到了蒙古。这岂非明修栈道暗度陈仓，假公济私里通外邦？可怜那几个一心想给太子做妃嫔的秀女，休说荣华富贵、皇家恩宠，便是故地家园，以后怕也只能在梦中相见。早知如此，自己无论如何也不会去替他画什么秀女图。

崔素莹听闻不觉哭出声来，众女亦哭，一时帐中大放悲声。

侍从正待呵斥，马哈木欢摆手道：“去拿美人图来。”

侍从取了图来，马哈木欢抽出其中一张，走到崔素莹面前展开细观，图容对照，交相辉映。画上一角写有姓名，他对着复看两眼，微微一笑，返身回座，指着崔素莹道：“将她送去本汗寝帐，其余的分送各部亲王。”

侍从领命上前，云宜一步挡在崔素莹面前，大声道：“等等！”

马哈木欢打量她一眼，见也是个俏丽女子，笑问：“等什么？”

“等……”云宜一时语结，指着崔素莹道，“她不行。”

“为何她不行？”马哈木欢挑眉。

“她……就是不行。”云宜不知该怎么说。

马哈木欢蹙眉，这姑娘似并不在秀女图中，不觉兴致陡起，道：“你是什么人，送来的画里可没有你。”

“我是……画图之人。”云宜想了想说。

马哈木欢哈哈大笑：“你们王爷还真大方，送了本汗画中美人不说，连画师也一并奉送。”

云宜暗暗“呸”了一声，红着脸撒谎：“我是护送她们来的。”

派一个女画师护送，马哈木欢自是不信，笑哼一声：“既送了人来，还有什么行与不行？”

“反正她就是不行。”云宜道。

马哈木欢敛了笑：“本汗再问你一遍，为何不行？”

“因为素莹已有夫婿，求大汗恩典，放我回去。”一旁崔素莹慌忙下跪。

“夫婿？”马哈木欢冷不防听见这么个词，不觉皱眉，“谁是你夫婿？”

“夫婿张晋，请大汗开恩。”崔素莹伏地恳求。

“张晋，干吗的？在哪里？”送来的美人自有夫婿，这可真是笑话。

“他是姑苏有名的画家，他在，在……”崔素莹看向云宜，云宜摇摇头，她也不知张晋如今身在何处。

马哈木欢眉峰更蹙：“无凭无据，莫非以空言欺骗本汗？”

“句句属实，不敢欺骗大汗。”崔素莹情急之下，指着自己那张秀女图道，“这便是夫婿所画。”

马哈木欢将那秀女图复看几眼，抬眸望云宜：“你不是说这些秀女图都是你画的吗？”

“这张……确是我张世兄所画。”云宜思绪飞转，心一横，想着也只有将崔张之事和盘托出，希望这瓦刺可汗能心生怜悯。遂将崔素莹入选赣王府，张晋男扮女装进王府画像经过大致说了，只略去自己如何设法营救等情节。

马哈木欢闻之不语，俄而道：“言之凿凿，却叫本汗如何相信？便是你，果真是那什么女画师吗？”

“大汗若是不信，我现画一张就是。”

“好，那你就给本汗画一张。”马哈木欢原不信这些惟妙惟肖的秀女图，竟出自一个年轻姑娘之手。

笔墨纸张送上，云宜不愿再画那些可怜的秀女，抬眸将马哈木欢细瞧几眼，提笔蘸墨，不消片刻，一幅人物肖像已跃然纸上。

侍从将画呈上，马哈木欢见纸上之人锦袍垂地，玉带围腰，发辫及肩，器字轩昂，不是自己又是何人？不由惊叹道：“画得好，本汗信你是个画师。既如此，她们留下，你去留随意。”

一旁崔素莹闻言瘫坐在地，低声哀泣：“求大汗高抬贵手，放我归去……”

马哈木欢离座走到她身边，看着她道：“本汗问你，你和那张晋成亲了吗？”

崔素莹摇头。

“既未成亲，何谈夫婿？不过，就算你们成了亲也没关系，我们草原上没那么多的规矩，只要本汗喜欢，你一样可以成为本汗的女人。”

云宜想这瓦剌可汗还真是一厢情愿，忙道：“那是大汗的想法，对于我朝女子而言，既定盟约便不相负，一女不可事二夫。君子有成人之美，请大汗放她和我一同归去。”

“君子有成人之美，可惜本汗却是君王。”马哈木欢淡然一语。

果真与虎谋皮，缘木求鱼。云宜见事无可为，拉起崔素莹，冷道：“三军可夺帅，匹夫不可夺志也。女子亦有节烈之心，君王怎可强夺人妻？”

马哈木欢凝神望她，想这小小女子不知天高地厚，沉声道：“将崔美人送到本汗寝帐，其余的都送去各部亲王处。”言下之意，便是她也别想走了。

“大汗，”一直在帐边旁观的荀予佑快步上前，对着马哈木欢一揖道，“请将这女画师赐予在下吧。”

马哈木欢不想他会提此要求，略一思忖，笑道：“好，送你便是。”如此，既做了顺水人情，也让这不知天高地厚的丫头明白谁才是这里的主宰。

女人难道都是物件，想送便送？云宜心里发了狠，今日就宁为玉碎，不为瓦全。她迈步上前，伸手欲拔旁侧侍卫的佩刀，荀予佑倏忽转身，一把按住。

“你，你是侯……”

云宜看清了面前之人愕然惊喜，荀予佑向她摇头示意，转身对马哈木欢又施一礼，带着她迅速退出帐去。

马哈木欢细察二人举止神情，若有所思地一笑。

荀予佑拉着云宜径直回到自己帐中，放开了她道：“云姑娘，你也太烈性了些，你知道刚才是在和谁说话吗？”

“云庐风骨，便是如此。”云宜回想适才帐中情景，不觉亦是后怕，口中却不服软，忽而省起，望着他道，“侯大哥，你又怎会在这里？你究竟是干什么的？为何那瓦剌可汗还能听你的话？”

荀予佑一时不知如何回答，反问道：“你觉得我是干什么的？”

云宜摇头：“你不说我怎么知道？不过看你游走四方，行踪不定，莫不是经商行旅之人？”

荀予佑拍手道：“正是，正是，云姑娘聪明绝顶。我刚给瓦剌运来一批中原的货物，可汗甚是高兴，自然于我是有求必应。”

云宜叹息：“侯大哥，你又救了我一次，否则今日不知会怎样。”

荀予佑若有所思，道：“若不将你送我，便是送给某位亲王吧。”

云宜细想，愈觉害怕，但看荀予佑忍俊不禁的模样，撇嘴道：“侯大哥，你就别开玩笑了，我哭死的心都有。”

荀予佑忍住了笑，见她风尘仆仆、一脸倦容，道：“先洗把脸，吃点东西，再和我说说你们怎么会来这儿的。”

他叫人打了洗脸水，送上吃食。云宜早就饥肠辘辘，稍作梳洗，将送来的食物狼吞虎咽一般尽数吃了。擦了擦嘴，抬头见荀予佑正关切相望，任她心性刚强，想起数月经历，鼻子一酸，亦不禁滚下泪来。

荀予佑递了手帕给她，云宜接过，不由更觉伤心，索性哇的一声哭将出来，唬得荀予佑慌忙离座不住安慰。她这才抽抽搭搭地把别后诸事一五一十地说了。

荀予佑蹙眉听完，心中大是吃惊。他虽派人日夜关注云庐那边的情况，可领兵塞外，消息自是不能通达。他想不到荀瞻濠远在江西会相召云康父女去画秀女图，又千里迢迢将选秀美人送来瓦剌，更想不到云宜为了救崔素莹胆敢如此行事，真是暗暗替他们捏一把汗。

“你们也太大胆了些。”荀予佑摇头，“赣王府中男扮女装私会秀女，若被人知晓哪里能活着出来？你们竟然还去长江里截官船、在运河边扒马车！”

“我不能眼睁睁看着张世兄和崔姐姐被人强拆姻缘，生离死别啊。侯大哥，你不知道，若是崔姐姐有什么好歹，我那个迂腐酸儒傻世兄啊，肯定不会独活。”

云宜跺脚，起身就往帐外走。荀予佑一把拉住了道：“去哪里？”

“去找那瓦剌可汗理论啊。他一定有很多女人，少崔姐姐一个不会怎样，可张晋若没了她，怕是活不下去。”云宜望他一眼，央求道，“要不你和我一起去，或许他看你面子会放人呢。”

荀予佑想着马哈木欢瞧崔素莹的眼神，分明已一见钟情，叹道：“人各有命，且看崔姑娘自己的造化吧。”

“可若是那瓦剌可汗，他，他……”

“要发生的总会发生。”

“难不成要坐以待毙？”云宜有些生气，甩脱了他的手，“不努力争取，怎知不能有所改变？”

“那我问你，这儿谁说了算？”荀予佑道。

云宜说不出话，她的确还没强大到可以去和马哈木欢询斤问两、讨价还价。如今正是人为刀俎，我为鱼肉，不由得气得一跺脚：“什么瓦剌可汗、赣王爷、平江侯，俱为一己私欲，为所欲为，真是可恶，可恶至极！”

荀予佑听她提及自己，干咳了一声，说：“此事和那平江侯无关吧？”

云宜恨恨道：“强人婚嫁，半斤八两。”

荀予佑闻言愕然，转身之际，神色尴尬。

草原的夏季，白天阳光普照，酷热难耐，到了夜晚，却是有些寒冷。

云宜在帐中泡了个热水澡，只觉重获新生了一般。

荀予佑走进帐来，见她换上了蒙古女子的衣袍，一笑点头，说：“你穿这袍子倒是英姿妩媚，别有韵味。”

云宜无心玩笑，愁眉苦脸地问：“今晚我睡哪里啊？”

荀予佑看她一眼：“你想睡哪里？”

好吧，没得选。

“那你睡哪里？”云宜又问。

荀予佑环顾四周：“自然是这里。”

“这如何使得？”云宜着急，“孤男寡女共处一室，而且……而且这里只有一张床。”

荀予佑径自走到桌边坐下，悠悠道：“也罢，若你不想睡这里，或可露宿帐外，或可请大汗送你去别处睡。”

云宜听帐外风声呼啸，想起马哈木欢吩咐将秀女分送各部亲王的话，嗫嚅道：“我，我还是睡这里吧……我睡地，你睡床好了。”

荀予佑哈哈一笑，站起身来，说：“好不容易将你讨了来，怎舍得让你睡地上，你就放心一个人睡床吧。”

云宜感激：“侯大哥，两次救命之恩，不知何以为报？”

荀予佑道：“既如此，我们一起睡床。”

云宜满脸通红，想起前次荀予佑让她以身相许之语，暗道这人哪里都好，就是爱半真半假地开此等玩笑。

“好了，不吓唬你了，快去睡吧。”荀予佑说着，在帐中拉起一根绳子，在绳上悬一块毡布，取了一条被褥，道，“放心，我非礼勿视。”

“你真要睡地上吗？”云宜担心荀予佑着凉，见他浅笑相望，不禁倏忽闭嘴。

云宜躺在床上翻来覆去睡不着，只听荀予佑隔着毡布低声道：“安心睡吧，我在，保你万无一失。”

云宜如受催眠，渐是松弛。连日舟车奔波，惊魂不定，她早已疲累至极，不消片刻便沉入梦乡。

荀予佑听她呼吸渐匀，再无动静，才复缓步轻声走到桌边坐下。

桌上烛火摇曳，他凝望出神，想起白日里云宜所说，心中更是迷茫。他曾几次向云康提亲，云康均不置可否，这一次却匆忙遣女自来，而云宜对此偏不知情。荀瞻濠明里讨好东宫太子，暗中以秀女巴结瓦剌，究竟打的什么主意？马哈木欢所言，看似不着边际，仿佛又有迹可循。自己八岁前流浪在草原，种种疑窦蹊跷，父母生前三缄其口，如今更是无处问询。

荀予佑思来想去，睡意全无。正想步出帐外看草原月色，忽闻床上云宜几声低吟。他走到毡布跟前，听她似翻了个身，又无声息。

荀予佑知她梦中呓语，失笑摇头。想起她提及平江侯时种种不屑神情，立在那里，竟是呆愣。

这婚姻之事，该当如何呢？

浅雾蒙蒙，四下茫茫。

云宜左顾右盼，踯躅独行。

阳光洒下，雾气消散。蓦然间，重檐飞阁，琼楼玉宇，一座气势恢宏的宫殿呈现眼前。

宫门虚掩，门上如碗大的铜钉在阳光下反射出刺目光芒。云宜步至门前，伸手奋力推去，沉重的宫门发出吱吱嘎嘎的声响。

宫门洞开，迈步而入，踏着镂花窗格投射在地的阴影，她缓缓向前。阳光在背后远去，清冷孤寂的感觉攫住身心。

殿内空旷，静谧不见人影，只有硕大不能合抱的朱柱根根竖立。她穿梭在画栋雕梁间，回头望，已不见宫门所在。一瞬恍惚，眼前似又多出无数根柱子，叫人如入迷阵。

环视四周，云宜的背上冒出冷汗。彷徨间，忽隐约有人唤她姓名，侧耳细听，是祁珏的声音。

她惊喜回应，循声找去，兜兜转转，半晌迂回，只闻其声，不见其人。她急得鼻尖沁汗，猛然回眸，重重叠叠的宫柱间似有个人影。

她飞奔过去，果见一人披发垂首、绳索纵横被缚于一根粗大的宫柱上。她微颤着手拂开那人脸上的乱发，映入眼帘的是最熟悉不过的容颜。

“祁珏，你怎么了？”

她惊呼，双手捧住眼前苍白如纸的面庞，听他声若游丝：“宜儿，快救我……这绳子勒得我……喘不过气了……”

她慌忙伸手去解绳索，拼尽全力却松不开分毫。她越用力向外拉扯，那绳索越向内紧缚，仿佛要陷进其下的身体里去。

唇间溢出呻吟，祁珏神色痛楚地低垂下头，渐无声息。

“祁珏，你怎么了，你说话呀！”她急道。

粗实的绳索上忽而血色浸淫，她以为是自己太过用力磨破了双手，却发现那鲜红的颜色竟是从祁珏的身体里汩汩而出。

她心中大骇，后退一步瘫坐在地，又挣扎而起，抱住他大哭：“祁珏，祁珏，他们把你怎么了呀，你不要吓我，不要吓我……”

云宜被荀予佑推醒，才知是一场噩梦。但梦里景象如此真切，直叫她心头鹿撞，怦怦跳个不停。

“云姑娘可是梦见了什么？”荀予佑轻声问。

他刚披衣出帐，见一轮明月悬挂天际，两三星星闪烁光芒，便听云宜在帐中呼喊。他心下着急，顾不得男女之嫌，径直入内察看，将她轻轻推醒。

云宜满头是汗从床上坐起，望着他惊魂不定：“我梦见祁珏了，他，他浑身是血……他们一定是害了他！”

荀予佑在床边坐下，递了手帕给她：“做梦而已，当不得真。”

云宜木然接过，兀自回想梦中情景。

荀予佑叹了口气，取过手帕替她擦了额上冷汗，轻声缓语：“你这是日有所思，夜有所梦。”

“可是，”云宜一把握住他的手，“可是那个荀瞻濠……他会不会，会不会……”

荀予佑见她握着自己的手尚不觉知，不由得心中五味杂陈，轻咳一声。云宜回过神来，尴尬地缩回手去。

“不会。”他道。

“为什么？”

“因为崔素莹已送至瓦剌，荀瞻濠素喜结交文士英才，绝不会因此坏了他礼贤下士之名。”

“真的吗？祁珏真的不会有事吗？”云宜心中依旧惴惴。

荀予佑点头：“时候尚早，你再睡会儿。”

云宜摇头：“不睡了，我怕再做这样的梦。”

荀予佑道：“那我陪你说会儿话。”

云宜于是拥了被子，坐在床上同他讲小时候怎样和祁珏一起学诗作画，一起在山间玩耍。荀予佑一言不发，默默倾听。云宜平复了紧张不安的情绪，说话间困意渐生，又迷迷糊糊地睡下。

荀予佑替她盖好被子，掖了被角，起身离开。

云宜这一觉颇是安稳，醒来时已天光大亮。

她穿戴整齐转身出来，见荀予佑和衣卧在桌边，不觉心生歉意，忙取了件衣袍轻轻替他盖上。

荀予佑鼻息均匀，兀自不醒。他被云宜闹了半夜，将至天明才趴在桌上熟睡过去。

云宜迈步出帐，但见晨曦灿烂，绿草弥望。远处的山坡上，黄色的金莲花、白色的火绒草和粉红的石竹遍地开放，像一幅铺展到天边的五色织锦。一弯清流于草甸中蜿蜒远去，水边牛羊徜徉，悠闲地啃食青草。和风徐徐，炊烟袅袅，新鲜的空气里混着几缕奶香，白色的蒙古包似珍珠点缀在无边无际的草原上。

她久居江南，从未见过如此壮美生动的景象，不觉看呆了。等想起该回去梳洗，一转身，忽然对上一张同是惊愕的脸庞。

云宜往后退了一步，对面手握大捧野花的蒙古少女指着她气急败坏道：“你，你……你怎么会在这里？”

云宜以手抚胸，喘了口气，说：“亏得是大白天，你这样不声不响站在我身后，是想吓死我啊？”

萨莉亚上下打量她两眼：“你是谁，我怎么从来没有见过你？”忽而一拍脑袋，“哦，你就是那被送来的汉人美女吧。你不在欢哥哥帐中待着，跑来这里做什么？”

云宜想她口中的“欢哥哥”大概便是那个让人想起来就生气的瓦刺可汗，遂不愿多言，绕开了欲进帐。

萨莉亚一把拉住她道：“你不能进去。”

嗓门还挺大，云宜瞪她一眼：“为何不能？你放手，拉着我做什么？”

“这是侯爷的帐子，你怎么能进去？”萨莉亚紧抓不放。

“我怎么不能进去？”云宜挑眉，“我昨晚还在这帐子里睡了一夜呢。”

“为什么你会在他帐子里睡？”萨莉亚怒道。

“为什么？”云宜嗤笑，“去问你那个什么欢哥哥呀。”

萨莉亚闻言怔愣，见她发丝凌乱，分明刚睡醒的模样，气得一把扔了手里的野花，两只手抓牢了她，道：“反正我说你不能进，你就是不能进！”

两人正拉扯僵持，荀予佑掀开帐门走了出来，见状忙上前将她们分开。

萨莉亚一把拉住荀予佑，指着云宜道：“她是谁，为何要在你这里睡？”

荀予佑不由得尴尬，萨莉亚哇的一声哭将出来：“可恶的欢哥哥，送什么不好，送个女人给你……”

荀予佑更觉尴尬。云宜见之，心领神会，道：“你莫要哭了，事情不是你想的那样。我只是他的小丫鬟，端茶递水的那种。”

萨莉亚止了哭，巴巴地望着她，问：“真的吗？”

云宜说：“当然。”

萨莉亚破涕为笑，弯腰拾了地上的花束，塞进荀予佑怀里：“这花送给你，太阳没出来我就去对面的山坡上采的，还带着露水呢。”说完，满脸通红地跑了。

荀予佑抱着花束兀自呆愣，见云宜朝他暧昧一笑，忙道：“云姑娘，你别误会。”

“窈窕淑女，君子好逑。反之亦然，反之亦然。人家姑娘喜欢你，不用管我怎么想。”她哈哈一笑，忽而蹙眉，“她刚才为何叫你侯爷？”

“她……才学了些汉语，常犯些稀奇古怪的错误，以为比她年长的汉人男子都要尊称为‘爷’。她说的‘侯爷’，其实和你说的‘侯大哥’是一个意思。”

荀予佑急中生智道。

“哦，原来如此，这瓦剌妹子真有意思。”云宜笑弯了腰，直起身来凑近那花束，只觉香气扑鼻，沁入肺腑。心旷神怡之际，心想多亏有这位侯大哥，自己才能在这陌生之地安然度过一晚。

忽又担心起崔素莹，不知这一晚，她是如何度过的？

这一晚，崔素莹也安然度过。

她虽被送去马哈木欢的寝帐，当晚马哈木欢却连帐门都没进。她听着帐外风声，战战兢兢地独坐了一夜。第二日，亦是如此。挨到第三日，她终于支撑不住，靠在床头迷糊过去。

马哈木欢进帐，见崔素莹半躺在床，不由得放轻脚步，慢慢走到床边凝望出神。

眼前女子唇红似丹，眉青如黛，浓密微卷的睫毛在紧闭的双目下投射出阴影，粉雕玉琢的脸庞上泪痕犹存。北地胭脂虽也妩媚，到底比不上这南国女子纤柔娇美、楚楚可怜，直叫他一心一意想呵护于怀。

他并不沉迷美色，却在送来的秀女图中一眼相中了她。他记住了图上姓名，崔氏素莹，点名要她。原以为画图未免夸张，但当她立在汗帐之中，他霎时惊叹于她的绝世姿容，也钦佩那画师的妙笔生花。

他心内欢喜，偏偏郎有意而妹无情。她说自有夫婿，真让他如鲠在喉，气塞胸臆。

马哈木欢伸手扯过床上被褥，轻轻盖在崔素莹身上。她睡着的模样很是动人，轻浅的呼吸里有如兰香气。

叫他意动神摇，心驰难禁。

崔素莹醒来时，正对上马哈木欢俯身凝视她的炯炯目光，不觉惊呼，直缩进床角里去。

马哈木欢干咳一声，直起身道：“本汗又不是凶神恶煞，还会吃了你不成？”

崔素莹顺手抓过落在脚下的被子罩住全身，哆嗦道：“你想干什么？”

马哈木欢淡然一笑：“本汗寝帐之中，你说我想干什么？”

“你……不能……不能睡在这里……”崔素莹语不成句。

“这是本汗寝帐，不睡在这里又睡在哪里？”马哈木欢伸了个懒腰，“我看你也累了，不如一起睡吧。”

“不行！”

“为何不行？如今你是本汗的人，过来。”马哈木欢张开双臂，示意崔素莹替他宽衣。

崔素莹拥紧被子拼命摇头，马哈木欢蹙眉：“你们汉人女子连给男人脱衣服都不会吗？”自行解了腰带扔在床边，又伸手探向衣袍的扣子。

崔素莹忽地拔下头上发簪，指着他嘶声道：“退后，你退后！”

“你这是想行刺本汗？”马哈木欢看一眼那兀自发颤的发簪，“那你该拿这个。”解了身上佩刀掷在床上，且看眼前人如何反应。

崔素莹丢了发簪，一把将刀握在手中，拔刀出鞘，反手架上自己的颈项。

“你，把刀放下！”不想这柔弱美人刚烈如斯，马哈木欢着实吓了一跳。

崔素莹语声凄然：“大汗何苦相逼？”

生怕她手上用力，马哈木欢急道：“只要你愿意，本汗封你为妃……封你做可敦也无不可。那时，你便是这草原上最尊贵的女人，为什么要如此轻贱自己的性命？”

“我不愿为妃，也不想做什么可敦，但求大汗能放我回去。蝼蚁尚且偷生，我自不想轻舍性命，只素莹与夫婿相约白首，结誓‘不离不弃，生死相依’。一心不能二用，一女不事二夫，若大汗不得见许，我便只好以此全节。”她将手里的刀向脖间紧了紧，泪珠滚落，滴溅在亮白的刀刃上。

“夫婿，夫婿，你说的夫婿到底在哪里？”马哈木欢既心疼又生气。

崔素莹也不知张晋去了哪里，心内凄惶，哽咽道：“虽不知他身在何处，纵天涯海角，我心往矣。”

马哈木欢怒极反笑：“别说天涯海角不知他人在哪里，就算他如今身处此地，我倒要看看他有没有胆子敢要本汗的女人。”

崔素莹握刀摇头：“我不是大汗的女人。”

“痴心女子负心汉，你们汉人是不是有这样一句话？”马哈木欢冷哼，“我可以给他无数的钱财和美女，相信他未必坚贞如你。”

“大汗可知我们还有‘富贵不能淫，威武不能屈，贫贱不能移’之语，素莹相信自己的夫婿就是这样的人。”

马哈木欢嗤笑：“一个画师而已。”

“画师也可以是顶天立地的大丈夫。”

马哈木欢挑眉："难道本汗竟比不上他？"

"大汗身份尊贵，自是高高在上。怎奈人心之高，尚在天外。夫婿待我之心必与素莹相同，大汗若不放我归去，就请成全素莹求死之心。"

"你敢！"马哈木欢怒意更盛，"本汗给你时间考虑，也决不勉强你。但你若敢寻死，你那什么夫婿纵然远在天边，我也会抓了来，让他给你陪葬！"

他抓起床上的腰带，几步走出帐外。

第八章　三人之行

荀予佑终于开口向马哈木欢询问沂王踪迹。

马哈木欢摇头道："草原地形辽阔，藏纳几万人的兵马并非难事。但瓦剌境内绝没有出现过这样一支军队，否则，我不会不知道。"

荀予佑沉吟半晌，道："多谢大汗直言相告，若蒙允许，我想去各处转转，看看瓦剌的风土人情。"

马哈木欢微微一笑："侯爷是信不过本汗，要亲自查访？"

荀予佑确有此意，口中只说："哪里？前次听大汗所讲之事，倒叫我对这片土地生了向往之心，故而想乘时优游。"

马哈木欢颔首："那还回来吗？"

"自然要回来，即便归朝，也当先向大汗辞行。"荀予佑顿了顿，复道，"请大汗允我携一人同行。"他实是不放心云宜，自己若不在，这小姑奶奶指不定又会惹出什么事来。

马哈木欢"哦"了一声，笑说："是那个女画师吧。你们汉人有个成语叫什么来着——'如胶似漆'，才几日就这样难分难舍，形影不离了？"

荀予佑尴尬一笑。云宜只在他帐中住了一晚，便提出搬去萨莉亚的帐子住。萨莉亚当然求之不得，这两日，怕是她们二人形影不离。

"那女画师长得倒不错，就是这脾气……"马哈木欢摇头叹息，俄而对着荀予佑暧昧一笑，"但她好像颇听你的话。"

荀予佑脸色微红："不瞒大汗，我与她是旧相识。"

马哈木欢想他那日举止神情，哪里只是相识而已？复笑道："原来是他乡遇故知，难怪侯爷这般照拂。"

荀予佑点头："女子柔弱，出门在外，本当多照顾些才是。"

马哈木欢心道，这女画师可未见柔弱，便是那崔美人，瞧着弱不禁风，竟也敢拔簪拿刀地对他，不觉微挑了挑眉头。

“我朝女子外柔内刚，秉持操守者，亦有不顾生死之心。天下万事，勉强无益，还请大汗能明察秋毫。”荀予佑复道。

他知马哈木欢对崔素莹情有独钟，也无法干涉他后宫之事，只是架不住云宜天天求他说情，遂乘便旁敲侧击。

马哈木欢闻言不语。天下女子，其实一般。若真爱一人，就剖心掏肺，哪怕舍了性命亦是甘愿，好比他的忽兰姑姑。否则，便应了那句“女人心，海底针”，任你怎么努力，都是徒劳。

他自然知道强扭的瓜不甜，但他那几乎不曾动摇的心神，已被崔素莹迷乱得难以把持。既然她能千里迢迢来到自己面前，难道不是上天的安排？他绝不可能就这样放她回去。他会对她更包容、更爱护，要有耐心，直到她心甘情愿成为他的女人。他心中叹息，自己这样一个在草原上叱咤风云的男人，竟然叫那柔柔弱弱的汉人女子俘获了心去。

荀予佑见马哈木欢不说话，遂起身告辞。才出得帐来，远远就见云宜骑在一匹高头大马上，萨莉亚正站立一旁挥扬马鞭。马鞭子才挨上马屁股，那马就撒开蹄子飞奔了出去。

荀予佑这一惊非同小可，想云宜久居江南，哪里知晓这蒙古马的厉害？倘若一不小心摔将下来，可真是要人命的。

他慌忙疾走几步，解开不远处木桩上拴着的一匹马飞身跃上，追赶而去。

云宜坐在马上左右摇晃，钗环斜坠。

耳边呼呼生风，她紧紧抓着马缰，不敢腾出手来理一下已迎风而乱的发丝。她觉得自己快要被颠下马背，心里明白若是这样摔将出去，不死也会丢掉半条命。

“抓牢马缰，踩住马镫，夹紧马腹，人稍直立。”荀予佑飞马在后，冲她大声喊。

云宜只听得“抓牢”二字，其余都在风中飘散，急急嚷道：“我已经抓得很牢了，再抓，再抓手就要断了！”

荀予佑见那马头已被缰绳勒得歪斜，知她紧张之下用力不均，忙又喊道：“你放松些，别怕。”

“放松？放松就掉下去了！”

云宜双手绷直，拼命抓住马缰不放。她害怕得直想哭，谁说骑马很容易，坐上就行？真是上去容易下来难，这马跑起来根本拉不住，风驰电掣一路向前，直朝着湖边一群徜徉悠闲、埋头吃草的牛羊猛冲过去。

“你快些，快些让它停下呀！”她语带哭腔向荀予佑求救。

她才不想和那些牛羊撞个满怀，也不想一头摔进湖里去，虽然她会水，可也不是这么玩的。

荀予佑策马赶上，甩开马镫，纵身跃到她的马上，伸手去抓马缰。哪知刚刚触及，那马一声嘶鸣，前蹄跪倒，后蹄扬起，猛地便将马背上的两人甩将出去。

云宜人在半空，吓得惊叫闭眼，落地瞬间却被人一把从身后抱住，一阵天旋地转，翻滚出数米开外。

那马骤然倒地，原来是踩着个土坑，马失前蹄。

不远处的牛羊一下四散开来。云宜惊魂未定，睁开眼，发现自己正被垫在身下的人紧紧抱于怀中，霎时满脸通红。荀予佑松开手，她慌忙翻滚而下，落在旁侧的草地上。

荀予佑微喘着从地上坐起，抚着被云宜手肘撞痛的前胸，咳了几声道：“云姑娘，你这又是和谁玩命？”

“不玩命，就、就骑个马。”云宜趴在地上，只觉浑身散架。

“就骑个马？”荀予佑怔怔望她，“你会骑马吗？你知道这是什么马吗？”

云宜摇头。

“这可是草原上的蒙古马，刚烈雄健，奔驰如飞。”荀予佑搀扶她起来。

云宜只觉双腿发软，两臂酸痛，几不能动。她初遇荀予佑时曾与他同乘一骑，并不觉骑马有多难，今日才领教了在马背上风驰电掣、无法掌控的感觉。

“骑马要踩住马镫，稍稍直立，切不可完全坐于马鞍上，尤其在马快速奔跑之际。”

云宜揉着被颠得生疼的屁股嘟囔：“你怎么不早说？”

荀予佑苦笑：“我怎知你会去骑那蒙古马？”

“你以为我要骑这劳什子的马吗？”云宜愤愤然，“要不是你那瓦剌妹子心上人，她叫我……哎哟……”咧嘴又去揉酸痛的手臂。

“什么瓦剌妹子心上人……”荀予佑想起她所指何人，不觉尴尬，只道，“你不骑，人家还能绑了你上去不成？”

云宜听他这话分明向着萨莉亚，气道：“反正是她先嘲笑我不会骑马，还说草原上不会骑马就无法过活。我说我也不想在你们草原上过活，我们那里都行船，有本事和我比撑船。她说不过我，就说我若敢骑马到湖边，她便去向那瓦剌可汗求情，放了崔姐姐。”

荀予佑道：“云姑娘，赌什么别赌自己的命。你无须对别人的人生负责，倒是你，身体发肤受之父母，怎可如此不小心谨慎？”

云宜细想这话有理，要不是他，今天当真危险，不觉红了脸道：“上次是跳墙，这次是摔马，多谢侯大哥又救了我一次。我倒是没事，你要不要紧啊？我刚才好像听见砰的一声响，你，你摔伤了没有？”

“你说呢？”荀予佑反问。他抱着她用力翻转先行着地，以自己的身体替她挡去大半冲力，如今肩肘胸背俱是生疼。

云宜一脸歉意。

萨莉亚骑马赶来，跳下马一把拉住荀予佑上下前后察看，忙不迭地问：“要不要紧，要不要紧，摔伤了没有啊？”

“无妨，无妨。”荀予佑不免窘迫，侧身闪避。

分明郎情妾意，云宜暗哼一声别过头去。须臾，转头对萨莉亚道：“之前说好的，只要我骑到这里，你就去叫你那什么欢哥哥放了我崔姐姐。”

萨莉亚摆手：“不算，不算，这次有人帮你。”

云宜生气：“你食言？”

“食盐怎么了，我还吃糖呢。”萨莉亚吐了吐舌头，“谁叫你不会骑马？草原上不会骑马就等于不会走路。”

云宜更是气恼，待要发作，一旁荀予佑劝解道：“她说得也对，你不会骑马，如何随我一起出游呢？”

“什么意思？”云宜和萨莉亚异口同声地问。

荀予佑便把要游历瓦剌之事说了，云宜虽无优游之心，但想若他要走，自己宁可跟着。

“为何你带她不带我？她连马都不会骑。”萨莉亚一副要哭的样子。

云宜哈哈一笑，故意气她道：“我是侍女，自然是跟着主人走。不会骑马又怎样？我们可以像刚才那样同乘一骑啊。”

“你，你们，欺负我……”萨莉亚号啕大哭，拽住了荀予佑的手，“不行，去就得带上我，不然我叫欢哥哥不让你们走。”

“就不带你，除非你让他放了我崔姐姐。”云宜火上浇油。

萨莉亚巴巴地望着荀予佑，滔滔不绝地诉说带上她的各种好处。荀予佑沉吟片刻，说：“此事还须请示可汗。”

萨莉亚忙跑去找马哈木欢，跺脚抹泪，就差没以死相挟，要求同荀予佑出游。

马哈木欢知她心意，道：“想去也行，但必须早些回来，别误了山上祭敖包的日子。你不是天天盼着在那达慕上和勇士们比试骑马射箭吗？”

萨莉亚猛点头，祭山大典后便是她心心念念的一年一度的那达慕盛会，可若是能跟着荀予佑四处游逛，赶不上也罢。

她跑去找荀予佑，说马哈木欢已经同意。荀予佑见她雀跃兴奋的模样，道：“同去可以，只有一事别忘……”

“我知道，我知道。”萨莉亚抢过话头，“不能暴露你的身份，不能叫你‘侯爷’，这你都和我说过了，但总得有个称呼吧。”

“就叫‘大哥’。”

“好呀。”萨莉亚拍手，“我喜欢这个称呼，那……大哥，我们何时出发？”

“明天。”

“太好了。”萨莉亚高兴得手舞足蹈，飞快地跑去整理行装。

翌日清晨，三人带足吃食衣物准备出发。

萨莉亚骑她的“小黑”，荀予佑牵了灰白、枣红两匹蒙古马，对云宜说：“云姑娘，请你选一匹。”

“选、选一匹？”云宜舌头打结，呆愣愣看着眼前的高头大马。她虽短袍束腰长靴到膝着了蒙古骑装，却是中看不中用。昨日才尝过这蒙古马的苦头，如今她见马就犯怵，哪敢再去招惹？

“你还是和你那瓦剌妹子一起去吧，我不去了。这不是欺负我不会骑马吗？”

“云姑娘，你误会了。”荀予佑一笑开口，“是我们同乘一骑，你若无特别要求，我就选那匹白的。”

云宜长吁了一口气，见荀予佑转身又取了两个扎紧的布袋放在枣红马上，也不知那袋里装了什么。

荀予佑和萨莉亚最后检查所带之物，云宜则无所事事，悠闲四顾，打量起那两匹蒙古马来。

她虽不懂马，却听萨莉亚说过些蒙古人相马的口诀。所谓：“远看一张皮，近看四肢蹄。前看胸膛宽，后看屁股齐。”眼前的马匹俱是正头良腹，体型高大，毛色油亮，肌腱发达。马蹄虽小，但坚硬端正，圆而厚实，蹄尖似剪，绝对是能日行千里、长久奔驰的好马。

荀予佑打点完一切后拉云宜上马，两人一前一后同乘一骑。

萨莉亚看了，只恨自己为什么会骑马。她忍了半日，终于提议不能太累着马匹，让云宜在荀予佑的马和她的“小黑”间轮流换乘。

云宜自是明白她心中所想，一口答应。

萨莉亚从小在马背上长大，骑术了得，为了让云宜多多选她的“小黑”，对她百般关照，格外小心。

云宜乐得如此，正好一举两得，既少了和荀予佑磕磕碰碰间肌肤相亲之嫌，又免去萨莉亚心头不快。故而一开始她还在黑白两匹马上轮换，后来干脆只和萨莉亚同乘。萨莉亚自然高兴，也不再说两人一骑会累坏马匹之语。

对于云宜来说，这真是一次大开眼界的旅行。

她久居山温水软的江南，从不知蒙古高原有如此雄浑壮阔的景象。他们行过绿色千里的草原，穿过风起如涛的森林，走过铺满玛瑙的戈壁，远望过金色无边的沙海。她看见荒漠中遍地开放的粉白花朵，沙地里怪石嶙峋，还有颜色艳丽、顽强生长的红柳和沙拐枣。不管什么样的景色都一律壮观，北国风光果然有着江南不可比拟的阔大之气。真是不远行，不知天下之大之美之奇特。虽然风谲云诡，身在异邦祸福不知，但能见如此景象，也算平生有幸。

三人行行走走，这一日，来到了阿尔泰山脚下。只见山林茂盛，绿意葱茏，青草漫坡，繁花似锦。雪线上的冰川倒映在清澈平静的水面上，银装妖娆，与山下的青翠色彩宛若两个世界。

云宜跳下马，高兴地跑向那如蓝绿宝石的一汪湖水。她深吸了一口气，直觉胸臆间清新舒适，想着人间仙境亦不过如此。

“怎么样，我们瓦剌是好地方吧，不比某人常挂在嘴上的江南差吧？”萨莉亚得意地说。

“大好山川，真是大好山川！”云宜由衷赞叹。

“这阿尔泰山可是我们的圣地，你看那挂在山头的冰川有多美。”萨莉亚

道。

云宜顺着她所指远眺，但见高山之上，一片皑皑，积雪成冰，终年不化，当真是晶莹剔透的琉璃世界。

“这里不仅有山有水有冰川，还满地都是宝贝呢。你知道‘阿尔泰’在蒙语里是什么意思吗？”萨莉亚见云宜摇头，更是得意，“金子，阿尔泰山就是‘金山’的意思。这山沟沟里有黄金，遍地能寻宝。怎么样，你那江南可有这样的地方？”

云宜复仰头环视四周美景：“好地方是好地方，只可惜黄金宝石再好，也不能当饭吃啊。我饿了，你不饿吗？”

萨莉亚摸了摸肚子，谁说不饿，走了那么多路，自然是又累又饿了。真想找个地方坐下来大吃一顿，再美美睡上一觉。

“附近没有蒙古包，今晚只能露宿在此了。”荀予佑牵着马匹缓缓走来。

阿尔泰山冬日酷寒，唯夏季白昼气温和暖，但夜间露宿亦是寒冷。

荀予佑找了个避风处，将枣红马上驮着的袋子卸下。马匹没了负重，在林间的草坡上悠然徜徉，低头吃草。

林子里有很多结了野果的大树，红绿两色的果实灼人眼眸。萨莉亚上蹿下跳去摘果子，不一会儿就装了半口袋。她趴在树上朝树下的云宜笑道：“你怎么不来摘些，是不是不会爬树呀？”

云宜睨她一眼，心道：“我爬树的时候，你许是未出生呢。”要不是她答应过云康和祁珏再不爬树，这果子还轮得到别人摘？

她望着枝上的野果，思绪飞远。

夏日的西洞庭山绿树成荫，硕果累累。

那一年，云宜五岁，祁珏七岁，两人在山里捉迷藏。

云宜躲开了祁珏，坐在一块山石后休息，抬头看见枝上黄澄澄的梨子在阳光下泛出莹莹光芒。

这是西山有名的翠冠梨，肉脆汁多、果皮细薄，当地人称为“六月雪”，乃消暑佳品。她正又热又渴，瞧着那硕大鲜嫩的果实更是馋涎欲滴。她站起来，攀着树干便往上爬。

她虽常在山间玩耍，攀上爬下手脚灵活，但到底年幼缺乏经验。她触到梨子的刹那，踩断了脚下的一根枝丫，惊呼着从树上直坠下去，所幸并未落地，腾空挂在了纵横交错的枝干上。她头晕目眩，吓得直哭。祁珏闻声赶来，也不晓得该如何救她，急得只大声喊她别动。

她如风筝般悬在树间，日光刺得她睁不开眼。树枝终于不堪重负，她在下坠的瞬间失了知觉。

醒来时，她发现自己正趴在祁珏的背上。她脑中迷糊，身上却无大碍，只在树上挂得久了有些酸痛。

祁珏的背上濡湿了大片，不知是谁的汗。她伏在他背上不说话，看见他抬手拭泪。

她说："珏哥哥，你哭什么？我又没死。"

祁珏闻声，忙将她放下，看了看又把她抱在怀里，放声大哭："宜儿，你吓死我了，以后可不许爬树了！"

"哦，我口渴，想吃个梨。"她道。

"口渴了你告诉我，我给你找水，给你摘果子。反正，你再也不能爬树，绝对不能！"他抱着她有些发抖。

云宜点头，想一定是他救了自己，喊他可以松手。祁珏却不松手，兀是抱紧了她，哭得涕泗横流。

事情的后续，便是云康严命她不可爬树，并要她对着母亲的灵位发誓。

自此，她再不爬树。

萨莉亚采了满满一袋野果和云宜两人回来的时候，荀予佑已在山石避风处搭了个帐篷，细看之下，完全便是个小型的蒙古包。

萨莉亚拍手惊呼，跑到荀予佑身边大加赞叹："大哥，你真是太厉害了，竟然会搭我们蒙古人的帐子，今晚我们就不用露宿山林了。"

荀予佑微微一笑："材料有限，和你们住的大帐不能比，但睡两个人应该没问题。"

云宜这才明白那些装在袋子里的木杆和毛毡的作用，不觉对荀予佑又生出几分敬佩，忍不住也想夸赞几句，但见萨莉亚一脸崇拜地腻在他身边，遂知趣避开，拿了随行携带的锅盆，卷了衣袖和裤脚往湖边走。

"云姑娘，你干什么去？"荀予佑在身后唤她。

云宜转身笑道："我刚才见那湖里有鱼，趁太阳还未下山，我去抓两条，今晚就有热乎的鱼汤喝了。"

她大步走至湖边，脱了鞋袜，一脚踩进水中，立时倒吸了口气。原来这山间湖水乃高山冰川融化而成，即使在烈日当空的炎夏，亦是寒凉刺骨。

稍稍适应了水温，云宜将双脚下到水里，弯着腰只一会儿工夫就摸了条肥美的湖鱼上来。她正专心致志地摸第二条，萨莉亚跑到湖边对她叫嚷："你这是在干什么？快把它放回去！"

"放回去，放回去晚上吃什么？"云宜头也不抬，"这水里那么多鱼，不吃可惜了。"说话间又抓起了一条。

云宜一手一条湖鱼向着萨莉亚摇晃，气得萨莉亚转脸直喊荀予佑："大哥，快来管管你的小丫鬟吧，她太不听话了！"

荀予佑闻声走来，见云宜高卷裤腿站在水中，笑道："不知云姑娘还有这空手抓鱼的本领。"

"你怎么还夸她呀？"萨莉亚气得直跺脚，回头冲着云宜道，"快放回去，这是马魂，不能抓。"

"马魂？什么马魂？"云宜怔愣。

"就是你们汉人说的鱼，我们叫马魂。你知道这湖里为什么有这么多马魂吗？"

云宜哈哈一笑："人迹罕至，没人抓呀。"

"才不是。这里虽冬季严寒，可夏季水草鲜美，牧人们也会赶着牛羊来这里放牧，但从不抓湖里的马魂。马魂，就是马的灵魂。草原上有多少匹骏马，水里就有多少个马魂。"

"难道你们从来都不吃鱼？"云宜诧异。

"你何时见我们餐桌上有你们汉人所谓的鱼？我们不吃马，也不吃马魂。"

"难怪你们顿顿牛羊肉，我们江南可是鱼虾鲜美……反正你没吃过，和你说你也不明白。"

荀予佑见两人一个水里一个岸上掐起架来，忙道："云姑娘上来吧，这水有些凉，莫受了寒气。"

云宜顺水推舟走上岸，将鱼放进锅盆里，自言自语道："这鱼硕大肥美，两条应该够了，再说有人也不吃。"

"你，你是说要把它们吃了吗？"萨莉亚指着盆里的两条湖鱼气急败坏。

"不吃我费那劲干吗？我们是汉人，没这禁忌，你可以不吃啊。但你若从小到大都没吃过鱼，以后也不吃，那你的人生岂非少了一大乐趣？"云宜摇头大步向前走，气得萨莉亚一脸不忿地看着荀予佑。

荀予佑干咳了一声，转头避开。他虽早已习惯她们吵来吵去，但夹在中间亦是尴尬。

金乌西坠，余霞尽收。

三人架起锅灶，准备晚饭。

荀予佑将云宜抓来的两条湖鱼剖洗干净，加水烧汤，又在沸腾的鱼汤里放了些牛羊肉干。新鲜的湖鱼加上肉干一起熬煮，只一会儿工夫，扑鼻的香气便在山林的晚风中飘散。

云宜捧着碗，忍不住要探勺进锅，却被荀予佑抬手阻拦。

“你拦我做什么？她不能吃，我可以吃啊。”云宜瞥了眼身旁的萨莉亚道。

荀予佑说：“云姑娘切莫心急，待我再加点料，这汤的味道会更好。”

“该放的都放了，难道你还有什么好东西？”云宜好奇。

荀予佑一笑不答，从随身的袋子里抓出一把物什。云宜一看，竟是前几日途经荒漠时自己采摘的一束野花。

她记得那漫天铺地的粉白色野花蓬蓬勃勃，直把那一片荒漠开成了草原的模样。那些伞形花簇在绿意葱茏的根茎上随风摇曳，煞是好看。她在花丛里折了一把，上马前舍不得扔，便随手给了荀予佑，不想他竟留到现在。

荀予佑折下已是干瘪的花朵，将条状的绿色茎叶在清水里洗了，撕成碎段扔进锅里。

云宜愈觉好奇，看着他问：“这什么东西，野花野草也能吃吗？”

荀予佑但笑不语，一旁萨莉亚瞪她一眼，道：“什么都不懂！这是沙葱，是我们蒙古的荒漠之花，是牛羊马爱吃的食物。”

云宜记起他们的马匹在那一片花海中低头啃食不停的景象，回瞪了一眼萨莉亚，说：“我们又不是牛羊马。”便转头对荀予佑道：“这东西人能吃吗？”

云宜怕那一簇葱绿毁了一锅鲜美汤食，只听荀予佑道：“云姑娘放心便是，这沙葱不仅牛羊马喜欢，人亦可食。放入菜肴能增香添味，且有温辛发汗、健胃驱寒的功效。好，现在可以下勺了。”

“大哥，你明明是汉人，为何比我这个蒙古人还懂蒙古的吃食？”萨莉亚用满含崇拜的眼神望着荀予佑。

云宜将信将疑地舀起一勺汤来，还未入口便觉浓香四溢。入口辨味，只觉在湖鱼和牛羊肉的鲜味中另有一股葱花的香气。但这香气和江南的小葱并不相同，隐隐透着一股辣劲儿，食后周身通达，神清气爽。

云宜胃口大开，连喝了两碗汤，又吃了些鱼和肉。荀予佑将带着的饼子放在火上烤热了递给她，她高兴地继续大快朵颐。萨莉亚吃着东西，两眼却不曾离开那锅冒着腾腾热气的鲜汤。

云宜忍住了笑，盛了一碗没有鱼肉的热汤递将过去："这里面可没马魂，喝点汤不打紧吧。"

萨莉亚看一眼荀予佑，见他微笑点头，犹豫着接过碗去。

云宜复打趣道："其实吃些马魂也不打紧，人饿极了什么不吃？我们不给你说出去便是。"

萨莉亚嫌怨地看她一眼，却还是喝了口汤。哪知一口喝下便不得停口，足足将那锅汤喝得快要见底，其间在云宜的怂恿下还吃了点鱼肉。她这才知那马魂肉质鲜嫩，滑腻肥美，和平时常吃的牛羊肉大不相同。

萨莉亚兴致高昂，又将皮囊里的马奶酒喝了一半，情不自禁在荀予佑身边载歌载舞。她二九年华，本就生得健美，微醺后脸泛红晕，更显娇艳。

冰川之下，夜色旖旎。

荀予佑被萨莉亚的热情感染，亦不觉神采飞扬。云宜抬头，见火光映照下的两人眉目含情，会心一笑，却又倏忽黯然神伤。

云宜想到了祁珏，不知他现在何处，境遇怎样。

萨莉亚歌舞欢畅，钻进帐子只一会儿工夫便酣然入睡。

荀予佑用树枝拨弄了一下火堆，见云宜不声不响坐在一边，不禁问道："云姑娘在想什么？"

"胡思乱想罢了。"云宜回过神说。

"凡事不用多想，多想劳神无益。远路疲乏，你也去睡吧。"荀予佑道。

云宜回头看一眼他搭的帐子，稳固结实，睡上两三个人不成问题，不由感叹："你竟还有这手艺。"

荀予佑微微一笑："这不过是最简易粗陋的搭建之法，若要搭个像样的蒙古包，木杆围成的木栅上还得有加长的乌尼才行。"

"什么是乌尼？"

"就是撑杆。其实每个蒙古包乌尼的数目都一样，只是长短不同罢了，有经验的牧民能根据太阳照射在乌尼上的位置判断时辰。”

“你懂的可真多。”云宜由衷佩服，想了想，又道，“蒙古人都住在草原的蒙古包里吗？他们难道没有城郭和宫殿，就像我们的京城吗？”

“蒙古人以游牧为生，逐水草而居，但在某些合适的地点也建有城堡。如今正值夏季，水草丰茂，他们要祭山，举行那达慕盛会，可汗就会率部驻牧草原，设立王庭。”

“原来如此，不过那汗帐也算金碧辉煌。”云宜想起初见马哈木欢的情形。

“那是自然，可汗乃君王之尊……所以你那天真是大胆。”荀予佑想彼时若不是自己在帐中，真不知会发生什么事。

云宜冷哼：“便是君王也要讲道理啊，不然怎么以仁义治天下？”

荀予佑知她脾气，遂不多言，从袋子里取出一根枯枝，折了半截放入火中。

“你这袋子快成百宝箱了，这又是什么？”云宜好奇，凑近了瞧，不觉咦了一声，说，“这不是前两日在沙地里折的枯枝？我那时便好奇你要这东西作甚。”

“现在知道是何用处了吧。”

云宜点头，继而摇头：“此地山林，拾取枯枝当作柴火甚是容易，为何还要远路携来？”

“你可别小看这枯枝。”荀予佑道，“此处的枯枝虽可用来生火，却比不得这梭梭的枝条。”

“梭梭？那又是什么？”

“梭梭长在荒漠，可防风固沙，抵御干旱。树枝用来当柴火极是耐烧，当地有叫‘梭梭柴’的，这一根就能烧到天明，无须半夜添加，且烟灰很少。”

云宜听得微张了嘴：“你缘何会知道这许多稀奇事物？”

“说不上稀奇，云姑娘只是不了解罢了。若是我告诉你我还能制蒙古酒、蒙古茶、蒙古的奶皮子、奶豆腐，还有奶酪……”

“那我真要像萨莉亚一样崇拜你了。”云宜接口道。

荀予佑笑：“能得云姑娘崇拜，荣幸之至。”

“可你不是蒙古人，怎会知道这些？”云宜疑惑。

“我从前在蒙古待过些日子。”想起儿时经历，荀予佑暗自感慨。

云宜“哦”了一声：“大哥府上想必长久经商，行商作贾，游走天下，才会有如此阅历和见识。”

荀予佑微愣，随即笑道：“对，行走四处，居无定所。羡慕云姑娘书画世家，安住一方山水。”

“羡慕我？”云宜撇嘴，“从小到大，我只在那洞庭山上、太湖水畔嬉戏游玩，要是没有祁珏，我早就闷死了。”她叹了口气，说到祁珏，又引牵挂。

荀予佑默然片刻，说：“云姑娘不用担心，相信祁公子自会吉人天相。”停了一会儿，复道，“你如此关心他，这青梅竹马、两小无猜的情分还真叫人羡慕。”

云宜扬起头，用手托着下巴会心一笑，遐思自语：“譬如作画，若单以黑墨，也能以浓淡粗细笔法线条得一佳作，但终不及调以各种颜色来得鲜明生动。祁珏就是融入我生命里的那一抹亮彩，如果没有他，我的世界会少很多颜色。”

柴堆里噼啪爆出一个火星，荀予佑觉得那火星似正撞上自己的胸口，灼然烧开一个孔洞。心头闷闷地一痛，神色微变中手里握着的一截树枝应声而断。

“侯大哥，你怎么了？”云宜有些诧异地望他。

“没什么，是这梭梭的枯枝太脆了。”他淡然一语。

云宜不察，又问：“侯大哥可有家室？”

荀予佑闻言无语，抬眸深视她一眼。

云宜忙道：“我只是好奇，你这般丰神俊朗，一定有许多女子钟情于你。”

三人相处时久，云宜事事看在眼里。萨莉亚对荀予佑的感情自是鲜明，而荀予佑却不置可否、若即若离。

荀予佑摇头：“经商之人，游走不定，哪有闲暇顾及婚姻之事？”

“如此说来你还未成亲。”云宜凑近了他，笑道，“可也有那青梅竹马、两小无猜的姑娘让大哥记挂？”

荀予佑沉吟不答，半晌却道：“你那日究竟为何骑在平江侯府的院墙上？”

云宜回想当初相遇境况不觉尴尬，于是红着脸将在侯府发生之事一一道来。

荀予佑默然听闻，不由得道：“如此说来，此乃令尊亲允婚事。”

云宜不忿：“家父信上是这么说，但他从不屑攀附权贵，又怎会如此行事？我看一定是那平江侯暗中搞鬼。”

“你……当真如此讨厌他吗？”荀予佑黯然相问。

云宜思忖：“其实我和他素昧平生，但想他年少承爵，深得帝宠，必是意气骄矜，只图己欢，不顾他人感受的。”

荀予佑自语：“原来你这样认为。”

“位高权重者，大多如此啊。你看那赣王，选秀之事和强抢民女何异？还有那瓦剌可汗，明知崔姐姐心有所属，仍要强作婚姻。唉，出来这些时日，也不知她怎么样了。”已是子夜时分，山中陡觉寒冷。云宜叹了口气，将手放到火堆上取暖。

“位高权重又如何？一样勉强得了人但勉强不了心。我看那平江侯应该不会行强娶之事，可汗亦非凶神恶煞之人。夜深寒凉，云姑娘去帐中安睡吧。”荀予佑缓声道。

“你看？你哪里看的？”云宜不以为然，打了个哈欠站起身，“不过我还真是困了。”见他依然坐着，“侯大哥不困吗？”

荀予佑一笑说：“云姑娘不必顾我，放心去睡便是。”

人在旅途，其实不必细究礼数进退。云宜看那帐子也能容下三人，想来他君子胸怀，宁可身坐帐外，替她们看顾照拂，不觉心中又多几分感激。

她拿了棉袍递与他，自己缩进帐子里去。

荀予佑复往火堆里添了半截枯枝，倏忽间火光腾跃，噼啪作响。他紧了紧身上的袍子，依觉寒冷。帐中声息全无，云宜亦应酣睡入梦，不知梦中是否再见祁珏。

他用手揉了揉额头，细想她刚才所言，太阳穴上又是一阵跳痛。

第九章 玉骨冰心

萨莉亚到底惦记着马哈木欢的话，要赶回去参加祭山大典和那达慕盛会。

出行月旬，沿途并未发现沂王军队的踪迹，荀予佑想诚如马哈木欢所说，他们应该不在瓦剌境内。三人在山中宿了一晚，游逛两日，决定返程。

一路上，萨莉亚一个劲儿地撺掇荀予佑在那达慕和马哈木欢比试骑射，荀予佑但笑不语。三人策马赶回，却见蓝天白云下的碧绿草原宁静安详，牛羊成群遍地徜徉，哪里有欢声雷动的那达慕盛会和英勇矫健一竞高下的瓦剌猛士？

云宜在马上环顾四周，对萨莉亚道："还说要让我看一场激动人心的草原盛会，这紧赶慢赶的，如今可有什么好瞧？"

萨莉亚亦为眼前景象愣怔，往昔此际的草原上套马、骑射、摔跤、歌舞欢腾，今时为何这般安静，连个人影也无？要知道那达慕盛会哪一年不是热热闹闹连着好几天？即便这次他们没赶上祭敖包，可总能赶上那达慕啊。她正自疑惑，远远见有两个巡逻的侍卫，忙纵马上前。

侍卫看到她后，立刻躬身施礼。萨莉亚问："那达慕结束了吗？"

侍卫道："萨莉亚小姐，今年的那达慕没有举行。"

"没有举行？"萨莉亚诧异，"那祭山了没有？"

侍卫点头。

"祭山之后不应该就是那达慕吗？"萨莉亚心中奇怪，想马哈木欢并不知自己何时回来，应不会因他们而推迟盛会。

"因为，因为……"侍卫支支吾吾。

"因为什么？"萨莉亚催促。

"这个，这个……"

"什么这个那个，到底发生了什么事？"

"其实，告诉您也没关系，这事儿草原上已经传开了。"侍卫嘟哝道。

“那就快说！”萨莉亚有些不耐烦。

两个侍卫对望了一眼，一人便道：“听说有个鞑靼人的随从，趁大汗祭山之时，拐带了，拐带了……”

“啊哟，拐带了什么？”萨莉亚着急。

“拐带了大汗帐中的美人私逃。”

“哪个美人？”萨莉亚听得快没了脾气，“能不能一次给我把话说完？”

“就是前阵子汉人送来放在大汗帐中的那个美人，大汗生了很大的气，亲自带了人去追。”

萨莉亚大吃一惊，心想，哪个不要命的敢做这样的事？鞑靼的随从，鞑靼人怎么会来这里，还和汉人女子搅在一起？

见她神情，另一侍卫补充道：“萨莉亚小姐，您不在的时候，鞑靼派人来给我们大汗送礼。大汗好客，留他们住几日，不想其中一个胆子大过了天……”

云宜听萨莉亚和两人叽里咕噜说了好一会儿，也不知说些什么，忙求救似的看向荀予佑。

荀予佑皱着眉头讲了大概。云宜想除了崔素莹，还有哪个汉人女子能叫马哈木欢亲自带人去追？可是，带着她私逃的人又会是谁？难道……

“快问问，追回来了没有？”她着急地对萨莉亚说。

萨莉亚依言问了，侍卫道：“天黑前就追回来了。”

云宜说：“那拐带美人私逃的随从现在何处？他们把他怎么样了？”

萨莉亚又问，侍卫道：“那人抓回来被打个半死，关到马厩里了。”

云宜听闻，额头冒汗，说：“去马厩看看。”

萨莉亚带着云宜和荀予佑来到马厩，并不见人，一问之下，才知人已被带去汗帐。

云宜急得晕头转向，爬上马去对着萨莉亚道：“快去汗帐，去晚了怕是要出人命！”

策马赶到汗帐，云宜急匆匆就要往里闯，荀予佑一把拽住，摇头示意她不可鲁莽。云宜只好耐住性子，跟在他身后，随着萨莉亚迈步进帐。

萨莉亚进得帐去，见马哈木欢端坐高位一脸霜寒，不觉亦是宸严。三人上前行礼，马哈木欢也不多话，点头示意他们坐在一旁。

云宜心中既急且疑，忙不迭地环视帐内，但见两厢武士佩刀而站，森严肃穆，叫人不寒而栗。打量了一圈，并不见什么鞑靼随从，正自心疑，忽有侍卫来报人已押到，原来竟是他们策马急驰赶在了前头。

“带进来。”马哈木欢冷然吩咐。

云宜双目一眨不眨盯住帐门。须臾，只见两个瓦剌侍卫架了一人进来。那人满身尘土，衣衫褴褛，垂首无力，气息奄奄，几被拖曳而行。云宜虽只见他小半侧脸，却立时惊得从椅中倏忽而起。饶是蓬头垢面，身着胡服，眼前不是张晋又是何人？

荀予佑一把抓住她，低声道：“你干什么？”

“是、是张晋。”云宜见张晋模样，一时心酸，几乎要落下泪来。

“别轻举妄动。”荀予佑拉她坐下。

云宜眼中含泪，压着嗓门恨声道：“可恶，他们竟将人折磨至此。”

荀予佑默然不语，静观情形。

张晋被架至帐中，扔掷在地。马哈木欢默然注视，半晌道：“张公子，你可知罪？”

云宜闻言吃惊，原来他竟已知张晋身份。

张晋强自挣扎起身子，抬头看向高座上的人，嘶声道：“敢问在下何罪之有？”才说一句，便又虚脱倒地。

他饱受皮鞭拳脚，一天一夜滴水未进，被捆缚马后拖曳而来。此刻浑身疼痛如噬骨钻心，三魂七魄俱是缥缈。

马哈木欢冷哼：“你装扮成鞑靼人混入瓦剌，趁本汗祭山之时拐带崔美人私逃，竟不知罪？”

张晋伏在地上低喘半晌，道：“素莹是我三媒六聘的未婚妻子，怎说拐带私逃？”

“她既被送来瓦剌，便是本汗的人。你们如此胆大妄为，是不怕死吗？”马哈木欢怒道。

张晋早已将生死置之度外，只担心崔素莹的安危，不禁血涌心头，一阵狂咳，颤声说：“张晋不怕死，要杀要剐悉听尊便。只求大汗莫要伤害素莹……你，你把她怎样了？”

“本汗的人要如何处置，不劳张公子操心，你还是想想自己吧。”

张晋不语，听马哈木欢又道：“你如此行事，本当严惩。但闻张公子是江南有名的画家士子，本汗爱才，免你一死。不如今日，我们作一了断。”

“大汗想如何了断？”张晋气息奄奄。

马哈木欢挥手示意，立时有人捧了一大盒金银珠宝放在张晋跟前。

“大汗这是何意？”张晋瞥一眼盒子里的东西。

“只要张公子答应不与崔美人纠缠，这盒中之物就归你所有，足够你娶几个貌美如花的女子。此外，本汗再送你十名年轻漂亮的瓦剌姑娘，任你为奴为婢。”

张晋闻言呵呵笑了几声：“我决不拿自己的妻子与人交易。”

马哈木欢也呵呵笑几声：“她既到了瓦剌，便不再是你的妻子。昨夜，她已在本汗帐中侍寝。你们汉人不是说一女不事二夫，现在，就算我将她还给你，张公子怕是也不想要了吧。”

“你……怎可强人所难？”张晋愤然。

马哈木欢淡淡一笑：“本汗宠幸她，是她的福气。”

张晋伏在地上的身子簌簌发抖，忽而高声笑道：“大汗莫要小看了张晋，我和素莹心心相印，岂止因这一身皮囊？大汗能夺人身、夺人命，终不能夺人心意。不管你将她如何，只要她待我之心不变，她就仍是我张晋这一世的妻子。请大汗将她还给我，张晋感激不尽。”说完以额触地，砰然作响。

“天下竟还有如此痴情的男人！”萨莉亚不由得在一旁低语。

云宜白了她一眼，齿缝里迸出声音：“自然是有。”

萨莉亚转脸去看荀予佑，荀予佑微微摇头，示意她们不要说话。

张晋之语让云宜深受感动，又更替他捏了一把汗。张晋天真心性，书生意气，岂知无论他在乎与否，崔素莹顺从与否，马哈木欢都不会将人交还。就算马哈木欢对这女人已无兴趣，也绝不可能。因为这关乎一个男人的尊严，而这个男人还是高高在上、主宰一方的瓦剌可汗。

云宜心头突突跳个不停，不想马哈木欢沉默半晌，悠然开口：“也罢。若是张公子能再画一幅崔美人的肖像，好过上次那幅，本汗就允你……以画易人。”

云宜听闻，惊得差点从椅子上掉下来。

以画易人，还有这等事？

张晋也料不到马哈木欢会说出这样的话，黯淡双眸忽现光彩，不可置信地问：“大汗此言当真？”

“你们汉人不是有一句话叫‘君无戏言’？”马哈木欢望着他，面无表情地说。

片刻，便有人将一支毫毛散乱的枯笔、半碗墨汁和一张白纸放在张晋面前。

“我瓦剌重骑射，不事丹青，没有上好的笔墨纸张和各色颜料，委屈张公子将就着用。”马哈木欢淡淡言道。

云宜忍不住低哼，小声对荀予佑道：“这画具差点就算了，也不搬张桌椅来，叫人趴在地上画吗？这分明是有意折磨。”

荀予佑微微皱眉。他见过张晋所画崔素莹之肖像，半工半写，色泽明艳，描摹鲜活，画中人呼之欲出。此刻，且不说画具粗陋，便是他这般伤痛虚乏的情形，握笔尚且艰难，要如何才能作一幅上好之画，超过那已惟妙惟肖的秀女图呢？

张晋望一眼地上的画具并不作声，他伸了伸因绳索捆绑而淤紫红肿的手臂，活动一下僵直疼痛的手腕和手指，抓起地上的枯笔。那是一管早已干涸久未使用的羊毫，灰白的毫毛沾染灰尘，如敝帚般僵硬分叉后又粘在一起。

张晋将笔尖轻含进口中，用唇齿润湿理顺，探笔入碗。羊毫吸满了墨汁，掌在手里仿佛重如千钧。握笔的手不觉轻颤，他知道这小小的一支笔关乎着崔素莹和他的命运。他舔了舔出血的双唇，定神握稳手中的笔，闭目凝思。

一支枯毫，半碗墨汁，如何才能胜过自己在赣王府中所作的那幅秀女图？他不知他的素莹身在何处、安危几许？想必亦是柔肠寸断、憔悴不堪，与他一样备受折磨。他看不见她，但心里满是她最好的模样。

他睁开眼来，深吸了口气，落笔于纸。

云宜心中担忧，双目炯炯不离张晋笔端，丝毫没注意自己已紧紧握住了荀予佑的衣袖。

荀予佑瞥一眼抓着自己衣袖的手，抬眸看向张晋。

张晋聚气凝神，运笔如风，数笔便勾勒出美人轮廓，停笔思索片刻，复又蘸了墨涂抹点染。须臾，画像已成。

他搁笔于地，粗喘了几口气，听马哈木欢颇是吃惊地问：“画完了？”

“画完了。”张晋伏在地上，只觉四肢百骸、五脏六腑都疼痛难忍。他全凭胸中意念强撑至此，如今更是虚脱。

马哈木欢不等人将画呈上，起身步下高阶，走到他身旁注目而视。只见那半皱的纸上墨迹未干，一幅写意图画鲜活生动。画中美人左手执扇，右手负于身后，浓墨堆染黑发如云，淡墨勾勒裙袖飘逸，凝眸侧颜下巴微含，眉色入鬓唇鼻精致，神色淡然不嗔不喜。图像笔法简洁，人物如真似幻，虽只黑白着色，与前次风格迥异，却更宛若天人，愈显遗世独立、超凡脱俗之美。

众人皆看呆了。

云宜是行家里手，自是为张晋的画作暗暗叫好。这一笔写意，墨色浓淡，风韵灵动，删繁就简，几成神笔。张晋于气息奄奄之际，但凭粗陋画具，妙笔生花，犹四两拨千斤，功力所在，堪称妙绝。

马哈木欢凝神观画，半晌，嘴角微扬，道：“果是名家手笔，画出这国色倾城，引得本汗也手痒难耐，想在这画中添上两笔。”他俯下身来，拿起地上的笔，在纸上重重划了两下——不偏不倚，恰落于美人面颊。

张晋望着那两道突兀狰狞、如斧斫般的墨痕，苍白的脸上更无一丝血色。他猛然抬头，正对上马哈木欢陡然而变的凌厉眼神。

“大汗……”他惊恐不能再语。

马哈木欢冷冷发笑：“若我不是用笔，而是用刀，在她脸上划这两下，你还要她不要？”

张晋只觉头皮发麻，浑身战栗。他伸手拽住马哈木欢的衣袍，颤声道：“此事皆因我起，要杀要剐悉听尊便。你不要伤害素莹，不要伤害她，张晋求大汗了！”

马哈木欢冷哼一声，掷了手中笔道：“她既敢和你私逃，本汗总要给她些教训。”

“你究竟把她怎么样了？”张晋忍不住哭出声来。

“本汗虽然喜欢她，可她心不在此，强留无益。张公子若不嫌弃她如今容貌，我将她还你也罢。”说完转身回座。

“你……”张晋只觉气滞于胸，一时竟是说不出话。须臾，热流涌上，腥甜咸腻，冲喉而出，一口鲜血尽数喷洒在画纸上。

云宜骇得从椅中直立起来，欲冲上前，却被荀予佑一把拉住。

就知道这瓦剌可汗没安什么好心，云宜心头愤怒。什么以画易人？摆明了是在玩弄人。他若是在崔素莹脸上划这么两刀，简直比杀了她还狠。

张晋却忽而大笑。

众人皆以为他痛极疯魔，不想他抬手拭了唇边血渍，抓起地上的笔重又蘸满墨汁，在那纸上涂抹起来。片刻，溅了鲜血的画纸上便多了一树红梅，根老遒劲，花繁如雨，一丛枝条从旁逸斜出，恰巧遮掩了美人脸上的两道突兀墨痕。点点血渍成了枝头凌寒欲放的朵朵梅苞，临风摇曳，疏影横斜。画中女子默然伫立，半隐于褐枝红萼间，愈见柳眉杏眼，艳冠卓绝。

帐中隐有低呼称奇之声。

张晋并不停笔，于纸上空白处挥毫淋漓，一首七绝题画立草而就。诗曰：“黄金布地梵王家，霜雪成林腊后花。玉骨由来难画足，冰心一片写横斜。”

不管千磨百折、风霜雪雨，不管他的素莹变成什么模样，只要深情仍旧，傲骨犹存，此心不变，他们依然可以相惜相守。

他挥手掷笔，似用尽了平生气力，如一张枯纸般委顿在地。

帐中一时鸦雀无声。

忙有人拿了画纸呈上，马哈木欢久视之下，不觉闭目蹙眉。

“望大汗不要食言，允我以画易人。”张晋伏在地上气若游丝。

马哈木欢睁眼看着匍匐在地之人，半晌道：“本汗允你以画易人，只是美人难得，张公子也须留下些东西才好。”

“我如今身无长物，不知大汗想要什么？”张晋甫一高兴，闻言又是疑惑。

马哈木欢轻咳一声，缓语道：“听说张公子是江南有名的画家，一幅画作便值千金，本汗想要……”

张晋接口：“只要大汗还我素莹，百幅千幅我都替大汗画。”

马哈木欢的脸上浮起微笑，笑容转瞬即逝，望着他一字一句道：“本汗想要你那能画百幅千幅的手。”

“不行！”

张晋还未答话，云宜已大喊一声冲上前去，还未至张晋身边，便被侍卫拦住。荀予佑疾步上前，一把将她拉出帐外。萨莉亚见状，忙跟了出去。

“云姑娘，你冷静。”荀予佑拉着她道。

“你还叫我冷静？”云宜挣开手，一脸愤懑，“想不到侯大哥亦是冷血之人，这瓦剌可汗残暴若此，你倒叫我冷静？他要的是张晋的手，张晋的手啊，你知道他的手价值几何？”

“谁的手都是无价的。”荀予佑深视她道，“但若能用一只手换两个人的性命和自由呢？”

“不行。”云宜摇头，眼里现了泪光，“张晋不可以没有手，他的手是用来画画的。如果张晋没了手，他还怎么是张晋？”她指着汗帐，恨恨道，“什么瓦剌可汗！他，他，他凭什么要别人的手，凭什么？”

“凭他是瓦剌可汗，能决定这里每个人的生死。”荀予佑冷静道。

“侯大哥说得对。”萨莉亚在旁点头。

“我呸！对你个头！”云宜转脸怒斥。

萨莉亚叹一口气，嘟了嘟嘴，说：“看来今天我欢哥哥是真生气了，要不他也不会这样。你们不知道，他生起气来，整片草原都会颤抖！”

帐中，马哈木欢依是双目灼灼看着张晋：“如何，张公子？”

“好。”张晋点头。

“你真舍得？”马哈木欢挑眉。

张晋凄然一笑：“只要大汗能将素莹还我，大汗要什么，我都舍得。”

“本汗劝你三思。”

“不用再想，大汗想要，拿去便是。”

马哈木欢闭口不语，半晌，微点了头。立时有一武士迈步至张晋身边，张晋从容将右手伸出平放在地，让那侍卫抬脚踩上。

张晋闭起眼来，牙关暗咬。许久，手上却不曾吃力。他睁开眼，抬头见马哈木欢仍双目不移地望着自己，不禁开口道：“大汗可是反悔了？”

“难道张公子不反悔？”马哈木欢说，“本汗学过汉人的经典著作，《庄子》载昭僖侯宁愿失去天下，亦不愿失去自己的手臂。张公子难道真的愿意为一女子，连自己擅画之手都不要了？”

张晋平静道：“身体发肤受之父母，本不敢毁伤。但若能以这作画之手换回心爱之人，我甘之如饴。”

马哈木欢不说话，眉峰微蹙，别过头去。俄而，转首再看张晋，一字一句道：“本汗最后问你，你当真舍得？”

“当真。”张晋深吸了口气，吐出两字。

马哈木欢终是向那侍卫点了点头，侍卫得了示下，脚下骤然用力。

帐中静谧，碎骨之声清晰可闻。

张晋只觉一阵钻心剧痛从右手袭至前心，他忍不住大张了口，还没喊出声来，已然眼前一黑，疼晕过去。

云宜冲进帐，见状险些跌坐于地，被荀予佑一把扶住。

马哈木欢面无表情地看着昏厥在地的张晋，良久站起，对着座后一侧珠帘道：“终究是你赢了。”拂袖而去。

须臾，帘内窸窣声响，一个女子踉跄奔出。她几乎是连滚带爬扑到张晋身上，费力将他抱起在怀中，泪落如雨：“君昊，君昊，你为何要这样傻！你怎么可以没有手！怎么可以为了我失去这作画的手啊！”

云宜也奔至张晋身边，跺脚大哭：“张晋，你个笨蛋，你怎么能答应……”

崔素莹抱着张晋，眼泪滴了他满脸。

她哭得撕心裂肺、神志恍惚，她恨自己红颜祸水。如果不是因为她，张晋就不会有如此遭遇，事情也绝不会演变成这样的局面。

崔素莹不记得自己是怎么跟着张晋在草原上拼命逃跑的。

从醒来身处瓦剌，到着了蒙古袍的张晋站在她面前，她感觉一切都如梦幻，奇诡迷离。

“君昊，真的是你？”她使劲揉了双眼，问站在面前的人。

张晋泪下两行，一把拥住她道：“是我，素莹。”

她木然抬手，狠狠咬了自己一口，疼痛鲜明清晰，眼泪流进嘴里，又咸又苦，她终于相信这一切皆不虚假。

她问张晋如何来到这里，张晋道说来话长，趁马哈木欢去祭山，正好赶快离开。然后，她便随着他一路逃跑。

只是茫茫草原，不知逃向何处。张晋说瓦剌在北，往南跑总不会错。

两人都不会骑马，只得徒步而行。烈日炎炎，照得人头晕目眩。她实在跑不动的时候，张晋就来背她。

张晋背着她往前走，脚下发软，却不敢停步。他知道多跑一会，就离危险更远一些。只是日头还未完全沉入天际，马哈木欢率领的铁骑就已拦住了他们的去路。

马哈木欢盛怒之下二话不说，抓起崔素莹按上马背疾驰而去。张晋则被一干侍卫拳脚相加，绳捆索绑押了回去扔到马厩里。他们不给他吃食，也不给他松绑，还时不时用马鞭狠狠招呼他。

那种烧灼撕裂般的疼痛从每一寸肌肤渗透进骨头，张晋气息奄奄之际，心生恐惧。他想起马哈木欢因愤怒而布满血丝的眼睛，不知道他会怎样对待崔素莹。

马哈木欢抱着崔素莹大步进帐，一把将她扔在床上，脸色铁青。

他想不到自己以诚相待，不舍得难为她半分，她竟胆大妄为，跟着别的男人私奔，偏还挑在这祭山的庄严日子里。

他在山顶得到禀报，既羞且怒，进退维谷。他强压火气，匆匆完成祭礼，便亲自带了人去追。当他追上他们，看见两人相依相偎、情深意浓的样子，心中的怒火简直要冲出天灵盖。

“你不想活了是吗？”他冲着床上瑟瑟发抖的人咆哮，“把本汗的脸面搁在脚下踩，信不信我现在就让马群把那小子踩成肉泥？”

“不要，大汗，要踩踩我，求你放了君吴，放了他！”崔素莹从床上连滚带爬地下来，跪伏在他脚边。

“君吴是谁，叫得这般亲热？”他的声音从齿缝里迸出。

“夫婿张晋，字君吴。”崔素莹颤声说。

马哈木欢一把扬起她的脸，怒视道：“你好好看看，如今除了本汗，谁敢做你的夫婿？”

崔素莹挣脱了他的手，重重叩下头去：“求大汗垂怜，放了张晋。不然，就请大汗将我也一起杀了。我们早结誓言，不离不弃，生死相依。”

“不离不弃，生死相依？”马哈木欢怒火中烧，冷哼一声，“本汗宰了他，偏不让你死。”

“大汗若杀了张晋，我决不独活。”崔素莹决绝道。

马哈木欢怒极反笑：“你的生死本汗说了算，我不叫你死，你便休想死，但我会让你亲眼看着那小子怎么被折磨得生不如死。”

“不，大汗……”崔素莹的眼中满是惊恐，伸出手去抱住他的腿，哀泣道，“大汗，我求求你了，你放了张晋，一切罪责让我承担。”

马哈木欢见她哭得梨花带雨，心生怜惜，但止不住心中怒意，说：“难道本汗竟比不上一个酸腐书生？那手无缚鸡之力的男人，你稀罕他什么？你能爱他就不能爱我？”

崔素莹低泣：“缘分使然，无从比起。我既爱张晋，便不能再爱大汗。”

马哈木欢闻言怔愣，随即恨恨道：“张晋必死。”

崔素莹会过意来，伏地痛哭：“大汗，素莹知错了。万事皆由我而起，求大汗放了他，放了他……我，我什么都听大汗的……”

“什么都听我的？”马哈木欢挑眉，“那你留在这里，心甘情愿做本汗的女人。”

崔素莹停了哭泣，跪坐在地。半晌，终于凄然一笑，道：“只要大汗能放了他。”

“真的？”马哈木欢骤然欢喜，细思又不是滋味，便俯下身去望着她叹气，“你这样对他，他却未必会如此待你。”

崔素莹摇头：“他待我定有过之而无不及。”

马哈木欢一脸不屑：“这迂腐酸生，此刻怕是已吓破了胆，本汗不信他为了个女人不要自己的命。”

“君吴虽是文弱书生，却是男儿丈夫。我信他。”崔素莹低声道。

“那是你把他想得太好了。”马哈木欢嗤笑一声，“便如你们汉人所说，事到眼前未必不叶公好龙，大难临头终究是各奔东西。只要是人，都有弱点，本汗不信他无懈可击。”

崔素莹抬起头，望着他的眸子里透出坚毅：“那大汗可敢与我打个赌？”

“有什么是本汗不敢的？”马哈木欢冷冷一笑，“你想赌什么，又拿什么和我赌？”

“我赌张晋绝不会辜负于我。若我输了，悉听尊便。”

“哦？”马哈木欢看着她，一字一句问，“你会留在这里做本汗的女人？”

“会。”

“你能忘了他？”

“能。”

“你心甘情愿？”

“是。”

崔素莹迎上他绽放微芒的眼眸：“但，若大汗输了呢？”

“那就……”马哈木欢想了想，“成全你们不离不弃，生死相依。”

张晋苏醒过来的时候，只觉右手剧痛，彻骨透心。

脸上热乎乎一片水泽，耳边似有哭泣之声。他努力睁了睁眼，眼前容颜模糊。但那一缕细香却是熟悉，他张了张印着血渍的干裂双唇：“素莹，是你吗？”

“是我，君吴，是我。”崔素莹紧抱着他，泪水四溢。

那个赌约，虽是绝境中的一丝希冀，却终究又成灭顶之灾。她想不到马哈木欢会要张晋作画的那只手，而张晋为了她竟然答应。对于一个天赋异禀的画师而言，还有什么比失去用来作画的手更致命的打击？这等于是要了他的命，不，也要了她的命。她怎么能承受他为了自己而没了作画的手？

她被禁锢在那一重珠帘之后，两人的对话听得字字分明。她想冲出去阻止，偏是连声音都不能发出。直待马哈木欢拂袖而去，她才得以解除了束缚踉跄而出。

“素莹，真的是你吗？”张晋努力睁大眼睛，泪水止不住地汹涌。

“是我，是我……”崔素莹哭着去抹他脸上的泪水。

“你，你让我看看你的脸。”他忽然想到什么，强撑起身子要去看她一侧的脸庞。

“没有，君吴，我脸上什么都没有……”崔素莹嘤嘤哭泣。

“没有就好。”他长舒了一口气，软倒下身子，“其实我不在意你变成什么样子，我只是，只是不想他伤害你。”

“嗯。”她点头，又拼命摇头，“没有，什么都没有，我也没有和他……真的，什么都没有！”

“素莹，”张晋亦是摇头，“我当真不在意。身不由己，此心昭然，不是吗？”

“君吴……”崔素莹大哭，“可是，可是他要了你的手啊！”

张晋嘴角微扬：“但他终究给了我们自由。”

“张晋，你个笨蛋，大笨蛋，那是你画画的手呀！”云宜在一旁也止不住哭。

“素莹、世妹，你们，你们都莫要哭啊。”张晋努力挤出一个笑容，喘了口气，断续道，“我告诉你们一个秘密……我幼时作画，惯用……左手……后来才、才改了右手……真的……不骗你们……”

第十章　疑窦重重

张晋只苏醒了一会儿便复昏厥，崔素莹哭成了泪人，云宜陪在一旁也掉了许多眼泪。

荀予佑看萨莉亚一眼，萨莉亚会意，忙叫人将张晋抬出汗帐，另准备了一个帐子让他疗治、休养。

崔素莹寸步不离地守在张晋身边，云宜跑前跑后地帮忙。荀予佑看了张晋的手掌，虽形状并无大变，但指骨尽碎，已成残废。

萨莉亚请来草原上的巫医给张晋涂药包扎，又叫人送来吃食。崔素莹伤心欲绝，什么都吃不下，云宜担心张晋，亦无心饮食，只荀予佑稍稍吃了些。

入夜，张晋躺在床榻上更是昏沉。须臾高热渐起，来势汹汹，直烧得浑身滚烫。寻医再看，说是数日担惊劳累、水米不进，外加伤处感染，只需降下体温，服药静养，便无性命之忧。

崔素莹不断给张晋更换敷在额头上的湿了水的帕子，云宜则帮着用冷水擦拭他的手脚。两人直忙到后半夜，张晋蹙紧的双眉才渐渐舒展，昏昏睡去。

崔素莹守在榻前半步不肯离。云宜饥肠辘辘，倦怠得有些睁不开眼。连日奔波，又加悬了一整天的心，真叫人疲乏得撑不住。她强打精神吃了几口桌上的饭食，步出帐外。

“累坏了吧，回去好好睡一觉。”荀予佑在她身后道。

云宜揉了揉胀痛的额头，仰首望天。只见天似穹庐，笼盖四野，月似银盘，垂在近空。夜风吹寒，绿草馨香，沁肺入脾，顿叫人神清气朗了几分。回想这小半年的光景，竟是恍若前尘，云宜不觉叹了口气，低声说：“他们终于可以光明正大地在一起了。”

“若得不到心，得了人也是枉然。”荀予佑仰首望天，亦是叹息。

云宜别过脸去，俄而回头道：“他既有心成全，为何还要了张晋作画的手？”

“他是可汗，这已是他最大的让步了。”荀予佑说。

“你为何总帮他说话？”云宜嗔道，“可汗又如何？可汗就能随心所欲，生杀予夺吗？他有那么多女人，少一个崔素莹会怎样？”

荀予佑摇头：“我想他是为了证明张晋对崔素莹的爱比他多，才甘心放手的吧。”

事情已闹得尽人皆知，转圜不易。张晋若为了崔素莹肯舍作画之手，那就既保住了马哈木欢的威严，也给他们争得了一个生存和自由的机会。

云宜默然半晌，复长叹道：“崔姐姐真是好福气，能遇见世兄这样一心一意爱她的人，为了她什么都在所不惜。”

“云姑娘也会遇见这样的人。”荀予佑看她一眼，转望远处的星辰道。

云宜不说话，低头想，若有此人，应该便是祁珏吧。可她绝不要他为自己做如此牺牲，付这样的代价。

想起祁珏，云宜又心生担忧，不知他如今身在何处，是否安好。

将养了些时日，张晋渐渐好转。

这一日，崔素莹喂他吃完肉羹，云宜和荀予佑复来探望，见他半靠在床，苍白的脸上终有了血色，两人亦感欣慰。

张晋曾听云宜讲起荀予佑，知他帮了不少忙，甚是感激地在床上欠了身。

荀予佑忙伸手安抚他躺好，云宜凑近道：“世兄，看你气色好了许多，想必不日又能活蹦乱跳。”

张晋苦笑：“从小到大，只有世妹你日日活蹦乱跳。”

云宜莞尔，朝他竖了竖大拇指：“这次你可是做了回贫贱不能移、富贵不能淫、威武不能屈的大丈夫。”

张晋道：“这还是你第一次夸我，往日你总嫌我迂腐无用。”

云宜扑哧一笑：“士别三日，当刮目相看嘛。”忽而想起什么，坐到床边好奇地问，“那日我们分头行动后你去了哪里？你如何会到瓦剌带着崔姐姐出逃？这究竟是怎么回事啊？”

张晋闻言叹气，凝神思考，真个是一言难尽。

那日张晋和云宜兵分两路，才攀上另一辆马车，就觉异香扑鼻。他尚未看清车内情况便神志尽失，醒来时发现马车已至关外，车内两侧坐躺着几个人事不知的美貌女子，但崔素莹并不在其中。

张晋心下吃惊，正寻思如何下车，忽听车前有人说话。他手脚并用悄悄爬近，只听一人道：“我俩还真不如去赶那辆车，他们去瓦剌，路虽远点，但出了关就有人接应，咱们却得亲自把人送到地方才行。”

“谁叫我们除了送美人，还要给殿下问安呢？”另一人道。

“哪里轮得到我们问安？不过是为了传那口信。说来奇怪，皇帝大寿，用得着咱们王爷去给殿下提这个醒吗？”

“这哪是你我能知道的？反正王爷叫干啥就干啥。快了快了，过了前面的山谷就到了。”

一人复叹气道：“我看这些美人也是可怜，欢天喜地以为是去给太子爷做妃嫔呢。”

“你可怜她们，谁可怜我们？”另一人嗤笑，“我说，你给她们喂的药，分量够不够？可不要半道醒来寻死觅活的。”

“放心。在船上的时候我就在她们的饭菜中下了药，马车里又熏了迷香，只怕她们到鞑靼都醒不了。”

张晋屏气凝神听二人对话，直吓得背上冒出冷汗。原来这些美人竟是要被送去鞑靼，那么，他的素莹是被送去瓦剌了吗？就在另一辆马车上？自己救人不成，反入险境，到了鞑靼，定是凶多吉少。还有云宜，若她和崔素莹一起被送到瓦剌，该如何是好？

张晋越想越怕，恨不得立刻跳车而逃。他蹑手蹑脚爬到车尾，想着该如何脱身。忽地一阵轰鸣响起，拉车的马受了惊吓，猛然长嘶几声，奋蹄狂奔。

张晋还没明白是怎么回事，便被一个剧烈的颠簸甩出车外。路边恰是高坡，他自那高坡翻滚而下，人事不知。

他醒来的时候，发现自己正躺在一辆蒙古的勒勒车上，询问后才知是被鞑靼派往瓦勒的使者所救。他心中大喜，忙将揣在怀中的银两悉数奉上，指手画脚说是为了寻找外出经商的兄长不慎失足跌下山坡，既蒙相救，可否随行。

那些鞑靼使者看着他诚恳奉上的白花花的银两，聚在一起商量片刻，拿了一套蒙古袍子让他换上，带着他一同到了瓦剌。

马哈木欢率众祭山，张晋误打误撞寻到了崔素莹，两人仓皇出逃。

云宜听完张晋叙述，不禁心中感慨。想他们千辛万苦终得团聚，而祁珏尚不知去向，真是叫人愁肠百结。

一旁荀予佑若有所思，走近了道："我有一事想问张公子。"

"请说。"

"你当真听清了那赶车之人声称'殿下'吗？"

"我不能保证他们的话句句听得真切，但这两个字应该不会错。因为当时我亦纳闷，不知这'殿下'所指何人。"张晋凝神细想道。

"那惊了马车的又是什么？"荀予佑复问。

张晋摇了摇头："那声音颇是奇怪，连绵不绝，响震山谷，有点像鞭炮，但似乎又不是。"

荀予佑见张晋脸有倦色，知他说话伤神，略一沉吟，道："张公子好生休养，我先告辞了。"

云宜本想跟着荀予佑一同离开，见崔素莹愁锁眉间、神情憔悴，遂留下好言安慰了一会儿。

荀予佑回到自己帐中，踱步细思。

他来来回回在帐中走了几遍，想着张晋所说，只觉重重疑窦如蛛丝缠网难理头绪。

行船赶车的是赣王府的人，他们口中的王爷必是荀瞻濠无疑。只是这"殿下"所指何人？鞑靼王族并没有如此称呼的习惯。

荀予佑脑中忽然灵光一闪，想着那惊了马车的奇怪声响，莫非不是什么鞭炮，而是……火铳？鞑靼擅骑射，并无火器，沂王荀淳照身边倒带着神机营。

莫非……

可荀淳照为何会滞留鞑靼？而荀瞻濠又为何借东宫选秀之名，将一众美人送来蒙古？他千里迢迢叫人给荀淳照传如此口信，其中难道事关机宜？

荀予佑沉思良久，猛然有了一个令自己都感到吃惊的假设。他找出地图细观，越看越是蹙眉，连拿着地图的手也不由得微颤。

月旬之后，是皇帝荀瞻治五十岁的寿辰。荀淳照带走了守卫京城三大营的数万人马，皇帝则将几万亲兵交给了自己，彼时的京城几乎成了一个空城。按惯例太子荀淳煦定会前往贺寿，若此时有人率兵围城，趁机逼宫，几乎是一击必中的事情。鞑靼各部离京城的距离并不遥远，紫荆关、古北口、居庸关……任何一个门户洞开，鞑靼的军队便可长驱而入，须臾直抵。皇帝和太子俱在京师，倘有不测，简直天塌地陷。

荀予佑的背上沁出冷汗，他不敢再往下想。他知道自己必须马上赶回去，带着他留在关内的兵马，日夜兼程地赶回京城。就算他即刻动身，还不知能否在皇帝寿辰前赶到。他忽又想起云宜，自是不能将她留在这里，可眼下也没时间送她回苏州了。

荀予佑去找云宜，说关内尚有一笔未尽的买卖需及早回去处理，自己明日便要动身，问她是否同行。

云宜本不想在此地多留，张晋和崔素莹恐夜长梦多，亦想及早离开。张晋的身体虽还不宜长途跋涉，但三人权衡，若马哈木欢变卦，荀予佑一走，更是叫天天不应，叫地地不灵，遂决定与之一同回去。

云宜笑着打趣："商人重利轻别离，你那瓦剌妹子该伤心了。"

荀予佑尴尬道："云姑娘莫开玩笑。"

荀予佑向马哈木欢辞行，马哈木欢亦不挽留，只说天长水阔，愿后会有期，并替他准备好车马和吃食，荀予佑一一谢过。

翌日一早，荀予佑收拾妥当，饱餐一顿后步出帐外，见云宜等人已在马车上等候。车旁还有一匹高头骏马，正是自己来时的坐骑。他正欲跨镫上马，忽见马鞍上插着一枝蓝色小花，绿色的细茎支撑着有如飞鸟形状的花朵，在风中摇摆不定。

荀予佑心中疑惑，伸手将花取下，却听身后有人道："这花你喜欢吗？"

转身见是萨莉亚，他不由得微微一笑："此花甚是别致。"

"这是我们草原上的翠雀花，开花之时形似飞雀。今日一别，不知什么时候能再见面，你若喜欢，就收下它吧。"说着目中晶莹，隐有泪光。

荀予佑蓦然亦生感慨。既蒙盛情，何必辜负？他欣然道了声"好"，将花纳入怀中。

他不知道这蓝色小花在蒙古语里叫"贝尔其其格"，意为"媳妇花"。草原上的姑娘若是有了意中人，便将这花插在他的马鞍上。若他当面接受而不随意丢弃，日后就要娶赠花的姑娘为妻。

荀予佑不明所以，萨莉亚却喜出望外，望着他上马而去，兀自伫立原地，目送良久。

荀予佑护送云宜等人行至关口，替他们另雇了回苏州城的车马，分手之际，依依惜别。

他对云宜道：“实在是有些紧急的事务要办，否则定当亲自送你们回去。”

云宜由衷感激，向他深深一福：“侯大哥高义相助，此间恩德，铭记肺腑。”

荀予佑千言万语如鲠在喉，深视她道：“后会有期就好。”

云宜点头，挥手告别。

荀予佑心中怅然，无暇多想，转身直奔军营，点齐人马，即刻启程，夜以继日赶赴京城。

云宜护送张晋、崔素莹一路南下，想着究竟该往何处落脚。张晋说莫若先去扬州投奔他表舅，再做观望。

三人到得扬州。张晋的表舅乃当地鸿儒，为人耿直仗义，听闻情由，二话不说就将他们留在家中。

云宜心中大安，旋即告辞，却被张晋竭力挽留小住几日。

张晋的手掌表面看似痊愈，请了扬州城里有名的大夫来瞧却俱是摇头，说因指骨尽碎，手指不能似以往灵活屈伸，今后莫论握笔作画，便是提物亦是犯难，遇到阴寒天气，恐还有酸痛之痹。

崔素莹痛哭失声。张晋反觉欣慰，说万事都有代价，以他一掌换两人终身厮守，幸莫大焉。更何况他还有左手，假以时日，慢慢磨炼，一样可以提笔作画。

云宜看着两人历经千险终得团聚，心下唏嘘。虽然他们日后难免要隐姓埋名地过活，但得朝暮相依，白首不离，已是由衷幸福。

她想起荀予佑当日所说，更觉他言之有理。见张晋与崔素莹你侬我侬、情意缠绵，云宜不禁又想到祁珏至今祸福不晓、音讯全无。他究竟是被带回了赣王府，还是被押去了南京城呢？

云宜左思右想，不知该去何处寻找。想着扬州离苏州城近，莫若先回云庐看一下家中情形。也不知薛士桢是否寻到云康，还有苏州城里那个要命的平江侯，真是一个头有几个大。

她向张晋和崔素莹告辞。张晋知她心系云康和祁珏，亦不再挽留，只同崔素莹双双跪倒，三拜以谢高义相助。

云宜慌忙伸手挽起，道：“怎敢受世兄、崔姐姐如此大礼？吴门画派同气

连枝，云张两家世代交情，相扶相助，本分而已。”

三人洒泪而别，云宜一叶扁舟返回洞庭。

进得家门，僮仆相迎，问及父亲和祁珏是否回来，回答并没有，倒是薛公子日日来问小姐消息。

云宜问薛士桢人在何处，僮仆道应该在明月寺。云宜不差人请，离了云庐，径直往山下去。

这明月寺规模不大，却是百年古刹，相传吴王夫差曾携西施在此观赏明月，故而得名。

云宜才到寺前，恰遇薛士桢从寺门匆匆而出，见了她十分惊喜，说：“师妹，你回来了，我正想去云庐打听你的消息。”

云宜忙行一礼：“薛师兄，劳你辛苦。”

薛士桢还礼道：“师妹不用客气，回来就好。”

云宜问：“师兄急着寻我，莫非是有家父的讯息？”

薛士桢点头：“先生知道你们去了赣工府，心中牵挂，日日派我前往打听，看你们回来了没有。”

云宜大喜：“你见着我父亲了？他现在何处？为何不回家呢？”

薛士桢将她拉到一边，环顾左右，低声说：“师妹，你切莫声张，我这就带你去见先生，有什么事你亲自问吧。”

薛士桢领着云宜往后山去。

只见林密石立，山道崎岖，险峻处竟需披荆斩棘攀岩而上。云宜心中奇怪，后山没有登山石阶，向来少有人行，薛士桢为何要引她走这条道？

她跟着薛士桢手脚并用向山上攀爬，一路山径逶迤，怪石嶙峋，横七竖八的大块石头堆砌在地，叫人难有附手落脚之处。有时山石之上还有山石，叠在一处，宛若飞来之石。更有两块巨石间窄如缝隙，仅容一人贴胸擦背勉强而过。两人一前一后，小心谨慎。云宜越走越是生疑，这究竟要去哪里？

行至山腰，薛士桢带着她一头扎进繁密茂盛的灌木丛，又迂回曲折走了许久，终于看见一个低矮隐蔽的石洞口。他四下环顾，拉着云宜弯腰进洞。

洞中昏暗，几不可视物，脚下深浅，高低不平。两人低头走过一段逼仄狭道，豁然开朗处，但见地势平坦，高深空旷如硕大厅堂。洞顶有阳光丝缕洒下，一架石桥横在半空，鬼斧神工般将洞穴隔出上下两层，宛如《阿房宫赋》里“长桥卧波，未云何龙？复道行空，不霁何虹？”的样子。云宜想她和祁珏自小就将西山玩了个遍，竟不知还有这样一个洞穴。

她满眼生奇，不觉问道：“薛师兄，此处是何地？为什么带我来这里？”

薛士桢也不多言，只道：“师妹少安毋躁，等等你便知晓。”领着她随地势逶迤上下。

不想穿过一个石洞，又有一个石洞。洞中立石如林，垂岩似幔，布满莹白如玉的钟乳石。一方地泉清澈如镜，水中岩石错落。云宜跟着薛士桢踏石而过，仿若凌波微步，拾级而上，又入另一洞中。她正自惊奇这迷宫般奇特的洞府，左折右绕，一个转身，忽见天光大亮，原来已离洞而出。

云宜长叹了一口气，环视周遭，更觉惊奇。眼前云雾升腾，如烟缭绕，鸟鸣清脆，山花烂漫，小径蜿蜒穿过石亭，葱茏翠竹掩映房舍。想云庐已是山林隐居的佳处，却哪里比得上此地与世隔绝的清幽曼妙、如入仙源之感？

她亦步亦趋随薛士桢前行，兀自惊叹，却听 “吱呀”声响，跟前竹篱茅舍木门开启，自内走出一人。

她定睛看去，不禁喜出望外，快走几步一头扎进那人怀中，语带哭腔道：“父亲，你怎么在这儿啊？……”

“宜儿，莫哭。”云康亦是欢喜，抚着她的头柔声安慰。

“究竟发生了什么事？父亲为何会在此处？”云宜搂着云康抽抽搭搭，转头又问薛士桢，“薛师兄，你是怎么找到这里的？”

薛士桢向云康深揖行礼，说：“哪是我找到了先生，是先生找到了我才对。”

云宜狐疑相望，云康道：“进屋慢慢说。”

云宜随之入内，云康向站在门外的薛士桢招手：“士桢，劳你辛苦，进来喝杯茶吧。”

薛士桢亦应声进屋，随手关了木门。

云宜在屋子里转了一圈，见屋内虽陈设简单，但桌椅床榻齐备。纱帘高卷，竹窗半启，屋后的小片田地里种着蔬菜，几只鸡鸭正悠闲踱步，原来此处可自给自足。

“宜儿，看你满脸是汗，还不坐下歇歇。”云康递了杯茶来。

云宜双手接过，一气喝下，只觉入口清冽，齿颊余香，竟比云庐的还好。

“茶仍是山上的碧螺春，但这烹茶的水却是石洞独有的泉水，是否别有滋味？”云康说。

云宜“嗯”了一声，放下茶杯，迫不及待道：“女儿有几件事想问父亲。”

云康点头：“你说。”

“女儿想知道父亲为何要离家来此，还有……”她脸色微红，偷偷瞟一眼坐在旁侧的薛士桢，低声道，“还有，还有那个什么平江侯，究竟是怎么回事？”

薛士桢见此情形，忙起身告辞，未料云康摆了摆手，说：“士桢留下无妨，待会儿还劳你送宜儿回去。”

薛士桢依言坐了，目不斜视，只顾低头喝茶，听云康对云宜道：“你先莫来问我，我且问你，你可曾去了平江侯府？”

“自然是去了，但那平江侯府哪里是要人作画？分明是……是……”云宜说不下去，羞红着脸跺了跺脚。

“难道你没有看见为父留给你的信？”

“啊，看见了，可那信上之言是真的吗？”

“当然是真的。”

“父亲莫不是受了什么胁迫？”

“为父心中所愿，何来胁迫？”

“那父亲为何不与我直言，却骗我去画什么观音图？”

云康叹一口气：“若非如此，你肯去吗？我已留了书信给你，你为何这般不听话？”

云宜嘟着嘴，不服气地说：“父亲知道女儿从不喜攀附权贵，又怎会同那素未谋面、不曾相识的侯爷成亲呢？达官显贵之家，有几个是好人？想来父亲定有苦衷。”

“胡说！”云康瞪了她一眼，“好坏岂可以贫富论！”俄而长叹道，“此事说来话长。你既不曾见过平江侯，怎可对他先持成见？你该相信为父的眼光，为什么跑去洪都，叫我日夜悬心？听士桢说张晋也在那里，如今是怎样的情形了？你为何这么久才回来？”

云宜听云康询问，便将自己在赣王府中及离开王府后发生的事大致说了。云康听得胆战心惊，瞪着她道：“都是你不听话，若是好好待在侯府，哪会生出这许多险事？”

云宜不服气，红着脸道：“我为什么要待在那里？父亲若觉女大不中留，要急着将我嫁了，那……那就把我嫁给祁珏好了。今生今世，我只想和他在一起。”

“你不能和他在一起。”云康断然摇头。

“为什么？”云宜不解，“父亲一向对他视如己出，他是哪里不好了？”

云康默然，半晌才道：“他是好孩子，可未必是你的良人。你要记得为父所言，儿今世良人，必是平江侯。”

云康从未有如此决绝之语，云宜闻听，不由心急火燎，也不顾薛士桢坐在一旁，扑通一声跪在云康面前，说：“女儿与祁珏青梅竹马、两小无猜的情意，父亲想必是知道的。女儿绝不愿嫁给什么平江侯，请父亲收回成命，退还聘礼。”

薛士桢颇是尴尬，忙起身避到一边。云康伸手扶起云宜，双目凝视，缓缓开口：“为父膝下唯你一女，一切自然都是为你好。”

“可父亲常说‘风骨’二字，云庐风骨，难道竟是嫌贫爱富、攀龙附凤？”

“你当知为父不是这样的人。”

“可父亲为何不能让女儿与祁珏在一起？天下万物，我可以无欲无求，只此一件求父亲了。”云宜拉着云康撒娇。

云康不说话，良久迸出一语：“千事万事我都能答应你，只此一件不行。”

“这又是为什么？……”云宜跺着脚，要哭出声来。

云康见状，缓了语气转换话题：“此事暂且不说。我问你，祁珏现在何处？他回来了没有？”

云宜听了更觉伤心，落泪摇头：“自那日他被赣王府的人抓走便音讯全无，我也不知道他如今身在何处。”

云康闻言，闭目叹息：“莫非天意若此？该来的，怎么也躲不掉？”

第十一章　煮豆燃萁

荀瞻治坐在殿中闭目养神。

三日后便是他虚岁五十的寿辰。五十知天命，从孩童到少年，自青年走到壮年，做了十几载的皇帝，他蓦然觉得自己真是老了。

“万岁爷，太子殿下与太子妃在外面等候宣召呢。”内侍进来禀报。

荀瞻治点头，道：“宣。”

皇帝五十寿辰，坐镇南京的太子荀淳煦携新晋太子妃吴氏前来祝寿。荀淳煦自小体弱多病，虽早早成婚立了妃嫔，却数年未有子嗣。去岁冬初，原太子妃刘氏病故，荀淳煦伤心郁郁，才有荀瞻濠为其遴选秀女之事。不想赣王的秀女还没送到，他自己已在南京的梅花山上遇到了一位万分心仪的美人。

说来真是奇遇。

太子妃身故，这一年的新春原本过得了无生气。荀淳煦坐守深宫，愁眉不展。一旁近侍道，今年梅花山早梅初放，好过去岁，不如且去赏梅散心。彼时，南京城里刚下了一场大雪，一片白茫茫的琉璃世界。荀淳煦忽地起了踏雪寻梅的兴致，不想这一去，非但寻了梅，还得了个气质如梅的女子。

按说荀淳煦去梅花山，山上山下山内山外早被清了个干净。可就在那晴日初暖、满目晶莹的半山亭里，他竟看见一独坐吹箫的女子。那女子着了白貂毛绲边的红蚕丝斗篷，于漫山暗香疏影下光华四射，美艳不可方物。其箫声呜然，清冽悠扬，如泣如诉，似怨似慕，在山谷翩然回响，仿佛仙界天籁，殊非人间能有。

荀淳煦直是惊为天人，问询得知乃山东知府吴宪之女。吴小姐随母到掌管南京织造的舅父家过年，闲居无事便携婢女至梅花山看早梅。不想中途遗失祖传绿玉耳坠一枚，遂遣了婢女去寻，自己则在半山亭里等候。独坐无聊，吹箫解闷，恰被荀淳煦撞见。

近侍见太子爷看吴小姐的眼神，当即心领神会，迅速到织造府授意。织造府喜出望外，一边往山东捎信，一边已将人送到南京东宫中。

荀淳煦得了此女，一扫往昔抑郁。加之这吴小姐不但才貌双全，且知书达理、谦逊得体，更得另眼相看，恩宠有加。两人如胶似漆，日夜缠绵，不过月余，吴氏便被诊出喜脉。

荀淳煦大喜过望。他婚后几年都没有子嗣，太子之位也曾因此岌岌可危。如今吴氏有孕，不管是男是女，都叫他心存希冀。惊喜之余，战战兢兢不敢大意，只等吴氏坐胎三月无虞。太医看诊说胎脉强健极有可能是个男婴，他才向皇帝禀报，请旨晋吴氏为太子妃。

荀瞻治很是高兴。虽说吴氏出身并不显贵，但亦是官宦之女，如今怀上皇家嫡孙，太子中意欲册正妃，他这个做父亲的自然顺水推舟。

“儿臣参见父皇。”荀淳煦进到殿中下跪磕头，站起身来复又下跪道，“儿妇身子不便，儿臣代为叩首，父皇千秋万岁。”

荀瞻治点头赐座，荀淳煦遂和吴妃在一旁坐了。

荀瞻治望了一眼大腹便便的太子妃，问：“朕何时可以抱嫡孙？”

“启禀父皇，临盆尚需月余。”荀淳煦答。

荀瞻治微笑：“煦儿一人来就是了，何必叫朕的嫡孙也舟车劳顿？”

荀淳煦道：“儿妇新晋太子妃，父皇五十大寿，哪有不来拜寿之理？只是舟车慢行，今日才到，还请父皇见谅。”

荀瞻治点头：“难得你们有孝心，如此便不用急着回去。宫中太医齐备，就在这里待产，朕亦可早日见着嫡孙。”

“儿臣谢父皇。”荀淳煦再跪。

荀瞻治颔首笑道：“煦儿，好好坐着吧，哪来这么多礼数？和朕说说，你在南京可好，有什么为难之事吗？”

荀淳煦想了想说：“回父皇，儿臣在南京一切安好。只是前阵子赣王叔送来百名秀女，倒叫儿臣有些为难。儿臣已立正妃，东宫也有数位妃嫔，大可不必再从中遴选，儿臣想着是否将之遣散回家。”

荀瞻治沉吟道：“赣王也是一片好心，就不要驳他的面子了。你看，照儿都有三子一女……”说到此，忽而不语。

荀淳煦惴惴相问：“照弟有消息了吗？”见皇帝摇头，忙道，“沂王英武，

定不会有事，父皇不必担心。”

荀瞻治叹一口气：“不知他此时身在何处？”

京城里为了皇帝的寿诞热闹欢庆，好比过年。

荀瞻治下旨休学罢市放假三日，连守城门的官儿都轮流得了半天空闲。寿诞当日，皇帝一早盛装在奉天殿接受群臣朝拜，并设宴招待各国前来贺寿的使臣，热闹喧嚣的景象一直到晚上放完烟火才罢。

荀瞻治头晕眼花了一日，此刻倒有些饥肠辘辘，遂命人在宫中摆席，叫了两个妃嫔作陪，让太子及太子妃一同前来。

荀淳煦领着吴妃到席行礼，荀瞻治微笑摆手：“此乃家宴，一切俗仪全免，不必拘谨，陪朕喝喝酒，说说话。”

荀淳煦见荀瞻治兴致颇高，忙斟酒执杯向荀瞻治祝寿，一口饮了大半，却呛得咳嗽连连。

荀瞻治不觉皱眉。太子生性仁厚却孱弱多病，日后要挑起这治理家国的重担，也着实叫他担忧。

“朕知你不善酒，可少饮些。”荀瞻治吩咐道。

“是，儿臣谢父皇。”荀淳煦红着脸说。

荀瞻治喝了数杯，荀淳煦陪着慢饮了两盏，父子俩谈兴渐浓。吴妃有身孕，不便饮酒，便坐在一旁和皇帝的两位妃嫔轻话家常。

正其乐融融之时，有内侍进殿禀奏：“万岁爷，沂王殿下回来了。”

“什么？！”荀瞻治放下手中酒杯。

“沂王殿下回来了。”内侍重复道。

“照儿回来了？！”荀瞻治惊诧，“现在何处？”

“已在殿外候旨。”

“快宣他进来。”

内侍转身出殿，众人都停了酒食，两眼齐齐向外注视。不一会儿，便见一英武男子走进宫门，不是沂王荀淳照又是何人？

荀淳照手提一锦盒，大步至殿上，倏忽下跪向上叩首：“儿臣恭祝父皇万寿无疆。”

荀瞻治离座走到他面前，一把将他挽起，道：“照儿，这些时日你究竟去了何处？叫朕好不担心。”

“儿臣奉命巡边，延误归期，请父皇恕罪。”荀淳照低首道。

荀瞻治摇头：“先莫说这些，和朕说说你究竟去了哪里，为何关外守军皆报你数万人马销声匿迹，音讯全无？”

荀淳照闻言复跪：“还请父皇原谅儿臣率军私行不告之罪，儿臣是给父皇寻生辰贺礼去了。”

“生辰贺礼？”

“是，请父皇上座，听儿臣禀奏。”

荀瞻治转身回座，看了荀淳照一眼，道：“起来慢慢说吧。”

荀淳照叩谢起身，将刚才拿在手中的锦盒恭恭敬敬捧放到御桌上。

荀瞻治正自疑惑，已有内侍近前小心翼翼将盒盖打开。荀瞻治定睛细观，只觉满目生辉。原来盒中竟是一套杂色全无的羊脂白玉杯，杯旁另有一个蜡封的紫玉瓶，不知里面装了何物。

“这是……”荀瞻治抬眼复看荀淳照。

“这是儿臣敬献给父皇的生辰贺礼——葡萄美酒夜光杯。”荀淳照接口道。

“夜光杯？”荀瞻治又将目光移向盒中。

荀淳照继续道：“儿臣奉旨率军巡视边防无事，想起父皇五十大寿将临，故而心心念念欲觅一别致礼物进献父皇。父皇爱饮美酒，亦爱收集上好的酒器。儿臣听闻西域出产一种葡萄酒，浓郁醉人并能怡神健体，只此酒珍贵，不到域外，仅供西域王族享用。所以儿臣去了那里，不但寻得这葡萄美酒，还觅了块上好的昆仑白玉，请当地的能工巧匠精心打磨了一套玉杯。父皇您看，这玉杯薄如纸，色欲滴，月下灯前，盛酒香溢，斑斓光透，故名夜光杯。儿臣备得贺礼，日夜兼程返回京城，好在没有误了父皇的寿诞之期。”

荀瞻治点头，沉吟道：“不过，照儿，千金之子坐不垂堂，你身为皇子远赴西域，若有闪失如何是好？以后切不可如此任意行事。”

“是，儿臣谨记父皇教诲。”荀淳照恭敬道。

荀瞻治命人给荀淳照添了席位，复见盒中晶莹，忍不住取出一只玉杯在手中把玩。那玉杯触手温润，滑腻如脂，灯火之下，更是流光溢彩，纯白不见一丝杂质。

荀瞻治不觉叹道：“相传周穆王时，西胡曾献夜光常满杯，用白玉之精制成，光明夜照。又说穆王西游，与西王母会于瑶池。宴饮欢歌，西王母以玉杯赠之，对月盛酒，杯体生光，熠熠成辉，夜光杯之名由此流传。只后世之夜光杯多以祁连山深处的翠玉制作，色呈墨绿。如此种昆仑羊脂白玉已是少见。”

一旁荀淳照听闻，忙说：“父皇博古通今，儿臣佩服之至。”

荀瞻治笑着放下玉杯，又取了那紫色玉瓶，道：“唐人有诗句‘葡萄美酒夜光杯，欲饮琵琶马上催’。朕喝过产于凉州的葡萄美酒，却还没喝过这西域的呢。”看那盒中恰有六只玉杯，即道，“如此，朕便与你们一同饮此美酒。”

荀瞻治将那一套玉杯分赐众人，又命内侍启封开瓶，斟酒入杯。紫红色的液体在纯白的杯中微微摇晃，红白相映，更显透亮。霎时殿中浓香四溢，兼有酒味和葡萄的香气。

荀瞻治拿起酒杯深深闻嗅，只觉酒醇浓郁，带着果香之气，自鼻下咽直到肺腑，顿叫人喉生甜润，心旷神怡。正待入口，一旁内侍轻声提醒：“万岁爷……”

荀瞻治回过神来，放下酒杯。内侍忙取出银针往杯中一探，仔细看了，对着荀淳照赔笑，说：“殿下，恕老奴例行公事。”

荀淳照向荀瞻治恭敬道：“儿臣愿为父皇试酒。”

荀瞻治点头，“此酒是你千里寻来，你就先饮一杯吧。”

“儿臣祝父皇千秋万岁，安泰康宁。”荀淳照举酒叩拜，将杯中之酒一饮而尽。

荀淳煦亦向荀瞻治敬酒祝寿，又代吴妃敬了一杯。荀瞻治甚是高兴，连饮了几杯。荀淳照与荀淳煦夫妇见礼，兄弟俩互敬了一杯。荀淳煦已生醉意，才坐着吃了些菜。荀淳照复持酒来敬，兄弟二人又各饮了一杯。荀淳照看着坐在一旁的吴妃，对荀淳煦道：“皇兄册妃得嗣，双喜临门，当再满饮三杯。”

荀淳煦连连摇手：“照弟美意，为兄心领。只是我素不善饮，今日已是极限了。”

“这西域美酒乃葡萄酿制，几杯果酒哪里便能醉倒？你我兄弟难得一见，皇兄竟不赏一点面子吗？”荀淳照道。

荀淳煦闻言迟疑，荀淳照示意内侍继续斟酒。荀淳煦无奈，又饮了三杯，这才作罢。

杯酒轮转，月上中天。

众人俱是微醺。荀瞻治看着眼前其乐融融的景象，享受着帝王家难得的天伦之乐。

“娘娘，娘娘……”

一旁宫女低唤，只见陪席的妃嫔不知何时已软伏于桌。荀瞻治暗叹这西域美酒饮来香醇如醴，后劲却足。自己的这两个妃嫔，平素都是好酒量，不想今日竟先醉了去，遂示意扶之离席。

“父皇，此酒果真厉害，儿臣也是醉了呢。”一旁的荀淳煦以手撑额，双颊绯红道。

“煦儿，你感觉如何？”荀瞻治问。

荀淳照见状，忙让内侍去拿醒酒汤，内侍应声而出。

立在荀瞻治身后的老内侍快步走至荀淳煦身边，关切道：“殿下可要紧？”

荀淳煦呼吸急促：“胸口憋闷得很。”

这老内侍是看着荀淳煦出生成长并立为太子的，对他自是格外关心，不觉伸手搀扶，望着荀瞻治惴惴道：“万岁爷，太子殿下怕是不舒服……”

荀瞻治知晓荀淳煦从小体弱，不善饮酒，今日虽是过量，也不至于有如此反应，不禁亦神色担忧，道：“宣太医。”

老内侍听闻，赶忙奔出殿外。

一时殿中妃嫔内侍宫女散尽，只剩下父子吴妃四人。

荀瞻治听着荀淳煦越发急促的呼吸，焦灼道：“煦儿，你且忍耐片刻，太医马上就到。”

荀淳煦点了点头，神色却愈显痛苦，脸上绯红渐转为青紫，他用手撕扯胸前衣襟：“父皇，恕儿臣失态……”话未说完，人已摇摇欲坠。吴妃上前搀扶，却哪里扶得住？两人相拥相抱跌倒在地。

荀瞻治吃了一惊，既担心荀淳煦，又担心吴妃肚里的孩子，倏忽站起走下御座，不想竟也脚步踉跄摔倒在地，挣了几次不能站起，一时心中大是惊惶。他深谙自己酒量，便是酩酊大醉，亦不曾如此。

“父皇，儿臣，儿臣……喘、喘不过气了……”倒在地上的荀淳煦气喘吁吁，张大口费力呼吸，极难受的模样。

“太医！太医呢？”跌坐在地的荀瞻治焦急大喊，回头见荀淳照静静立在一侧，忙道，“照儿，你去看看太医来了没有。”

哪知荀淳照并不挪步，神色平静地道：“父皇不是已经派人去宣了吗？”停了一会儿又道，“只不过，漫说是太医，就是刚才从这殿里出去的人，怕是都回不来了。”

“……照儿，你在说什么？”荀瞻治望着他又惊又疑。

“父皇，您此刻应是双腿无力，双耳却没问题。如此简单之语，难道还需要儿臣说第二遍吗？”

“照儿，你究竟在说什么？！”荀瞻治更是吃惊。此际，他的腿脚确如灌了铅般沉重，不能挪步。他心中惶恐，抬手指着荀淳照，道：“你……给朕解释，到底是怎么回事？”

荀淳照低垂眼睑，言语淡然：“如此显而易见之事，还要儿臣解释吗？不过是酒中有毒罢了。”

“你怎知酒中有毒？……难道是你，你……”荀瞻治一时骇得说不下去。

“不错。”荀淳照抬眸迎上皇帝不可置信地目光，“凡饮此酒者，俱已中毒，只不过每个人的症状不同罢了。但此酒之毒，不足害命。”

“那煦儿他……他怎会如此？”荀瞻治望着愈是痛楚的荀淳煦道。

荀淳照冷冷一笑：“此毒虽不致命，却也因人而异。皇兄体弱，故而激发喘疾，不能呼吸。父皇习武，身强体健，所以只是暂时麻痹腿脚。”

“不可能。”荀瞻治摇头，“适才分明已用银针验过，而且你也喝了。”

荀淳照笑出声来：“这就是儿臣为何要叫人颇费周章寻来这西域美酒和昆仑白玉了。此酒只要盛放在特定的玉器中，即便下毒也无法用银针测出。至于儿臣为何饮酒却无碍，聪明如天子，怎会想不到儿臣已事先服了解药？”

“照弟，你为何，为何要……”荀淳煦气喘声嘶。

“为何要这么做？”荀淳照一笑接口，“自然是为了拿回本该属于我的东西。”

“混账！什么是本该属于你的东西？”荀瞻治手指荀淳照，颤声道。

“自然是太子的名衔和将来的皇位。”荀淳照迎上荀瞻治的目光，一字一句地说。

“你想承继大宝？”荀瞻治怒目而视，“长幼有序，嫡庶有别，轮不到你！”

“为何轮不到儿臣？”荀淳照大声反问，指着倒伏在地的荀淳煦一脸不屑，“他是嫡子又如何？你看他那弱不禁风的模样，怎能身登大宝执掌乾坤？儿臣不过比他晚出生几个月，儿臣的母亲也是官宦名门之女，是仅次于皇后的贵妃。可从小到大，父皇的眼里何曾有过儿臣？儿臣天生强健，处事决断，比他强一百倍。”

荀瞻治看着荀淳照，半天说不出话。眼前这个面目狰狞之人，真是他日夜牵挂期盼回家的儿子吗？为了今时今日，他一定苦心谋划了很久。他率军莫名失踪数月，自己是该有所怀疑和提防的。可当他骤然出现，自己心中的欢喜竟盖过了疑虑。他知道这个儿子身强体健，勇武非常，知道他意气风发，雄心勃勃。他是打心底里喜欢他的，甚至也有过易储的想法。但他也知道这个儿子目空一切、骄矜过度，日后难免刚愎自用，于家国不利。只是想不到他为了谋取皇位，竟会如此处心积虑、丧心病狂，做出违逆天理人伦之事。

荀瞻治心头泣血，恨声道："无论立嫡、立长、立德、立贤，这皇位都轮不到你！"

"为什么？"

"因为你不配。"

"儿臣哪里不配了？"

"立嫡以长不以贤，立子以贵不以长。太子乃皇后所生，你母亲虽是贵妃，终究不是朕之正妻。你不是嫡子，又比太子年幼，况且你今日所为，大逆不道，人神共愤。"

荀淳照闻言微愕，随即冷冷开口："那就请父皇选能为储，传位与儿臣。"

荀瞻治决然道："你有何能？天下不是靠武力就能征服的。你全无仁德之心，如何能主掌这江山万民？"

荀淳照忽而大笑："父皇，前车之鉴，后事之师。且不说历朝历代都有但凭武力得天下者，便是二十多年前，我皇爷爷是怎么取而代之的？"

"住口……"荀瞻治闻言大惊，"父祖之事，岂容你这逆子妄加评论！"

"父皇不让儿臣说，是因为父皇心里也明白皇爷爷是如何身登大宝的。当年之事儿臣虽不曾亲历，亦不是没有听闻。儿臣今日所作所为，皆有章法可循。天子之位，能者居之。一切阻挡，理当被扫除。"

"你给朕住口！"荀瞻治怒极。这尘封土埋不能细说的往事，便是他亦讳莫如深，如今却似一道还没好透的伤疤被人生生撕裂开来，鲜血淋漓。他虽气得浑身发抖，但瞥见荀淳煦喘息艰难、伏地挣扎，只得强压了怒火，对着荀淳照道："照儿你拿出解药，迷途知返，朕尚可宽恕你。"

"父皇，儿臣不曾身入迷途，何须宽恕？要说解药嘛，只有一份，已被儿臣服了。但这解决的法子也不是没有。"荀淳照忽地冷冷一笑，从怀中取出一柄短剑，缓步走向荀淳煦。

"逆子，你要干什么？来人，来人啊！"荀瞻治嘶吼道，几次想奋力站起，双脚却怎么都使不上力。殿门寂寂，无人进入，明晃晃的剑柄将烛火反射到他眼中，眼泪倏忽涌进眼眶。

荀淳照并不停步，径直走到荀淳煦面前。

荀淳煦喘着粗气，看着荀淳照手中短剑高举在自己头顶。直到此刻，他都不能相信刚才从荀淳照嘴里说出来的那些话。

荀淳照低头看他，叹了口气，道："皇兄，没有解药了。你这般痛苦，不如我来帮你。"话音甫落，猛然拔剑，刺了过去。

荀瞻治大喊一声，用手捂了双眼。

殿中响起一声惨呼，又瞬间归于死寂。

荀瞻治缓缓放下手，眼前景象令他目瞪口呆。只见吴妃满眼惊惧地倒在血泊中，胸口正插着荀淳照出鞘的短剑。

"为……为什么？"吴妃茫然看着胸前的短剑和汩汩而出的鲜血，抬头不可置信地望着面前的人。

荀淳煦同样目瞪口呆地望着荀淳照，他以为那柄短剑会落在自己的胸膛。

荀淳照看着匍匐在脚下的女人，冷冷道："本王让你潜伏东宫传递消息，没叫你去帮他生孩子。你既然有了他的孩子，就别怪我先斩草除根。"

"可、可那是……你的……孩子……"

吴妃颤抖的手捂着肚子似自言自语，语声细若蚊蝇，却宛若一道惊雷，击中了殿中其余之人。

"你说什么？你、你们……"荀瞻治指着吴妃和荀淳照说不出话来。

"不可能，绝不可能！"荀淳煦一把抓住吴妃的手，"你分明是处子之身，怎么会，怎么会……"

最先镇静的还是荀淳照。一瞬的惊讶痛悔过后，他嘿嘿笑了几声，看着荀淳煦道："她肚子里的孩子是不是我的我不能保证，但我可以保证她的第一个男人绝不是你。"

"不，这不可能！"荀淳煦怒吼，禁不住浑身颤抖，青紫的脸色瞬间变成血红。

荀淳照停了笑声，眸中神色复杂："她曾是我心爱的女人，我忍痛割爱给了皇兄。皇兄难道不知宫里的嬷嬷们，有的是办法把她变回处子之身吗？"

"你答应过我，说只要你登上皇位，定会娶我。"吴妃挣脱了荀淳煦的手，一把抓住荀淳照袍衫的下摆。

荀淳照蹲下身子，慢慢扯开抓住自己衣摆的手，道："你真以为自己是入吴的西施？你不知道那些美满结局都是骗人的吗？范蠡从未携西施归隐五湖，吴国国破之日就是她身死之时。"

吴妃瞪大的眼睛里滚下泪来："是我太高估了自己，我竟不知，不知你是这样的……"

她忽而大笑，绝美的容颜在凄厉的笑声中渐渐变得狰狞。笑声戛然而止，她倏忽委顿于地，再无动静。

这突如其来的变故，仿佛一记致命重锤砸向荀淳煦本已憋闷得快要炸开的胸膛。他额上青筋暴突，脸红得似要滴出血来，愤怒惊疑的双眼直直看着荀淳照良久不动，脸色却渐渐转为灰白。

终于，他颓然呼出最后一口气，在荀瞻治的痛喊中倒伏在地。

荀瞻治只觉这一切是一场荒诞离奇的梦。他狠狠地咬了下嘴唇，希望能从噩梦中醒来，而唇间的一丝咸苦让他清楚地知道这并非是梦。

他当然知道皇位之争的残酷，也曾目睹，也曾经历。天道人伦，温良友爱，在这拥有至高无上权力的帝王家，终究又一次被无情碾碎。就在他五十寿诞的夜晚，这广本该赏心乐事团圆相聚的时刻。

眼泪滚上衣襟，他低下头，不去看殿中景象。

荀淳照轻走几步，跪倒在他面前："请父皇即刻下旨昭告天下。"

荀瞻治并不抬头，只道："如何昭告？"

"太子病故，改立儿臣入主东宫。"

荀瞻治半晌无语，忽而冷冷笑了几声："何必多费周章，你莫若亦给朕一剑，直接即皇帝位不好吗？"

"儿臣不敢。"荀淳照低首道。

"你还有什么不敢的？"荀瞻治反问。

"父皇不要逼迫儿臣，请父皇下诏传位。"荀淳照复道。

"你行非常手段，却想名正言顺身登大宝？"荀瞻治冷声说。

"儿臣并不想如当年皇祖父般大开杀戒。"荀淳照叹了口气，"父皇莫要忘了而今京师空虚，儿臣手中则有数万精骑，其中更有火器精良的神机营。除此之外，鞑靼已陈兵关外，随时听候儿臣调遣。这江山社稷，终究是儿臣的了。"

荀瞻治复笑出声来，只是笑声呜咽，犹如哭泣。他抬眸四顾，见杯盘狼藉，那些个精致的玉杯里，有的还残留着深红的汁液，在煌煌烛火下光亮闪烁，恰似淋漓的鲜血。

什么生辰贺礼，什么葡萄美酒夜光杯，不过是杀人的利器和用来逼宫的敲门砖罢了。

是的，逼宫。无论他多么不愿承认，不愿意提起这两个字。今晚，荀淳照就是处心积虑前来逼宫的——毒杀储君，援引异族，里应外合，逼他就范。

他的一个儿子杀了他另一个儿子，杀了吴妃和她腹中尚未出世的孩子，也许还会杀更多的人。

然而一切并非无迹可寻，只不过是他不愿去细想罢了。他分明已有隐忧，却本能地回避抗拒。因为，除非荀淳照率军翻越危险卓绝、几不可生还的冰川大漠，否则前往西域，必经河西走廊。而西出敦煌，北有玉门，南有阳关，一支那么多人的军队来来回回，四郡两关如何会俱无通报？即便荀淳照想要给他一个惊喜，也是无法做到瞒天过海、滴水不漏的。

他早可警觉，却又不得不以最坏的恶意去揣测这个儿子的野心。

他望着荀淳照，凄然道："朕真是小瞧了你，你为了这个皇位，竟然还联络了蒙古人。"

"儿臣不过是借鉴皇祖父一二，父皇圣明，必定知道该如何收拾残局。此乃我朝家事，儿臣其实也不想让外人插手的。"

荀淳照站起身来，只等荀瞻治发话，但荀瞻治仍低头不语。

荀淳照催促道："父皇还是快下旨意吧。若鞑靼兵马进了关，一场战争，难免血腥。"

"沂王殿下的这个想法怕是要落空了。"

寂静大殿，忽有人声。

荀淳照猛然回头，但见一人执剑立在殿外，投射在地的身影被月光拉得斜长，清冷如披银霜。

"……阿佑，是你回来了吗？"

荀瞻治望着那个身影，悲喜交加。

第十二章　天之骄子

荀淳照心中着实吃惊。

九重宫帷他早已布置妥当，荀予佑缘何能仗剑入宫？来者不善，不知宫外情形如何？荀瞻治的那声呼唤太过亲密，让他听着浑身不舒服。他心里有些慌乱，但想太子已死，大事将成，便又冷静下来。不过是一个小小的平江侯，还能翻了天？

他看着荀予佑，冷声道："平江侯，你不经宣召仗剑入殿，是要造反不成？"

荀予佑并不理会，目光在殿内飞速扫过，眼前情景骇得他目瞪口呆。他不及向皇帝叩拜，快步走到荀淳煦和吴妃身边，俯身探查二人脉息，脸色骤变。

吴妃身上的血兀自汩汩流出，那一摊暗红的颜色延伸到他脚下。荀予佑站起向后退了一步，转身见跌坐在地的荀瞻治正愣愣看向这边，忙放下手中长剑上前叩拜："臣护驾来迟，请陛下恕罪。"

荀瞻治灰白的脸上仿佛有了一丝神采，一把拉住他，道："阿佑，真的是你，你回来了！"

"是。"荀予佑点头，伸出手去，"圣驾是否无恙，微臣扶陛下起来。"

"先别管朕。"荀瞻治摇了摇头，指着荀淳照，颤声道，"替朕拿下这……乱臣贼子！"

荀予佑闻言微顿，片刻颔首道："臣领旨。"拿了长剑，缓步走到荀淳照跟前。

荀淳照不觉往后退了一步，稳住身躯道："荀予佑，你想干什么？"

"臣奉旨拿贼。"

"你敢？"荀淳照喝道，嗓音却是有些发颤。若单打独斗，他自认未必会输给荀予佑，但荀瞻治那句"乱臣贼子"到底叫他失了气势。

"殿下若不束手就擒，请恕臣无礼。"荀予佑望着他平静地道。

荀淳照冷笑一声："我劝你即刻退出殿外，休要插手本王家事。"

荀予佑沉声道："残害储君，危及陛下，勾结鞑靼，图谋社稷，岂能以家事言？"

"你莫要信口雌黄。"荀淳照色厉内荏，俄而却冷冷一笑，"你知道的倒不少，只是你能奈我何？一朝天子一朝臣，识时务者为俊杰，本王劝你不要站错了队。”

“有国法在，无须我奈殿下何。但臣既能仗剑入宫，殿下也应知晓殿外形势，京师九门并三关守军业已换防，今日恐怕要叫殿下失望了。”荀予佑冷眼看着荀淳照，这个天潢贵胄一朝亲王，勾结外族图谋江山，弑兄逼宫行事狠辣，丧尽人伦竟面无一点愧色。

“什么？你，你这才是要造反啊！”荀淳照气急败坏道，“私自换防，乃是灭族之罪。”

荀予佑拱手：“臣仓促行事，未能禀明圣上……”

“做得好。”荀瞻治接口，“休要与他多言，给朕拿下这乱臣贼子。”

“乱臣贼子？”荀淳照忽而大笑，“父皇是预备将儿臣如何呢？”

荀瞻治额上的青筋跳了两跳，看着业已气绝在地的太子和吴妃，颤声道：“乱臣贼子，当以谋逆论处。”

“父皇难道要杀了儿臣？”荀淳照好似笑岔了气，“儿臣若有不测，试问这万里江山日后何人主宰？”他看一眼荀予佑，又转视荀瞻治，一字一句地说，“如今，除了儿臣，谁能身继大统？杀了儿臣，父皇是要把这江山拱手他人吗？”

不料荀瞻治竟也低头呵呵笑了两声，抬眸看了看他，幽幽而言：“除了你，就没有人能身继大统了吗？”

荀淳照脸上的笑意倏忽敛去，他扫了眼不远处倒伏在地的荀淳煦，喉头微动，张口道：“儿臣是父皇如今唯一之子嗣……”

“朕的儿子可不止你一个。”荀瞻治冷冷地打断了他的话。

荀淳照心中猛然一惊，下意识地复看一眼躺在地上一动不动的荀淳煦和吴妃，确定那倒下的身躯不会再站起，决然道：“儿臣是父皇如今唯一活着的儿子了。”

“唯一活着的，唯一活着的？”荀瞻治忽然放声大笑，笑中渐渐带了哭泣，最后竟不知是哭是笑。

荀淳照愣愣地看着他，正欲开口让他接受现实，荀瞻治却停了哭笑，抬手指向前方，一字一顿道：“朕还有他，朕还有他可以身继大统。”

荀淳照依所指而视，不觉愣在原地。殿中唯有三人，除了荀予佑，还有哪个？

“父皇是伤心过度，还是气糊涂了？儿臣知道他素得父皇欢心，故而父皇几次三番擢拔于他。他虽姓荀，却不知是哪一代的远亲了。一个都不曾按宗室族谱取名的人，凭什么身继大统？今时今地，父皇再不愿意，也只能把这江山社稷交给儿臣了。”他看看荀瞻治，又看看荀予佑说。

“江山社稷仁者居之，更何况……”荀瞻治望着荀淳照，眸中竟有快意，“今时今地，你也并非朕唯一活着的子嗣。”

“儿臣不明白父皇在说什么。”荀淳照愈是错愕。

荀瞻治冷冷道：“你耳聪目明，还要朕再说一遍？”

荀淳照仔细琢磨荀瞻治所言，喃喃道：“不可能，这绝不可能。”

荀瞻治仰天大笑，两行热泪滚落脸颊：“没有什么不可能，只是朕原以为他的身份这一世都不会公开，不想天意若此，天意若此啊！”他眼中含泪，看着荀予佑，颤声道，“朕还有他，还有他——平江侯荀予佑，朕之第三子。”

荀予佑怔愣在荀瞻治分明低沉却似雷霆万钧的声音里。从荀瞻治的手指向他的那一刻，他已不知是真是幻，是梦是醒。

“陛下……”他低唤了一声，无措地对上荀瞻治凝视自己的目光。

荀淳照猛然转头看着荀予佑，又不可置信地望向荀瞻治：“第三子？不可能，这怎么可能？父皇是生儿臣的气，才故意骗儿臣的吧！”他的声音里有一丝惊恐。

“君无戏言。”荀瞻治淡然道，“朕如何会以假乱真混淆皇室血脉？”双目灼灼地望着荀予佑，“阿佑，你是朕的儿子，该叫朕一声‘父皇’。”

“父皇？”荀予佑身形微晃，手中利剑滑落在地。他喉头艰涩，脱口而出的两个字震得自己耳畔轰鸣。

“对，朕是你的亲生父亲。”

“那臣的父亲……平江侯……又是谁？”荀予佑喃喃自语。

“阿佑，朕当年不得已，才将你托付于平江侯府……”

耳畔轰鸣愈烈，荀予佑强自镇定之下只听得这么一句。他脑中晕眩，于纷乱思绪里电光火石般想起了马哈木欢对他说的那个金错宝刀的故事。那段发生在那个汉人年轻将领和瓦剌公主之间的缠绵情事，虽隔山隔水渺远迷离，却转瞬就变成现实中的一缕烟尘。不知所踪的婴孩与眼前颓然伤怀的帝王，穿越时空般狭路相逢。而他，就在这狭路相逢里心生恐惧。

不，他不是那个婴孩。他是平江侯府的孩子，在那吴侬软语的古城中，在那温情脉脉的家庭里，幸福满足地生活。那朝暮可及温暖于心的父慈母爱，是他此生最引以为豪的东西。对，他不是被父亲抛弃、不知道母亲活着长什么样死后葬身何处的孩子。

“阿佑，你为何不问你母亲是谁？”荀瞻治看着怔愣原地的荀予佑，轻声道。

“我母亲是谁？”荀予佑茫然重复。

“她是，她是……”荀瞻治哽咽着说不下去。

“她是谁？”一旁的荀淳照忽然大声道，他狠狠地剜一眼荀予佑，又转过头来瞪着荀瞻治，“她是谁，她是谁？还是父皇生儿臣的气，无端杜撰的呢？”

荀瞻治并不理他，目光虚浮，思绪缥缈：“她是个美丽的蒙古姑娘，她是瓦剌的公主，名叫忽兰。”

“父皇是在给儿臣编故事吧！”荀淳照近似咆哮，“蒙古女人，父皇怎么会和一个蒙古女人生了儿子？”

荀瞻治恍若未闻，继续着那久远的记忆：“当年朕随先帝征战蒙古，一时不慎，受伤被俘，是她救了朕……”

荀予佑只觉自己腿软得有些站不住，他后退一步，勉强立定身躯。也许是夜以继日的急行耗费了太多力气，他火速赶回，却怎么也想不到一心一意要效忠护卫的君王，竟会是自己的亲生父亲。那个听来的故事，转眼就成了他现实里的人生。

荀瞻治轻言缓语的述说，到他耳中都成了响亮而模糊的轰鸣。他一句都听不清，也一句都不想听。他早就知道了这故事的梗概，只是他不信而已。他忽然觉得那个年轻的瓦剌可汗真是个天才，轻易便想到了自己无法求解的答案。原来，他的亲生父亲，真的另有其人。

他望着荀瞻治，想着二十多年前他年少风流、倜傥英武的模样。自己的母亲，是这故事里美丽动人的姑娘，却是在他众多妃嫔中连名号都排不上的一个。作为儿子，他没有见过母亲的音容笑貌，也不知她魂归何处。她一定是抱过自己的，只是那时候他太小太小，丝毫没能留下她片影只语的印象。

他木然抬头，见荀淳照正愣愣地看着他。他垂下眼睑，瞥见倒伏在地的荀淳煦。原来，他并不孤独。他们，都和他有着一半相同的血缘。他们，都是他的兄弟。

他也是天之骄子。

“臣斗胆问陛下，有何凭证？”良久，荀予佑忽而轻声道。

他其实已了然于胸，偏偏又懵懂难醒。

“阿佑的身上是否有一把金错宝刀？”荀瞻治说。

荀予佑浑身一凛。

金错宝刀，金错宝刀！

他探手入锦袋，取出那把精美绝伦的宝刀。

荀瞻治望着他手中的金错宝刀，两眼泛起泪光，指着御桌旁的书架道：“阿佑，你去那边替朕找一个红色的锦盒来。”

荀予佑茫然走到书架前，目光在摆放书册的架子上搜索，果然在其中发现了一个狭长方正的红色锦盒。盒上有浮尘，想来已放置多时。他取了锦盒捧到荀瞻治面前，荀瞻治伸手接过，微颤着打开。

荀予佑一眼瞥见静躺在盒中的东西，顿时目瞪口呆。

那也是一把小巧精致、美轮美奂的金错宝刀，和自己的这把一模一样。

荀瞻治取出盒中的金错宝刀，递给他：“这刀原是一对，朕将其中一把给了你母亲。它原是一件爱情的信物，不想却成了我们父子相认的凭据。”

荀予佑拿着两把金错宝刀细看，它们果真是一模一样的，无论形状、大小、花纹和镶嵌着的各色宝石。

心头突如其来的闷痛，使得他连呼吸都不畅快。荀予佑紧握金刀，无措地看向荀瞻治：“这世上既有两把相同的金错宝刀，难保没有第三把一模一样的，陛下岂可只凭一把小刀将臣认作皇子？”

“朕看见你的第一眼，就知道你是朕的孩子。”荀瞻治说，“你的眉眼唇鼻，你的酒窝笑颜，朕一见就知道。你笑的时候，那嘴角神情，和你母亲简直一模一样。你再仔细看看朕，你的五官其实和朕是多么相像。”

“臣岂敢冒视天颜？”荀予佑凄声道。

他心中难过，黯然四顾。这里难道原是自己的家吗？他也是这煌煌家族中至亲的一员吗？还是他分明只是那个尚未出生就被抛弃、流浪在外无家可归的私生子呢？原来，他竟有着一半异族的血统。他并不介意这一半汉人以外的血统，却伤心于对给予他这一半血统的母亲一无所知。

荀予佑只觉周身热血渐至冰冻，怔怔看着荀瞻治道：“诚如陛下所言，这么多年，臣为何要寄身平江侯府，不能认祖归宗？”

“阿佑，朕有不得已的苦衷。”荀瞻治痛苦地摇头。

荀予佑颤声道：“那陛下可知臣的母亲现在何处？”

“她，她……”荀瞻治说不下去。

荀予佑握紧了手中的金错宝刀，望着荀瞻治，道：“她救了陛下并以身相许，陛下就这样一去不回，对她不闻不问了吗？”

荀瞻治的眸子一片灰暗：“当年朕虽平安归来，但先帝却对朕受伤被俘之事耿耿于怀。朕曾言明为瓦剌公主所救，若没有她便无生还可能。先帝却决不允朕娶一个蒙古女人，否则他就不认朕这个儿子。朕那时只得暗中派人去瓦剌探寻消息，派去的人回来说她为了逃婚已不知所踪。朕一直没有放弃过对她的寻找，后来才知道她为朕殉情，也知道她给朕生了个孩子。那孩子，就是你。”

荀瞻治看向荀予佑，眸中泪意盈盈：“你不知道朕派了多少人去找你，草原沙漠，关内关外，简直是大海捞针。朕一次次在失望中寄予希望，一次次在焦灼中坚定信心，一次次在毫无头绪中寻觅蛛丝马迹。但凡可能有关你的消息，朕都竭尽全力去寻找。”

“陛下……”荀予佑低唤一声，不知再说些什么。他想不到荀瞻治也曾这样寻找过他，就如那时他心心念念要飞越长城去寻找他的阿爸。

“平江侯多次随先帝征战蒙古，熟悉蒙古各地的情况，朕便也命他前去寻找。朕找了你很多年，有一天终于得到奏报，说你许是跟着一个波斯商队进了嘉峪关，朕于是就派人细查追踪了所有从那里进关的商队。后来，平江侯在苏州找到了你，你身上有朕赠给你母亲的金错宝刀。朕曾向先帝旁敲侧击，说如果朕与瓦剌公主育有一子，可否只让那孩子认祖归宗。先帝闻言极为恼怒，道果真有这样一个孩子，也决不允其归入宗室。朕怕他知道你的存在会对你不利，故不敢迎你回来。平江侯食邑富庶之地，他夫妇恰无子嗣。朕便将你托付于他二人，只说是其流落在外的孩子，朕相信他们会对你视若己出、疼爱有加。阿佑，你的名字是朕取的，朕虽不能在身边护佑你，却时刻牵挂着你。朕想要保护你，给你最好的一切，让你无忧无虑，幸福快乐地成长。朕常常派人询问你在侯府的一切，平江侯也一直把你的情况传报于朕。后来先帝驾崩，朕本想接你回来，但彼时你为平江侯独子一事已天下皆知，便不好贸然恢复你的身份。所以，阿佑，你不要怪朕，不要怪朕……”荀瞻治连连摇头，眸中更显痛色。

荀予佑立在那里，心潮汹涌。

原来他也曾千方百计寻找过自己，苦心孤诣替他安排人生。他将他托付给平江侯，因而自己可以姓荀。平江侯没有子嗣，所以他能得到最多的疼爱和照顾。二十岁时，他亲临侯府为自己戴冠成礼，俨然是在表现一个父亲对儿子的职责与期许。他关心他、爱护他、擢拔他，他说自己可以把他当作父亲。可他终究没有昭告他们的父子关系，为了帝位皇权，他终究是舍弃了他和他的母亲啊。

“若是先帝，先帝知道臣的存在，对臣不利，陛下会怎样？”荀予佑看着荀瞻治问。

荀瞻治不说话，荀予佑追问道：“陛下会挺身而出吗？像一个父亲保护他的孩子那样吗？”

这其实是不能假设之事。先帝未必知道他的存在，也未必真会对自己的孙子不利，而当时的荀瞻治对先帝所做一切俱无法违逆。可荀予佑却执着于他的态度。

荀瞻治默然半晌。他亦不知若真如此，他是否会抛弃一切挺身而出，拼了性命也要去保护这个儿子，但这份默然即时便伤了荀予佑的心。

荀予佑闭起的双目里溢出泪滴，哽咽道：“如此，何不让臣只是做一个平民百姓呢？”

“不，阿佑，”荀瞻治摇头，“其实朕没那么狭隘，家国天下，本该仁德贤能者居之。你是朕的儿子，朕不在乎你身上流着一半他族的血。如今，江山社稷，唯你可系……”

“你们两个聊完没有，当我不存在吗？”荀淳照忽然大声道，“父皇是疯了吗？”他瞪着荀瞻治，目中满是恨意，指着荀予佑，说，“一个来路不明的野种，怎么能身继大统？父皇是要太祖爷和皇爷爷气得从皇陵里爬出来吗？”

“住口！”荀瞻治呵斥荀淳照，“你心狠手辣，弑兄逼宫，朕有你这样禽兽不如的儿子，才没面目去见列祖列宗。”指着荀予佑道，“他也是朕亲生的孩子，朕即刻便下诏恢复他皇子的身份。这江山社稷、家国天下，只有交在他手里，朕才安心。”

“陛下，”一旁荀予佑倏忽下跪，将手中的两把金错宝刀高举于顶，“臣无意江山社稷……也无意认祖归宗。”

“阿佑，你说什么？”荀瞻治怔愣地望着递上的金错宝刀。

“请陛下收回宝刀，臣无意江山社稷，也无意认祖归宗。”荀予佑重复道。见荀瞻治久无反应，便把手中的金刀轻轻放置在地，恭恭敬敬磕了三个头，站起身来向殿外走去。

“阿佑……”

身后传来荀瞻治的呼喊，荀予佑却觉得那声音是如此渺远。脚下明晃晃的金砖在视野里倾斜，他努力控制着有些踉跄虚浮的步履。

儿时的记忆终于和那金错宝刀的故事融合在了一起，他真真实实地成了这故事里的角色之一。没错，他就是那个婴孩，还没有出生便不得不转徙无依、颠沛流离的弱小生命。

他的记忆中没有为爱殉情的亲生母亲，只有惨死在马贼刀下的“额吉”。瀚海阑干，冰雪万里，风沙滚滚，星辰寂寂。无数个饥饱不定、孤独流浪的日日夜夜，重又在他脑海中拼合显现。原以为山温水软的江南和父慈母爱的平江侯府能抹去他曾经的苦痛，让他释怀那段经历不过是他人生轨迹的些许偏差。当他站上平江侯府的厅堂，这些许偏差便得以纠正。一个在草原、大漠、戈壁流浪的孩子，一个随着波斯商队四处辗转的孩子，从此富贵荣华，衣食无忧，享受着人世间的安稳与幸福，以及那失而复得的母爱和不曾领略的父爱。

听闻“荀予佑”这个名字的时候，他表面波澜不惊，心中却平添温暖。他知道这名字的含义，知道这是一个父亲对自己的孩子最为深切真挚的感情。原来是荀瞻治替他取了这个名字，他是他的亲生父亲。可他还是将他丢在了千里之外，更将他的母亲丢失在那绝域苍茫的天地之中。他的母亲，他毫无记忆的美丽可怜的母亲，即便她能活着，荀瞻治也不可能给她一个婚姻。他不能光明正大地迎娶她，给她一星半点的名分，哪怕是他众多妃嫔中最卑微低等的一个封号。

这么多年，自己在杏花春雨的富庶江南光风霁月地生活。可说到底，他终究是被父亲遗弃、寄人篱下、身份不明的孩子。他的亲生父亲是“履至尊而制六合”的汉人皇帝，他的母亲是草原上美丽善良的瓦剌公主，而他，究竟该立身何处？ 这巍峨宫殿、九重华宇，哪里可以让他容身？那茫茫草原、长河落日，又已遥不可及。

荀予佑踉跄地走向殿外，余光里忽地闪进一摊鲜红。这鲜红触目惊心，他只看了一眼，背上便沁出冷汗。吴妃的血流到荀淳煦身下，浸染了他的衣衫。那个毫无声息倒伏在这一片鲜红上的人，该是他的兄弟，却被他的另一个兄弟所杀。他知道皇权争斗难免残酷血腥，不想有一天竟会身临其境。原来他们都不例外，置身帝王家的天之骄子，幸耶，悲耶？

他只想逃离，唯有逃离，才能不让这肆意浸淫的鲜血湮灭自己自由自在的呼吸。

“阿佑！”

身后复传来呼喊，大声而惊惶。

荀予佑只觉背后生风，他本能地顿步侧身，一把明晃晃的长剑瞬间贴胸而过。这是他不知何时脱手的宝剑，如今正握在荀淳照手中。

荀予佑才一怔愣，荀淳照已猛然回抽利剑，顺势在他胸前划出一道长长的血印。这一剑甚是凌厉，荀予佑本就脚步虚浮、身形未稳，顿时被剑气带倒在地。荀淳照欺身而进，持剑猛刺，荀予佑左闪右避，险象环生。

“住手，给朕住手！”荀瞻治大喊。

荀淳照仿若不闻，连连挥剑。但荀瞻治的呼喊还是让他分了神，破绽甫出，手中利剑便被荀予佑一脚踢飞。

荀予佑微喘了口气刚想站起，不想荀淳照竟发了疯般阖身扑上，左手肘一下重击在他胸口，将他牢牢压制于地。

荀予佑心头剧痛，眼前发黑。荀淳照反手拔出一旁吴妃身上的短剑，奋力刺下。

一片黑芒中荀予佑恍见一袭白光直贯而下，他的右手被荀淳照死死压住，本能地抬起左手迎向那道森冷。

一柄利刃只在胸前一寸，被他堪堪握在掌中。

血从手里滴落，不长的剑身上鲜红淋漓。那血有他的，有吴妃的，混合在一起，将他胸前衣襟染成斑驳图画。

荀予佑瞪大眼睛，看着荀淳照一脸狰狞。这个立时想置他于死地的人，是流着一半和他相同热血的兄弟。此际，他正用尽全力，要将手中的短剑刺入荀予佑的胸膛。

“难怪他这般宠你，原来你竟是他的私生子。可你这野种也配和本王来争江山吗？”荀淳照红着眼怒吼。

荀予佑嘶声：“谁要和你争这江山，只是你岂有明君之资？”

“杀了你，本王自会慢慢做个明君。”荀淳照拼力欲将短剑刺下。

荀予佑胸中掌心俱感疼痛，略一分神，那利刃又刺下些许。剑尖破衣而入，胸前立时泛出一团鲜红，本是狼藉的衣衫上愈加触目惊心。

“照儿，住手，给朕住手……”耳边传来荀瞻治哀泣的声音。

荀予佑只觉心口锐痛如电，有那么一刹那，他想放开紧握住利刃的手。不若就此终结这突如其来的痛苦梦魇吧，他二十多年的人生，仿佛经历了一场千古劫难，叫他在一瞬间疲累至极。

耳边是荀瞻治的呼喊，荀予佑闭起双目，一股热流忽地扑上脸颊。他睁开眼，弥望见一片殷红，眨一下眼，便在那殷红中看见荀淳照大睁而惊恐的双目，嘶哑的嗓子发出骇人的声响，喉间正插着一把金色小刀。

荀淳照松了握在掌中的短剑，伸手去摸自己的脖子。

“父皇……”他抬头不可置信地望着不远处跌坐在地的人，须臾，从荀予佑的身上慢慢滑倒。

荀予佑惊得忘了松开手中满是鲜血的短剑，直到荀淳照的身躯倾倒在地，才木然扔了短剑。

他翻身而起，抹一把脸上的血，见荀淳照依然睁大双眼瞪视前方。那黑白分明带着血丝的眼睛一眨不眨，眼角却慢慢滚下一颗泪滴，脖间犹自流出的鲜血将脑后的一块金砖染红了大半。

荀予佑只觉胸口闷滞，脑中空白，忽地以手撑地一阵干呕。

荀瞻治脸色惨白跌坐在地，无措地望着掷出小刀的那只手。

他用这只手杀了自己的儿子，可他分明只是不愿见同室操戈、兄弟相残啊。

他是皇帝，也是父亲。太子已死，连同那个还没出生的孩子，他不能再眼睁睁看着荀予佑有性命之忧。

他想飞奔过去阻止，可腿脚近乎没有知觉，而荀淳照手中的短剑已然要插入荀予佑的胸膛。

他撕心裂肺地呼喊，情急中抓起地上的一把金错宝刀飞掷而出。他想逼荀淳照躲避，好让短剑下命悬一线的荀予佑寻得生机。

他知道荀淳照从小习武，身手了得，躲避一把迎面而来的飞刀根本不是问题。

他不过是想分他的神。

可是他万万没想到荀淳照不管不顾、不闪不避，全神贯注只想将手中短剑刺入荀予佑的胸膛。而那把不假思索随手飞出的金错宝刀，就这样不偏不倚，直直射入了他的咽喉。

“太医，太医，快给朕宣太医……”荀瞻治的嘶喊渐渐成为绝望的低泣。

荀予佑微颤着手探向荀淳照的项间，依是温热的肌肤下脉息全无。他低头看一眼浸淫胸前的鲜红，抬起沾满了黏稠血液的双手。那血，有自己的，有吴妃的，还有荀淳照的。

他怔怔看着倒在身旁血污中的人，又抬头望了望枯坐在地的荀瞻治，忽地大叫一声，掩面狂奔而出。

第十三章　风雨归人

深秋，苏州城在日益萧瑟的季节里光影如画。

天平山上的枫叶红了大半，东山的银杏落了一地金黄，寒山寺的钟声悠扬飘过枫桥，船娘在香溪里轻摇舟橹，低唱着小调。从虎丘沿着山塘街，一路小桥流水，门市喧嚷。这江南的古城，是无论何时都能叫人心驰神往的。

风来枝摇，落叶翩跹似黄蝶飞舞。荀予佑惆怅地站在窗前，看庭院的景致在雕花的窗棂里恰似一幅绝好的图画。他伫立良久，转身又见那杏黄绸卷在书桌上分外刺目。

朝廷接连颁了三道要他去南京的诏书，此中含义不言自明。他默然以抗，却不知能拖延几时。

鞑靼的军队被阻于三关之外，荀淳照带入皇城的人马亦被悉数控制，一场硝烟，弥于无形。但荀淳照和荀淳煦夫妇，包括那尚未出世的小皇孙，在宫中一夜殒命，朝廷虽秘而不宣，传言已纷纭四起。

离京返苏不过月余，荀予佑只觉恍若隔世。他的身份在他持剑立于广硕宫殿的夜晚被彻底颠覆，现实的惨痛令他震惊。痛定思痛，他依然不能自拔于其中。

踱步平江侯府，原本熟稔的景物忽而变得陌生。如果这里不是自己的家，那么他的家到底应该在何处？是瀚海阑干的大漠草原，还是琼楼玉宇的广硕宫殿？

那广硕宫殿里的刀光剑影和鲜血，叫他心生恐惧。从小到大，他鲜少恐惧。这些时日却心神不宁，噩梦频生。

他不想去京城，也不想去南京。他哪里都不想去，唯一想去的地方只有云庐。

他莫名想见云宜，渴望至极。

他派去打听消息的人回来禀报，说云宜已安然返家，他立时就有一种快马加鞭飞奔到她面前的冲动。可是，他不知自己如今该以什么身份出现在她面前。他想见一见云康，希望他能为这一段不知究竟该何去何从的姻缘释疑解惑，云康却偏偏不知所踪。

“侯爷……”门外有人轻唤。

“何事？”他微皱了眉，早就吩咐过侍从自己闭门谢客，外人一概不见，无甚紧要之事亦无须禀报。

来人递上一张拜帖，颇是惴惴：“侯爷，那人拿的是云庐名帖。”

荀予佑闭门谢客，只云庐来人例外。

他接过帖子，见上面赫然写着“云康”二字，不觉吃了一惊，问：“是云老先生？”

“是一位年轻的公子。”

“年轻的公子？”

“他说他姓薛。”

“……姓薛？”荀予佑忽然想起了什么，“快请他进来，厅堂奉茶。”

云宜理了包袱下山去渡头。

无论薛士桢如何劝她少安毋躁，她心急火燎了几日，还是决定再去一趟洪都。祁珏是被赣王府的人抓走的，荀瞻濠总得给个说法。至于崔素莹之事，反正没有证据，大可推个干净。

太阳仿佛在云层里捉迷藏，一会儿是秋云不雨长阴，一会儿又明媚灿烂，照得湖上波光粼粼。

云宜背着包袱立在渡头，直等到晌午时分，眼前依是浩渺烟波，一帆不至。

她心中烦闷，抬脚踢上身旁的榆树，嘟囔道：“为何没有船，为何没有船，何时才有船……？”

那榆树有千年光景，树身粗壮，枝干虬曲。

“真是榆木疙瘩，榆木疙瘩！”她又不耐烦地往树干猛踹一记，倒将自己的脚踢得生疼。

她龇牙咧嘴俯身去揉，忽听背后语声慵懒：“既知是榆木疙瘩，还问它作甚？”

她蓦然回首，见不远处站了一人，衣袂轻扬，笑颜明朗，迎风负手于暖暖秋光中。

云宜以为自己眼花，定睛细看，那人分明就是祁珏。

她扔了包袱飞奔过去，一把将他抱住，呜咽道：“坏祁珏，坏祁珏，你去哪里了，去哪里了？怎么才回来……”

风尘倦眼的归人意乱神迷于这个忘情的拥抱，木然立在原地，好半天才轻轻松开紧环住自己的双臂，伸手擦了她脸上的泪珠：“我不是回来了吗？么，这么大了还哭。”

“人家担心你啊！”云宜抬手抹脸，吸一下鼻子说，忽而又将他从上到下、从前到后地打量，“赣王府的人没为难你吧？”

祁珏摇头。

云宜长吁了口气：“果然那赣王爷对你不错。哦不，应该是你那女弟子对你不错，所以你才能这般毫发无伤，来去自如。”心头大石落地，她不由打趣。

祁珏脸色尴尬：“难道你不希望我平安归来？”

“我自然希望你平安归来。我日日想，夜夜盼……”忽然想起不该如此直白，红脸跺脚，“反正你回来了就好，还站在这儿干什么？回家，我们快回家。”

云宜拔腿就要跑，祁珏一把将她拽住，指了指不远处的地上。云宜这才想起早被忘到九霄云外的行囊，忙又奔去捡了回来。

祁珏接过，两人一起往云庐走。

回到云庐，云宜赶紧叫人烧火做饭。她在渡头等了一上午，肚子早就唱起了空城计。

不一会儿，饭菜端上，云宜心情大好，坐在桌前大快朵颐。祁珏风尘仆仆，亦是饥饿，陪着她将一桌饭菜吃得干干净净。

吃完饭，祁珏稍加洗漱，换了件衣衫，疏疏朗朗地坐在椅中喝茶。

云宜喝下两杯茶去，饭饱加水饱，心满意足地打了个嗝儿，站起来凑到他身边，问：“这茶还好喝吧？”

祁珏点头：“虽非新茶，依旧醇香。洞庭碧螺春，自然是好喝的。”

云宜望着他笑：“那你说说，是这洞庭碧螺春好，还是那庐山云雾茶好呢？”

“自然是……”祁珏回过神来，知她话里有话，淡然一语，“自然是洞庭碧螺春好，从小喝到大，于我而言，它永远是最好的茶。”

“真的吗？”云宜问。

祁珏放下杯子站起身，拉过她的手贴在自己胸口:“我何曾对你说过假话？”

云宜不想他会有如此举动，不禁脸红心跳，一把抽出手来，背过身去嘟囔：“谁知你是真是假？”

祁珏一笑，走到她跟前：“你自然是知道的。”

云宜更羞，抬手捶在他肩头：“谁说我知道？我不知道，不知道……”

祁珏仰首自笑，任那拳头落在身上，一会儿，忽敛了笑问：“先生找着了没有？”

云宜停手点头。祁珏默然片刻，道：“先生现在何处，我想见他。”

云宜心中犹豫，云康再三叮嘱不可泄露他藏身之所。祁珏黯然以对：“莫非先生不想见我？”

“没有，没有。”云宜摆手，“今日你才回来，不如休息几天再去吧。”

“无妨，我想快些去见先生。”祁珏道，“我……我有很重要的事与他说。”

云宜怎么也没想到祁珏见到云康就倏忽下跪，开门见山说要娶自己为妻。她惊得半张了嘴，只看云康如何反应。

云康垂了眼睑，默然，道：“珏儿，你起来说话。”

祁珏并不起身，叩下头去：“祁珏深爱云宜，望先生成全。”

云康叹了口气：“我直说了吧，宜儿的终身已另有他选。”

“我才不要嫁给那个什么平江侯！”云宜扑通跪在祁珏身边。

她知祁珏是内敛含蓄之人，能在云康面前如此直抒胸臆，实在出乎意料。既然这个闷葫芦都开了口，爽快如自己，怎能不即刻表明心迹。

“宜儿，你不要添乱。”云康沉声道。

云宜不服气，梗着脖子说：“事关女儿的终身幸福，怎么能叫添乱？我和祁珏情意相投，父亲看着他长大，深知其秉性，自该放心才是。我们一起陪在您身边有何不好？我不想嫁到什么侯府去。”见云康不语，索性更是直言，“难道父亲果真是看上了那平江侯的权势地位吗？”

“放肆！”云康面沉似水。

云宜很少听闻父亲有如此严厉的口气，嘟着嘴站起，一屁股坐进旁边的竹椅里语带哭腔：“反正除了祁珏，我谁也不嫁。若是我娘亲在，定不会叫我违背心意，嫁给不喜欢的人……什么平江侯，谁爱嫁谁嫁……”

云宜平日怕云康伤心，从不在他面前提起自己早逝的母亲，此时气急，也就不管不顾，三句里倒有两句要念着娘亲。

云康果然悲从中来，气结于胸，兀自咳了数声。

祁珏见状，忙起身替他轻捶后背，道："先生保重。"

云康喘匀了气，摇头叹息："珏儿，我知道你是好孩子，怎奈我已许婚，便不可失信于人。"

"我知先生不是贪恋权势之人，此事怪我……落人之后，没有及早表明心迹。"祁珏低下头去，又似自言自语，"但即使我一早表明，先生也是不会同意的吧。先生不慕王侯富贵，却不能不为宜儿一生安危计，谁叫我……其实并不姓'祁'。"

云康吃惊回眸，对上那已是哀伤的眼神。

祁珏复走到云康面前，跪下磕头："先生之恩，百身难报。我只想再求先生一件事，请先生明示，我是否真是，真是那……徐家的儿郎？"

云宜惊愕的目光在两人脸上流转，这哑谜般的对话叫她摸不着头脑。她蹭到云康跟前，惴惴地问："祁珏他说什么呢？"

云康并不搭理，一把扶住跪地之人："孩子，你还是知道了……我，我原是想你这辈子都不要知道的。你起来说话，莫要如此。"

"先生教养之恩，恩同再造，我早将您视作严亲。"祁珏伏在云康脚下不起，语声哽咽，"还请先生赐一句明示，好叫我不复懵懂，明白此身从何而来。"

"往事已矣，何苦再提？"云康湿了眼眶，"你若执意想知道，也罢，终归是你自己的身世，且往云庐梦墨亭旁的梅树下去寻便是。"

祁珏抬头，已满眼是泪，望着云康默然片刻，恭恭敬敬叩下三个头去，站起身来往外便走。

云宜一把抓住云康的衣袖："父亲，你们究竟在说什么？"见云康不语，气急道，"不管他是'祁珏'还是'徐珏'，反正我都要跟他在一起。"说完便转身追了出去。

云康木然坐回椅中，半晌不动。身后竹门吱呀开启，荀予佑从里屋步出。

云康回过神来，起身道："我不知宜儿今日会带珏儿来，这孩子叫我给宠坏了，言语得罪侯爷，还望侯爷海涵。"

荀予佑不免尴尬："是我来得不是时候。"

"原是我相请侯爷前来，侯爷如此说，我惭愧至极。"云康拱手，请荀予佑入座。

荀予佑坐定身躯，心里却仍想着云宜刚才说的那些话。薛士桢到平江侯府说云康要见自己，他急急赶至，不料话没说上几句，云宜就带着祁珏前来。他避入内室，将祁珏求婚、云宜决绝之语听了个一清二楚，面上虽兀自镇定，心中却已是翻江倒海。

“先生……”他思之再三终于开口，“予佑感激先生能将云姑娘许我为妻，于情于理我更想称您一声‘岳父’。只是云姑娘和祁公子两情相悦，我虽钟情于她，却也无意强人所难。先生若想收回成命，请不必顾忌……”

“侯爷言下之意是要退婚吗？”云康不等他说完，抬眸道，“小女陋质粗识，本配不上王侯之尊。若非侯爷几次三番求娶小女，我断不会做这样的决定。”

“不不，先生，我绝非此意。”荀予佑连连摆手，慌忙站起，“王侯于我不过偶然加身，我对令爱之心从不曾隐瞒先生。先生初见我时，我便是一流浪乞儿，蒙先生收容半载，衣食相与，殷殷教诲，此间恩情天高地厚。先生若这样说，我便无地自容了。”

荀予佑作一深揖，云康忙挽住他道：“原是我方寸已乱，口不择言。我知侯爷爱宜儿之心，宜儿唯托付于你，我才能放心。”

“祁公子亦是人中龙凤，云姑娘既然对他情深若此，我怎好叫她伤心？”荀予佑坐回椅中，轻声道。

云康叹了口气：“我一手将珏儿养大，亲授他诗文书画，自然知道他是个好孩子。他和宜儿……两小无猜、青梅竹马的情意，我又岂会不知？只可惜天意弄人，他终究不是宜儿的良人。”

“却是为何？”荀予佑问，想起刚才祁珏和云康哑谜似的对答，心中更是好奇。

“珏儿的身世，我从未与人提起，可惜终究不能瞒他一世。也罢，我信得过侯爷，不妨说与侯爷知晓。否则，只怕侯爷对此难免心存芥蒂。”

荀予佑原不是喜欢探人隐私之人，只是事关云宜，也就顾不得许多，尴尬一笑道：“请先生明示。”

回溯往事，记忆纷至沓来，好似千万幅画卷，层层铺展，错综交织。

云康气塞胸臆，未语哽咽。桌上奉客之茶已经凉透，他却端起来喝了一大口。

凉茶消去喉间些许艰涩，他定了定神，开口道："不知侯爷可知当年朝廷之事？"

荀予佑胸口一滞，忽想起那一夜的刀光剑影，荀淳照口中所说、荀瞻治讳如秘辛之事，他虽未亲历，亦了然于心。

荀予佑点点头，云康继续道："当年先帝奉天靖难，原是天子家事。可偏偏有一班忠臣节士追随文帝，不夺其志。珏儿想必已知自己是徐姓子孙，他祖父便是博学多才、以诗文名满天下的翰林侍讲学士徐澄。徐澄有一子徐舟，也就是珏儿的父亲。当年我去南京会试，偶遇徐舟，互慕诗文，意气相投，遂成莫逆之交。后来我考中会元，却被诬科场舞弊，若不是徐舟多方营救，难免冤死牢狱。我经此变故，再无意仕途，只身返吴，唯将知交情意铭刻于心。后一年，先帝数召徐澄，徐澄拒不奉诏，后更书'国贼篡位'以示。先帝怒极，将徐澄凌迟处死，徐家老少亦尽遭屠戮，唯有尚在襁褓还未满月的珏儿得以幸免。徐舟遣人将之送到我这里。他留书托孤，自己陪伴老父以身殉节。徐澄乃天下文士班首，先帝本想笼络他出仕新朝，最后却恼羞成怒大开杀戒。我虽未亲见，但传言腥风血雨，惨绝人寰，不论亲朋故交，南京城中凡与徐家有一星半点关系者，悉数被斩尽杀绝。"云康说来泪盈于睫。

荀予佑听来亦觉心惊，不由道："原来祁公子竟是如此身世。"

云康点头："常言道，识时务者为俊杰，徐澄一门为忠贞气节不屈于帝王威严，叫人由衷感佩。珏儿来云庐时，宜儿尚未出生，他就像是我的第一个孩子。作为好友的唯一骨血，我哪怕拼了性命，也要护他周全。为安全起见，我将他改姓'祁'，乃因'徐''祁'二字吴音相似。我对珏儿视若己出，宜儿有的东西，他一样不少。我将平生所学倾囊相授，便是云庐一切，将来也想由他继承。只是、只是我不能将宜儿许他为妻。"云康仰天长叹，"为人友，我可以不惜己命。为人父，我却不能不为我唯一的女儿做长远计。"

"先生……"荀予佑不觉感慨，羡慕云宜有一个如此疼爱她的父亲。

"时至今日，徐家仍是朝廷钦定的叛逆。"云康继续道，"珏儿若知身世，恐不能安处于世。我与亡妇情深意笃，唯有一女。亡妇去时，一手握儿小手，一手执我之臂，万般牵挂，俱在眼底。我抱着宜儿跪于榻前，立誓决不让她受半点委屈。为此，我再不婚娶。我此生书画为伴，诗酒放达，也从未想过要宜儿嫁什么金龟婿，只望她能无忧无虑，一世安然。身为小民，自不能与朝廷相抗。我更不愿让她背负朝廷叛逆之名，陷落在徐门血海冤仇之中。身为父亲，我亦难免没有一己私心。所以，侯爷，可怜天下父母心，唯有将宜儿托付于你，我方能死而无憾。”

“先生还值壮年，切莫如此说。”荀予佑听云康之语竟有悲凉托孤之意，忙出言阻拦。

“人寿几何，本不是自己所能掌控。更何况，如今已是山雨欲来风满楼了。”

话音刚落，窗外忽地一声惊雷，狂风猛然吹开竹制的窗棂，屋子里顿生寒意。

荀予佑起身关窗，但见窗外暗云低压，风卷叶舞。深秋时节，山中鲜有雷声，这一声惊雷，颇叫人神思不宁。他心系云宜，不知她是否回到云庐，转念想有祁珏相伴，原是自己多虑。

他不觉叹息，关了窗转身道：“此事若无人知晓，祁珏可以永远只是祁珏，就怕树欲静而风不止。”

云康颔首：“侯爷刚才在内室想必也听出些端倪。”

荀予佑道：“不甚明了，但先生避入此处，莫非亦与那人有关？”

云康默然片刻，说：“我后悔当初把珏儿留在云庐。他去过了赣王府，迟早要出事啊！”

荀予佑眉梢微挑：“先生也知赣王……”

“赣王之心，路人皆知。”云康道，“当年他未及袭爵，便在南京与我和徐舟交游。彼时我尚不知他身份，后来才晓他有意拉拢天下文士。世传荀权与先帝有‘事成中分天下’之说。荀权虽薨，但观今日赣王动向，其志不在小。他几番相召我去洪都，我俱托辞不应。这一次，居然还要宜儿同行。恰侯爷复来说媒，我便将她托付给你，自己避入这山间幽谷，对外只说云游未归，想不到他们会把珏儿带了去啊。荀瞻濠与徐舟相识，徐舟当年年少俊美，是南京城里风流倜傥的人物。如今珏儿酷有乃父之风，他怕是一眼就能认出，难免不在其网罗之中。”

“先生隐居山林，却能洞见世事，叫人钦佩。”荀予佑道。

云康拱手：“侯爷才是明察秋毫，我一点私心，在侯爷面前着实惭愧。”

“何谈私心，不过是人之常情、情之所至罢了。我对云姑娘的心意，先生是知道的。先生既肯将她托付于我，我定如先生所言，爱她，敬她，护她一世安然。我会尽己所能令她快乐无忧。”

云康微笑颔首：“如此，我死可瞑目。”

荀予佑听云康又出此语，不觉隐有不祥之感，慌忙道：“先生定是高寿之人。”

云康摇头：“不期高寿，只愿你现在就唤我一声‘岳父’。”

荀予佑闻言倏忽下跪，恭恭敬敬给云康磕了三个头，道：“荀予佑拜见岳父大人。”然后端起桌上的杯盏，递到他面前。

云康安然受了大礼，接了茶喝一口放在桌上，忽地也跪下，对着荀予佑磕了个头。

慌得荀予佑忙一把扶住道：“先生……哦不，岳父大人，这是干什么……”

云康反手抚上他臂膀：“适才侯爷说云康对你有天高地厚之恩，其实侯爷才是我云康的大恩人。当年若不是你，宜儿怕已不在人世。你救了她，便是救了我，我一直欠侯爷一个郑重的道谢。只是你这手……每逢阴雨，是否还酸痛入骨？”

“救危扶困，仗义援手，谁都会这样做的，岳父大人千万不要记挂于心。一日为师，终身为父。您授我半载书画，衣食寒暖，呵护教诲，即使没有求娶婚姻之事，在我心里，也早就将您视作尊长至亲了。”

荀予佑扶起云康，云康兀自拉着他的手叹气：“当年若非伤了这手，如今你亦是工笔大家了。我本想将此事告诉宜儿，可你总不愿她心中有所负累。”

荀予佑点头：“我只愿她真心系我，不必以此为虑。”说完又神色黯然，“不过，怕是她心头始终只有祁公子……”

“这也是我刚才跪你的第二个原因。”云康深视他道，“我对宜儿虽严加管束，却总怜她年幼无母，难免有骄纵之时。她自小只与我和珏儿在云庐相依为命，不谙世情，还望侯爷能宽容她将来或有的种种任性，以及……她对珏儿的情意。宜儿幼年丧母，但前世定是修足了福分，才会遇到侯爷。我只望她身在福中能知福啊！”

云康紧握住荀予佑的手，窗外大雨已应声而下。

云宜一路追着祁珏而去，出了山洞却不见人影。

她不知祁珏转身出屋便泪堕于地，于洞中疾步穿行，出得洞来更是在山路上发足狂奔。山风迎面，吹得他泪眼模糊。他越跑越快，仿佛要将满心的悲伤尽数抛在身后。

天边隐隐传来低沉的轰鸣，四周暮色苍茫，一道长长的闪电破空而来，惊雷骤响，如天鼓作乐。

他兀自一路向前奔去，恨不得叫那电闪雷鸣将自己击成碎片。心中的疑惑已从云康的反应中寻得答案。祁珏是谁？谁是祁珏？天地间原本就没有祁珏这个人。只有徐珏，苟且偷生、苟活至今的徐珏，云康再关心爱护亦不会将女儿嫁之的徐钰。

雨落下来，大颗大颗地砸在他身上。眼前山路迷离，他脚下踉跄，跌跌撞撞，也不知哪里是来时方向，何处是该去的路。他心中悲戚，只觉人世幻灭，前途渺茫。他不管不顾地奔跑，哪怕前面是悬崖峭壁、万丈深谷，他亦往之。

心碎如斯，何惧万劫不复？

“祁珏，祁珏，你在哪里，你等等我啊……”

身后传来云宜的呼喊，他恍若不闻，越跑越快，直至那声音忽隐忽现再不能闻。大雨滂沱，冲刷着他脸上四溢的泪水，面颊一片冰凉，连着心口也冰凉至极。他恨这冰凉的雨水能浇灭他全身的热度，却浇不灭他胸腔里的悲戚；能冲刷这山路泥泞、林间灰土，却不能冲刷去他一星半点的痛苦。

他不知在雨中奔跑了多久，初时耳旁还有风声雷鸣，渐渐都归于宁静。天地玄黄，宇宙洪荒，他如被弃置在旷野大泽中的孤独生灵，时空静谧，无边寂寥。

他猛然立住身躯，半晌，忽而转头往回奔去。

云宜是惯走山路的，就算刮风下雨，对她而言亦非难事。

但祁珏去时的神情叫她不安，那是她从未在他脸上见过的，依旧平静的容颜里隐透着最是深沉绝望的悲伤。她心里着急，脚下也随之蹒跚。山路崎岖，大雨瓢泼，湿透的衣裙贴在身上更让她迈不开步子。没有回应声。

她不知他去了哪里，风雨山林仿佛只剩她一人穿梭行进。她忽然害怕起来，茫然无助的感觉攫住了她。天色愈暗，她心头的恐惧愈加强烈，冰凉的双颊忽而温热，泪水终是溢出眼眶。

她哭着喊祁珏的名字，脚下忽地踩着一块半圆山石，收势不及，一步滑将出去，几个翻滚，被山道上横出的树枝拦腰截住。

她心头狂跳，抓着枝条粗喘，好半天才缓过神来。这一摔着实不轻，她身上疼痛，心中害怕，忍不住伏地大哭起来。

她浑身凉透，哭个不停，直到有人一把将她抱起。

她抬头看时，哭得更甚："祁珏，你跑去哪里了？我一直追你，喊你……"

祁珏用力抱紧了大哭的云宜，仿佛要将她嵌入自己的身体，将那同是冰凉的身躯暖热过来。他仰头望天，用手抚摸着她湿透的秀发，泪水和着雨水迸落而下，流进嘴里，滋味苦咸。

"是我不好，是我不好。宜儿不怕，我回来了，回来了……"

"坏蛋，你是不是想丢下我一个人走了？"云宜依偎在他怀里哭泣，伸出手去死死搂住他的腰，"我不让你走，你不许走。祁珏，你别走。不管你是谁，不管父亲同不同意，我都要和你在一起，我只要和你在一起！"

祁珏闭目点头，泪水汹涌，双手抱紧了她，道："我不走，我不走，我怎么舍得下你？你是我的宜儿，我的宜儿，从小到大，我唯一的宜儿啊……"

第十四章　黯然销魂

祁珏搀扶着云宜回到云庐，立即叫人烧水煮姜汤。

云宜虽然在山里淋雨摔跤，但喝完姜汤，泡了热水澡，蒙头睡了一晚，并无大碍。倒是祁珏，高烧数日，烧退后咳嗽不断，容颜清减。郎中嘱他静卧时日，他却每每寡言少语，在窗前冥思挥毫。

这一日，他又展纸研墨，才画了几笔，止不住便一阵咳。

“不是叫你好生休养吗？”云宜跑来，夺下他手中画笔。

祁珏咳得直不起腰，云宜心疼地拍他后背。他停了咳，喘匀了气，道：“宜儿，把笔给我，我想晚饭前把这《洞庭图卷》画完。”

云宜瞥一眼桌上画纸，说：“我们从小生长于斯，眼中笔下都是此间山水风物，难道还没看够画够吗？”

祁珏抬眸：“二十余年，这佳绝山水日日触目，伴我左右……如你一般，怎能看得够画得够？”

云宜闻言，不觉心口一热，道：“所以何必急于一时？来日方长，就如你我，依旧可时时相伴。”

“宜儿，”祁珏倏忽湿了眼眶，“若是这样，该有多好。”

“自然是这样啊。”

“可惜不能永久。”祁珏黯然低语。

“祁珏，”云宜望着他，“这世上本没有永久之事。但不管你是谁，我都会和你在一起。我知道你心里难过，要不你哭一场，哭完了，我们还像以前那样。祁珏，我并不在乎你是谁，但若你自己在乎，梦墨亭边、梅花树下究竟藏了什么秘密，你就去把它找出来。”

“我不想知道。”祁珏复又垂眸。

不想知道为何急着要去见云康，不想知道为何日夜煎熬？与其这样，不如彻底弄个明白。

云宜将手中的笔拍在桌上，拉着他就往外走。

云宜一口气将祁珏拉到梦墨亭下才止住了脚步。

云庐依山势而建，梦墨亭便在后院的一处山坡上，云宜小时候最喜欢爬到亭子里和祁珏在附近捉迷藏。

这亭子原是云康读书挥毫赏景休憩之所，亭中闲坐清风入怀，骋目远眺能望见洞庭诸峰和浩渺太湖。诵诗对月、听雨观雪、饮酒品茗，佳绝处诸事怡然。亭下的空地栽了不少桃李，枝丫尚是光秃。亭边的一棵蜡梅，倒有了点点黄色的花苞，迎风处细香如缕。

云宜母亲喜梅，新婚时云康特意从山间移来一株，两人一起种于亭边。如今梅树粗壮，女儿亦长大成人，夫妻却阴阳相隔多年。

云宜拉着祁珏走到蜡梅树下，低头四顾，以脚踩地。她不知在何处弄了把铁铲，晃到他面前，说："挖吧。"

"挖什么？"祁珏木然道。

"挖你的身世啊。"云宜蹲在地上，将手中铁铲插入泥中，"你不挖，我替你挖。"

祁珏蹲下身去，一只手颤巍巍地覆上铁铲。他深吸了一口气，入鼻是蜡梅的馨香，却不能平复他陡然慌乱的情绪。

"我来吧。"他说。这是他的身世，该由自己去挖掘。

他一铲一铲将梅树下的泥土慢慢掘开，在旁堆成小丘。云宜心急，找了根树枝来帮忙。树下渐有根须露出，两人又挖了一圈，果然在树根近侧触到一硬物。

祁珏放下铁铲伸手刨土，土中现出一角锦布。云宜忙也丢了树枝用手去刨，须臾挖出个锦袋来。

拂去袋上泥土，松开袋口，小心翼翼从袋中取出一碧玉匣子。祁珏如捧千钧，轻放在地。

云宜见他呆愣相望半晌不动，推了他一下道："打开呀。"

祁珏回过神，微颤着手去开那玉匣。

玉匣玲珑精致，一侧悬挂玉锁。祁珏拔了锁中玉杵，稍稍用力，打开匣盖。匣内赫然有一封书信，他轻轻拿起，见信封下还放了块雕花白玉。

祁珏犹疑着从没有缄口的信封中抽出一张纸来，云宜则拿起匣中白玉在手里端详。那玉晶莹剔透，光泽如水，雕琢一对鸳鸯，形态生动，羽冠分明，交颈比翼，样貌亲昵，口中共衔一枚圆环。鸳鸯底下有清波若云纹如意状，灵动飘逸，栩栩逼真。玉的背面刻着“鸳鸯交颈，生死不离”八个小字。

好一块巧夺天工的上等白玉，云宜正自爱不释手，不想稍一用力，那玉竟在手中分成两半。她吃了一惊，细看才发现这玉能从中间对半启合，忽有所悟道：“两玉相并谓之珏。祁珏，原来你的名字是从这儿来的。”转脸看他，见他恍若未闻，只拿着那纸笺注目凝神。

云宜探头过去，一眼瞥见已有斑驳之色的纸上是秀逸不凡的字体。真是好字，不由人心中叹服。这一笔书法，竟比自己父亲的还要高明几分。

云宜将那纸上下扫视，见信中开头是“云兄台鉴”，尾署“弟徐舟顿首百拜”，不觉屏息细看。目之所及，哀伤备至：“生既已矣，未有补于当时。死亦徒然，庶无愧于后世。逆贼北来，社稷将倾。徐氏一门，共赴国难。唯珏儿尚在襁褓，为父母终有不忍。弟一脉香烟，托付兄台……”

一滴泪啪地落在纸上，瞬间模糊了几个墨字，祁珏拿着信笺的手止不住抖得厉害。

云宜轻轻握住他的手腕，就着他手将信看完，喃喃道：“原来这玉是你家祖传的东西，是你父亲与母亲的定情之物。”

云宜将手中玉珏捧到他面前，祁钰木然接过，不发一言，泪水却似断线珍珠，滴落在尘土里。他默默一手握着玉珏，一手将信笺揽于怀中。这是他父亲的亲笔，墨香依旧，字字如血，似滚烫的烙铁烧灼在他的胸膛。那剔透润泽的玉珏，乃是父母之爱的凭证，仿佛还留有他们触手过后的温度。

一瞬间，他心中如揣大石，既痛且闷，几欲窒息。他猛吸了一口气，却终究哭不出声，喉头腥痒，骤然便是一阵狂咳，直咳得身体倾倒，喘息连连，脸白若纸。

他这模样吓坏了身旁的云宜，她慌忙用手一个劲儿地替他揉搓后背，道：“要是难过，你就大声哭出来，哭出来会好受些。”

祁珏闭目摇头，依然咳个不停，泪滴无声飞溅。

云宜伸手抱紧了他，急得直欲落泪：“祁珏，你别难过，别难过呀。你还有我，有我父亲，有薛师兄他们啊……”

一场冬雨过后，天气更显寒凉。

午后山色阴郁，空中浓云渐聚，仿似要下雪的样子。

云宜端着才煮好的汤药推门而入，见祁珏闭目蜷在椅子里。她将药碗轻放在桌上，蹑手蹑脚走近，看他并无反应，呼吸均匀，该是睡着了。

她本想唤他起来喝药，犹豫片刻还是作罢。自打从梅树下挖出玉匣，他几乎夜不能寐，每晚房中灯火日日亮至白昼。她有心劝解，却知言语之力终不能抚慰他这椎心泣血的痛楚。他寡言少语，日渐憔悴，她心中亦是难受，但所能做的也只有延医请药，嘘寒问暖，叮嘱他将煮好的汤药喝下。药凉可以再热，难得他有一刻熟睡，就且让他安享这一时的宁静吧。

云宜拿了榻上的狐裘替他盖上，便转身出去并轻掩了房门。

祁珏在梦中与云宜漫步山间。

阳光暖暖地照在头顶，蔚蓝的天色伴着朵朵白云。虽是寒冷时节，却依然有山花烂漫，泉水泠泠。身旁的人一改往日顽皮，轻挽其手似小鸟依人。他侧首轻嗅她绿鬓如云的发丝上好闻的味道和山风里独有的草木香气，怡神闭目，贪享这宁静愉人的光阴。

结庐山间，诗画伴侣，真是神仙般美好的日子。他沉浸在冬日暖阳的安适里，冷不防大风迎面，吹得他睁不开眼来。

他的手臂被猛然抓紧，兀自疑惑身旁小鸟依人者何来这般力道，睁眼看时，却见抓着自己的是一个手执钢刀、满脸狰狞的大汉。

他不觉一凛，问："你……你是谁？要干什么？"

"奉旨捉拿叛逆。"大汉道。

他惊愕："谁是叛逆？"

"你啊！"大汉嘿嘿地笑，"你是不是叫徐珏？"

他大声道："不，我不是徐珏。我是祁珏，云庐的祁珏。"

"徐门忠烈，怎会有你这数典忘祖的不肖子孙？跟我走！"大汉一脸不屑，拖着他迈开脚步。

"不，我不走，我哪里都不去。"他仓皇四顾，不见云宜，"你把我的宜儿弄到哪里去了？快把她还给我，还给我！"

他越是挣扎，越不得脱，那铁箍般的手反深深掐进他骨头缝里，疼得他几乎要流下泪来。他身不由己，恍若被凌空拖行，云雾障目，狂风呼啸，吹得他不能睁眼和呼吸。

风里隐有血腥之气，他正欲呼喊，猛然被松开扔掷于地。

他摔得天旋地转、浑身散架，才喘匀了一口气，抬头见眼前赫然是个犹如深渊的硕大土坑，坑中层层叠叠堆放着血肉模糊的躯体，满目殷红汩汩而出。

他吓得魂飞魄散，仰首翻滚，撞上身后似铁柱般的腿。

他犹如一只小鸡被一把拎起，重又按回原地，被强迫再次面对一坑血腥。

他腹中翻江倒海，一阵干呕，闭起眼来大喊："这是什么地方？快让我走！"却听耳畔声响："你凭什么走？你睁眼看仔细了，这男男女女老老少少，他们都是徐家的人，是你的亲人。"

他头皮发麻，汗出如浆，气滞咽喉，再也喊不出声来，浑身颤抖道："为什么？为什么会这样？为什么……"

"这就是朝廷叛逆的下场。"

他嘶声道："徐门忠烈，怎说叛逆？"

"一朝天子一朝臣，不奉圣命，就是叛逆。"

他忽而决绝："圣命如果是错的呢？"

大汉怒目："说出这样的话，就是该死！"

他摇头："我不想死。"

大汉呵呵一笑："哪里由得了你？你本该和他们一样躺在这坑里，如今苟活二十多年，该知足了。"

明晃晃的钢刀探到他面前，他看见沾血的利刃映出自己苍白惊惶的脸庞，不及呼喊，那钢刀已忽地从胸前直贯而入。

他痛得浑身一震，睁开眼来，方知仍在房中。

好半天，祁珏才缓过一口气。这小憩中的噩梦，令他手脚冰凉，汗湿重衣。他以手抚胸，胸口依旧闷痛，仿佛那里真被狠狠扎了一刀。

他起身见掉落在地的狐裘，触手桌上的汤药尚有余温，想必云宜来时见他睡去便没叫他喝药。他却宁可她将自己唤醒，如此，就不会有刚才那一番可怕的梦境。

他伸手抹了额上的汗，感觉自己的心脏在胸腔里咚咚地跳着，一下下仿似木棍敲击。

他深吸了一口气，慢慢坐回椅中，埋首臂弯，哭得无声无息。

云宜来找祁珏的时候，发现他不在房里，桌上凉透的汤药丝毫未动。

她四处寻找，终于在梦墨亭中找到了他。原想他不会再来这伤心之地，不料他竟执了酒杯，默然独坐。亭边蜡梅已满枝黄朵，浓香四溢，更衬得他襟袖清冷，容颜苍白。

云宜上前夺了他手中酒杯放在桌上，嗔怪道："给你熬的药不喝，生着病却跑来这儿喝酒吹风。"

祁珏微牵了嘴角："心苦已甚，何必再添口苦？那药委实太苦，我不大咳了，不喝也罢。"

"怎么说都不该来这儿。"云宜着急，"这亭子建在高处，四面透风，你穿得又不厚实……"

"宜儿，"祁珏截了她的话，远眺亭外，"我们儿时嬉戏、下棋、习字、作画，都喜欢跑来这梦墨亭，我却从未在此好好看一看眼前的风景。这云蒸霞蔚、太湖浩渺、日升日落、月圆月缺、雨雪阴晴、春夏秋冬……我，错过了多少良辰美景啊！"

云宜随之远眺，但看天色阴沉，山水氤氲，所见并不真切，不由道："再美的景色，日日瞧了也是平常，哪有你说的这么好？若是从前未曾留意，不妨日后多多登临。"

"日后……"祁珏垂下眼眸。

云宜见他神色黯然，定是为了自己的身世而伤心，忙岔开道："这寻常的亭子不来也罢，不如待你痊愈，我们上缥缈峰去，从那里看太湖才叫好呢。"

"莫愁怀抱无消豁，缥缈峰头望太湖。"祁珏闻言吟哦。

朔风迎面，愈觉寒冷。云宜望着亭外天空，道："这天怕是要下雪了。"

"嗯，今冬西山的第一场雪。"祁珏点头，拿起桌上的酒壶又满斟了一杯，一饮而尽。

云宜伸手去摸那酒壶，触手冰冷，吃惊道："大冬天的喝这么凉的酒，存心作病呢！"

"对此美景，怎可无酒？一醉解千愁，大冬天的喝点酒才暖和。"祁珏说着又要斟第二杯。云宜忙抢了壶去，道："喝酒固然可以活血暖身，但也不是如此喝法。这冷酒喝下要靠五脏六腑去暖，体内瘀了寒，哪有不咳的道理？这儿风大，我们还是回去吧。唉，出来怎么也不多加件衣服？"瞧着他迎风而起的衣袂，愈觉他身形消瘦。

祁珏道："既然喝了，且让我喝个尽兴吧，也好再多看一会儿这湖光山色。"

"何时不能？不在乎这一时半会儿。"云宜见他没有要走的意思，担心他受了风寒咳嗽更甚，说，"你若真想喝，回去我陪你。咱们再弄些小菜，置个暖锅，烫几壶佳酿，岂不快哉？"

"绿蚁新醅酒，红泥小火炉。晚来天欲雪，能饮一杯无？"祁珏的眸中闪出亮色。

"是是，今晚我陪你喝个痛快。快走吧，这亭子实在太冷了，你好歹也披着那件狐裘出来啊！"

云宜拉着祁珏下了梦墨亭，想着晚上要准备些什么吃食让他开心。只要他能快些好起来，她愿意为之奔忙劳碌。

一下午，祁珏默默坐在房里看窗外的飘雪。云宜忙着叫人置备酒菜，搓手进屋时，发丝上沾着的雪花融化，一瞬遇热成水珠晶莹。

"宜儿，我们出去瞧瞧。"祁珏站起身，拉着她往房外走。

"啊，我才从外头来，外头可冷了！"云宜跺了跺有些冻僵的脚，顺手拿了榻上的狐裘，"我说少爷，能不能多穿点？看再咳一个晚上……"

祁珏拉着她来到庭院中，顿觉周身冷冽。云宜将狐裘替他披上，往自己手心里哈着热气。祁珏握住她冰冷的双手搓了几下，也跟着往她手心里哈着热气。

两人抬头看天，见如霰细雪从空中纷纷扬扬洒落，沾上脸颊酥酥痒痒，丝丝冰凉。

云宜不觉抵掌："当年谢氏兄妹咏雪，谢道韫有佳句'未若柳絮因风起'，但眼前却是谢朗的'撒盐空中差可拟'更贴切呢。"

祁珏点头："诗词佳句不过应景合情，谢道韫咏的乃是鹅毛大雪，自然并非所有的雪都能下得那么酣畅淋漓。诚如人生一世，又有多少畅快之时？"

云宜见他伤感，忙道："畅快不畅快都是各自景致，这雪也美得很啊，要不我们巴巴地站在这儿干吗呢？"

"对，宜儿说得对。有你与我一同赏这雪景，便是我此生畅意之时。"祁珏望着她，握紧了她的手。

云宜立马抽出手来，脸红道："你刚才喝了多少酒，净说些醉话哄人。"

祁珏道："都是真心话，早该说与你听的。"

云宜闻言，低头不语。

两人各怀心事，并肩立在雪中，感受天地苍茫，六出纷飞。

天色渐暗，愈觉清冷。

云宜怕祁珏冻出病来，便拉着他回屋。才进门，只觉暖意融融，桌上已摆好了杯盘碗勺和暖锅酒菜，一旁煎茶的小铜炉里冒着热气，茶香盈室，提振精神。

祁珏脱了狐裘，素衣轻便。云宜周身暖热，立时高兴起来，拉了他在桌边坐下，拿起长勺往铜炉里舀了茶水，道："这碧螺春是今年明前的，摘下来存得好，如今还一点儿不陈，你尝尝。我特意多放了茶叶，待会儿若是喝醉了，还可用来醒酒。"

祁珏伸手接过，轻呷一口，浓酽茶味中夹杂着一丝花果清香，随着一道暖流穿喉入腹，荡气回肠。西山碧螺春多种在花果树间，故而茶叶上留有淡淡的花果香味。当真是百喝不厌的好茶，沁人心脾，暖胃怡神，饮了几口，浑身都舒服起来。

暖锅中的汤水已被炭火烧得沸腾，噗噗地冒泡翻滚，锅里放了菌菇和冬笋，食物的香气弥漫在屋中。

云宜夹了几片羊肉在锅中涮几下，蘸了酱汁放进祁珏碗里："你尝尝，这羊肉可好了。你要多吃点肉才行，近来越发消瘦了。"

祁珏夹起羊肉送入口中，果然鲜香嫩滑，美味异常，一笑说："当真不是凡品，哪里弄来这么好的东西?花了不少银子吧？"

云宜又夹了几片放进锅里："山下村西头的小李哥家不是开饭馆的吗？前些天从藏书镇弄回几只。我想着涮羊肉是过冬下酒的好菜，你一定爱吃，便叫人去买些来。哪知他说乡里乡亲的，死活不肯收钱，我就把你前几日画的《洞庭图卷》送了两幅给他。"

"原来吃的是我自己的润笔。"祁珏叹了一口气，指着桌上的酒罐，"这又是哪儿弄来的？"

云宜一拍脑袋，放下筷子："看我，光顾着喝茶吃肉，都忘了倒酒。"伸手去抱酒罐，"这酒是我们自己酿的呀，里面的桂花还是去年我踩着梯子从门前那两棵桂花树上采的呢，我可是采了整整一个上午。"

"是是。"祁珏点头，"我捧着篮子在树底下整整接了一个上午，脖子都快断了，喝这酒也是不易。"

云宜想起那日折桂情景，不觉捂嘴笑了，将酒倒在壶中，放在热水里温热，然后往祁珏杯里斟满，说：“你忘了，这些原是去年酿的，剩下几罐。今年生出这许多事，谁还有心思弄这个？这酒怕是存不到明年，你且多喝点吧。”

祁珏闻言愣怔，轻声道：“是啊，明年我怕是喝不到这桂花冬酿了。”

云宜笑说：“明年就喝新酿了呀，自然是采摘当季的桂花酿造，当年冬天才更好喝。到时候换你上树去采桂花，你自己提好篮子，我可不替你接。”

祁珏摇头举杯，见杯中酒色金黄，清澈透亮，几片细小的桂花瓣悬浮，还未近鼻，花香已沁透心脾。慢品一口，只觉舌尖清冽，齿颊留香，糯米的甜润夹杂着桂花的微苦，如饮甘醴，回味绵长。这桂花酒一年只酿一次，于冬至风雪起时品饮最佳。

一杯饮尽，云宜也陪着喝了一杯，两人围着暖锅吃喝说笑，饱食之后已是微醺。

祁珏停了杯盏，忽而轻声道：“我若是先生亲生的孩子多好。”

云宜撑着脑袋看他：“父亲哪一日不把你当作他亲生的孩子了？”

“那不一样。”祁珏咬了下唇，“我是说若我们真是一家人，是亲兄妹……”

“难道我们不是亲如一家？”云宜阻了他的话，“再说，亲兄妹有什么好？我才不要和你做亲兄妹。”

祁珏闻言不语，云宜亦不说话。过会儿，云宜一口饮尽了杯中的酒，嗫嚅着：“亲兄妹哪能一直待在一起？你要娶亲，我要嫁人……”

祁珏抬眸，见她已是绯红的脸庞被暖锅的炭火映衬得鲜艳欲滴，低头黯然道：“如今又有什么好？先生不是已把你许给那个平江侯了？”

云宜挑眉：“说这浑话就该罚酒三杯，去他的劳什子平江侯，我答应嫁他了吗？”

祁珏愣怔，随即大笑，将茶碗中的茶水扬手泼在地上，斟满酒说：“是，该罚，罚大杯！”

云宜见状，也笑着将茶水泼了，斟满酒道：“我说过要陪你喝的，你喝多少，我喝多少。来，一人三碗，喝个尽兴！”

“好，宜儿，我们干了。”祁珏端起碗来，往她的碗上叮当碰去，仰脖将碗里的酒喝了。

云宜亦一口饮尽，与他对视而笑，拍着桌子道：“啊，痛快，真痛快！我从来没有如此痛快地喝这桂花酿。”

“我也是。”祁珏伸手抹了唇边酒渍，“不管什么酒，我都没这么畅快地喝过。”

“如此，我们再喝。”

“我可以，你不行。”祁珏摇头，笑呵呵望着她，“宜儿，你醉了。”

云宜也看着他笑：“桂花酿亦能醉人？”

祁珏道：“此酒虽淡，却有些后劲。你喝了这么多，焉能不醉？”

“你才醉了呢，我哪里醉了？”云宜拿起一支筷子，敲着茶碗，唱道，“人世几烦忧，远处思量近处愁。容易青丝成白雪，无由，一瞬年光似水流。何若且闲游，山色湖光舴艋舟。炉暖茶香醅绿酒，回眸，月近星遥小竹楼。”

“炉暖茶香醅绿酒……好，喝酒，喝酒。”祁珏击掌，“我们继续喝……咦，酒，酒呢？”低头看，竟是又喝干了一壶。

云宜摇晃起身，复拿了两壶烫好的酒，索性一人一壶地豪饮起来。

祁珏将壶里的酒喝了一半，直呼痛快，哈哈大笑后却伏在桌上呜呜哭起来。

云宜早已喝得有点晕乎，茫茫然伸手去摇他肩头：“好好的，你哭什么呀？”

祁珏抬起头，望着她道：“有雪的冬夜，能在这暖意融融的屋子里，和我的宜儿围炉饮酒，青春张狂，意气骄奢……人生至此，夫复何求？宜儿，我该知足了。”

云宜一愣，随即咯咯地笑：“傻祁珏，这有什么？你若是喜欢，不管春夏秋冬、晴雨风雪的夜晚，我都可以这样陪着你啊。呀，这是最后两壶酒了，我去叫人再拿些来。”

她踉跄着往外走，祁珏一把拉住道：“别去，外面冷。”

云宜摇一摇头：“冷什么，我只觉热……热血沸腾。”

云宜甩脱了祁珏，打开房门。

冷冽的空气瞬时涌进屋子，祁珏忙抓起一件袍子裹在她身上，说：“小心别冻着。”

云宜立在门口不觉愣怔：“祁珏，你看，好美啊！”

祁珏闻声望去，霎时也被眼前景象所震撼。

许是他们酣饮之时风雪更紧，此际庭中的树上已有了薄薄积雪，地下白白亮亮如同铺撒一层银霜。天空中月轮涌出，华光皎洁，玉宇无尘，在幽静的冬夜里分外明亮。月边孤星一点，交相辉映。雪霁风细，偶尔有几片残雪，飞花般飘落。月色净透，照着积了薄雪的地面，反射出一片清光。天上人间，澄澈如琉璃世界。

云宜走到庭院中环顾四下，不由得高兴得原地打转，手舞足蹈。

祁珏立在门前，抬头望了望天上明月，又回视此刻正神色欣然的云宜和她投射在地的身影，觉得这便是广寒宫里楚楚动人、姿态翩然的仙子。

他缓步走去，云宜兀自惊喜，一不留神差点一头撞入他的怀中。

云宜停住身形，仰头望月，须臾，低头看向眼前之人。祁珏也看着她，亮如朗星的双眸映出彼此身影。

“祁珏，今晚真美，我有些晕呢。”云宜用手敲了敲头。

祁珏伸手将她揽入怀中，轻声道：“我也有些晕呢。”

云宜脸红心跳，却极自然地将头靠在他的胸膛。

祁珏抚着她如云秀发，说：“宜儿，真想我们哪儿都不去，就在云庐相依做伴，终老一生。”

云宜依偎在他的怀中呵呵地笑：“傻瓜，我们自然可以哪儿都不去，就待在这里相依做伴，终老一生。”

祁珏不说话，云宜抬头见他两眉微蹙，双目盈盈，似要滚下泪来。探手在他眉间轻揉，心疼道：“不管你是谁，我都陪着你，不要难过了好不好？”

“若是你能一直陪着我，该多好！”祁珏抚着她发丝喃喃自语。

“我自然一直陪着你，和你在一起。你放心，我不会去做什么侯爷夫人的。祁珏，你高兴起来吧，我们怎能辜负上天所赐如此之良辰美景呢？把所有的悲伤全都留在今夜，明天，是崭新的开始。”

祁珏的泪滴下来，落在她额前。他低下头，吻上那泪滴，自眉心而下，停在她唇间。

因着那泪滴，他的唇很是温润。相触的刹那，云宜觉得自己就像飘在天地间的雪花，轻盈舒展，漫天飞扬。

云宜不记得自己是什么时候回到屋里的，她和祁珏相拥而吻的那一刻，时空都仿若静止。

她也不记得他们是怎样将那最后的酒喝到点滴不剩，只晓得醒来时，她趴睡于桌前，满室阳光透亮。

头有些痛，她知道是昨夜喝了太多的酒。抬眸四顾，不见祁珏身影，她伸手抚额，忽地触到一物，低头看去，胸前竟垂了那半块白玉，用淡粉色的珠链系着，粉白辉映，愈显剔透。

这不是祁珏家传的玉珏？两玉合并，便是对温情脉脉、交颈戏水的鸳鸯。而她胸前所系，分明就是那意态娇羞的雌鸳鸯，背面还有“生死不离”的字样。再看那珠链也觉眼熟，忽想起乃是自己及笄之年祁珏送她的礼物。

太湖里有许多含着珍珠的湖蚌。蚌里的珍珠半粉半白，煞是可爱，祁珏每次都拣浑圆透亮的留下。她笑他像个女孩儿家，谁知他攒起来给自己穿了条珍珠项链，作为成年礼。她爱不释手，却舍不得戴，于是包在帕子里，放进妆盒中。如今，他将这半块玉珏穿上珠链，挂于她脖间，此中含义，不言自明。

云宜想起昨夜一吻，不觉用手捂了脸，两颊火热，不知是酒意尚存，还是羞涩难禁。她用手细摸那玉上鸳鸯，欣喜中忽而生出一丝隐忧，这成对的鸳鸯各自分离，可并不是什么好兆头。

她猛然摇头，用手拍一记脑袋，暗嗔自己多虑。只要他们相依相伴、不离不弃，这玉鸳鸯不也就时时刻刻成双成对了吗？

她高兴得跳将起来，打开房门去寻人，找遍云庐，连梦墨亭都寻了两次，却不见祁珏身影。

云宜气喘吁吁跑出大门，见童子正在门前扫雪。这雪上半夜本已停了，不想后半夜复鹅毛般飞洒，银装素裹积了厚厚一层。

她问童子有没有看到祁珏，童子说天刚亮时见他往后山去了。

她心里一惊，想他莫非又去找父亲云康说两人的婚事？正思忖着要不要跑去瞧瞧，远远见薛士桢匆匆而来，到面前兀自气喘，说：“师妹，先生可曾回来？”

云宜摇头。云康既言明要在那洞谷闭关一些时日，自然不会半道儿回来。

寒冷的冬日，薛士桢满脸是汗。他伸手抹一把脸上的汗，神色焦灼：“师妹，你还是随我去看看吧。”

第十五章　惊天之变

云宜跟着薛士桢来到云康的竹屋，入门而视，但见画纸吹落一地，书桌上毛笔横斜，墨迹斑驳。

薛士桢道：“今早我给先生送柴米，见大门敞着，进屋便是这番景象。我前前后后找了一圈，也没看见先生踪影。我原想先生可能是外出赏雪，但他素爱整洁，断不会将屋子弄得如此凌乱。”他俯身捡起地上一张画纸递给云宜，“你看这画，分明才画了一半。”

“你是说父亲他……出事了？”云宜疑惑道。

“我已在山里找了一遍，先生若没回云庐的话，我真是有些担心。师妹，你看这门外小径，来去诸多脚印，像是有其他人来过。”

云宜奔出屋去，蹲下身仔细察看，果然地上足迹凌乱，心想若不是积了雪，还不易看见这些脚印。只是这般隐蔽之处，会有谁来呢？

她一瞬变了脸色，望着薛士桢说：“难道是被人劫持？”

“我也说不准。师妹，你先别急，我招呼大家一起帮忙找找。”

云宜焉能不急？忙和薛士桢赶回云庐叫人往山里寻觅。明月寺的和尚与村中乡邻闻讯都来帮忙，大家山前山后、山上山下地找了一日，几乎将西山翻了个遍，依旧不见云康踪影。

云宜跑去渡头问询，船家说并未载过云康。云宜急得满头汗，更叫人抓狂的是，祁珏也不知去向，好似和云康一起失踪了。

寻了两天一夜，毫无结果。云宜回到云庐，忍不住号啕大哭。薛士桢安慰不来，愁得在屋中来回踱步。

“或许是我胡思乱想，先生和祁师弟与世无争，不曾得罪什么人，应该不会被人劫持。”薛士桢道。

“可这天寒地冻的，父亲不见了，祁珏也不见了，好端端的两个人，怎么会凭空消失？”云宜哭着说。

薛士桢叹气：“说来真是奇怪，没有道理啊。”

“两个大活人绝不会无缘无故地消失。”云宜脑中灵光乍现，“莫非……是他？”

“是谁？”薛士桢顿步回头。

云宜一掌拍在桌上，咬牙道：“想来想去只有他了，这个坏坯子，若果真是他所为，我……我便同他拼了！”

荀予佑一袭轻裘坐在桌前。

他手中虽捧着书册，却是心不在焉。想起那日云康和他所说之话，他与云宜的这段姻缘，究竟会是怎样的结局？

想到云宜，心中更觉潦草。这个时候，她该是在云庐和祁珏对坐品茗、吟诗作画，抑或赏玩雪景、嬉戏正酣吧。这“父母之命、媒妁之言”的未婚妻子，提到自己就咬牙切齿，实在叫他心中不是滋味。

手里的书册许久未翻片纸，荀予佑回过神来，轻叹一口气，放下书册，站起身来。

阳光从雕花的窗棂射入，将花窗精致疏落的影像投射在铺了青砖的地上。他站在那片斑驳里，举目看庭院中的蜡梅正蓬勃绽放。雪霁天晴朗，屋檐下垂着的细长冰柱，在暖阳里折射出七彩光芒。

他打开房门迈步屋外，沿着回廊一路走到台榭。空气清冷，寒风拂面，望着一池凝碧，思绪忽又飘远。

这个时候，皇宫里的那个人，在做什么呢？

他是皇帝，亦是自己的父亲。那一夜的变故，对他的打击定然巨大。不知而今宫中情形如何，也不知他的身体是否康健。

荀予佑悄思遐想默然伫立，只觉衣寒襟冷，连着心口都泛起一丝凉意。

“侯爷……”身后有人唤他。

“何事？”他黯然应道。

“云小姐和薛公子求见。”

“谁？！”

他猛然转身，几乎不相信自己的耳朵。

“就是云庐那位会画画的小姐和上次来过的公子。”

云宜和薛士桢？荀予佑忽地心潮澎湃。

若是薛士桢一人前来，他并不惊奇，许是云康又捎来什么消息。但云宜怎么会来？自从与她在关口分手，至今不曾谋面，便是在那世外竹屋，亦不过唯闻其声。她应该不知道她口口声声唤着的“侯大哥”就住在这里，那么，她该是冲着“平江侯”而来，她一向甚是讨厌的那个人。

今日前来，莫不是……

荀予佑陡然而起的惊喜瞬间透入悲凉，淡淡道：“说我不见，请他们回去。”

来人领命而去，荀予佑额上青筋突突跳了两下。

真个是“相见争如不见，有情还似无情”。他长叹一口气，若云宜执意前来退婚，他该怎么办？若是她知道自己就是那个她厌恶许久之人，又会做何反应？

荀予佑心中怅然，愈觉池上清冷，刚想转身离去，却见管家一头是汗匆忙奔来，气喘吁吁地禀报：“云小姐说一定要见侯爷，我们拦她不住，……她自己闯进来了！”

堂堂侯府岂是让人想进就进、想闯就闯的？荀予佑心中失笑，分明是护卫碍其身份不敢得罪，谁叫他曾吩咐要好生伺候这位未过门的侯爷夫人呢。

“知道了，前厅备茶吧。”

既然该来的躲不掉，就不如直面。

管家暗嘘了口气，领命而去。须臾，便听得环佩声动、步履作响，云宜和薛士桢已进得后园。

即便是以命相拼，也该先礼后兵。

云宜心里纵然火烧火燎团了一腔怒意，今日却也刻意装扮了几分。想着自己虽是平民女子，亦不能在这王侯贵胄前失了气势。她二进平江侯府，熟门熟路，不需引领，径直就往里走。管家拦也不是，不拦也不是，只好请她慢行，他先去禀报。

云宜一笑，既有人愿意给自己领路，岂可驳了好意？遂拉着薛士桢远远跟着。云宜见管家步履匆匆进了后园，想这平江侯定在园中无疑。

她边走边思量，府中主人毕竟是一方诸侯、天子重臣，今日面对，焉知是福是祸、胜算几何？

“师妹，见了侯爷好好说话，万不可鲁莽。”薛士桢在一旁提醒。

云宜点头，自然是好好说，怕只怕这平江侯不是好说话的人。

荀予佑立在台榭，远望二人步步走近。与云宜一别数月，却仿似历隔了天荒地老、沧海桑田。他双目只在她身上停留，见她低眉垂首，袅袅行来，竟和以往大不相同。

云宜上身着了立领对襟系蝴蝶结飘丝带的素色袄，下配浅色月华裙，外披翠纹织锦镶白狐毛边的斗篷，秀丽素雅，清新怡人。尤其是那一袭长裙，数幅细褶，每褶各用一色，色皆淡雅，行若水纹，风动似月华。压裙的玉佩随步轻晃，碰出微响。她发上簪了支绿玉梅花垂珠的步摇，和斗篷上绣着的大枝绿梅交相辉映。翠色的耳坠垂在斗篷的白色狐毛上，愈显剔透晶莹，光彩熠熠。

荀予佑不曾见她这般婉约秀雅的装束，虽简洁并不繁复，却端的是风姿绰约、情态万千，倏忽间已是怦然心动了几回。

他想即刻就奔迎上前。这万水千山行遍后的重逢，原是意不能持、喜不自禁，可他偏偏立在那里，一步也迈不出去。

荀予佑心绪纷纭，百味杂陈。须臾狭路相逢，不由得他不淡然直面，但抑或还是缺了些勇气。

他转过身，对着一泓寒碧，背影清冷。

“民女云宜见过平江侯。”

身后传来熟悉的声音，荀予佑长身玉立，恍若未闻。

云宜进得后园，一路行来，远远见临池的台榭上背立着个锦衣华服的男子，想必便是那平江侯。她不由低头暗想见面说辞，甫抬头已到近前。

她站定身躯自报家门，向着临池台榭上背对着自己的人盈盈拜礼，不料他竟毫无反应。

果然是王侯架子大，云宜怒气隐隐。薛士桢见状，忙拉住她摆手，躬身行礼：“薛士桢拜见侯爷。”

荀予佑深吸了口气，这片刻的逃避终究不能解决问题。他转回身，面对立在台榭外的两人，微笑道：“薛公子免礼。云姑娘，别来无恙。”

云宜睁大眼看清了面前似笑非笑的男子，心头恍惚，口中结巴：“侯、侯大哥……你、你怎么会在这里？这平江侯府也有你的生意？”

薛士桢闻言诧异，看了云宜，再看荀予佑，吃惊两人竟是旧识，但云宜分明不晓眼前之人的身份，遂伸手拉了拉她的衣袖，轻声道：“师妹，这位就是平江侯。”

云宜不可置信地看着薛士桢，又木然转望荀予佑，大半声音卡在喉间：“你、你是……”

荀予佑尴尬一笑：“在下荀予佑。”

云宜胸口发闷，怔在原地，回过神来，径自迈步台榭中，踏上台阶时脚下竟是趔趄。她强自镇静，走到荀予佑跟前，双目凝视久久不移，仿佛要瞧进他骨头里去。

“你是平江侯荀予佑，从一开始我见到你时就是？”她一字一句地问，脑海中一晃而过那个在马上将她一把接住的义士。

“是。”荀予佑点头。

“那你为什么说自己姓侯？”她想起太湖舟中玩笑慵懒的男子、草原上睿智精明的商人和救人于危难的侠客。

她一直把他当作古道热肠、急公好义之人，她叫他“侯大哥”，便是从心里敬他为兄长，原来不过是被人玩弄于股掌而不自知。

“我就姓你讨厌的那个平江侯的‘侯’。”她想起他说的话，想起她笑萨莉亚不懂汉语唤他“侯爷”，原来最笨最傻的竟是自己。

她在他面前说平江侯的不是，说她和祁珏的感情，她以为逃出侯府便会海阔天空，原来从头到尾都没有逃离过他的眼眸与算计。

他该是早就在心里嘲笑她千百回了吧。

“对不起，云姑娘，只因你对我有些成见，为免难堪，故而没有如实相告。”荀予佑无奈道。

云宜忽而一笑，望着他说：“如今，我们就不难堪了吗？”

“云姑娘，我真的不是有心骗你，实在是……”

“实在是我太好骗了，对吗？”泪水涌进眼眶，她强自忍住，鼻子仍是一阵酸，“荀予佑，你……好！”

她望着他恨声道。

薛士桢喝了口茶，放下杯盏，瞥一眼厅堂上一言不发的两人，不觉暗自叹息。

荀予佑抬眸看云宜仍如老僧入定般端坐椅中，默然半晌，对薛士桢道：“不知二位今日前来，所为何事？”

薛士桢见云宜不答，忙回道：“今日实在是有些紧要之事，故而冒昧登门，还请侯爷见谅。”

莫非真是拉了人巴巴跑来和他退婚？荀予佑干咳一声：“但请明言。”

薛士桢犹豫片刻，将云康失踪之事说了个大概。荀予佑听闻，忽地从椅中站起，吃惊道：“先生不见了？”

薛士桢点头。

荀予佑蹙眉踱步，心中后悔。他本要在云康藏身处派人把守，云康却说清修避世，何须劳师动众、招人耳目？见他执意不允，想着洞谷隐蔽，人迹罕至，也就作罢。怎料心存一丝侥幸，竟真出了事。

他站定身躯急思对策，却听云宜幽幽而言：“荀予佑，你到底将我父亲藏在何处？”

他转身愕然：“云姑娘，你说什么？”

云宜抬起头，望着他一字一顿，说：“我问你将我父亲藏在何处？”

“我为何要藏……你是说，此事乃我所为？”

“不是你又是谁？”云宜道。

她今日原是准备豁出性命前来理论，万不料这平江侯竟是自己熟识之人，想着曾经的因缘交际、帮助照顾，那种被深深欺骗的愤懑竟成一腔悲戚：“你是王侯贵胄，神通广大，将我等小民玩弄于股掌。”说着不觉眼中蓄泪。

“云姑娘……”荀予佑甫开口，听她又凄声道：“多说无益，还请侯爷高抬贵手，给我们一条生路。”

荀予佑闻言哑然，心中百般不是滋味，停顿片刻才说：“我绝不会做任何对先生和云姑娘不利之事，若真是我所为，动机何在？”

“侯爷心知肚明，何必叫我说出来？”

“还请明示。”

“婚姻之事，你为何如此强人所难？”云宜愤愤然。

荀予佑额上青筋猛跳一下：“你我婚姻，有媒有聘，既蒙先生亲允，何谓强人所难？”

“可我从未同意。”云宜反诘，“再者，我父亲缘何会同意？说不定是遭了什么胁迫。”

“胁迫？”荀予佑望着她发愣，“你的意思是我胁迫……”气阻胸口，一句话竟是说不下去。

云宜见他如此，心中亦是恍惑。可眼前已不再是她能听之信之的“侯大哥”，只觉雾里看花，瞧不清他的真实面目。若是他从前装神弄鬼、花样百出，而今又当真劫持胁迫云康和祁珏，那么，她便是拼了性命，也断不会与他善罢甘休。

她定了定神，道：“云宜乡野丫头，愚笨粗鄙，原配不上你王侯之尊。你也知我……心有所属，不能践此婚约。莫不是父亲怜我与祁珏两情相悦，意欲退婚，所以你恼羞成怒，便……”

“便叫人绑了先生以作要挟？”荀予佑只觉心上似被狠狠一击，看着她接口道。

“难道不是吗？你不但劫持了我父亲，还有祁珏。”

“祁公子又怎么了？”

“你莫要说你不知晓他与我父亲一同失踪了。”

荀予佑心下吃惊，嘴上却道：“我为何定要知晓？”他脸上不见悲喜，心头不免戚戚，眼望云宜怔怔说，“想不到在你心里，我竟是这样的。”

云宜寻人不着，本就心急如焚，见了荀予佑又恰似当头一棒。一时着急、伤心、委屈诸多情绪一齐涌上心头，忍不住落泪道：“你藏头露尾，明里一套，暗里一套，我哪里知道你是怎样的？反正你今日必须给我一个交代，不把父亲和祁珏给我……找出来，我决不与你干休！”

她心中其实没底，想着以往和荀予佑的相处，他除了没表明平江侯的身份，所为俱是君子之风，故而临了生生把“交出来”改成“找出来”。

“师妹，有话好好说。”薛士桢见状，急忙上前解劝。岂料不劝还好，一劝之下云宜更觉委屈，索性哭出声来。

荀予佑无措立于一旁，青白了脸色一言不发。

薛士桢见两人如此，只觉自己走也不是留也不是，站在厅上甚是尴尬。

正僵持间，忽报圣旨又到。荀予佑匆匆而出，须臾归来，神色愈显凝重。他告诉云宜定会派人彻查云康和祁珏失踪一事，若她怀疑此事乃他所为，大可待在平江侯府，随时随地随意搜寻。

云宜心下犹豫，想此事若真是荀予佑所为，他存心藏人，哪是她可以寻到的？但若非他所为，他派人去找，总比自己和薛士桢自行寻找来得容易。待在这里，一来能第一时间知晓父亲与祁珏的消息，二来也能看他是否要花招。

她思来想去，遂拉着薛士桢一同留下，只看荀予佑如何给他们一个交代。

荀予佑几日心头烦乱，留云宜在府中朝夕可见原是求之不得之事，却不知如何消去她对自己的种种误会与猜疑。

他着实后悔，后悔他分明已有警觉，竟听之任之酿成祸事。云康缘何失踪？若被劫持，劫持他的人又是谁呢？他心中虽存猜测，也仅仅是猜测，证据全无啊。还有祁珏，他的失踪和云康有没有关系？云宜对他的爱毫不掩饰，虽然自己早已知情，可心里终究不是滋味，面上亦觉难堪。

圣旨频来，催他赶赴南京，想来荀瞻治已决定要将他的真实身份昭告天下。如今，他是当今皇帝唯一的儿子，王朝的前途和希望忽而寄于一身。只是他从来没有想过，有朝一日，他要担负起一个王朝的全部职责。

这是他不曾盼望也不想得到的东西。

云宜和薛士桢待在平江侯府，转眼便是新年。

除夕的晚上，荀予佑在暖阁设宴，邀两人一起吃年夜饭。

每逢佳节倍思亲。自养父母故去，除旧迎新的热闹团圆夜，最是荀予佑孤单之时。起初他尚一人自饮自酌，而后这一日干脆过午不食。今年不同以往，除夕夜自是要好好吃一席饭。听着屋外断续不绝的鞭炮声，他心头不由得暖意涌动，又一年的新春来临了。

云宜快快不乐。

至今没有云康和祁珏的消息，她连过年的心思都没有，哪有什么兴致去吃年夜饭？薛士桢劝道，身在侯府是客，不好太驳荀予佑的面子，既盛情难却，不如入乡随俗。

云宜勉强随薛士桢同去，荀予佑已在暖阁等候。薛士桢上前见礼，云宜则一声不响地径自在桌边坐了。

荀予佑并不在意，人能来已是给了他十分面子，不觉心中欢喜，吩咐开席。

桌上早已摆好了各式冷碟，虽是寻常苏菜，装盘却精致不俗。玲珑器皿配着光鲜菜色，就显出不同于寻常人家的格调来。侯府的厨子好几年没在这一日大显身手，此次忽得了指示，立时甩开膀子忙得不亦乐乎。

不一会儿，热菜陆续端上。

年夜饭要讨口彩，年年有余节节高，松鼠鳜鱼自然不能少。这一道年节常见的苏州名菜，成菜却不容易。首先选材便有讲究，鱼要大小适中，太大肉质偏老，太小难以成型。而要做成毛茸可爱的松鼠模样，关键在于厨子的一手刀工，快、细、稳、准、巧，斜刀劈入，刀刀相连，不可切断，没个几年工夫不能练得。

今天这一道松鼠鳜鱼端将上来，头昂尾翘，色泽金黄，配着红酽酽的糖醋卤汁，热气腾腾中还隐有嗞嗞作响之声。装盘是汝窑的白瓷，晶莹似雪，剔透如玉，红、黄、白三色鲜明，直是交相辉映。

点心是桂花糖年糕和什锦八宝饭，细腻软糯，甜香可口，都是云宜爱吃的。更有“全家福”的紫铜暖锅，蛋饺、肉圆、笋片、粉丝、菠菜、咸肉、鲜虾、香菇、鸽子蛋，在腾着热气的锅子里上下翻滚，衬着红红炭火，好吃又好看。

荀予佑和薛士桢杯酒频频，饮至半酣，云宜虽不愿多搭理他，也着实被这一桌玉盘珍馐引得胃口大开，不声不响地吃了许多。荀予佑看在眼里乐在心里，饭后额外重赏了几个厨子。

爆竹声中辞旧迎新，平江侯府的这个新年与以往相比，热闹非常。

荀予佑请了戏班来唱昆腔。儿女情长、家国兴亡，俱在那丝竹檀板、莺声清响里演绎荡漾。

初一才过，又到十五。

正月十五闹元宵，平江侯府彩灯高悬，听那爆竹声声，似也蕴含着盎然春意，勃勃生机。

晨起，薛士桢陪云宜去虎丘散心，两人在云岩寺里恭恭敬敬烧了香，祈望云康和祁珏早日平安归来。

两人沿着山塘街一路走到阊门，人潮喧嚷欢声笑语中，云宜想起小时候与祁珏跟着父亲逛苏城，不由触景生情，一股忧愁涌上心头。

晚上荀予佑在后园的水晶榭设宴相请。云宜本不想去，薛士桢道：“好歹过个囫囵年，元宵节总要应应景。”

水晶榭原是建在后园池上四面透风的寻常阁子，荀予佑叫人封了落地敞亮的西洋玻璃，白天黑夜，凡有日月光华、灯火明亮，整个阁子就莹彩熠熠，闪耀夺目，衬着池中粼粼波光，宛若水晶。榭上玻璃门窗可随意开启，人在阁中，无论风雨寒暑，皆能安适自在欣赏阁外风景。

华灯初上，荀予佑早已等候多时，终见云宜随着薛士桢姗姗而来。

入席，菜品依旧丰盛。云宜却没甚胃口，从除夕到元宵，哪里架得住顿顿山珍海味，只一道雪花蟹斗吸引了她的目光。

雪花蟹斗，菜的主料自然是螃蟹。螃蟹原是秋令佳食，若放在瓮中铺盖稻草储存得当，也能延至新春，俗称“看灯蟹”，应的就是元宵佳节的景。但侯府厨子并未将这螃蟹清蒸配了米醋，而是把蟹蒸熟后拆壳、剥肉、剔黄，将蟹肉蟹黄下锅炒得黄白流油，香味扑鼻，放入蟹壳之中。用蛋清击打成雪团形状覆盖其上，配些火腿末、香菜叶，再淋上炖好的鸡汤。成菜黄白红绿、色彩诱人不说，更玲珑精致、样式可爱，一勺入口神驰魂销，鲜美滋味无法形容。

云宜吃了两个蟹斗，果然人间至味。今晚，荀予佑还请了说书先生来助兴，女子娇媚的软语，在琵琶弦子的叮咚婉转里清声亮彻。说的是吴门历史，唱的是姑苏风光，听到沉醉之际，汤圆端了上来。

元宵节肯定要吃汤圆，那几排精致的碗盅着实叫人眼花缭乱。只见各色汤圆大小各异，色彩缤纷，甜咸俱备。有桂花酒酿小圆子，有猪油豆沙、白糖黑芝麻、虾肉、菜肉、萝卜丝等各种馅料的大汤圆，还有糯米里融了红萝卜、紫薯、南瓜、菠菜汁液的五色汤圆。加上琳琅满目的苏式糕点，便是各种仅尝一口，也非吃得肚涌肠肥不可。

良辰佳景美食，该是叫人心生愉悦。荀予佑和薛士桢酒酣耳热，谈兴颇欢，云宜则寻了个借口退席而出。

她踱步后园，见回廊曲折、亭台相连间光芒闪烁。今日元宵，平江侯府处处彩灯高悬，与一轮清亮圆月遥相呼应，叫人恍惚而生今昔何夕之感。

夜风习习，池水微澜，银盘碎裂，金鳞点点。明月和彩灯便在这碧波的倒影里沉浮幻化，如一幅灵动活泼的画卷。

云宜想起去年此时，自己还和父亲、祁珏三人围炉，共度佳节。吃食纵然比不上侯府的珍奇繁多，但也暖肚可口，气氛温馨。虽非置身精致园囿亭台楼阁，却有浩渺大湖疏朗山林相伴。

她记得更久以前，云康给她做过一个兔子灯。竹制的骨架用作画的宣纸糊起来，以朱砂点睛，中空处插上一小截蜡烛。她提着兔子灯在云庐里满地跑，从元宵玩到端午。一次，她不小心一脚绊倒，兔子灯里的蜡烛滚落下来，烧着了外面的纸，瞬间燃成灰烬。

她哭了大半夜，迷迷糊糊睡去。第二天一早竟看见了一只崭新的兔子灯，比原来的更大更漂亮，身上有五彩图画，还粘了白色丝棉的滚边，像是裹了袭暖暖轻裘。

那是祁珏一晚不睡，削竹、作画、剪纸，拆了自己穿不下的旧棉衣，连夜给她赶制了个新的出来。她又高兴地将那个兔子灯从端午用到了中秋。

可是如今，他们都在哪里呢？

她曾在这园子里兜兜转转寻找出府途径，一年时光，景物依旧，所经所历却恍若隔世。

“一岁复添增，倏忽流光少。往事悠悠说喜悲，回首皆飘渺。今夕又元宵，看月千般好。欲挹清辉共尽觞，偏是人踪杳。”云宜抬头望月，不禁口占了一首《卜算子》来。

远处，荀予佑悄然伫立，脉脉凝望。

元宵过后，更是圣旨频催。

荀予佑待在苏州迟迟不肯去南京，宫中的荀瞻治早已急火攻心。事出数月，他不得不昭告太子与沂王病故的消息。

消息甫出，举国哗然。更令人震惊的是，三天后荀瞻濠斩杀江西巡抚，在洪都起兵谋反，以迅雷不及掩耳之势率军攻占九江。不出几日，江西半省几乎落入叛军手中。原是安居乐业的太平盛世，忽而燃起战火，一时天下扰动，人心惶惶。

荀予佑得知消息后，亦是大惊。他虽知荀瞻濠广结文士，私交蒙古，其心必异，却没有足够的证据向朝廷示警，还恐落一个以疏间亲的嫌疑。自那日喋血宫中，自己的身世被揭开，震惊伤怀之余，更将此事抛于脑后。万不料赣王发难如此迅速，起兵之日通檄全国，言说：皇帝听之不聪，以致谗谄蔽明，皇嗣遭害。他身为宗室，无奈竭忠尽智，以清君侧。

洪都至京城的距离很远，荀予佑认为叛军一时很难攻打到京城，但沿长江奔袭到南京却极有可能。

若荀瞻濠攻占南京，倚江而恃，国家难免不形成分裂局面。到那时烽烟四起，生灵涂炭，受苦受难之甚者必是天下百姓。便是这繁华似锦的苏州城，怕也难逃兵燹之灾。

这还不是最糟糕的情况。若荀瞻濠联手关外的蒙古和沂王留在山东的旧部，那局势简直就到了不可收拾的地步。

荀瞻濠以美色财物结交蒙古诸部，岂会没有所求？兀良哈原就是荀权麾下的朵颜三卫，虽被先帝夺为己用封在辽东，终究不知其心向背。若不是自己将守关兵将及时换防，鞑靼的军队此刻怕是已进了居庸关。荀淳照带入京城的人马虽被控制，但其山东旧部仍有随时反叛的可能。他们北上可与关外的鞑靼、瓦剌对京城形成掎角之势，南下又可与荀瞻濠的叛军合围南京，一时不察，南北战火必成燎原之势。

荀予佑望着延展于书桌上的地图，那些曲曲折折的墨色线条，仿佛已被一片火光血色烧灼浸染。

国家兴亡，匹夫有责。不管自己身份如何，此际，他绝不可袖手旁观。便是这苏州城，也不能坐以待毙落入叛军之手，任其荼毒。

荀予佑闭门房中苦思对策，忽闻圣旨又来。

他更衣而出，匆匆迈进前厅，一身形精壮的黄门官已等在那里，见了他忙道：“请侯爷屏退左右接圣旨。”

他点头示意余人退下，黄门官从怀中取出一卷明黄捧在手中。荀予佑跪下身去，黄门官却不宣旨，只将那一卷明黄郑重地放在他手里，轻声道：“圣上请殿下自阅。”

荀予佑吃了一惊，抬头望那黄门官说：“公公怎可如此称呼？”

黄门官道：“小臣奉皇命而来，殿下只管看圣旨便是。”

荀予佑不再多言，展观那卷明黄。依然是命他即刻动身去南京的旨意，但开头赫然便是“着皇三子荀予佑”，最后更有“储位东宫”四字。荀予佑更是吃惊，将手中圣旨又细看一遍。那黄门官俯身在他耳边，道：“圣上有句话给殿下，请殿下起来听吧。”

荀予佑站起身来，道：“敢问公公，陛下有何圣谕？”

黄门官轻咳一声，神色郑重：“圣上说‘国事为重君为轻’，请殿下莫因一己之情，误了江山社稷。”伸手指一指桌子，“圣上还赐了几样东西给殿下，请殿下收悉。”

荀予佑步至桌前，见那桌上摆着的四方红木托盘上，覆盖一袭明黄锦缎。黄门官掀了锦缎，荀予佑凝神而视，盘中竟是刻有“如朕亲临”的御赐金剑和用来调动兵马的象牙旗牌。

“请殿下火速赶往南京，圣上会即刻派人前去宣旨，昭告殿下的身份。圣上要殿下调集兵马守卫南京，绝不能使之落于叛军之手。”停了片刻，意味深长道，“名不正则言不顺，如此可早早断却赣王念想。请殿下以家国计，莫再意气用事。”

荀予佑抬眸看那黄门官，知其定是皇帝心腹，否则绝不会如此说话。

他面无悲喜并不表态，忽而轻声问：“陛下圣躬可安？”

黄门官长叹：“惊天之变，烽烟陡起，加之，加之宫中巨故，圣躬不豫……还请殿下为圣上分忧。”

荀予佑心下凄怆，默然半晌道：“请公公代为奏禀，臣收下金剑、旗牌，定当保家卫国，全力以赴，抵御叛军。还请陛下保重圣躬，同时密切关注京城以北的关防和山东形势。”

“好。”黄门官点头，“那殿下准备何时动身去南京呢？”

“公公切莫再如此称呼。”荀予佑将手中圣旨交还于他，“此事恐有违圣命。”

“这，这叫小臣如何回复？”黄门官着急。

“请公公回禀陛下，臣只要一道奉旨讨贼的诏书，除此，万死不敢受。”荀予佑复缓缓下跪道。

第十六章　奇策围城

荀瞻濠攻占九江，稍作休整即率军顺长江而下，沿途百姓抛家别舍，仓皇奔逃。

一向安宁的苏州城也人心惶惶，闭门罢市，百业萧条。人们议论纷纷，担心叛军会打进城里来。

荀予佑连日不着府邸，云宜想这当口他哪还有心思寻人，踟蹰着是否要回云庐。

她跑去找薛士桢商量，薛士桢神色凝重，道："赣王叛乱，不知侯爷会如何应对？"

云宜冷哼："肉食者谋之，又何间焉？朝廷之事，原不是我们小老百姓管得的。"

"兵火陡起，生灵涂炭，江南恐要首当其冲。"薛士桢叹息。

"我早看那赣王不是什么好人。"云宜嗤之以鼻，"王侯贵胄可有几个是好的？就是他荀予佑，我看也好不到哪里去。"

薛士桢道："虽肉食者谋之，但国家兴亡，匹夫有责，想必师妹亦不会无动于衷。"

"好一个国家兴亡，匹夫有责。"身后传来赞叹，两人回头，见荀予佑戎衣轻甲走进门来。

云宜从未见他如此装束，只觉眼前一亮。这般轩昂气度，英俊模样，确乃人中龙凤。但想他骗自己于股掌，心结已成，便没好气地低哼一声，别过头去。

薛士桢忙躬身行礼，荀予佑道："薛公子不必多礼，若得空，今晚请来一叙。"

云宜心中暗哂，这两人倒是对眼，一个想去，一个相请，越思越是生气，遂拂袖而去，头也不回。

薛士桢见荀予佑终是尴尬，忙打圆场："师妹是担心先生安危，故而心情不好，还请侯爷见谅。"

他曾听云宜说起荀予佑之事，知她那时敬他如兄长，而今却恨似冤家。两人实有婚约，云宜偏爱祁珏，自己夹杂其间，未免也是犯难。

荀予佑苦笑："她还在怀疑是我藏了先生和祁公子吗？"

薛士桢劝道："清者自清，侯爷不必挂心。国事为先，师妹亦不是不明轻重缓急之人。"

荀予佑摇头："寻人之事，我一日不曾懈怠，怕只怕他们已不在苏州城。"

"侯爷此言何意？"薛士桢疑惑。

"这些日子我派人将苏州城里里外外翻了个底朝天，若他们还在此地，不可能找不到。"荀予佑道。

"是否有其他的线索呢？"薛士桢问。

不是毫无蛛丝马迹可寻，只是寻根溯源，怕是要面临最坏的结果。

荀予佑轻叹一声："晚些时候我们再详谈。"

他这几日身在军营，都不曾好好睡上一觉，实是疲累至极。

薛士桢忙拱手告退。

荀予佑回到房中，卸甲洗漱，换上轻便衣衫，倚榻小睡片刻，起来用过晚膳才觉恢复了些精神。正聚精会神于铺展在桌上的地图，门外禀告薛士桢求见。

他道了声请，薛士桢须臾而进，上前行礼。

荀予佑以手相挽："薛公子不必多礼。"

薛士桢躬身道："礼不可废，怎敢对侯爷不敬？"

荀予佑呵呵一笑，拉着他落座。

香茗送上，两人各自端起慢饮。荀予佑的目光穿过热气氤氲，停驻在薛士桢脸上。

薛士桢察觉，颇不自在地放下杯盏，问："侯爷是看我哪里不对吗？"

"不知为何，我与薛公子总有似曾相识之感。"想起云宜第一次与自己说起薛士桢之情形，荀予佑竟也有这般感觉。

薛士桢道："侯爷君子仁心，叫人如沐春风，士桢亦有同感。"

荀予佑摆手："你谦逊谨慎，急公好义，才是真正的君子。"

薛士桢听闻，忙起身复施一礼："侯爷高看，愧不敢当。"

两人又寒暄几句，荀予佑忽而叹息：“难得你们在府中小住，本当悠然畅叙，怎知战事陡起，国祚甫艰。”

薛士桢低眉拱手：“侯爷为国事操劳，原不该多有打扰……只今日即便不得相邀，我也想冒昧进见。”

“哦？”荀予佑看他一眼，“是有何事？”

薛士桢有些许尴尬，道：“士桢斗胆，开门见山，不知侯爷于赣王叛逆之事有何打算？”

按理，这实在轮不到他问，见荀予佑不语，忙复起身拱手：“请侯爷恕我身为寒士，却有牵系家国之心。”

荀予佑点头：“国家兴亡，匹夫有责。今日邀约，便为你这一句话。冰炭岂同炉，我亦不妨直言相告。”

薛士桢闻言欣喜：“侯爷忠肃臣子，必然与那以忠君之名发不义之兵、挑起战乱荼毒生灵的逆贼泾渭分明。只不知侯爷是预备据城固守，还是率师勤王以平叛逆？”

荀予佑望之不答，反问：“你认为我该如何是好呢？”

薛士桢沉默片刻：“苏城乃侯爷封邑之地，侯爷自不愿其落入贼手，只是据城固守又无异于坐以待毙。”

荀予佑眉梢微动，听他继续道：“覆巢之下，焉有完卵。苏城富庶，必遭垂涎。就算叛军一时鞭长莫及，他日亦难免战火荼毒。到那时只怕孤城无援……侯爷应该知道昔日太祖皇帝在苏州城的那一役吧。”

荀予佑自然知道。

荀予佑沉吟：“你认为叛军而今会是怎样的动向？”

薛士桢想了想，道：“虎踞龙盘，王气之地。”

“南京？”荀予佑抬眸看他。

薛士桢点头：“他们想一时北上攻取京师是极困难的，但沿江而下去南京却容易得多。若赣王攻下南京，据城称帝，其势可与朝廷隔江对峙，分庭抗礼。”

荀予佑不语，薛士桢继续道：“若如此，则不仅荼毒江南，更分裂家国，天下百姓哪还有安乐日子过？所以，窃以为侯爷不能留守苏州城，而应即刻率军驰援南京，南京绝不可失。”

荀予佑看薛士桢的眼光里有了更多的赞意，长叹道：“赣王若有问鼎中原之志，南京乃必取之地。叛军一日攻下九江，其实力不可小觑。但南京兵部尚有数万人马，攻城不易。我若带兵驰援，双方胶着，难免旷日持久。战火突起，涂炭生灵，死伤恐难以计数，且不知我军胜算几何。”

“侯爷的意思是……”

荀予佑复看一眼薛士桢，他留给自己最初的印象，除了莫名的熟稔，还有稳重得体、敏于事而慎于言的恂恂君子之风，如今更有十分的欣赏和信任。

荀予佑踱步到桌前，向他招了招手。薛士桢走上前，只见铺展于案的一幅长卷上朱红圈点，标记鲜明。

荀予佑伸手指在图上某处：“这里是安庆，探报叛军很快就会兵临城下。”

“安庆是南京上游门户，叛军若取之，攻取南京恰如探囊取物。”薛士桢看着地图说。

“所以安庆不能失。”荀予佑道。

“侯爷是要领兵去安庆吗？”

荀予佑摇头：“九江已在叛军手中，救援安庆，若荀瞻濠掉头来攻，前后夹击，我们就很被动。且去安庆何异于去南京？”

“那侯爷是要……”

荀予佑将手指向图上的另一处，薛士桢望之吃惊，道：“侯爷是要去洪都？”

荀予佑点头：“荀瞻濠倾巢而出，洪都必定空虚。若是绕道其后，出其不意，攻其巢穴，等他率兵回救，安庆和南京之围便不救自解。”

薛士桢觉得这真是一个奇策。“荀瞻濠应该料不到他一路进取，竟会有人长途奔袭去端他的老窝。只是……若其不回救洪都，而是一意攻下安庆，直取南京呢？”

薛士桢抬头看荀予佑，蹙眉相问。

荀予佑亦是蹙眉。这确实是可能存在的变数，但万事岂能尽料，赌的便是荀瞻濠难舍根基之地。只要他回救洪都，自己就可设法将其一举剿灭在江西境内，以最小的代价阻止战火蔓延全国。

“侯爷，莫如对洪都城围而不攻，攻而不下。”薛士桢忽道，“若洪都有失，只怕他们会破釜沉舟，孤注一掷，全力攻取安庆和南京。倒不如大造声势，以逸待劳，围点打援，一举歼敌。”

“围而不攻，攻而不下……”荀予佑以手拍案，“说得好，只要洪都不被攻陷，那么赣王回兵救援的可能性就会更大。”

薛士桢谦逊道：“士桢妄议，叫侯爷见笑了。”

荀予佑深视他说：“薛公子见识不凡，实乃国家栋梁，不知可愿出仕朝廷？”

薛士桢拱手道：“闲云野鹤之辈，辜负侯爷美意。”

荀予佑知云庐风骨大抵无意官场，但如此才干之人埋没草野，也是朝廷的损失。

“侯爷预备何时出兵？”薛士桢转换话题。

荀予佑直言：“苏常兵马已集结完毕，只等松江府军队到齐。”

薛士桢忧虑：“如此，赶赴洪都尚需时日，不知安庆能否坚持得住？”

“安庆知府耿直忠毅，必能坚守城池。荀瞻濠想攻下安庆没那么容易，倒是……”荀予佑沉吟不语。

薛士桢循着他的目光，看见地图上方几处朱红标记，道：“侯爷是忧虑京师的安危吗？”

荀予佑颔首：“其实我更担心蒙古诸部乘机而入，到时只怕烽烟四起，南北难顾。”

“可有对策？”

“而今之计，对蒙古诸部只宜安抚。只要北部边防稳固，一来京师无恙，二来也可专心平定叛军。”

“那就请朝廷尽快遣使斡旋。”

“此并非易事。”荀予佑神色凝重，“鞑靼陈兵关外，瓦剌敌友难辨，兀良哈向来是不见兔子不撒鹰。出使之人不仅要机智聪慧、能言善辩，更须丹心许国、胆识过人。一时间，这忠勇智士，倒无上佳人选。”

“请问侯爷，若非朝廷之人可否为使？”薛士桢道。

荀予佑望之双目灼灼：“薛公子言下之意是……”

“侯爷若信得过我，请举荐士桢前往。我虽文士，但自信不战而屈人之兵是为上策。”

“平叛卫国，圣上许我便宜行事。只是出使塞外，山重水远尚在其次，更有危机四伏，吉凶难卜啊。”

“苟为国事计，士桢赴汤蹈火，在所不惜。侯爷不用担心，我虽非猛士，却有一颗勇者之心。”

“好。”荀予佑伸手抚上薛士桢肩头，惺惺相惜，“事在眉睫，你就带着我的御赐金剑出使蒙古诸部。若到了瓦剌……”他思索片刻，取出随身的一枚玉印，“将此交给马哈木欢可汗，我再修书一封，他应该不会为难你。另外，我会派一队人马护送你前往。”

“多谢侯爷。”薛士桢躬身施礼。

“该是我替朝廷和天下百姓感谢薛兄。”荀予佑一把挽住他，已自换了称呼。

“侯爷如此，我愧不敢当。”薛士桢复拱手，忽想起自己走后只留云宜一人，不禁有些担忧，转念一想荀予佑既在，自当无事，却仍殷殷相嘱，“云师妹就烦请侯爷多加照顾。”

荀予佑点头，望着他道：“薛兄此去，什么都能谈，只两样不可。”

“请侯爷明示。”

“但凡他们按兵不动，一切皆可商榷。只国体尊严和江山版图不能谈，这是底线，薛兄切记。”荀予佑一字一顿道，“版图尚能明确，这国体尊严嘛，薛兄善为尺度。”

薛士桢重重点头。

薛士桢离去数日，松江府兵马齐集。

荀予佑整饬三军，慷慨陈词，即日出兵。他不放心将云宜一人留在苏州城，临行问她是否愿意随军。

薛士桢出使塞外，云宜自不想独留侯府。回云庐吧，一个人又难免心急火燎、胡思乱想，索性跟着荀予佑，且看他究竟想干些什么。

军中不宜女子同行，荀予佑让云宜着男装做一中军侍者伴于左右。云宜虽不情愿，但想跋山涉水女儿装束确实不便，身在中军也可时时监察荀予佑的举动，遂依其言。

荀予佑率军出苏州城，经吴江入浙江，过吴兴、泗安，进入安徽地界，如此正好避开沿江而下的赣王叛军。

大军行来，沿途便见为了躲避战乱拖家携口的百姓惶惶逃散，号呼转徙，饥渴顿踣。又见田舍荒芜，炊烟不起，更有贫病冻馁者终为路边饿殍。目之所及，不忍睹视。

荀予佑心下伤戚，却无暇顾及，率军经广德、宁城、旌德至黟县。急行多日，人困马乏，于是下令大军就地驻扎，留宿一晚。

云宜跳下车来，只觉头晕眼花。

虽然荀予佑将她安置在存放粮食和兵器的马车里，但这一路车马辚辚，也颠得她浑身如散架一般。

她定了定神，环顾四周。只见高山叠翠，清溪潺潺，原来是一阔大山谷。谷中有碧水浅滩，彩石纷呈，水中游鱼历历可数。早春寒冷，午后的阳光照在水面，微风徐徐，粼粼泛起金芒。

云宜望着那一色澄澈青绿的湖水，心头舒畅，探手入水，掬起一捧敷洒脸上，冷水触面，顿觉精神振奋。她擦干了脸上的水，坐在一块山石上，看日头渐渐西沉。

伙夫营就地取材，捞鱼煮汤，很快做好了饭菜。将士们终于安安稳稳地饱餐了一顿。

月亮升起来的时候，山谷里已寂然无声，只有几处点燃的篝火偶尔发出噼啪之响。

云宜吃饱喝足，精神大长，独自在谷中溜达。

她抬头仰观四围山色，在月光下朦胧高远，静谧幽深。这里属黄山山脉，景色极是秀丽。黄山原名黟山，离黟县本就不远。云宜想若不是战乱行军，既到此处，怎可不登临名山以观气象。

闭目伫立，任山间冷风拂面，一时清澈澄明，浑然无我，好似天人合一。她想世间万物若都如此祥和相融该是多好，可脑中偏偏浮现出连日所见伤心破乱的景象，陡一睁眼，却见荀予佑不声不响堪堪站在面前。

云宜吓得跳开一步，嗔怪道：“三更半夜，你这般无声无息，是要吓死人啊！”

荀予佑微微一笑：“是云姑娘凝神冥想，没有察觉罢了。”

云宜以手抚心，白他一眼：“你来这儿做什么？”

荀予佑一笑反问：“云姑娘又来这儿做什么呢？”

云宜正欲说“关你何事”，想他也可依样画瓢地还回来，只答非所问：“这山谷大得很，你哪里不能去？”

“可我偏偏喜欢这儿。”荀予佑说。

云宜被噎得一愣：“好好，你自便，我走。”

荀予佑忙道：“云姑娘请留步。”

“做什么？”云宜嘴上嘟囔，仍是停了脚步。

荀予佑复走近些，关切道：“你一人晚上在山间行走不甚安全，不如我陪你。”

云宜冷哼："这漫山遍野都是我们的人，哪里不安全？"

荀予佑干咳一声："倒不是说会有歹人，怕只怕那些夜间出来觅食的野兽，春寒料峭，找食不易，况且它们又饿了一冬……"

云宜只觉毛骨悚然，不禁道："你爱在哪儿在哪儿，我管不着。"听荀予佑轻笑出声，对着他没甚好气地说，"连日鞍马劳顿，你竟不困？"

荀予佑望她一眼："良夜迢迢，不如和云姑娘闲聊一会儿。"

许是那野兽之说起了作用，云宜虽不情愿，却依旧跟着他爬上一块高石。那山石表面平滑宽广，足可坐立数十人。荀予佑捡了一把枯枝燃起火来，两人稳稳当当地并肩坐在石上。

云宜游目骋怀，见一轮明月高悬澄明天宇，静静地倒映在如镜面般平整的水中。四围山峰连绵，似屏障隔绝谷中景物，山泉淙淙，愈显幽谷静谧，不禁慨然而叹："外面战火烽烟，这儿竟如此美丽安宁，恍若隔世仙境，真叫人有避之不出的想法。"

荀予佑深吸了口气，缓缓吐出，一瞬冷冽清新，肺腑如洗。他抬手远指："你看那一片林子，此刻还是褐枝光秃，再过两个月便粉白红艳开满桃花，定然云腾霞蔚，美得不像人间。"

云宜随他所指极目远眺，夜色中只能瞧个大概。她想象着桃花开时漫山遍野蓬勃烂漫的样子，想象着山风过处落花如雨飘入水中的闲适，喃喃吟咏："忽逢桃花林，夹岸数百步，中无杂树，芳草鲜美，落英缤纷……大概就是如此了。"

"自云先世避秦时乱，率妻子邑人来此绝境，不复出焉，遂与外人间隔。问今是何世，乃不知有汉，无论魏晋。"荀予佑接着道，"靖节先生的一篇《桃花源记》引得多少人遐想期盼，只是又哪里去寻这能避人间烦乱的世外桃源？若叛军不灭，战火不熄，便是这里怕也安宁不了多久。"

"所以说那些为着一己私利而令生灵涂炭的王侯贵胄就是可恶。"云宜道，"比如那赣王，打着'清君侧'的旗号，焉不是狼子野心，觊觎帝位。好好一个太平盛世，生生被他搅了。"

荀予佑点头，言语冷然："为一己之私陷万民于水火，实是罪无可恕。"

云宜转头见他一脸肃穆，悠悠道："好在还有你这样忧国忧民的，若是都如那荀瞻濠，老百姓可是没活路了。"

"为政者身居高位，蒙苍生奉养，自是要与天下百姓谋幸福安宁。"荀予佑说。

云宜冷冷看他一眼："照你这样讲，皇帝和那些官员都该是圣贤了。"

"既是万民表率，自然要用圣贤的标准来规范己身。"

云宜嗤笑："天下熙熙皆为利来，天下攘攘皆为利往。哪有不为自己谋利的人呢？可惜你不是皇帝，若你做了皇帝还能如今日所说，那天下百姓可是有福了。"

荀予佑闻言一怔，望之出神。

云宜似有所悟，故意摇头道："哦，慎言，慎言。"冲他做了个鬼脸，"天高皇帝远，他也没长千里眼、顺风耳，哪里就知道了。"

荀予佑不语，俄而轻笑道："我若真当了皇帝，你怎么办？"

云宜愕然，没好气地说："难不成你治我欺君之罪、抓我杀头？"

荀予佑不由得扑哧笑出声来："你我是有婚约的，我怎会……"

"打住，打住。"云宜忙截了他的话，"婚约当可去除，待我找到家父。"想起云康和祁珏至今仍无音讯，心中不觉更是担忧。

荀予佑淡淡道："若我真当了皇帝，你如此岂非抗旨欺君？"

云宜愤愤然："说这话就该先治你一个欺君之罪。"

荀予佑呵呵一笑："刚才你说天高皇帝远，他哪里就能知道了？"

云宜惊诧道："莫非你也有荀瞻濠那样的心思？"

"月白风清，此心可表，不过玩笑耳。"荀予佑缓然一语，脸色却没刚才好看，半晌冷言，"我知你心里有祁珏，可他心里若没有你了呢？"

"他心里怎会没有我？"云宜反诘。

"世事难料，人心易变。"荀予佑道。

"这个不劳侯爷操心。"云宜鼻子出气，"侯爷还是好好想想怎么对付叛军吧。荀瞻濠既明火执仗起兵反叛，于此天下想是志在必得。成王败寇，若他侥幸称帝，你这勤王之师，只怕反成叛逆之众。"

"云姑娘倒是担心我。"荀予佑低头苦笑，须臾慨然，"自古邪不胜正，何况天日昭然，公道自在，是非黑白，总能分清。"

云宜叹气："这却未必。然史册汗青，皆是胜利者所书。江山易主，忠臣节士被当作叛臣贼逆的前车可鉴。许多真相，后世之人，恐亦难明。"想起祁珏，心头怅然。

荀予佑知她所指，并不点破，只道："天地良心，俯仰无愧，便足矣。公论久而后定，不过或早或晚。”

云宜抬眸，见他一脸持正，不禁深为感染。若与其没有婚约之事，得友如此，当是人间快事。但徐门一案乃先帝钦定，先帝一朝自不必说，今时今日，徐家依然是叛臣贼子。儿子不翻老子的案，孙子岂会翻爷爷的案，之后更是难翻祖宗之案。这公论不知何时才会到来，只怕越往后越叫人淡忘，直至湮没无闻。

她正自思想，忽听荀予佑亦是一声长叹：“早听闻江西赋税历年而重，且匪患不断，想必这些都与荀瞻濠有关。”

“造反打仗自然要钱，但这匪患不断和他有什么关系？纵是繁华盛世，又哪里没有盗匪？”云宜疑惑。

荀予佑说：“言之诚然。但江西匪患尤重，朝廷数次遣派剿抚，俱是屡剿屡起，越剿越甚，知是为何？”

云宜想了想，忽而吃惊地望着他：“你是说荀瞻濠和那些土匪……”

荀予佑点头：“藩王虽可置王府兵，人数却有限。此次叛军有十万之众，荀瞻濠不能公开招募，想来必有大量山匪充斥其中。”

“那岂不是兵匪一家了？”云宜讶异，“怪道他们边打边抢，军纪并不严明。”

“正是如此。”荀予佑点头，“一来打仗要粮要银，二来这些人根本恶习难改。”

云宜气愤道：“可真是兴，百姓苦；亡，百姓苦。这些王侯贵胄，为权柄在握，尽享荣华，骄奢淫逸，剽掠天下，哪顾他人死活？”

荀予佑默然不语，云宜话甫出口，又觉未免以偏概全。正一瞬气氛僵冷，那燃着的枯枝忽然噼啪爆出火星，吓得她惊呼侧身，荀予佑本能伸手相护，堪堪抱个满怀。

回过神来，二人俱觉尴尬。

云宜红着脸坐直了身子不说话，俄而听荀予佑轻声道：“你我之间，诸多误会。只耿耿此心，唯待日后真相自明。”

山中一夜，倏忽而过。

翌日清早，大军开拔，急行三日便到江西境内，所见更是凋敝。

荀予佑率军避开落入叛军手中的州府，经景德镇至余干、进贤，过梁家渡，抵达向塘。

距离洪都城，已是不远。

第十七章　郡马其人

荀予佑几乎是以秋风扫落叶之势，便将驻守在洪都外围诸县的小股叛军一举荡平，大军在洪都城外驻扎，围而不攻。

洪都城门紧闭，戍卫森严。城内守军亦不出战，两军对峙，一片威压凝重之势。

云宜溜达至营外，望着不远处巍峨的城池思绪万千。不到一年时间，她再次站于它面前，前后光景直叫人有恍若隔世之感。

那时的洪都城下，行人商贾穿行熙攘。如今却是城门紧闭，凛然萧索，城头兵士刀枪在握，城外看不见一个百姓的身影。

大战未开，民生已一片凋敝。战端若启，不知又要牺牲多少人命。云宜在心里叹一口气，想荀瞻濠一方藩王，兀自人心不足，以一己私利搅乱这太平盛世。

打仗攻城，她全无头绪。身在军中，亦多无所适从。早春时节，一到傍晚便愈加寒凉，她百无聊赖，便拿起随身带着的瞭望筒四下观看。

夕阳西下，暮色渐浓，最后一抹已无生气的光辉照在洪都城楼，弥漫出橘色氤氲。苍穹辽阔，如淡远图形。画角哀鸣，飞鸟无踪，一派静穆怆然。她才想放下瞭望筒转身离去，却忽地在那一片氤氲中看见一个熟悉的身影。她瞪大双眼，惊得心跳都要停止了。虽然那身影只在城楼略略停伫，高台远隔，瞧不清面容，但那熟悉的轮廓，她是绝不会弄错的。

“祁——珏——”她朝着城楼大喊，丢下手中的瞭望筒向前奔去，还没跑出几步，便被人一把拉住。

回头见是荀予佑，她急道：“你拉我做什么？”

“你干什么去？”

“祁珏，是祁珏，我看到他了！”

“看花眼了吧？”

“不会，真是他，就在那城楼上。”

这不是思人心切生出的幻觉，二十多年的朝夕相伴，那遥远的轮廓就算是惊鸿一瞥，她也能立时分辨明晰。她喜不自禁，直想甩开荀予佑一路狂奔而去，可他就是拽着她不撒手。

“若真是他，他为何会站在那里？”荀予佑道。

这一声如同雷鸣，震得她瞬时清醒复又恍惚。他为何会站在那里，是啊，他为何会站在那里？

“我不知道……所以，所以我要去问他。”

“问他？”荀予佑眉梢微挑，“只怕你未到城下，已没命开口。”

“可，可我一定要去找他问个清楚啊。”她突然心慌得厉害。是啊，自己寻寻觅觅、日夜牵挂的人，这个时候怎会出现在洪都城的城楼上？

“跟我回去，我来告诉你。”荀予佑不由分说，拉着她回到营帐，一把将她按进椅子，“云姑娘，你先冷静。”

云宜哪里能冷静，她脑中空白，心头跳乱成一气，望着他语不成句：“你，你，说，快说……快告诉我！”

荀予佑倒了杯水递给她，她一手拂开了去，这时候还喝什么水。

荀予佑低叹一声，道：“云姑娘，你还记不记得那晚我和你说的话？”

那晚，哪晚？云宜急得要哭了。

“算我求你了，那晚你到底与我说什么了？”

荀予佑不知怎么说，她才不伤心，横竖是不能吧，无奈道：“那晚大军停驻山中，我说你心里有祁珏，可他心中若没有你了呢？”

云宜一脸迷茫地望着他，片刻惊得微张了嘴：“难道那个时候你就已经知道……你知道了什么，快告诉我！”

荀予佑道：“你与薛兄来找我说先生和祁公子失踪，我派人搜寻，那时我便确定他们不在苏州城。后来……”

“后来怎样？”

“后来大军将至江西境内，先行遣往洪都打听情况的暗探回报，说赣王叛军几是倾城而出，留守洪都的兵士不及万人，主事者乃赣王府的一位郡马。”荀予佑话说至此，抬眸看一眼云宜。

“郡马，郡马怎么了？”云宜不解，忽然想起荀瞻濠只有荀娉婷一个女儿，自言自语，“那荀郡主竟是嫁人了？”转念想，她便是招十个郡马，又与自己何干？不觉不耐烦地道：“荀予佑，你说话能不能直接明白些？”

“那郡马姓祁。”

“姓祁又如何？”

“名珏。”

“便是叫祁珏又如何？天下同名同姓的人多了。”云宜说，俄顷回过神来，一把拉住他，不可置信地瞪着他道，“你是说那郡马是……祁珏，他、他娶了荀娉婷？”

荀予佑黯然点头。

云宜震惊之下茫然无措，半晌摇头，喃喃低语：“不可能，这绝不可能。你是在和我开玩笑还是编故事？其实你也不能确定，对吗？所以那晚你才没有和我说明。这世上同名同姓的人多，以讹传讹、道听途说的事也多。”

她努力保持平静，泪水却滚落下来。

荀予佑见状，着实不忍，但想长痛不如短痛，继续道：“那晚我不知详细，也不愿你伤心，故而没与你多说。所谓无风不起浪，我派人再探，讲那郡马是吴郡人，虽是白衣，却风流儒雅尤擅丹青，乃荀郡主书画之师。两人书画结缘，新婚燕尔，伉俪情深。”荀予佑见云宜不语，再道，“你想想，若你刚才所见真是祁珏，此时此刻，他怎么能随意站在洪都城的城楼上？”

“不，这不可能。”云宜干笑一声，面容僵硬，“会画画的吴郡男子多的是，教荀娉婷书画的老师也可以有很多……不过同名同姓罢了，我不相信。”

只刚才城楼那个倏忽而去的身影，此刻已成笼罩在她心头的阴影。她不会看错，她可以相信祁珏又去了赣王府，但她绝不相信他会娶荀娉婷。可是，他为何在云庐好端端地不告而别了呢？为何会出现在这洪都城楼上呢？为何，为何？他和父亲一起失踪，难道……

云宜倏忽站起，往外就走。

“干什么去？”荀予佑忙拉住她。

“我去找祁珏，我要他出来亲口对我说，他为何会在那里。”

荀予佑摇头：“他既在那里，便不会出来和你说。”

“他不出来，我就进去。我倒要看看，这赣王府中的郡马爷究竟是谁？”云宜恨恨道。

两军对垒，诸门皆闭。城楼上强弩火炮、甲胄刀枪密布林立，别说进去，就连靠近都难。

“不行。”荀予佑终于忍不住，“你是要送命去吗？”

云宜心神恍惚，日日站在营帐外远望洪都城楼，恨不得要将那城门望穿。她甚至期望荀予佑能立即率军攻进城去，好让她去找祁珏问个明白。

荀予佑看在眼里，有心劝慰，又觉言语苍白无力。他担心云宜使起性子不管不顾，遂派人时刻关注她的举动。

这一日，云宜才支走了两个“保护”她的兵士，一个人在营帐附近闲逛，望着眼前江河似练，刹那间灵犀闪过。

她记得洪都的诸多城门中还有一处水城门。那时，她和薛士桢去赣王府找祁珏，船行至西门码头前经过一分岔河道，河道不宽，纵深处便似有个不显眼的水关。

她霎时有些热血沸腾，凭着记忆一路寻去，果然在距西门不远处的弯折河道里，发现了掩映在垂垂枯藤间的那处水关。

云宜潜身于杂草丛中眺望。此地偏僻，城楼上并无重兵把守，且这一处水关只有一道铁栅阻隔内外。

云宜暗吁了口气，庆幸这里只设铁栅而无闸门。不然，没有城上的绞盘开启，任你铜头铁臂，也休想进入。

她心头欢喜，细看不禁又愁上眉梢。这水关虽只一道栅门，但那根根竖立排列的铁条着实粗大紧密，即使再瘦小的身躯也无法通过。

可望而不可即，眼前才见的一丝希望又化为乌有。

云宜恨恨然，手中抓着的枯枝应声而断。她望着断在手里的枝条失了一会儿神，忽地有了个连自己都觉得是突发奇想的办法。

云宜回到中军帐的时候，帐中寂静空无一人，荀予佑不知去了哪里。

难得机会恰好，她在帐中一阵寻觅。待她半蹲在兵器架旁，一件件仔细挑选，身后蓦然有人道：“你在这里干什么？”

她吓得一个激灵，整个人差点跌撞到兵器架上，扶住架子回头看，荀予佑正立在她身后。

这人难道是属猫的，总这般悄无声息地出现？

“你什么时候来的，又想吓死人啊？”她长喘一口气说。

荀予佑笑道："光天化日，中军大帐，有什么好怕的？我来一会儿了，是你太过专心，不察而已。"

云宜瞪他一眼，立起身来。许是蹲得久了，起身时眼前发黑，脚下趔趄。荀予佑忙伸手去扶，云宜站稳身子定了定神，抬手拂去搀扶自己的手。

荀予佑讪讪道："你在找什么？"

云宜一时有被人窥破隐秘的尴尬，心头暗恼，不觉反唇相讥："和你明说也无妨，省得你以为我要偷你东西。"

"云姑娘言重，我只是有些好奇。我寻你许久，不想你竟在这里。"

"你寻我做什么？"

"行军作战，不比家中太平，故而时时担心姑娘安危。"

云宜听闻，灵机一动接口道："对啊，所以我才来这里找一件防身的兵器。虽然我是女子，亦不擅武，可非常之期，有总比没有好吧。"

荀予佑点头："那你找到没有？"

云宜撇嘴："你自己看嘛，这架子上都是长兵器，重且不趁手，拿着都费劲，如何来防身？"

荀予佑道："这些都是军中惯常的兵器，你非习武之人，自然是没什么用。"

"可、可有短小精悍……又能切玉断金、削铁如泥的那种？"云宜望着他问。

"云姑娘是说锋利的匕首抑或短剑？"

"有没有？"

荀予佑见她两眸放光，想她不是一般能安坐房中的女子，自己又无法时时在旁看护，倒还真该给她配一防身之物以备不时之需。

"有还是没有啊？"云宜催问。

"有。"荀予佑解了披风掷在架上，伸手在腰间解下一柄短剑递给她。

云宜接在手中，那短剑着实有些分量，却不显笨重。她拔剑出鞘，见剑身比一般的匕首略长几寸，剑脊凸起，笔直如线，两侧剑刃细薄若纸，前锋收窄似锥尖，通体乌光暗哑，泛着金属色泽。柱形剑柄上饰有琉璃卷云纹，剑身近剑格处镌刻两个细小篆字，细看竟是"鱼肠"二字。

她目瞪口呆，拿着短剑结巴道："这、这、这难道就是昔日欧冶子用赤堇之锡、若耶之铜，经雨洒雷击，得天地精华所制五剑之一的鱼肠剑吗？就是专诸擘鱼以刺吴王僚，连透三重铁甲一击毙之的那柄鱼肠剑吗？据传此剑后来陪葬在阖闾墓中，你、你……把虎丘剑池给挖了？"

荀予佑闻言怔愣，随即忍不住笑出声来：“云姑娘是说书听多了吧。”

云宜睨他一眼，复将那剑细细观看，喃喃道：“也是。昔日勾践、嬴政、孙权等俱挖之不得，这‘鱼肠’二字是小篆，春秋时还没这种字体呢。”

荀予佑道：“不过是借名而制，以示其小巧锋利罢了。此剑乃先帝赐予家父，家父又给了我，虽称不上削铁如泥，亦是锋利无比。”

原来是先皇御赐之物，那肯定非同一般，从前怎么没注意到他身上有这样一柄短剑？云宜想。

荀予佑似看出她心头所思，一笑道：“这剑原本束之高阁，此次行军我才佩携在身。云姑娘若不嫌弃，就赠予你防身吧。”

云宜想他倒是大方，御赐之物竟随意相送，也不推辞，只道：“如此，便多谢了。我可以一试其锋芒吗？”

“送与你便是你的了。”荀予佑说。

云宜握剑四顾，对着那兵器架用力挥下。“当”的一声脆响，铁架上立时豁开一道细缝，果然锋利之极。

云宜很是满意，还剑入鞘，转身欲走。荀予佑唤住她道：“你还没吃饭吧，不如我们一起用些？”

莫非适才他听见自己肚子咕咕响？云宜暗道。好歹也得了人家一件东西，在哪里吃饭不是吃饭？行，就一起吧。

云宜默然以应，荀予佑着实高兴。

不一会儿，饭菜上桌。行军简朴，主帅餐食亦不过两荤两素外加米饭，且军中有令不得饮酒。

云宜有自己的小帐住，从不与荀予佑同餐。如今与他对坐而食，甚不习惯。只是她实在有些饿，也就不客气地捧碗便吃。

荀予佑默默看着她埋头吃饭，心中生出无限宠溺，极自然地夹了两片酱牛肉放进她的碗中。

云宜微愣之下和饭吃了，抬头见荀予佑只顾斟茶自饮，问：“你怎么不吃？”

“我不饿，你多吃点，看你这两日瘦得厉害。”

荀予佑想，若天下太平，岁月静好，他们能日日如此同桌而食，该是多么叫人向往之事。他心疼云宜日见消瘦，也知她对祁珏的感情，总担心她会做出自己所料不及之事。适才在营中遍寻她不着，他表面不动声色，心头早已火急火燎。回到帐中看见她的刹那，一瞬间心情明朗。知她要寻一件防身的兵器，便毫不犹豫地将御赐之物相赠。见她眉宇舒展，他更是高兴，便留她一起用晚饭，不想她竟也答应。他喜欢她颇为豪爽的个性，虽然有时她快言快语噎得他难受，但他并不介意。他庆幸两人已订婚约，终归是要奔着那个目标去，就算慢一些，再慢一些，又有何妨？

云宜见荀予佑依然不动碗筷，只端一杯清茶慢饮，心头生出些许愧意。当初自己怒气冲冲跑去平江侯府兴师问罪，岂知真是冤枉了他。如果不论婚姻之事，荀予佑于她绝对是帮助多过困扰。就算论起婚姻之事，也是有媒有聘兼有父命。云康凛然傲骨，不近王侯，对荀予佑却信任有加。而看荀予佑一贯做派，应该亦不会强人所难。他一腔热血，爱国为民，但可惜自己心中唯有祁珏。

她将碗里的饭菜吃尽，见荀予佑兀自独饮，便也往自己杯中倒了茶水，举杯道："云宜平日言语多有得罪，今日以茶代酒敬……侯爷，望侯爷见谅。"

荀予佑冷不防地受她以茶相敬，一时欣喜，险些碰翻面前才斟满的一杯茶水，忙执了杯，道："云姑娘不必如此相称，叫我名字就好。若我有让你不悦之处，望你海涵。"

二人相视一笑，各自饮尽。

云宜放下杯子，起身欲走。荀予佑说："你且等等。"

得了剑，吃了饭，喝了茶，云宜不知荀予佑还唤住她作甚。只见他取了一件锦袍，亲手替她披上，温言道："入夜寒冷，小心着凉。"

云宜心头一暖，不知再说些什么，只拢紧了袍子，快步而出。

回到自己帐中，这一晚云宜翻来覆去不能入眠。她索性起身，捧着荀予佑给的那柄鱼肠剑仔细思量。

灯下剑锋熠熠闪亮，她凝望出神。

不知这利剑能否替她砍断矗立于寒流中的那道铁栅，能否打通前往洪都寻觅祁珏的道路？如今城中敌氛妖霾乃叛军巢穴，若她进得城去，是否会有性命之忧？祁珏真的会在赣王府吗？父亲会和他在一起吗？还有荀予佑，若他知道自己这样去寻人，会不会担心着急呢？

去，还是不去？云宜思前想后，终于下定决心。她一直觉得祁珏即便在赣王府，亦绝不可能是什么祁郡马。她要去见他，问明缘由，她迫不及待地想要知道真相。

云宜一夜未睡，天亮时分又悄悄去了水关附近熟悉环境，察看地形。回来后，她向伙夫营要了一小坛腌肉烹菜的白酒，吃过晚饭静坐帐中，直等夜色弥深。

亥时初，荀予佑亲自巡营。云宜一反常态迎出门去，不但行了礼，还轻声缓语说了句“更深露重，请侯爷保重”，把个荀予佑唬得直愣神，虽外表平静，心中却着实受宠若惊。

荀予佑问：“云姑娘怎么还不安睡？”

她道：“吃太饱，睡不着。”

荀予佑微微一笑：“那和我一起巡营如何？”

她说：“好啊。”

云宜跟着荀予佑在营中转了几圈，遂将今夜口令暗记于心，又把各哨口情形看了个大概，然后道别，说走了这一路果真消食，可以回去睡觉了。

她回到帐中休息，只待三更过后万籁俱寂，悄悄潜出帐外。

三更鼓响，云宜换了身玄色衣衫，将那一小坛白酒和短剑系在腰间，又披上荀予佑给她的那件锦袍，好叫人看不清内里装束。

她轻手轻脚步出帐外，抬头见苍穹中残月一钩，伴孤星一点。

她特意挑了离水关最远的哨口，那站岗的兵士想起她刚和荀予佑一道巡营，且口令一字不差，便也放松了警惕。她说就在附近散步消食，徘徊间趁着哨口换岗之际倏忽溜之大吉，没有引起注意。

云宜出得营来，借着暗淡月色一路急行，等潜身白日所至荒草丛中，已然出了一身热汗。夜风吹拂，不由得打了个寒颤。

抬手拭了脸上汗水，她凝神静气看着眼前泠泠泛着黑芒的水流，那一处水关便在这黑芒深处。城墙高耸其上，如一道长龙逶迤蛰伏。周遭枯枝纵横，似恣意伸展躯体的妖魔，森然搏人之状。

寒夜迢迢，旷野茫茫，着实容易令人心生恐惧。

料峭早春，河水冷冽，下水已是艰难，更何况还有那道粗壮紧密十分坚固的铁栅。云宜握剑于掌，心头一阵狂跳。

此处虽偏僻，但城楼也有兵将守卫巡视。如今的洪都城自然不同往昔，两军对阵，敌我即分。之前跟在荀予佑身边，她从不曾意识到危险可怕。今晚孤身一人，才觉危机重重，步步惊心。水寒透骨，关铁坚硬，还有城头的敌兵，不知以她这血肉之躯，能否安然进得城去？能否见到祁珏，弄清真相？而生死于此，竟是置之度外了。

她将那利剑拔出鞘外，剑身映着月色冷然生光。她断然还剑入鞘，伸手去抚系在颈上的半块玉珏，脑中全是那一夜云庐庭院的清雪，祁珏拥着她看苍穹玉宇，满世界琉璃晶莹。他的眸如星闪亮，他的吻温存热烈，叫她顷刻亦幻化成飞雪轻飏。他将家传的玉珏赠她一半，她才不信他会是什么赣王府的郡马，就算他在那里，定然也有苦衷。她要带他远离是非之地，绝不能让他和荀瞻濠待在一起。

云宜解下腰间酒坛，打开盖子，皱眉咬牙仰头一口气将坛里的酒饮尽。放下空坛，脱了锦袍，拿着短剑，走到河边轻潜而下。

荀予佑得知云宜失踪已是第二天晌午。

他一早忙于军务，诸事结束已近午时，坐在帐中略略休息，想起前夜与云宜共进晚膳的情景，心头一热，遂叫人再去请她一起吃午饭。

不料差去的兵士回来禀告，说帐内无人应声。

荀予佑曾吩咐兵士不可贸然进她帐中，有事须先在帐外申明。这个时候她应该早已起床，莫非又一个人溜达到不知何处去了？荀予佑派人在营中寻找，自己则亲自往她帐中去。

他在帐外唤了两声，果然里面并无应答。掀帐而入，一目了然，哪里还有人影？他返身欲出，忽见床头案几压着一张纸笺，拿起一看，正是云宜手迹，写道："我去找祁珏，勿虑。"

他惊得将那纸一把揉在掌中，疾步而出。恰有兵士来报遍营寻人不见，但昨夜一处哨口曾见她徘徊逗留，之后便不知所踪。

荀予佑怒道："为何当时不来报？"

兵士惴惴不安地说以为不是什么大事，故而没有惊动侯爷。

荀予佑忙多派人手四处寻找，自己也带了亲卫到营外搜寻。他心急火燎，又气闷难耐，想云宜竟如此恣意妄为。洪都城诸门紧闭，他这泱泱大军尚未能入内，她一个姑娘家，简直异想天开。

有兵士捧着一物急急来报，说是在河边荒蒿中寻得。荀予佑接过一看，正是昨晚自己亲手给她披的那件锦袍，不觉脑中微眩，问："人呢？"

兵士回答："并不见人，只有衣袍。"

他急道："哪里发现的？速领我去。"

荀予佑立身荒蒿，望着不远处河流中的那道铁栅，自己也不敢相信瞬间涌入脑中的设想。

他迈步向前，脚下哐当触及一物。他俯身拾起躺在草丛中的坛子，拿到手里细瞧了一会儿，放至鼻前闻嗅，须臾，闭目蹙眉。

坛中空空，但浓烈的酒气依然直冲入鼻，激荡肺腑。果然是这样，应该是这样，竟然会是这样！

他恨云宜为了祁珏连性命都不管不顾，他更恨自己愚笨如斯，毫无警觉，在她向他要一件能切金断玉、削铁如泥的利器时，就该想到她别有所图。

她留下与他共用晚餐，温言软语以茶相敬。她和他一起巡营，兜兜转转，来回往复。他以为是自己精诚所至金石为开，却怎知她的所作所为都是为了去找祁珏。

只是，她真的就凭这一把短刃和一坛烈酒，独自在这漆然暗夜，闯开那冷冽水流中的森森铁关了吗？

他放下空坛，几步迈到河边，径直跃入河中，刹那间冰寒刺骨，直叫他眼冒金花。他心内悸痛，想那丫头纵然能于此进入洪都城，可要在这般寒冷的水里泡上多久啊？

岸上亲卫见他跃入河中，扑通通跳下几个，说：“水里太冷，还请侯爷快些上岸。若要寻找什么，我们去便是。”

是要到何处去寻、何处去找？荀予佑五内俱焦。

此时，城头的守兵发现动静，一时乱箭飞矢，齐向河中射来。一众亲卫忙护着他上岸。

荀予佑浑身湿透上得岸来，嘶声道：“派一队人守在这里，有什么情况即刻来禀报。”想了想，又道，“传令：三军集结，驾炮攻城！”

第十八章　情归何处

云宜只觉头痛欲裂，针芒在身。

河水从四面八方奔涌而来，刺骨的冰寒和逐渐加大的水压令她如被捆缚，伸不开手迈不开步。四周的黑暗叫人窒息，她知道自己在水里待得太久了，必须上去换一口气。

她向上游去，忽觉被冻得麻木的身体渐渐有了暖意。周围的水热起来，她的身体在那一片温暖柔和里轻轻浮起。她感到舒适的瞬间想这莫非就是濒死的幻觉。

她大喘了一口气，猛然睁眼，天光刺目，令她不得不又闭起眼来。头依旧很痛，她终于慢慢意识到自己已不在那漆黑冰冷的河里。虽然仍在水中，可水温暖热，带着好闻的香气。她再一次睁开眼来，低头看自己正和衣浸泡在注满热水、遍撒花瓣的硕大浴桶中。

除了花香，空气里还有草药的味道。她想坐起来，却浑身无力。热气氤氲里，她举目四顾。但见画屏秀帐，阳光正透过窗棂丝丝缕缕播洒进屋。

她终于连贯起思维，也终于知道，此刻她应该身在赣王府的某间厢房中。

荀予佑的那把鱼肠剑果然管用。云宜记得自己第十次抓着铁栅从水面潜下时，到底切断了其中一根。她拼尽全力去推那断裂开的粗壮铁条，蜷着身子一点点从有限的空间挤入，又极艰难地一点点往外蹭，骨肉生疼。幸亏她身形娇小，幸亏她近日消瘦，幸亏她晚饭吃得不多，若是再多长半两肉，恐怕都不能从那狭小逼仄的空间全身而过。

她拼尽力气游上岸的时候，伏在岸边喘了好久。夜风吹着她湿透的衣衫，她竟一点也不觉寒冷。许是早已冻过了头，又或许那一小坛烈酒到底发挥了作用，更或许她心中的热望灼暖了全身。

终于进了洪都城，再没有什么能阻挡她去找祁珏。

她借着昏黄月色，看清了这是城内临水的僻静小道，仅有的几户人家屋门紧闭，没有一丝光亮。借着水流的方向分辨了东南西北，黑暗中她努力思索着赣王府的位置。她无法换去身上湿漉漉的衣服，只好扯下一户人家门前晾着的几块麻布胡乱擦拭一番，然后迈开脚步往赣王府而去。

一个人行走在空空荡荡的街巷，心里着实有些害怕。若是遇上城内巡逻的兵士，她这个样子，肯定会被当作奸细捉拿。她不能不小心翼翼，她不能在见到祁珏前就失去自由，甚至失去生命。

她心里害怕，不由得加紧脚步，从快走变成小跑，最后索性大步疾奔起来。夜风迎面，于耳畔呼呼作响，湿透的衣服黏在身上，如被薄冰。

她什么都顾不上，心中只有一个念头：快点找到祁珏，快点找到他，只要见到他，一切都会好起来。

她奔向赣王府，心中却并不认为他会和赣王府有什么关系。

云宜气喘吁吁地跑到赣王府门前的时候，身上的衣服已干了一半。

一路有惊无险，她接连避过两队巡逻的兵士，抬头看灯笼亮光里“赣王府”三个字透出一年前的熟稔。

她奔上台阶举手拍门，大门开启，站着的并非以往相识的门人。那人睡眼惺忪，望着她一脸惊奇，待看清她衣着样貌不过一普通百姓，不觉大怒：“你长几个脑袋，来这里敲门？”转念又道，“咦，你是从哪儿冒出来的？如今这城里日日宵禁……”

“我、我找祁珏。”云宜喘息道，不等他说完就要往里闯。

那人伸手推她一把，瞪眼问：“你找谁？”

“祁珏，我找祁珏，你让我进去。”

“什么？祁、祁……”那人反应过来，又打量她两眼，见明明是个年轻女子，却着了男装，气道，“疯丫头，晚上做梦癔症了吧，跑来这里撒野，我们郡马爷的名讳也是你叫的？”

“郡马爷”三字如一道焦雷在云宜头顶炸响，她情急生力，一把推开面前堵着门的人，直往里冲。

那人不防备，被推得一个踉跄跌坐在地，清醒过来一骨碌爬起，叫嚷道：“来人，快来人，抓住这个疯女人！”

喊声惊动了守门的侍卫，云宜没跑多远，便被人架住。

“放开我，你们让祁珏出来，出来见我。”她挣扎着，却迈不开脚步。

侍卫用力将她的手向后拗去，云宜只觉手臂瞬间要被折断，痛得眼前发黑。她眼中含泪，兀自嘶声喊道：“祁珏，你给我出来，给我出来！”

那侍卫抬手扼上她的咽喉，门人跌跌撞撞跑来，指着她道：“你若不是胆大包天，就真是疯了，这里是你闹腾的地方吗？这个时候吵吵嚷嚷要见我们郡马爷，你以为你是郡马爷的什么人？”

云宜喉间发不出声，瞪眼望着掐住她脖子的侍卫抬脚踢去，正中那人膝盖。侍卫吃痛缩手，她猛然喘上一口气。

侍卫大怒，拔出佩刀，举刀欲砍。云宜往后急退一步，抚着脖子道：“我是云宜，祁珏的师妹，你敢动我？”

侍卫一时怔愣，举刀半空，望向门人。

门人道：“你看我干吗？她说是就是啊？”

“万一是呢？”侍卫迟疑。

“关门紧闭，全城宵禁，咱郡马爷从哪儿蹦出个师妹？我看她八成是敌军奸细。再说，管她是谁，哪容得她深更半夜在这里胡闹？要是郡主怪罪下来……你们，你们还不把她拿下！”门人想了想道。

侍卫点头，上前一把捉住云宜。

门人又道：“你们把她绑了，关到后面的柴房去，等天亮回了大管家再做处置。对了，把她嘴也堵上，大半夜的，省得她闹腾。”

侍卫押着云宜而去，门人兀自嘀咕：“疯丫头，你咋不说你是郡马爷的亲妹呢？”

云宜被绑着扔进柴房时更觉浑身冰冷。

那种冷从心底透出来，漫延到四肢百骸。周遭一片黑暗，她仿佛又沉浸在寒冷彻骨的水下，心中的热望渐渐降至冰点。

她没有听错，她说的祁珏是他们口中的郡马爷。那一日在洪都城头，他便是以这样的身份去巡视守备的吧。他真的，真的和荀娉婷成了亲吗？

荀予佑没有骗自己。是的，他早就知道了，在黟县的那个山谷就已经知道了。所以，他才会问她那样的话。所以，他并不吃惊祁珏会出现在洪都城楼上。只有她一个人不知道，不，应该是纵然知道也不愿相信罢了。可是为什么，为什么？不过数月光景，就这般天翻地覆了吗？

祁珏，你在哪里，在哪里？你给我出来，出来说清楚。为什么会这样，到底为什么会是这样的？

她想大声喊，可嘴里塞了东西喊不出声。她冷得想蜷紧身子，可手脚被缚不能动弹。

她忽然想起小时候和祁珏在山里捉迷藏，她躲进一个石洞，听祁珏在洞外着急地叫她。她不答话，捂着嘴偷乐，一个劲儿地往洞里跑。不想那石洞曲折幽深，离洞口越远光线越暗，等她蓦然见洞中一片漆黑，已不知该如何折返。她一个人在黑暗的洞穴里兜兜转转，骇得发不出声。那种感觉，就和现在一样。

只是如今除了害怕，更有伤心绝望。她在那个石洞里最终等来了为寻她而满头大汗的祁珏，可如今，即便等来了他，又能如何呢？

他已不是祁珏，他是祁郡马。

地上冰凉如水，云宜觉得自己的身体快要和这地面凝结在一起了。

她的身上和心里无一处不寒冷，无一处不疼痛。她在这黑暗的恐惧中，渐渐失去知觉。

门吱呀一声开启，黑暗中透进光亮。隐约有人声言语，遥遥似来自天际。云宜神魂飘荡，睁不开眼。

“大管家，这就是我和你说的那个疯丫头。半夜三更跑来敲门，说是咱郡马爷的师妹，硬要郡马爷出来见她。说叫什么‘姨’来着，我看她就是失心疯，她要真是郡马爷的师妹，我管她叫姨。”

“我看你是得管她叫姨。”一个年老的声音响起，“你才来王府半年，不识得她，我却识得。这位云小姐乃是吴门云庐的千金，有名的画师才女，和我们郡马爷是师兄妹，一年前便是咱王府的贵客。”

“啊，真、真是郡马爷的师妹……这，这可怎么办？”

“亏得我上了年纪，早上睡不着，再晚到一会儿，你们不知能闯出什么祸来。还不快把绳子解了，难道要郡马爷亲自来解吗？”

“是是……”

“说来也奇怪，这云姑娘是从哪里冒出来的？”那声音疑惑，继而不安，“不行，此事要快些去禀告郡马爷，我看她这样子可不大好。”

“现在就去禀……郡马爷和郡主还没起呢！”

“难道要等出了人命再禀告？快去快去！”

"是是……"

束缚尽除，云宜更觉体内虚空，仿佛在云端飘浮。耳边又归于沉寂，她恹恹睡去。

也不知睡了多久，又听一个熟悉的声音响在耳边。

"什么时候的事，为何不即刻来禀告？"

"昨、昨夜里，不敢打扰郡马爷和郡主休息。"

好一会儿，只听那低沉的声音中迸出一个"滚"字，然后她便感觉到那熟悉的气息和温暖的怀抱。

她一瞬松懈，更睡得无知无觉。

云宜也不知道在热水里泡了多久，冰寒入骨的感觉终于一丝丝从身上抽离，取而代之的却是阵阵麻木。她气力全无，头痛得似被扎了千百根针。游目四顾，才贯通了思绪，便有两个侍女从屏风后出来，轻声说道："姑娘可算是醒了。若不介意，我们这就伺候姑娘沐浴更衣。"

她自然介意，可实在是虚弱无力，只得闭了眼任她们侍弄完毕，又由着她们给自己换了身簇新干净的衣裙。

她斜斜靠卧在椅子里，侍女拿了床上的被子盖在她身上："姑娘受了寒，千万要注意保暖。"

她不说话。湿漉漉的长发披垂下来，有侍女拿着干巾帮她擦拭梳理，又有侍女持了菱花镜来照。

她呆坐不动，俄顷抬眸望向镜子里的自己，一晃神，镜中便多出个身影。

侍女知趣而退，那身影走到她身旁，轻声道："我叫人熬了些粥，烧了几样清爽的小菜，你吃一点吧。"

云宜不语，听那身影踌躇着说："我……喂你可好？"

怔怔看他走到桌前，放下托盘，拣了些菜放进粥里，端了碗过来，她忽而开口："你为什么会在这里？"

那身影张了张嘴，却说不出话。

"你告诉我，你为什么会在这里？"云宜看着他，一字一句重复。

"宜儿，我……"

"你还叫我宜儿？"她凄然一笑，眼中涌上泪，"我却不知该叫你祁珏，还是……祁郡马？"

祁珏拿着粥碗的手微晃了一下，道："宜儿，你是怎么来的？"

大军围城，诸门悉闭，刀枪林立，剑拔弩张，戒备森严。当他在柴房看见狼狈至极、毫无生气地倚靠在柴堆上的人，简直不敢相信自己的眼睛。

他无措地伸手去抚她肩头，触手冰凉。那种凉意从她身体里透出来，一下涌入他的五脏六腑。他颤着手去摸她的额头和腕上脉息，却见那几道斑驳青紫的血印。他一刹悸痛，转而将手探她颈项，又看见她脖间瘀痕。他脸上的惊怒叫站立一旁的人骇然低首。

他一向是和颜悦色的恂恂君子，从未有如今目光亦能将人撕碎的怒戾。他将手按上她的脖颈，那一处的跳动轻浅缓慢。他稍稍吁一口气，但那依然触手的冰凉让他心头揪紧。他强抑怒火，咬牙切齿迸出一个"滚"字，一把将人抱起，只觉如抱寒冰。

他紧紧拥着她，渴望用自己全部的热量尽快温暖她，但怀里的身体恰如一块千年寒玉，通体透凉。

他一边急召良医，一边将她和衣放进温热的水中。医至诊脉，说脉相极是虚弱，乃因寒湿凝聚脏腑致血气不行，更兼惊惧忧愤，垂垂危矣。即刻开方取药煎煮，又嘱可于浸泡的热水中加入驱寒安神、活血化瘀的草药花瓣，还需不断添加热水保持温度，以此暖熨脏腑，散发寒气。

他不能想象她历经了什么才能到得赣王府，来这里找他。

"你又是怎么来的？"云宜双目一瞬不瞬望着他反诘。

"宜儿，"祁珏哀恳低唤，"你先吃点东西，吃点东西我们再说。"

"我们之间如今还有什么可说？"云宜黯然，静默片刻道，"不告而别随你，浪迹天涯随你，认祖归宗也随你。只是你，你为何要来这里？为什么要离开，离开……"她想问他为何要离开自己，话到嘴边，终究说不下去。

"因为先生无论如何也不会同意我和你在一起，我留在云庐，岂非自讨没趣？"祁珏平复了情绪，低声说。

"你怎知道父亲他不会同意？就算不同意又怎样？这是我和你的事……还是你根本就是攀龙附凤以图富贵之人？"

"宜儿，难道你现在的身份不是平江侯府未来的女主人？"他忽道，"难道不是你定亲在先，我成婚在后？"

云宜陡然无语，良久恨声道："什么平江侯府的女主人？我早说过，这桩婚事我不会答应。如今，我还是我，而你，却是这赣王府的郡马爷了。”

“父母之命，媒妁之言。你那未婚夫婿贵为王侯，既行聘礼，哪里还有反悔的余地？我无父无母，无媒无聘，蒙郡主垂爱，夫复何求呢？”

“祁珏！”云宜瞪眼看他，“你是说这世上只有荀娉婷一人爱你吗？那我呢？我父亲呢？他把你从小养大，竟不爱你？”说到云康，她终于想起，对着他道，“父亲他是不是在你这里？”

“先生为何会在这里？”祁珏惊诧莫名。

“那一日，你们一起失踪……”

“先生失踪了？”祁珏大惊，见云宜目中怀疑之色，恍然大悟，“我，我怎么可能做对不起你和先生的事情？”看她憔悴委顿，脸色愈发苍白，心疼道，“宜儿，吃点东西吧，吃点东西才有力气。来，我喂你。”

他俯下身来，舀起一勺粥慢慢送到她嘴边。

云宜不料他也不知云康踪迹，黯然相望。她想起自己某次生病，他亦是这般拿了碗勺殷勤照顾。日日夜夜，岁岁年年，流光似水，来去倏忽。真想定格在那些无忧无虑的时候啊，随便哪一个瞬间，都好过现在。

“宜儿，来，吃一点吧。”

还是那般脉脉深情，细语温存。恍惚间，她茫然张嘴。

“郡马爷，郡主有事找郡马爷。”侍女进来禀报。

祁珏拿着勺子的手堪堪停在她嘴边，终于还是缩将回来，起身把碗放在桌上，转头歉然道：“我……去去就来。”

云宜默默坐在椅中，只觉眼前越发模糊。这一晚她几乎耗尽了毕生的力气，再不吃点东西，恐怕随时都会昏厥过去。

她费力地从椅子上慢慢站起，一瞬晕眩至极。她踉跄跌进桌前的红木椅中，颤着手去握碗里的勺子。那勺子里还有祁珏刚才舀的粥和小菜，她举至嘴边，一口含了，没有咀嚼，便咽了下去。她埋头吃粥，大滴的泪水一颗颗落进碗里，被她一并吞咽。

那个围炉欢饮、雪霁月朗的夜晚明明就在眼前，却瞬间模糊如前世的记忆。那些风花雪月、悱恻缠绵，至今不过数月，讵料他们之间已是这样的局面。二十余年的生活，抵不上他和荀娉婷至多几个月的婚姻。刚才他一瞬犹豫的取舍、匆匆离去的模样，她全都看在眼里。

光阴未弃，钟情已远，原来是自己过于自信了。

云宜将粥吃了，怔怔坐在椅子里发呆。

门上轻响，有人推门而入。她本以为来的是祁珏，不想是一侍女端着碗热腾腾的汤药进来。

侍女将碗放在桌上，轻声道："这是刚煮好的药，请姑娘趁热喝。"见她没有反应，便悄悄退出房去。

呆坐良久，云宜伸手将那药碗捧在手中，一阵暖热更衬得她浑身冰凉。

她从小长在山野，鲜少生病，但凡生病也不喜服药，只因嫌药汤苦涩难以吞咽。若实在到了非服药不可的时候，也要等汤药凉透，仰头一口喝下，才觉少受些苦味。今日，却茫茫然慢啜了一口。果然入口苦涩还带着一丝辛辣，只是心中之苦更甚，她木然将那药一口一口喝了个干净。

屋中静谧，她悄然独坐，如一尊雕像。

头依旧痛得厉害，这令她始终无法仔细思索，但她也不想再去思索。

她不是平时束于闺阁的娇弱千金，即便遇到最坏的情形，她也会努力想办法解决。当初她被困平江侯府，在赣王府里画秀女图，于长江塞外救崔素莹，都是如此。云康和祁珏失踪，她心急如焚，荀瞻濠谋反，她随荀予佑在军中虽诸多不便，亦皆能应对。但现在，她真是不知所措了。

因为那个陪在她身边二十多年形影不离的祁珏，已不再是她的祁珏。她拼了命来见的祁珏，真的已不再是她的祁珏了。

她吃了粥、喝了药，恢复了些体力。以她的性格，此刻便该决绝而去，可为何还逡巡左右不知进退？

她从小随父隐居湖山，并无兄弟姐妹，只有祁珏与她作伴。从她出生开始，她的童年、少年、及笄之年，启蒙、学书、习画，爬树、翻山、潜水……何时何地不与他在一起？他们青梅竹马、兴趣相投、知己知彼，该是此生多好的伴侣！她虽有时会使些性子欺负他，但他也心甘情愿、时刻包容。她只在他一人面前才毫无顾忌地频露女儿情态，这世上的至亲至爱，除了云康，就只有他祁珏。

她实实是舍不得，真是舍不得呀！她想不明白他怎么能从祁珏变成了祁郡马？

什么平江侯，什么父命媒聘，什么一纸婚约？她从未同意，亦不会屈服。什么事情没有办法？张晋和崔素莹面对那样的绝境，也历尽艰难困苦地走到了一起。他们有什么不可能？他为什么不给她一点时间，为什么不坚持、坚强、坚定一些？他就在那个冬日最美的雪夜，如昙花一现般绚烂终寂了他们所有的情意，叫她心醉神迷后，伤心绝望至极。

云宜悲从中来，只觉百无聊赖更失头绪，终于伏在案上昏昏睡去。这一睡半梦半醒，不知过了多久，突被几声巨响惊醒。

她浑身一震，倏忽睁眼，仿佛魂魄归位。本以为俱是梦中情形，不想片刻遥遥又听一记轰鸣，连着案几都微微晃动。

屋子里光线暗下，薄暮将至，祁珏还没回来。

侍女进屋掌灯，又送来精致吃食。她却没一点胃口，忍不住问："祁珏呢？"

侍女支吾着答不上来，云宜不想为难她，挥挥手打发她走。心想祁珏一去不返，莫不是故意冷落她，好叫她知难而退，又或许是荀娉婷不让他来见自己。如此，她还留在这里做什么？他已然成了赣王府的郡马，来龙去脉，个中情由，知道与不知道，详细与不详细，还有何意义？

"米既为炊，木已成舟，坠雨辞云，覆水难收。"诚如俗语云。

发尽干，她随意挽起，从妆盒里取了簪环固定。伸手揽过桌上铜镜愣愣相看，原来自己亦是如此明艳娇美、楚楚动人的，好好装扮一番，哪里比荀娉婷差了？

一念甫生，她不觉闭目蹙眉，拔了簪环掷在桌上。发如黑瀑垂下，遮盖了她因啜泣而微微抖动的双肩。她恨自己竟也以颜色与人论起高低，可为什么祁珏娶的不是她？她不甘心，终究是不甘心啊。

云宜站起身来，依然有些头晕眼花。她扶着桌子定了定神，转身向门口走去。

再不甘心，也到了不能不离开的时候。

云宜正欲伸手开门，门却忽然开了，祁珏翩然立在门外。

两人相对吃惊。云宜看见他，气上心头，转身返回屋里。祁珏脸色尴尬迈步进门，随手将门关了。

一前一后站在房中，二人竟是无言。半晌，祁珏轻声问："宜儿，你这是要去哪里？"

云宜愤而转身，望着他道："你以为我要去哪里？你且放心，从今日起我不会再来打扰你。"

祁珏恳求："先生于我恩重如山，无论如何我们还是师兄妹。你我之间，可不可以不要如此决绝？"他见之后送来的饭菜丝毫未动，不觉又道，"你身体虚弱，要多吃点东西才行。"

云宜冷哼一声："我已叨扰你们赣王府一碗粥食与汤药，怎好再赖吃赖喝呢？祁郡马，我们就此别过吧。"

她迈步向外，祁珏忙伸手拦阻。云宜恨极，一把推开他，道："数月前你不告而别遍寻不着，适才你说去就去半天不见，如今你拦我做什么？我知你今非昔比，放心，我决不叫你为难。从今往后，你我悲喜不通、死生不复相见便是。"

"不，宜儿，我并非有意让你久等。我去了，去了娉婷那里，然后又有些紧要的事需要处理。"祁珏急忙道。

"娉婷"，好亲热的称呼，比对自己的那声"宜儿"更含情脉脉。云宜心中难受，不由道："如今，什么都是比我紧要的。"

"不不，宜儿，此事和你有关。"

"和我有关？"

"是，此事此人都与你有关。"

云宜笑一声："这洪都城里，原本除了你，还有什么是与我有关的？"

祁珏听她说"原本"二字，心中亦是难受，而今她句句言语都欲和他断了关系。他知她性情，他与荀娉婷成婚，就知他们之间必然会是这样的结局，但他依然惶恐她将从自己的世界彻底消失。

"纵然洪都城里没有，难道洪都城外也没有？"他道。

洪都城外？云宜疑惑相望。

"宜儿，你适才可听得那几声轰响？"

她自是听得，却不言语。

"那是炮声，是城外大军驾炮攻城。"

云宜闻而心惊。她知晓荀予佑围城策略，目的便是引荀瞻濠回师来救。贸然攻城，一来消耗兵力徒增伤亡，二来反会逼得荀瞻濠孤注一掷直下南京。今日为何突然改变策略，既是攻城，缘何祁珏还有空与她在此闲情逸致？

"我适才便是去了城楼，平……平江侯射了封书信给我，说那几记火炮只是警告，若不将你毫发无伤地送出城去，就莫要怪他攻城而入大开杀戒。"说着取出一张纸笺递给她。

云宜接过，一看果是荀予佑的笔迹。

“他对你是真关切。”祁珏道，“你既在城中，他怎敢贸然攻城？若攻城，你岂非更危险？”

云宜正自感动，忽听他后半句话，不可置信地望之冷笑：“是啊，他若攻城，你就将我绑上城楼，迫他退兵好了。”

祁珏黯然摇头：“以你我之间的情意，我怎会做这样的事？”

这就是荀予佑心思沉稳、行事缜密之处。如此，便可让他名正言顺地将云宜送出城去，不留人话柄。他心中佩服，既欣慰又酸楚，想云康眼光果然不差。

“你我之间，如今还有何情意？”顿时，云宜冷然一语。

祁珏心头悸痛，望着她道：“宜儿，不管发生什么事，你我之间的情意都不会改变。以前是怎样，现在是怎样，将来还是怎样。你永远是我的师妹，从小到大，我唯一的师妹。一日为师，终身为父，先生也永远是我的先生。他将我养大，教我书画，给我遮风避雨之处、温饱安适之所。你们是我至亲至爱之人，这一点，无论如何都不会改变。”祁珏哽咽，“我只是不得已，不得已……”

“不要说了。”云宜摆手示意，突然拉住他道，“那你和我一起走，出了这洪都城，再也不回头。荀瞻濠逆势而为，反叛朝廷，涂炭生灵，不会有好结果。如今你在这赣王府中，又是这样的身份，只怕将来悔之晚矣！”

是啊，二十余年，他们是至亲至爱之人。纵然他娶的不是自己，她也不能眼睁睁看他深陷不拔之地。她拼死来找他，不就是要带他离开吗？

“成王败寇，若是他侥幸得了天下呢？”祁珏低声道。

云宜摇头：“当今陛下亦不是昏庸无道之人，何况还有荀予佑在，还有那些忠肝义胆的臣子和百姓在，你以为他能成功吗？荀瞻濠狼子野心，师行不义，一旦倾覆，便是灭顶之灾。就算他侥幸得逞，天理昭然，公道自在，亦难逃口诛笔伐，史载人评。你本江南文士、云庐子弟，寄心山水，志在书画，襟怀疏朗，风骨清拔，为何要沾彼污秽、承此罪愆？自古正邪同冰炭，祁珏，你若还当我是至亲之人，就随我一起离开，离开这是非之地，离开这万劫不复之境。”

祁珏眼见云宜握着自己的手，一时眸中熠熠，但那光彩片刻便黯淡下去。

“宜儿，你以为我不想念云庐，不愿回去吗？”

“那我们就一起回去。你还是我的祁师兄，我还是你的云师妹。”

“这样可真好，有你在，有先生在，还有薛师兄他们。有太湖，有缥缈峰，还有洞庭的明月……”一瞬神思千里，未几轻声道，“娉婷有身孕了，她急着寻我，就是为了告诉我这件事。”

云宜满含恳切的目光极速黯淡，如火焰将尽之前短时爆燃后倏忽熄灭，刹那归于沉寂。她松开适才情不自禁握住他的手，往后退了一步，撑在桌沿。

她似乎并未听清他最后的那句话，努力回想，脑中只是空白，才凝聚起的一点希望和力气，一瞬间被抽空取尽。

她撑着桌子摇摇欲坠，祁珏忙来扶她。她任他扶着，忽幽幽说道：“你不是问我是怎么来的，为何把自己弄得如此狼狈？”

祁珏抬眸望她。

“诸门悉闭，插翅难飞。唯有那河里的一道铁栅，尚给我留了一点来找你的希冀。你知道我从小在太湖里泡大，潜个水不算什么。可是，那水是真的冷，真的冷啊。那水下可真黑，黑得叫人窒息。那铁栅又粗又硬，饶是我带的短剑极为锋利，但我怎么也切不断一根呀！”

她凄然笑看，祁珏已满眼是泪。

“我以为自己或许会沉在那水底再也上不来，可我想若是这样我便见不到你。我怎能见不到你？在这满是黑暗冰冷的水下，我脑中全是那一晚云庐雪夜的光风霁月，全是我和你围炉豪饮的温暖快意，你明亮的双眸、深情的拥抱……所以，我不能放弃，我舍不得放弃。第十次，第十次我潜下水去的时候，终于，终于切断了一根。幸好我没用完所有的力气，因为我还要从那狭小的空间拼力而过。”

“宜儿……”祁珏的眼泪落下来。

“我真怕我在那铁栅中不能进也不能出。”她说，“祁珏，你记不记得那年夏天，有只小耗子总是夜晚来凌晨去，从窗户跑到你房里偷灯油吃。它只有这一条路，关了窗就进不来。只是暑热难挨，你便将窗开了条细缝透气，想这小耗子是怎么也进不来。第二天，我却在窗台发现了它。它躺在那儿，一动不动，已经没了呼吸。因为窗缝太小，它拼命钻进了脑袋，可怎么也钻不进身体，然而又退不出去，生生卡在那里断了气……”

“宜儿！”祁珏伸手将她揽进怀里，泪流满面。

她任由他紧紧抱着自己，继续道：“还好我不胖，这阵子又瘦了不少，我在用尽最后一丝力气前爬上了岸。我以为再也没有什么能阻我见你，我也不信你会是赣王府的郡马，我想最坏不过是你又回去教你那女弟子画画。可是、可是你超出我所有最坏的想象。”

她轻轻挣开他，探手至脖间用力一扯，祁珏惊望着她攥在手中的珠链。

珍珠从断线处颗颗滚下，落在地上四溅开去，如她肆意飞洒的泪滴。

云宜将那半块玉珏慢慢放到桌上，颤着手细细摩挲，叹口气道：“你为何要送我这个？叫人空自欢喜。鸳鸯相从，合玉为珏。分开了，果然不是什么好事。不如，还了你吧。”

第十九章　卿本佳人

云宜不知道自己是如何走出赣王府的，车马辚辚，晃得她脑中更是一片空白。下车的时候，她脚下趔趄险些跌倒，祁珏伸手去扶，被她轻轻推开。

时已深夜，月明星稀。眼前一样是巍巍城楼，猎猎旌旗，刀枪剑弩，气势森然。为进城她热望满满，拼尽全力。欲出城的她心灰意懒，只觉人世幻灭。她心里恨透了这洪都城，一刻也不想多做停留。

她从来没有如此决绝，决绝的外表掩饰着内心的仓皇。她知道自己的世界从此将再没有祁珏，然而她毫无准备。

一念顿生，已到城门跟前。

祁珏吩咐："放下吊桥，打开城门。"

守将犹豫："郡马爷，这个时候末将以为不能开城门，万一……"

祁珏道："我在城外，没有万一。"

"郡、郡马爷也要出城？"守将大惊，"若有差池，末将该如何向王爷交代？"

"无妨，开门！"祁珏看他一眼，语气已不容置疑。

城门徐徐打开，祁珏与云宜并肩出城，须臾城门在身后紧紧关闭。两人走过业已放下的吊桥，远处火光闪闪。

按约定，荀予佑的兵马退后二里开外，但那黑压压的兵刃盔甲在火把映照下泛出的白芒，仍旧成了暗夜中炫目的光亮。

"宜儿，我再送你一程。"祁珏道。

云宜不置可否，浑浑噩噩地迈开步去。这该是他最后一次陪在自己身边了，从此后，纵相见也是咫尺天涯。她忽然希望这一路没有尽头，抑或时间定格，刹那永恒。

但他们终于还是停了脚步，眼前光亮灼然刺目，马鸣风萧萧，火把燃烧的声响和气味扑面而来，热流涌动，暖意融融。

云宜低首立在那里，祁珏抬头见对面长身玉立、英气超然的戎装男子，正双目炯炯地注视着他们。

这就是平江侯荀予佑吧，他想。

初次近观，他不由得暗叹其人真是龙凤之姿，丰神蕴藉。难怪云康要把女儿嫁给他，得此佳婿，夫复何求？

荀予佑默默看着眼前失魂落魄的两个人。

他从未见云宜如此楚楚可怜、默然无声的模样，再看她身旁之人，芝兰玉树，倜傥身姿，这就是她心心念念拼了性命爱着的祁珏吧。他们两小无猜、青梅竹马，原是天造地设、珠联璧合的一对。

祁珏迎着他的灼灼目光艰涩开口："侯爷，我把宜儿交给你了。"

荀予佑点一点头。

分明还有千言万语，偏是如鲠在喉。祁珏望一眼云宜，木然转身，但听荀予佑道："祁郡马，请留步。"

"侯爷有何指教？"他顿住身形。

荀予佑道："郡马既已出了洪都城，何必再回去呢？"话虽出口，心里却有个声音说："你留下他做什么？"

祁珏微是诧异，抬眸道："我践诺而来，想必侯爷亦是守信之人。"

荀予佑看一眼云宜，复转视道："他日玉石俱焚，恐悔之晚矣。"

祁珏闻言感激，口中只说："今日侯爷若不放我回城，我自然是回不去。但侯爷既称我一声郡马，也知我身份所系，终究不能不回去。"

荀予佑默然片刻，叹气道："善恶生死，一念而已，望郡马三思而行。"

祁珏凄然一笑："命不由人，三思何益？"

两人一时相对无言，一旁云宜忽道："让他走吧。"

祁珏身躯微震，刹那间泪盈双目，哽咽道："宜儿，你多保重。"又望着荀予佑，语声哀恳，"拜托侯爷……千万好生待她。"泪落衣襟，转身而去。

云宜怔怔地立在原地，没有回头，听那脚步声渐行渐远，听那吊桥放下又拉起的声音，听那洪都城门宛若轻雷暗响的开启和关闭。

她晃了两晃，眼中的光亮悉数湮灭。

荀予佑踱步帐中，不时望一眼榻上昏睡之人。

那夜祁珏黯然离去，他箭步上前将晕倒的云宜抱扶怀中。他不知这一天两夜她经历了什么，想来定是伤心欲绝。

此后她病势汹汹，连日高烧不退，昏沉中哭泣呓语。他心急如焚，召医诊治，衣不解带陪守在旁。

云宜好不容易退了烧，又不分白天黑夜地昏睡，偶尔勉强起来喝几口水吃些粥食，倒头又睡到人事不知。如此药食罔效，于今已是旬月光景。

荀予佑忧心忡忡，日日延医来看，说皆因气血大耗，伤乎情志，故而病势骤起，危殆过后更须静养。只如此嗜睡，不进饮食，并不利于恢复。

荀予佑停了脚步，复看一眼昏睡于榻上之人。他长叹一口气，走至榻旁，伸手轻推几下。见云宜没有反应，他犹豫片刻，索性将她慢慢搀扶起来，靠在自己身前。

他拿起榻旁桌几上的一碗汤羹，舀了一勺送到她嘴边。

云宜挽着祁珏的手臂默然前行。

她侧首倚在他肩头，脸颊摩挲着透着他体温的衣衫。依偎的感觉真好，她喜欢这熟悉的臂弯、清朗的气息和温暖的触碰。

头顶苍穹深蓝，星辰灿灿。她喜欢就这样与他挽臂前行，不问来路，不求归途。

身旁的人忽然停步，她不由得也踉跄着立住身子，抬头见一宫装丽人盈盈站在面前。

甫一愣神，那丽人已一把将祁珏从她身边拉拽过去。她本能地伸手，堪堪抓着一个袖角。正自惊疑，见祁珏业已将那丽人拥入怀中，相视而笑。两人齐齐看她，满眼讥嘲。

“祁珏……”

她茫然不知所措，只紧紧抓住了袖角不放。岂料他猛然甩手，她站立不稳，仰面后倒。

荀予佑才将一口汤食喂进云宜口中，她便呛得咳起来。荀予佑手忙脚乱，放下碗勺在她后背轻拍。云宜睁开眼来，举目见是中军大帐，哪里有祁珏和那宫装丽人的身影？

她怔愣回神，情知不过是梦境一场，心中依然是无限感伤。“惆怅旧欢如梦，觉来无处追寻”，原来这些词句非亲身所历，不能体会其间三昧。

她心头悸痛，复欲躺倒，荀予佑却一把揽住她道：“云姑娘，不要睡了，吃些东西，我扶你出去走走。”

她摇头：“我不想吃，也不想出去走走，你让我再睡一会儿。”

荀予佑柔声相劝：“你都睡了好多天了，该起来透透气了。你看，外面春光明媚，吃点东西出去走走，心情就会好些。”

“春光明媚，”云宜皱眉，“与我何干？我只想睡一会儿。”

她伸手去推荀予佑，他却握住了她的手，道：“那你打算睡到几时？”

“睡到几时便是几时。”云宜复闭起眼来。

“睡到死为止吗？即便你睡死了，也不能改变祁珏已是祁郡马的事实。”终究是没忍住，荀予佑一言甫出，不免有些后悔。

云宜睁开眼，看着面前殷殷相望的人，一字一句道：“即便我睡死了，又与你何干？”

“与我何干？”荀予佑喉头滚动，“难道你不是我未婚的妻子？”

一时帐中无声，良久，云宜呵呵笑出声来：“未婚的妻子，什么未婚的妻子？”

荀予佑神色尴尬，仍道：“父母之命，媒妁之言。你我既有婚约，你便是我未婚的妻子。”

云宜闻言，直笑得眼中含泪，喘着气说：“我和祁珏两小无猜、青梅竹马，二十多年的朝夕相伴，二十多年的朝夕相伴……你与我相识多久，了解多少？他都不要我了，你为什么还要我？为什么？为什么？……”说着呜呜低泣起来。

荀予佑伸手抚上她颤动的肩头，云宜忽然埋首在他怀中放声大哭。荀予佑从未见她如此伤心，心中亦是难受。他揽住她，任她在自己怀中哭得声嘶力竭。这个时候对云宜而言，或许大哭一场才是最好的安慰。

“你这样好，是他无福罢了。”荀予佑轻抚她后背说。

云宜哭了许久，停不下抽泣：“我有什么好？一无显赫家世高贵身份，二无婀娜身段惊人样貌，不温柔，不顺从，不善解人意，自小生长于山野，翻墙爬树，涉水攀岩，大大咧咧，哪比得上什么王府郡主千娇百媚？”

“今日怎的如此谦虚？”荀予佑忍不住笑。

云宜哭道：“我没有谦虚，我一直就是这样，所以他娶了荀娉婷……”

“不识庐山真面目，只缘身在此山中。你是这天底下难得的好女子，自己竟不知晓？”荀予佑敛了笑，正色道。

知晓你个头，云宜依旧哭得伤心。

荀予佑忙轻言缓语地哄道：“云姑娘，你先别哭嘛，听我说说你的好。要是我说得不对，你再哭也不迟。”

云宜不觉停了啜泣，听他继续道：“你善良正直，急公好义，救危扶困，天然本性，且一笔丹青价值千金，独步闺阁，冠绝吴门。试问，天下多少女子能如你这般？”

云宜茫然抬头，看着荀予佑说：“会画画有什么用？荣华富贵，权势地位，毕竟来得现实。”

所以，祁珏在她和荀娉婷之间，选了荀娉婷。

荀予佑摇头：“富贵权势，等闲浮云，原不在你眼中。历朝历代，郡主多如牛毛，但天赋异禀、才华横溢的女画家能有几个？昔日你说张晋执笔之手无可估量，你又怎能妄自菲薄，不知自己手中那支画笔的分量？”

云宜闻言不语，若有所思。

“再说你自己长什么样，心里没点数吗？”荀予佑伸手取了案上的镜子放到她面前，柔声低语，“卿本佳人，我见犹怜。”

云宜怔怔望着镜中影像，回过神来，忙一把将镜子推开：“呸，你什么时候也开始说这样的话？”一回忆，他那时隐瞒身份也说过不少这样的话。

荀予佑敛笑凝视：“非是我言语轻薄，实是句句肺腑之言。云姑娘，诸行无常，诸苦难防，人生在世，怎会没有伤心难受之事？你要坚强些，没有过不去的坎。”

云宜低下头，良久，轻声道：“荀娉婷怀孕了。”

荀予佑一时没反应过来。

“祁珏要做父亲了。”云宜又道。

荀予佑反应过来，能想见她的悲伤，却不知如何劝慰。

“数月光阴，沧海桑田。”云宜叹息，凄然一笑，“从小到大，二十余年，他陪在我身边。我以为，他会一直陪在我身边，一辈子，都是如此……”

泪珠复簌簌滚落，荀予佑忍不住伸手去拭，道：“忘了他，我陪你一辈子。”

云宜在荀予佑的安慰和照顾下渐渐好转，只是心头依旧郁郁，日日闭门不出，困坐帐中。

春天真的来了。她能想象帐外飞花飞絮、桃红柳绿的景象，而自己的春天却不知在遥远的何处。这几日，荀予佑也忙得不见踪影。云宜默坐椅中，想着那日他与自己说的话，径自出神。

身后帐门轻响，她回过神来，见荀予佑已悄然立在身旁。

“云姑娘在想什么？”

“没想什么。”

“整日待在这里闷不闷呢？我陪你出去走走可好？”

云宜不语，忽而轻声道：“今日你倒有空。”

荀予佑闻言尴尬，赔笑说：“并非有意冷落姑娘，实是这几日军务繁忙……”

“随口一说罢了，你忙你的，不用管我。”云宜截了他的话。虽然那日荀予佑之言让她感动，可感情到底不是施舍。她想出去走走，但自独闯洪都劳师动众，伤心失意尽落人前，便不好意思再于军营中溜达，而营外又有她看一眼都椎心泣血的洪都城。

“不如我们稍稍远足，散散心去可好？”仿佛窥见她心头所想，荀予佑取了件披风，将她从椅子上拉起来，“走，我带你去个地方，保证你去了不会后悔。”

两人出得帐门，荀予佑翻身跃上已备好的马匹，一把拉了云宜上来坐在身前，替她系了披风。

“什么地方要骑马去？”云宜疑惑。

荀予佑笑说：“靠走可是天黑都到不了啊。”

波涛浩渺，无边无际，水天一色，点点浮金。

“这是哪里？怎么会有如此阔大的一片水域？汪洋恣肆，比洞庭湖和太湖还要壮观。”云宜吃惊于眼前所见，只觉刚才那番颠簸驱驰没有白费。

荀予佑道：“古称彭蠡泽，现在叫鄱阳湖。”

“鄱阳湖，这就是鄱阳湖？”

原来这就是大名鼎鼎的彭蠡泽、鄱阳湖，云宜记起《水经注》和《汉书》中的相关记载。“彭者，大也。蠡者，瓠瓢也。汇五水，连长江，浩浩汤汤，横无际涯。”

不想今日竟亲眼得见。

站在湖边，迎面风来，云宜顿感豁然开朗，仿佛世间种种烦恼都可在这一片浩瀚烟波中涤荡而去。落日熔金，已是黄昏时分。空中红霞如缕，湖上波光点点，渔舟归航，鸥鹭翔集，一派宁静恬适。虽值春季，却一样有“落霞与孤鹜齐飞，秋水共长天一色”的浩荡之美。

“何其壮观动人，又何其平心怡神！”云宜叹道。

荀予佑亦是感慨：“清流足以涤尘垢，人生何必叹坎坷？对此烟波，悲喜可置身外。”

云宜闻言心动，个人于自然诚是渺小，但又有多少人能超然世外，不被人世间的种种喜怒哀乐所束缚呢？

荀予佑见她若有所思，只觉自己有些失言，本是带她出来散心，又怎的引她想起伤心之事？忙转了话题，道：“此水气象万千，有渔舟唱晚、宁静祥和之际，亦有惊涛巨浪、腥风血雨之时。”

云宜望他一眼，想眼前之景实在和“惊涛巨浪、腥风血雨”八个字联系不起来。

“昔时，这里曾是争夺天下的一场大战之地，不日，这湖上只怕又将舳舻千里，旌旗蔽空。”荀予佑顿了顿，正色道，“荀瞻濠从安庆撤军了。”

云宜吃惊：“他回救洪都了？”

荀予佑点头：“洪都是其就藩之地，料他不愿丢弃根基。”

“那你的意思是……要与之在此一战？”

“嗯。”

“可……可你连艘战船都没有！”

云宜知道荀予佑兵临洪都乃围魏救赵、围点打援之策，只是想不到他会在鄱阳湖迎战荀瞻濠。荀瞻濠所部多是水军，战船巨舰一应俱全，装备精良。而荀予佑所率纵是熟知水性的江南兵士，但到底没有只船片帆。

荀予佑望着她微微一笑，说：“你跟我来。”

云宜跟着荀予佑手脚并用爬上湖边一座山峰，正不明所以，荀予佑忽指着远处的一片水域道：“你看那里。”

云宜举目望去，但见被夕阳染红的湖面一隅，三面环山一处狭窄地带，风水吞吐与外相接。就在这仿佛天然的港湾里，桅杆如林，战船列阵。云宜不觉惊呼：“你上哪儿弄来这么多的船？”

荀予佑笑而不答。他还没到洪都时，便派人向江西境内未被叛军占领的抚州、吉安、临江、丰城等地征调战船。这几日忙得天昏地暗，就是为了安置已陆续而来的船只装备。

云宜觉得这些战船简直是从天而降，望着他吃惊不已。

“军情机要，不可泄露。”荀予佑说，“不过今日，倒是能和云姑娘聊一聊。”他拣一略平坦之处席地而坐，对她道，“你也累了，坐下歇歇。”

云宜大病初愈，久不外出，一路驱驰，加上攀登，早就心气虚浮、双腿酸痛，遂也安坐其上，抬手去擦脸上的汗。

“这里风大，小心着凉。”荀予佑展开替她拿着的披风，往她身上披去。

云宜心中感激，用手紧了紧披风，望着远处的战船，问：“你真的要在这鄱阳湖上与叛军水战？”

荀予佑点头：“荀瞻濠回撤洪都，必经长江入鄱阳湖。但愿一役功成，尽快平叛，让天下百姓能继续过安稳的日子。”

云宜闻言，心底豪情油然而生：“为生民立命，为万世开太平。这场仗也算我一份。”

“为生民立命，为万世开太平。说得真好！”荀予佑赞叹，“只是你是女子，打仗的事就算了吧。”

“女子怎么了？”云宜不服，“我水里的功夫可不比你那些兵士差。”俄顷又道，“可惜你给我的那柄剑沉在河底了……要不，我去把它捞上来。”

荀予佑看她一眼，眼中含了警告。人没沉在河底已属万幸，那日之事，他至今思之仍觉后怕。

云宜会意，忽而嗫嚅：“那天……你是为了我驾炮攻城的吗？”

荀予佑想她怎能体会他当时紧张、急迫、难过甚至恐惧的心情？嘴上却道：“围魏救赵总要做出些样子，否则荀瞻濠怎会赶着回来？”

云宜“哦”了一声，低下头去。

荀予佑说：“云姑娘，有一件事我也想问问你。”

“什么事？”

“你到了赣王府中，有没有听闻关于令尊的消息？”

云宜摇头：“我问过祁珏，他并不知家父失踪。你的意思是……”

荀予佑沉吟：“我担心先生已落在荀瞻濠手中。”

“你是说荀瞻濠派人抓了我父亲？”云宜惊愕，继而疑惑，“家父一介平民，与人无尤，荀瞻濠抓他做什么？”

“得士心者，得天下。”荀予佑道，“先生正气清流，高才卓绝，是江南士子的翘楚领袖。”

“所以荀瞻濠几次三番相邀，其实并不是为了画什么秀女图，而是希望我们成为他广揽天下士人的一块活招牌。那么，他让祁珏做郡马，也有这个原因了？”云宜恍然大悟。

“先生应该早有察觉，所以……”

“所以才离开云庐，避居洞穴，将我托付给你？”

终于前后贯通。

荀予佑点头。

“可父亲避居之地，只有我、薛师兄和祁珏知道。我本来还以为是你……唉，难道，难道……”云宜想起祁珏一回来就迫切要见云康，没多久两人便一起失踪，而如今他却是荀瞻濠的乘龙快婿。

“若无证据，亦不可妄加猜测。”荀予佑说。

云宜也不相信云康失踪会和祁珏有关，可为什么偏偏是他回来之后出了事呢？

她远眺湖山，见峰峦隐隐，烟波渺渺，更觉人心易变，世事难料。

荀瞻濠沿长江回师进入湖口，荀予佑撤围洪都，大军奔赴鄱阳湖。

鄱阳湖上，旌旆逶迤，两军对垒。和荀瞻濠的雄壮水师庞然巨舰相比，官兵临时征调的战船，无论从体型、装备质量还是数量上，都不能与之相提并论。

荀瞻濠的先头部队到达对阵的湖面，率先发起进攻，炮击数船，气焰嚣张。荀予佑针对其船大威猛，转向却不灵活的特点，采取群攻策略，以数量众多的小船包围穿插，闪电突袭。

云宜连日观战，直为荀予佑捏几把汗。她虽不会打仗，但站在高处，湖面上的情形一目了然。叛军水师不但在装备上远胜官军，而且这支成分复杂的军队训练有素，排兵布阵，章法井然。

几日湖上胶着，双方各自收兵休整。

晚饭后，云宜去中军帐找荀予佑，见他正聚精会神地低头看摆放在桌案上的鄱阳湖水系及周边地形图。

她轻咳一声，荀予佑抬头道："我竟没发觉你进来。"

"我是想来问问，你有没有把握打败荀瞻濠？"云宜忧心忡忡。

"尚无。"荀予佑摇头，继续看图。

云宜不禁更是担忧。她嘴上虽这样问，心里却觉得这官军怕是要被叛军打败，便无精打采道："我们的战船和荀瞻濠的实在不能比，只论大小，我看他们直接用撞的就行。"

荀予佑抬眸："两军交战，不可灭我军士气，长他人威风。"随即轻叹一声，一笑，卷了地图，"不看了，这图哪有你的画好看？"

云宜却笑不出来。开战至今，伤亡忽见，战争的残酷已呈现眼前。

"我们要想一个出其不意的办法，如此才能打败荀瞻濠。"她说。

荀予佑踱步到她身边："你向来点子多，可有什么出其不意的办法？"

"没有。"云宜摇头，又一瞬灵光忽现，"等等，我……我想到了一个。"

"哦？说来听听。"荀予佑眸采熠熠。

"如今这形势硬拼肯定不行，还得智取。"

荀予佑点头："如何智取？"

"但凡水战，要以少胜多、以弱胜强，最好的办法就是火攻。"

"嗯，怎么个火攻？"

"只要荀瞻濠把他的战船连成一片，我们便可用装满稻草、硫黄等易燃之物的小船，点火冲进其船阵。到时候风助火势，烈焰连绵，他们不就溃不成军了？你……你干吗这样看我？"

荀予佑望着她，半天没有反应，忽而一笑道："想必荀瞻濠也是读过《三国演义》的。就算他忙着谋反，无暇看闲书，我们又上哪儿找一个能跑去献策，让他心甘情愿将战船连成一片的凤雏先生？再上哪儿去找一个能'借东风'的诸葛孔明呢？鄱阳湖面多北风，尤其是如今这个时节。荀瞻濠在北，我们在南，要怎样才能让这些装满火药的小船不先烧着自己？"

"你是说这个方法不行？"

"当然不行。"

云宜沮丧："那我想不出其他办法了。"

荀予佑道："火攻不行，可以用火炮啊。"

"火炮？"云宜怀疑自己听错，瞪着他道，"荀瞻濠没有火炮吗？他们的火炮好像比咱们的数量更多，威力更大。"

荀予佑笑道："所以你适才说'出其不意'四字极好，我们的火炮装备和炮弹数量虽比不上他们，但只要出其不意，一样能克敌制胜。"

云宜仍是不解。

"你还记得杜甫的那首《前出塞》吗？"荀予佑问。

"杜甫有九首《前出塞》，你说的是哪一首？"

"最著名的那首。"

"最著名的，那得算第六首……"云宜凝神细思，"射人先射马，擒贼先擒王。你是说……荀瞻濠的旗舰？"

"聪明。"荀予佑夸赞。

"射人先射马，擒贼先擒王。苟能制侵陵，岂在多杀伤？"云宜兴奋起来，"用火炮攻击荀瞻濠的旗舰，只要旗舰有失，他们一定阵脚大乱。我们乘势进攻，就可大获全胜。"

"理论上可以，但实际不行。"荀予佑敛了笑说。

"为什么？"

"因为荀瞻濠的旗舰至今从未出战，百舸千帆，要如何锁定目标？"荀予佑神色严峻道。

第二十章 水色危旌

清晨的霞光照亮湖面，旌旗连绵，迎风招展。云霓蒸蔚，水澄如练，又是个晴朗的天气。然而，林立的战船凝聚着肃杀的氛围，鄱阳湖上并不见往日的宁静祥和。

荀予佑立在船头，于晨风中远眺荀瞻濠庞大的舰队，抑制不住的焦虑在心中翻滚。

数日交战，尽管他已扬长避短，利用己方船只灵活机动的优势，相顾互援，穿插包围，突破前行，但叛军巨舰高大，仰攻不易，无论是近处密集的弓弩，还是远距离的火器发射，都不能对其进行十分有效的打击。而对方船阵一排火炮轰击过来，自己这边就折损严重，更有几艘战船被巨大的敌舰直接撞沉。荀瞻濠的水师在装备和兵力数量上俱占优势，要是不能以四两拨千斤的方法攻其要害，这场仗几乎就没有胜算。

曙色危旌，浮光碎金的湖面上轻波荡漾，不知下一刻的血雨腥风、惊涛骇浪会如何一触即发。

云宜坐在船舱里伸展筋骨。

她几次三番要上战船，荀予佑坚决不允。但她认定的事哪肯轻易放弃？经过多日观察，她愣是寻机换了装束，偷偷上了一艘补给船。

船不大，堆满东西的船舱更显局促。云宜蜷着身子靠在麻袋上打了个盹，醒来后转转僵硬的脖子，舒展舒展手脚，准备上甲板去看外面的情况。忽听得楼梯声响，吓得她忙缩回原处，大气也不敢出。

几人鱼贯而下进到舱中，打开一只木箱，取出其中的鱼皮水靠穿戴完毕，又从另一个箱子各拿了两只铁匣。

领头一人道："这个铁匣里有两枚铜制圆筒，只要拉动栓柄，左右旋合，就能把里面的东西打出去。这东西密闭防水，却不能在水中发射，且旋合开口时一定要垂直向上。侯爷拜托各位，一定要找到敌军旗舰所在。”

原来这些人是被派去侦查荀瞻濠旗舰的，云宜不禁替他们捏了一把汗。要知道，任你水性再好，在这烟波浩渺、暗流滚涌的鄱阳湖里游个来回也非易事，何况还有敌船巨舰炮火箭弩的危险？

来人倏忽而去，舱内又归于寂静。

云宜坐在地上发了一会儿呆，想着自己之前的豪情壮语。为生民立命，为万世开太平。那么，她到底能做些什么？

她茫然起身，还没迈出步去，船身突然一阵摇晃。她站立不稳，倒伏在一旁的麻袋上，只听见隆隆声响自上传来。

云宜吃了一惊，忙爬上楼梯，探头向外张望。但见箭弩似蝗，炮弹齐射，水面上浪花飞溅，荀瞻濠的舰队已发起了攻击。

硝烟弥漫的湖面上，阳光烈烈照在头顶。

荀予佑依旧立于船头，看远处敌阵绵延不断的战船张举风帆，如山川逶迤起伏。巨大的炮声中夹杂无数羽箭凌空飞射的声响，火光、浓烟、水浪、旌旗，在杀声震天的鄱阳湖上勾勒出一幅血腥浓重的画卷。

这场鏖斗直至晌午还未停歇,两军胶着渐趋惨烈，仿佛不拼个胜负输赢、你死我活，便决不罢休。

一发炮弹落在离船不远的水面上，船身剧烈摇晃，激起的水浪飞溅到荀予佑脸上。

“侯爷，进船舱吧。”身旁亲卫急道。

荀予佑岿然不动，举起手中的瞭望镜凝神远眺。

“我们也有火炮，侯爷为何不下令轰他们几炮？”亲卫问。

荀予佑放下瞭望镜，道：“等等。”

等等，等什么呢？

他让各船火炮推弹进膛，却一直没有下达发射的命令。连日交战，火器弹药所余有限，如今每一发炮弹都弥足珍贵。

是的，他在等一个信号，一个可以毕其功于一役的信号，不然不能轻易开炮。只是这个信号，到现在还没出现。无论白天黑夜、战前战后，他派了好几批人去找荀瞻濠的旗舰，但那道承载了他满怀希冀、自湖面冲天而起跃上高空的红色尖啸，仍是了无踪迹。

“再派一队人带着信号弹过去。”他道。

炮声、鼓声、喊杀声震天。

云宜所在的船只因多存补给并未出战，可箭矢如飞蝗，浪击船摇，如此身临其境观两军鏖斗，也不禁让她心怀激荡，血脉贲张。

战胜荀瞻濠，烽烟熄灭，天下就能重获太平。家国昌盛，繁荣安定，百姓可以不必颠沛流离。但是，她不懂排兵布阵，不能掌舵行船，不会开炮射箭，虽执意上了战船，却不知在这鄱阳湖中又能做些什么。

云宜反身下舱，紧握双拳在有限的空间里来回踱步。片刻，她忽地顿住脚步，回头看向那两个敞开的木箱。

她几步奔去，见其中一个箱子里竟还余一铁匣。她俯身拿起，打开盖子，匣里果有两枚铜制圆筒，这便是适才所说的信号弹了。她怔怔相望，忽而灵光乍现，双眸发亮。

这仅存的一只铁匣，莫非是留给她的？

她打定主意，忙去看另一个木箱，里面的鱼皮水靠还有几件。她挑了件最小的穿上，倒也合身。箱子里还有一捆芦苇的茎秆，想是在这鄱阳湖边就地取材，她挑出几根长短粗细合适的放在一旁。

她一个女子，不能上阵厮杀，但若论水里的功夫，她自信不比刚才那些人差。而且她见过荀瞻濠，寻找他所在旗舰，或许别具优势。

鄱阳湖水深浪急，两军交战，水面上箭矢如雨，炮弹横飞，只能潜游其下，才较安全。这鱼皮水靠紧实光滑，既可保暖，又可使人在水下游得快且长久。

她将铁匣盖紧，见其上有一圆形环扣，忙寻了条麻绳，穿环而过，将匣子牢牢系于腰间。她咬了根苇秆在口中，复在手腕处绑了数根备用。

上到甲板，悄然入水，酣战正急，船上并无人注意她的行踪。

此际艳阳高照，湖中温度却低。云宜虽着了水靠，但瞬时的寒冷，还是令她想起那一夜的冰河深暗。

胸口阵阵憋闷，自那夜后，她莫名有些恐水。抬头望天，苍穹蔚蓝，白云朵朵。她知潜下水去，很长一段时间都将身处黑暗。但为生民立命，为万世开太平，心中光明，又何惧黑暗？

云宜定了定神，甩开手脚，向前游去。将至敌军箭矢炮火覆盖的区域时，她深吸一口气，含了苇秆，潜下水面。

她挑的几根用来换气的苇秆俱是三尺来长且较为粗大的，顶端露出湖面，人在水下距离不过一米。苇秆太长太细都不行，因为潜得越深，水中压力越大，靠之呼吸就越不易，而秆子露出水面太多，又容易暴露目标。

潜在水下，就是为了避开箭矢炮火。但头上火炮的隆隆声和羽箭飞蝗的嗖嗖声，依然清晰可闻。

也不知游了多久，前面水波动荡，黑压压似一片高墙。云宜料想已至叛军船阵，必须要深潜才行。她借着苇秆用力吸了两大口气，吐了秆子，往下潜去。

水下光线愈暗，头顶便是千帆齐张、旌旗蔽日的敌船。在这众多船只中，到底哪艘才是荀瞻濠的旗舰？

云宜在船底往来穿梭。百千战船，叫她如入迷阵。她暗记前行的距离和拐折的方向，水波涌在耳边，似有各种喧嚷。她在船与船的空隙间冒险上潜，头顶的光亮越来越强。

她很想浮出水面看一看周遭情况，哪怕上去透一口气也好，她已经在水下待得太久了。可她知道，一旦被人发现，立时就会有刀砍剑刺、万箭穿身的危险。她停住身形，犹豫着该如何是好。

隐隐似有人声，她凝神细听，恰如魔音入耳，轰开天灵。

云宜心头狂跳，一个岔气，似游鱼般吐出两个气泡。她稳住心神，贴着船壁小心翼翼继续上潜了些，听那颇是熟悉的声音道：“把他们的船都给本王击沉，打赢这一仗，赣王府里的金银珠宝都是你们的！”

她打心底厌恶那个声音，此时却如闻天籁。没错，正是荀瞻濠。虽然不能明确他在哪条船上，但在此附近确凿无疑。

云宜一颗心仿佛要咚咚跳出胸腔。她伸手去摸系在腰间的铁匣，紧张地回想匣中之物的使用方法。一旦浮出水面，她必须在最短的时间内打出信号弹。

她从铁匣里取出一个小筒，紧紧握在手中，努力平复自己的情绪，然后以一个最轻巧的姿势探出水面，迅速去拧壳上的栓柄，做好了手里的东西一飞冲天的准备。可她用尽全力左右旋合，那小筒竟无半点动静。

不知是没掌握要领，还是其他什么原因，云宜急得直冒汗。

就在她愣神的片刻，船上已有人喊叫，数十支铁箭齐齐向她射来。云宜疾速下潜，慌乱间握在手里的东西不知掉在了何处。

铁箭带着劲风射入水中，有几支堪堪和她擦身而过。她以最快的速度急潜而下，几乎潜至湖底，才渐稳心神，伸手探触，腰间铁匣还在。

匣子里还有一枚信号弹，接下去该怎么办？她急速思考。再度浮出水面定然危险，而且剩下的这一枚，若是仍旧打不出去……

简直不敢想象，前所未有的紧张、恐惧和绝望牢牢攫住了她。但已经来到此地，又误打误撞寻得了荀瞻濠的踪迹，若就此放弃，她决不甘心。

一瞬间，云宜脑中千思百念，影像纷呈。叛军不灭，不知还会有多少人背井离乡，颠沛流离，生死如寄。擒贼擒王，这是最小的代价和最好的机会。

还有一次机会，总要尽力一试。哪怕用自己的性命，赴这一场豪赌。

刚才浮出水面时，她只顾紧张地打信号弹，忘了好好吸一口气。不管怎么样，总得上去换口气，横竖都如此，豁出去了。

她刹那间平静下来，取出最后一个小筒，松了系在腰间的绳子，将空了的铁匣扔掉，慢慢上潜。原来露头的地方定被严防死守，她不能在那里现身。但距离过远，定位又不准确。

云宜绕过三五条船景，向头顶的明亮游去。

这是最后的机会。她浮出水面，必须在极短的时间内打出仅剩的一枚信号弹，还要尽量呼吸。

头顶的光亮愈发鲜明，她几乎已能隐隐看到林立的船杆和张举的风帆。她闭上眼，宁神静气。

此际，她要心无旁骛，杂念不起。

什么都不去想，什么都不要感觉，世界空灵，仿佛只余她一人……

她猛然一跃浮出水面，几乎是在同时拼尽全力拉下栓柄左右旋合，然后深吸了两大口气。

云宜再次没入水中的时候，听得一声尖锐的呼啸迅速远去。

鄱阳湖上，两军激战正酣。荀瞻濠的舰队出动了更多的船只，对官军舰人渐有包围之势。

还是低估了叛军水师的实力，荀予佑想。若继续硬拼，伤亡必定惨重。如果鸣金收兵，士气又将馁损。平叛不成反受其败，则敌氛更炽，贼势益甚。若荀瞻濠再度出击南京，便更加难以阻拦。

但湖上形势令他不得不当机立断，再这样打下去，自己的战船就有全军覆没的可能。

他才道“传令”，忽听远处破空一声锐响，随即一道红色烟雾直冲云霄，轰然四散，如火花璀璨。

信号弹，居然是信号弹！荀予佑简直不敢相信自己的眼睛。

是真的找到了叛军旗舰，还是一个错发的信号？他迅速思考判断。

也罢，就赌这一把。他暗自咬牙：“传令，各船上膛炮弹都给我往那里轰！”

须臾，震天动地的轰鸣排山倒海，连绵不断。火炮击断敌舰的桅杆，烧着了船上的风帆，烈焰熊熊，噼啪作响。

荀瞻濠的水师因战舰众多，各船挨得紧密，又兼风挟火势，故而中弹燃烧的船体只略倾覆，便带着旁侧的战船一起燃烧起来，不多时使阵脚大乱。

荀予佑拿起瞭望镜观察对方阵势，果断再命：“各船火速前进，把剩下的炮弹都打过去。”

几次交战，用的都是小型火器，今天那些大型火炮终于有了用武之地。炮声隆隆，士气激长，将士们个个奋勇向前。

“快看，那是什么？”有士兵指着远处的湖面喊。

荀予佑闻声而视，只见远处烟波浩渺的水面似有一物上下沉浮。他拿起瞭望镜，竟是一个人。再细看，手里的瞭望镜差点掉落在地。

那个身影在水中上下起伏，仿佛随时要被滚滚波涛淹没吞噬。

荀予佑扔了瞭望镜去解身上衣甲，立时有亲卫上前阻拦。他不顾阻拦卸了盔甲，扔下一句“全速前来接应”，便纵身跃入湖中。

云宜没看见满天烟雾似鲜花盛开，却听到了头顶的炮声如地动山摇。

她凭着记忆原路回游，等她不得不再次浮出水面透一口气时，身后的战船已是一片火海。

许是在水中潜游太久，亦或许之前的一场大病终究伤了元气，她猛然探出水面的时候，只觉头晕眼花，泛起阵阵恶心。心口越来越憋闷，她知道自己的体力已到极限。

她勉力又向前游了一段，但觉水中阻力更增，举手投足越发困难。她停下休息片刻，闭眼一个晃神，人就往下沉去。水浪迎面击来，她霎时清醒，粗喘了一口气，却被湖水呛得咳了几声。

这不是好兆头，自从她学会了游水，就再也没被水呛过。虽然这让她陡然脱离昏沉之感，可不一会儿视野便模糊起来。仿佛有什么力量拖住了她的双脚往水下拉扯，她拼力想挥一挥手臂，却觉沉重难起。

她忽然心生恐惧，只怕这一次是真的回不去了。

她努力使自己漂浮在水面上，但她知道这样的努力维持不了多久。一瞬间恐惧再度袭来，她这个极会水的人，面对粼粼波光，竟是心慌意乱。

她忽然发现自己其实并没做好将生死置之度外的准备。她还没找到云康，没等回薛士桢，荀予佑也不知道她偷偷上了船。还有……祁珏，洪都城里的那次相聚，真的是他们的最后一面吗？如果他知道了，会不会很伤心呢？

好多话没有说，好多人没有见。可是，也许真的是顾不到也等不及了。

眼前又是一阵发黑，她的身子倏忽下沉，没入水中。一时阻碍尽除，轻飘飘如御风而行，不知要飞去哪里。

忽然，她扬起的手臂被拉住，腰背间随即被一股力量托举。迷蒙中，她感觉自己不断向上升腾，光亮刺目，仿佛要去到另一个世界。

她想，她大概是真的要死了。

云宜本能地大口呼吸，睁开眼来，头顶是蓝天白云。

“别怕，我在。”

人声入耳，极是熟悉。但他怎么可能出现在这里？

她有些迷糊，自己是将要死了，还是已经死了？却听那声音复道：“云姑娘，打起精神，我带你回去。”

她猛然一个激灵，不，这不是幻觉。因为除了声音，她还感受到了那宽厚的胸膛和温暖的怀抱。

她回眸，终于看清了身边的人，忍不住泪水漫溢：“怎么是你？”

荀予佑一手托着她，一手划水，道：“我还想问怎么是你呢，那个信号弹是你发的？”

云宜点头。

荀予佑眸中带笑，光彩熠熠：“真是厉害了，我的云姑娘！”

浪击涛生，烽火重重，浩瀚烟波中他托抱着她。他想起平江侯府院墙下第一次接她在马上，意料之外，期待之中。想起静寂山谷里的清朗月夜，她猝不及防地撞进他的臂弯，一点灵犀，转瞬即逝。想起洪都城外，三军阵前，她裙发飞扬倏忽倾倒，他眼疾手快一把将她揽扶入怀，痛惜之情，溢于言表。此刻，他又紧紧将她抱着，多一分熟稔，多一分契合，多一分爱恋，多一分骄傲和钦佩……

他一定要带她回去，安全地回去。

迎面来的是自己的战船，荀予佑带着云宜奋力游去。

驶在最前面的那艘已急速放下悬梯，荀予佑推着云宜伸手抓住，可她腿脚无力，怎么都爬不上去。

云宜闭目粗喘片刻，猛然深吸了一口气，睁开眼来一脚登上。

“抓紧梯子，”荀予佑用力托举着她上了悬梯，“踩稳了！”他托着她向上攀登，船上有人伸手来拉，但船舷太高，还有不少距离。

云宜抓着梯子悬在船侧，但爬不上去。荀予佑站在其下，一手握梯，一手托举，心里着急。

两人似这般挂在船外，极易成为敌军攻击的目标。果然，有铁箭射在船身的铁片上发出叮当之声，船上的弓箭手和火铳手亦纷纷发射还击，以作掩护。

云宜凝神屏气，继续向上攀登。一步，两步，三步……摇摇晃晃，气喘吁吁，眼看离船舷越来越近。

荀予佑紧紧跟着向上。

云宜堪堪触及船上兵士探向她的手，身边又一阵铁箭如雨。荀予佑只觉头顶呼呼生风，心知不好，忙一脚上踏，以身相护。他扬手挥落数杆雕翎，只觉左臂和肩头猛然剧痛，三支铁箭已深没其中。

他不由低哼一声，云宜惊觉回头。

“快上去！”他疾呼，忍痛拼力托举。

两人终于被拽进船里，云宜跌坐甲板，喘得神魂不定。

“侯爷受伤了！”一旁亲卫惊喊。

云宜这才发现荀予佑中了三箭，半边身体已被鲜血染红。

她手脚并用爬将过去，关切道：“你怎么样？”

“没事。”荀予佑伸手将臂上两支箭的箭尾折断，屏气将铁箭一一拔出，伤处鲜血顿时汩汩喷涌，滴落在甲板上。

云宜眼疾手快，撕了副衣襟缠上他手臂。荀予佑欣慰一笑，随即眉头紧皱。肩背上的那支铁箭斜入体内，稍稍一动，伤处便是剧痛。

荀予佑伸手去拔，却够不着。云宜不敢动手，急得大声喊：“军医，军医在哪里？”

“哪有这么多军医？”荀予佑道，转脸吩咐身旁亲卫，“你来拔。”

亲卫应声而上，握着箭却不敢用力。荀予佑臂上所中两箭贯穿前后，折去箭尾，便能捏住箭头向前顺势拔出除。而此箭斜斜没入，并未贯穿，只能抓着箭尾，逆着箭头的方向拔出。那三角形状的箭镞要反向穿过骨肉，自然没有手臂上的两支箭拔得容易。

荀予佑道：“只管拔。”

亲卫领命，左手按住他肩头，右手握箭猛然用力，连血带肉将那箭拔将出来。

荀予佑痛得眼前一片黑，大喘了一口气，须臾依是金星直冒。他浑身湿透，如在血水里浸染过一般，触目惊心。

云宜大着胆子一手按上鲜血喷涌的伤口，殷红的液体带着体温从她指缝间溢出，感觉灼热。她用力捂着伤口，手指却不听话地颤抖。她知道若不是荀予佑以身相护，那些箭射中的该是自己。

慌忙间，亲卫取来细布给荀予佑包扎。

此际，湖上形势已然不同。

烈焰随风在叛军船阵蔓延，几声巨响后，又一艘船只倏忽倾倒，沉入水中。倾覆之时，正撞上一侧的巨大战舰，连带燃起熊熊大火。而那巨舰，恰是荀瞻濠所在的旗舰。

旗舰有失，叛军立时大乱。荀瞻濠弃舰换船，惊魂未定，来不及鸣金收兵，便命剩余船只转舵北行。众船仓皇起锚，阵形已是大乱。

鄱阳湖南阔北窄，北向通往长江，往东是湖口，往西是九江。荀予佑见敌船北行，急思荀瞻濠要去哪里？如果他不从湖口进入长江东往金陵，那就很有可能去九江。

九江因处三地水陆交通之要道，历来乃军事重镇、兵家必争之地，故而在荀瞻濠发难之初就被攻占，如今俨然已成敌军巢穴。

荀予佑不顾伤痛下令追击，又命半数人马行船靠岸急赴九江。

众船行驶在鄱阳湖上，适才硝烟弥漫的水域，此刻已是丽日晴天，浮光跃金，一派祥和景象。

过了松门山，原本宽阔的湖面渐渐变窄。荀予佑举目远眺，荀瞻濠的舰队就在前方。

云宜卸下鱼皮水靠，换过衣衫，长发松松挽在脑后。荀予佑的箭伤只做了简单包扎，鲜血隐隐渗出，晕染了白色的绷带，可也无暇顾及。

他拿起瞭望镜观察敌舰形势，正欲令各船戒备随时待命，忽然轰隆一声巨响，船身猛烈摇晃起来。

荀予佑脚下不稳，一下滚靠在船舷上，肩背伤处被撞得撕裂般疼痛。云宜连退几步，踉踉跄跄差点摔倒在地，被荀予佑一把拽在身旁。再看船上兵士，各自东倒西歪，跌伏在地。

荀予佑拽紧云宜，船只依然左右摇晃，叫人无法站立。大家只得趴在甲板上，抬头看刚才还是晴空万里的天空已是阴云密布，狂风呼啸。

浊浪滔天，越过船舷，飞溅到甲板上。云宜不是胆小之人，此刻也被这突如其来的巨变吓得脸色苍白。湖面上渐渐漆黑一片，战船如秋千般在水上飘荡。

“看前面，快看前面！”有人大喊。

惊呼声中，云宜攀住船舷，勉强直起身子，立时被远处的景象惊得目瞪口呆。只见前方一艘叛军战船被巨浪裹挟冲到空中，又倏忽被抛向湖面，顷刻间没入水中，踪迹全无。另一艘巨舰则被风浪撞成两截，恰似被炮火击中一般，须臾亦被旋涡卷没。

荀予佑也看得目瞪口呆，急令各船稳舵停止前进，遂召来随船向导——当地的一个渔民询问。

那渔民吓得脸色青白，哆哆嗦嗦语不成句：“发怒了，发怒了……龙王爷发怒了……快、快掉头，快掉头往回开……”

有将士上来一把抓住他道：“妖言惑众，休得乱说！”

那渔民对着荀予佑扑通跪倒：“侯爷，千万不能再往前了，不能再往前了，要不然我们都会沉到湖底去的。”

“为什么会这样？”荀予佑吃惊道。

“请侯爷马上退回松门山，小民再和侯爷细讲。不然，不然怕是来不及了……”边说边叩首连连。

荀予佑思索片刻，命各船掉头，加速往回开。快到松门山时，风浪渐渐止息，俄顷天色放晴，阳光明媚。刚才一幕，竟似梦中一般。

那渔民兀自发抖，惊魂不定地对荀予佑说道：“侯爷有所不知，过了松门山，往北就是龙王庙水域。旁侧的龙头山上有座龙王庙，很是奇诡。明明风平浪静的天气，到了那里就会突然变脸。乌云遮了日头，大风刮得人睁不开眼，湖上的浪高得能一下把过往的船只卷到湖底，怎么打捞都不见踪影。当地的老人说这是龙王爷要招呼人去龙宫当差，所以我们这儿的渔民都不敢往那一带打鱼。就算必须经过，也要先杀鸡宰羊，供奉神灵，祈求平安。”

“有这样的事？”荀予佑将信将疑，心生好奇。

“小民绝不敢说谎，刚才真是好险，我们差一点就退不回来了。前面的那些船，怕是凶多吉少！”渔民惶恐道。

云宜听了亦觉后怕，回想刚才风云突变的景象委实骇人。若船只倾覆，跌落湖中，便是水性极佳之人，在那样的滔天巨浪中，也难逃出生天。

荀予佑沉吟不语，他不敢再贸然追击，叫人取来地图，展卷而视，道：“命各船西行，停泊吴城，弃舟登岸。”

第二十一章　城下之盟

荀予佑率军登岸，亟命各部急行，抵达九江城外，果然荀瞻濠残师已撤入城中。荀予佑下令围城并原地休整，大战过后终于有了喘息之机。

军医仔细查看他的伤势，重新上药包扎。所幸弩箭并未涂毒，但箭镞尖长锐利碎骨而入，尤其肩背一处逆向拔箭，致使筋骨损伤严重，只恐会留下后遗症。

云宜听了甚是着急，荀予佑却神色淡然，宽慰她不要担心。

荀予佑本想速战速决，即刻攻入城中。无奈将士连日激战，已是强弩之末。且九江早为叛军占据，城中守备充实，攻打不易，只得围而静观其变。围城数日，城内叛军毫无动静。荀予佑感觉不对，遂暗夜攻城。不想城门一攻即破，进到城中，哪里还有叛军的影子？

荀予佑大吃一惊，命令仔细搜寻，竟在城内发现了一条通往城外的地道。地道宽阔，可容兵马并行，从土质看，应是新挖成不久。

原来荀瞻濠攻下九江，便以此为军事基地。留下的兵士除了守城，便在城中日夜开挖地道，以备将来不时之需。这一条地道逶迤曲折，直接城外密林，穿林而过，便通往洪都方向。

荀予佑心中懊恼，想来围城之时，叛军已从地道突围，去往洪都老巢。荀瞻濠算计颇是缜密，但水战鄱阳，自己根本没有余力再围洪都，而仓促调集的军队与其筹划多年的人马，战斗力实有差距。事已至此，后悔无用，遂下令全军奔赴洪都，未至便得探报，叛军果已悉数入城。

荀予佑命复围洪都，此时勤王兵马已陆续赶到。洪都城外水系环伺，地道突围几无可能，而城高坚固，攻城亦是不易。用兵之法，十则围之。他希望荀瞻濠迫于城外重兵压力，不战而降。

六月，梅雨连绵，淅淅沥沥。

云宜收了伞走进中军大帐时已湿了裤腿，荀予佑取了手巾递给她，道：“怎么打了伞还淋成这样？”

云宜接过，擦了擦脸，拂了拂粘在额前的发丝，说：“雨倒是不大，可风挺大，斜风细雨，就这样了。”

荀予佑道：“那你还不在自己帐中待着？”

云宜叹气：“我从小在山头湖里野惯了的，这般画地为牢，哪能待得住？别说下雨，就是下雹子我也得出去透透气呀。再说，不是还要来看你吗。”

荀予佑莞尔：“看我做什么？”

“看看你身体好了没有，好歹也是为我受的伤。”

荀予佑“哦”了一声，目光灼灼，深视她道：“比起你拼着性命打出的信号弹，我这点伤又算什么？”

“运气好罢了。”云宜嗫嚅，俄而又问，“你说我打的信号弹到底有没有用？”

“当然有用。”荀予佑点头，“你的运气可不是一般的好，就靠这信号弹，我们的火炮击中了叛军的副舰，副舰倾覆恰巧撞上了荀瞻濠的旗舰，旗舰有失，敌阵大乱。所以说云姑娘，此役你居首功呢。”

云宜被夸得不好意思，脸红道：“我就是水里功夫好些，歪打正着了而已。你不知道之前那枚信号弹我怎么都打不出去，要是之后也这般……还好，老天保佑！”

“想来亦是后怕。”荀予佑拉起云宜的手握在掌心，一时真情流露，眼角微润。

云宜慌不迭地抽出手来：“我、我吉人天相……”

“是啊，你吉人天相。”荀予佑吸了下鼻子，“我在，也决不允你有事。”

云宜闻言，竟是失神。想起与他的婚姻之约，有此良人照拂一生，怕真是求之不得的福气吧。

她正自寻思，忽听荀予佑“嘶”的一声，抬头见他双眉微蹙，手中才拿起的一本书册落在几案，不觉惊道：“是伤口又疼了？”

荀予佑抚着手臂，顺势往桌边坐下：“前两日还好好的……劳烦云姑娘给我倒杯水来。”

云宜倒了茶水放在桌上，又取了架上一袭衣袍替他披上：“大夫说筋骨之伤防寒保暖最是重要，这梅雨天就连正常骨头都会不舒服，何况你这受了伤的。”

“想不到你也关心我。”荀予佑心头暖热，看看桌上的茶水，又看看她。

云宜端起茶来送到他手边，见他摇头，迟疑着将茶水凑到他嘴边，荀予佑微笑着轻啜一口。

云宜将茶放在桌上，转身要走。荀予佑抚着手臂仍旧说渴，云宜只得又端了喂他，见他慢条斯理一口一口喝个没完，忽地便将手中的杯子抬高些许。

荀予佑呛得一阵咳，云宜忙放下杯子去拍他的后背。

“云姑娘，你这是……这是要……”荀予佑边咳边道。

“你可别装了，装也须分清左右才好。你明明伤在左臂，如今却握着右手做什么？”云宜忍不住说。

荀予佑低头亦是怔愣：“是啊，这手好久都不曾这么疼了。”

“继续装。”云宜撇嘴，但见他脸色青白，不似玩笑，不禁问，“怎么，这手也有伤？”

荀予佑蹙眉：“多年前的旧伤，每逢阴雨寒冷，不过隐隐有些酸痛罢了，刚才不知怎的……”

适才一阵急痛攻心，他不察竟是右臂旧伤。只是这手多年无事，今日怎会如此疼痛？莫不是鄱阳湖中托举着云宜游回来，在冷水里泡得久了，加之伤痛劳累，遂引旧疾猝发？

“你这手上的伤又是怎么弄的？”云宜望之关切道。

荀予佑目光虚空，似沉入往事：“年少顽皮，不小心伤的。”

“好像挺严重的。”云宜说。

“小臂连着手肘还有大臂的骨头都碎了。”荀予佑道。

这是差点要废了一条手臂啊，云宜暗自咋舌，怪不得他惯用左手。

“唉，千金之子，坐不垂堂，你爹娘一定心疼死了。”她叹口气，“我小时候有一次在山里玩，不小心从树上摔下来，父亲便让我到娘亲灵前发誓，再不许我爬树。”

“你是够顽皮，这么小就去爬那么高的树。”荀予佑脱口道。

云宜哼一声：“我有多小，树有多高，说得你亲眼所见一般。”

荀予佑打个哈哈，道：“你自己说小时候，那便是年幼啊。山里的树自然长得高，我能想见你顽皮的模样，定把先生吓得不轻。”

“是啊，那一次要是没有……”想起祁珏，云宜倏忽不言。

荀予佑看着她，一时亦默不作声。

暮色将至，雨势渐收，风却越发大起来，在帐外刮得呼呼作响。

荀予佑留云宜一起在帐中用膳。饭菜上桌，才要动筷，有人来报，说薛士桢在营外求见。

两人俱是一愣，荀予佑忙道快请。不一会儿，一人风尘仆仆走进帐来。

云宜一看，喜得从椅子上直跳起来，跑去一把拉住了道："薛师兄，真的是你，你不是去蒙古了吗？"

荀予佑亦是欢喜，站起道："最难风雨故人来。薛兄，见到你我真高兴。"

薛士桢拱手行礼，双手奉上昔日荀予佑所给金剑："侯爷，士桢幸不辱命。"

"哦，已经办成了？"荀予佑惊喜接过，见薛士桢半湿的衣衫上斑斑点点沾了污泥，颇是狼狈，忙吩咐人准备妥当，让他先去沐浴更衣。

薛士桢恭敬不如从命，舒舒服服泡了个热水澡，洗去征尘疲乏，换了衣衫，重新进入大帐。

荀予佑已叫人添了碗筷，拉着薛士桢在桌边坐下："薛兄想必没有用饭，我们一起吃些。"

薛士桢见桌上饭食丝毫未动，忙施一礼道："怎敢劳侯爷相等。"

"薛师兄，快坐下吃饭，我都饿坏了。"云宜往他碗里夹菜，"今日托你的福，又添了两个菜，刚上桌，还热腾着呢。"

荀予佑举杯道："薛兄，行军无酒，我以茶代酒先敬你一杯。"

薛士桢复欲起身，云宜一把摁住道："哪来这么多礼节？好好坐着吃喝。可惜今日无酒，不然定与你不醉不归。"

三人围坐，甚是高兴。

云宜才填饱了肚子，就急着问："薛师兄，快说说你这一路的见闻，那些蒙古大王有没有为难你？"

"是啊，薛兄，此行可还顺利？"荀予佑也想知道他出使蒙古的情况。

薛士桢放下筷子，喝了口热茶，将此行经过一一道来。种种艰苦略去不言，便是那刀剑压颈、汤镬在前之事，亦说得云淡风轻。

薛士桢离开苏州城出使蒙古时尚是正月，一行人快马加鞭赶到居庸关，鞑靼大军已陈兵关外。

他出示金剑过关，直往鞑靼营帐求见可汗阿里台。

阿里台闻说使者前来，心生好奇。又听报使者无官无职，乃是一斯文白净的年轻人，从者不过数名，更觉惊讶。若在平日倒也罢了，如今自己磨刀霍霍、旌旗猎猎，挥师南下叩关，这汉人朝廷竟然只随意派遣一介书生前来，分明就没把他放在眼里。他既疑且怒，想这使者也是大胆，遂命帐前刀枪林立，生火架镬，将一锅冰雪煮得沸腾，定要给来人一个下马威。

几日飞雪，居庸关外已是冰雪覆盖。远山皑皑，瀚海阑干，天地间银装素裹，渺然萧寂。阳光照在雪地上，白晃晃一片。但更为耀目的，是那些锋利兵刃上反射出的光芒，闪闪灼灼，刺人眼眸。

薛士桢孤身穿过刀丛枪阵，抬眼见烈焰熊熊，烟气腾腾，帐前架起的大锅下木柴烧得噼啪作响，锅里的水正突突冒着气泡。

他视而不见，大步进帐，对阿里台行礼，陈词表明来意，阿里台听后大笑不止。

薛士桢道："可汗何故发笑？陈兵关外乃是何意？"

阿里台闻言又笑："汉使何必明知故问？陈兵关外，傻子也知道本汗要干什么。"

薛士桢说："我却不知可汗敢做些什么。"

阿里台挑眉："怎么，你以为本汗不敢造你们的反？你们自己人还造自己人的反呢！"

"可汗所指莫非赣王？"薛士桢一笑，"那也是我们自家之事，关起门来自行解决，与可汗何干？"

阿里台瞪眼道："实话和你说了吧，你们皇帝昏庸，荀瞻濠邀我南北合力，共谋大事。"

"共谋大事？"薛士桢仰天长笑，倒把这个阿里台笑得直发愣。

"你笑什么？"阿里台有些愠怒。

"我笑既如此，可汗还与我在这儿啰嗦什么？把我往帐外那大锅里一扔，即刻起兵打进关去就是。"

阿里台勃然大怒，一掌击在桌上，指着薛士桢道："你以为本汗不敢？帐外那口大锅正是为你准备的，来人！"

左右闻言，忙上来抓着薛士桢推出帐外。冰天雪地里，一大锅水煮得翻腾激荡噗噗有声，不时溅出锅外，落在柴火上嗞嗞作响。

几个鞑靼兵士将薛士桢高高举起便要往锅里送，却听帐内一声“慢着”，帐门开启，阿里台缓步而出，立于帐前。

他望着被架在半空的薛士桢。这个不知天高地厚的迂腐书生，出言讥诮，自请汤镬，是真不要命，还是以为两军交战不斩来使，自己不会把他怎么样？虽说原只是造些阵仗，但真惹恼了自己，他也是可以杀人不眨眼的。料那书生一时逞口舌之快，如今怕是吓得尿了裤子。阿里台见薛士桢一动不动，心想莫不是已被吓晕过去。

他走近几步，见薛士桢闭目微笑，大有惬意享受之态，不觉极是惊讶，琢磨此人难道疯傻，生死当前，竟是一副甘之如饴的模样。

“不想死就求饶。”阿里台恨声说。

锅里的热气涌上来，薛士桢原本因寒冷而苍白的脸竟有了一抹红润。他仰躺其上，神色安然，道：“连日奔驰，不便洗漱。北地严寒，能在此好好泡个热水澡，岂不快哉？”

“你是真不怕死，还是以为本汗不会叫他们把你扔进这锅里去？”阿里台道。

薛士桢哈哈一笑：“可汗若要烹我，为何还在此与我闲聊呢？”

阿里台气得鼻子出气，这是赶着趟儿要把自己往锅里送啊，皱眉道：“没见过你这样的使者，敢情就是大老远跑来找死！”

“蝼蚁尚且贪生，何人不惜己命？”薛士桢道，“只我惜死并不怕死，今者我一人就汤镬，怕他日可汗你举族身赴，灭顶而没。”

“本汗可不是被吓大的。”阿里台说。

“可汗自然不是被吓大的。”薛士桢附和，“可汗睿智前瞻，若非隐有所觉，大军前来，怎会在居庸关外逡巡不进？”

阿里台恍觉后背生凉，不禁道：“把他放下来。”

薛士桢重又被带入营帐，阿里台缓和了面目不说，还叫人给他摆了椅子。薛士桢理一理衣衫，正襟危坐。

见他仍端正从容，面不改色，阿里台不觉叹道：“本汗从未见过如你这般胆大的使者，倒要听听你还能说些什么。”

“可汗明鉴，恕我直言。”薛士桢恭敬道，“可汗大军劳动，必为一利。只是郡藩谋逆，天下岂无勤王之兵？苟瞻濠师出无名，民心不附，难成其事。”

“这倒说不定。”阿里台摇头，“当年你们先帝是怎么夺了天下的？”

薛士桢听闻怔愣，默然无语。

“使者怎么不说话了？”阿里台问。

薛士桢回过神来，一笑道：“当今圣上，是先帝之子，应具乃父之风。昔时朵颜三卫为荀权所辖，荀权又为先帝所制，如今他们受朝廷封赏，归顺朝廷。利字当前，审时度势，兀良哈懂的道理，可汗难道不明白？正所谓此一时彼一时也。”

“想不到你这年轻人，还挺了解当年的事。”

“可汗亦颇晓我朝之事。”薛士桢说，“彼时荀权随成帝靖难，定也被许以重利，如何今日荀瞻濠还要造反呢？”

阿里台沉吟。

“自家兄弟，许以利益尚不能兑现。”薛士桢叹息，“若赣王败死，则可汗必受牵累。况可汗大军倾巢而出，如有他部趁机侵袭，可汗恐将无立身之地。”

“那现在我们该怎么办？”阿里台不由问道。

“人往高处走，鸟拣好枝啼。可汗莫若与我朝皇帝陛下缔结盟约。”

阿里台沉默半晌，道：“照你说，和你们皇帝结盟又有什么好处？”

“版图自不必想，好处岂会没有？”薛士桢道，“荀瞻濠能予可汗多少，难道陛下会少于藩王手笔？再者，若只图金银财物，可汗何苦小题大做，冰天雪地，劳师动众，奔波驱驰，让兵卒子民刀头舔血、罹性命之忧？”

“难道你有别的办法？”

薛士桢点头：“不然，我还真怕可汗把我扔进那锅里煮了。”

两人相视无语，忽而俱是大笑。

薛士桢说：“可汗想不想与我朝互市通商？”

“想啊。”阿里台眼中现出光芒，“但你们不是总认为自己什么都不缺，哪会和我们互市？”

“若是我朝皇帝陛下答允在边塞开放几处关口进行互市通商呢？”

“那自然是好。”阿里台击掌道，转念一想，“空口白牙不行，有什么凭证？”

“这凭证么……请可汗赐笔墨纸砚，我即时与你。”

阿里台不知薛士桢要笔墨纸砚作甚，将信将疑命人取来。只是行军在外，营中要刀枪剑戟容易，要笔墨纸砚可有些犯难。好半天兵士才执了张羊皮、一支已冻裂的羊毫和半罐几乎结成冰块的墨汁来。

薛士桢叫人用火将墨汁融化，再取热水把羊毫泡开，沥水蘸墨，在羊皮上一阵涂抹，须臾交于阿里台手中。

阿里台举目细看，顿觉眼前一亮，适才那张普通的羊皮已成一幅绝美画卷。但见山峦隐现，关隘重重，长城内外市集繁茂，人流熙攘，牛羊成群，炊烟袅袅，一片热闹祥和之景。

“只要可汗即日退兵，此图所画在不久的将来便能成为现实。”薛士桢郑重说道。

阿里台不料眼前胆识超人的书生还有一手丹青妙笔，正自感叹其画工卓绝，听闻此言，不禁皱眉，道：“你们是不是有个成语叫‘画饼充饥’？口说无凭，可你画一张画给我也不行啊！”

薛士桢道：“君子一诺，千金不赎。诚信二字亦是立国之本，我既为使者，便能全权代表朝廷。可汗若信得过我，就以此画作证，歃血为盟，我无尔诈，尔无我虞，绝不食言。再说一句大不敬的话，若心无诚意，出尔反尔，就是圣旨，也不过是一张废纸。”

“好，说得好！”阿里台大笑，“那今日我们就歃血为盟，结成兄弟。”

于是命人摆设几案，送上牛羊肉和马奶酒。阿里台往牛角杯里倒了酒，取过盘中匕首划向手指，将流出的血注入杯中。

薛士桢依样做了。两人举杯共饮，一口而尽，又各自取了桌上的一大块肉填入嘴里。薛士桢复取了自己的印章，蘸了手上的鲜血，在那羊皮画上钤了个印。阿里台望着那鲜红欲滴的印记，更是高兴。

如此，盟约达成。

云宜瞪大了眼听得出神，半晌才道：“薛师兄，我一直以为你是谨慎之人，没想到你竟如此胆大，还如此敢吹。吹牛容易，可你如何与他兑现呀？那画上有你的钤印，要是他拿着去见皇帝，皇帝不认账，这可是杀头灭族的罪。”

“兑现与否，且看侯爷了。”薛士桢望着荀予佑一笑道。

“这么说，鞑靼已经退兵了？”荀予佑自语，“难怪一直没有叩关战报，薛兄，你真是一幅画能抵十万兵啊！”

“侯爷过奖。”薛士桢谦逊道。

云宜望着他二人，黯然道：“先别顾着夸，还是想想皇帝陛下答不答应吧。

薛师兄，你给人画了这么大一张饼，朝廷不是向来实行海禁，也没有边关互市吗？”

“其实不管沿海盗寇还是鞑靼、瓦剌，彼之侵扰无非亦是为谋生计。若是有良好的边关贸易，商贾往来，互惠互利，各取所需，农耕百姓能安居乐业，游牧民族亦物品富足，边境之上醉饱讴歌，婆娑忘返，无论汉人还是蒙古人，都能快乐和平地生活，展现一幅活生生的盛世图景，该是多么美好的事情。”薛士桢道。

荀予佑点头，眸中熠熠光彩，好似已看到了那繁荣祥和的热闹景象。

“边贸繁荣，江南沿海的经济也会随之发展。海上有商船，沙漠有驼队，南北运河里有穿梭往来的货轮。没有征战杀伐，天下友好太平，国家不但能增加商贸税收，还省去了大笔军费，朝廷的财政状况就会愈加良好。如此国富民安，帝王垂拱而治，着实令人向往。所以，此事便要请侯爷大力斡旋，务必使朝廷能行通关互市之策。”薛士桢继续道。

“好。”荀予佑颔首，又问，“瓦剌同兀良哈呢？”

“有侯爷那封书信和玉印，瓦剌之行颇为顺利。马哈木欢汗说只要把给鞑靼的优策一样给予瓦剌就行，瓦剌决不插手我朝之事。至于兀良哈，一向受惠朝廷，多给优抚，也不会来搅这浑水。”忽又想起一事，欠身道，“还有一件，士桢恐又僭越行事。”

“何事？”荀予佑问。

“阿里台可汗说为使和平长久，希望能同我朝联姻，遣鞑靼王族贵女，嫁与皇帝陛下为妃。”

“嫁与皇帝陛下为妃？”荀予佑蹙眉。

“是，至少要获封妃位。我想陛下三宫六院，就算是蒙古女子，亦无不可，故而答应下来。”

“薛师兄，你怎么什么都敢答应啊。皇帝娶谁，你能说了算吗？”云宜道。

“蒙古女子？”荀予佑沉吟之后决然，“既是蒙古女子亦无不可。”

云宜伸手摸了摸薛士桢额头，又看看荀予佑：“你们俩是不是烧坏脑子了？”对着荀予佑道，“就算你是侯爷，可你也只是个侯爷，还能做皇帝的主啊！”

“我相信侯爷一定能办到。”薛士桢说。

荀予佑双目炯炯，握住薛士桢的手：“薛兄不顾生死，丹心为国，虎穴龙潭，赴汤蹈火，解朝廷之忧患，弥战端于无形，实在叫人敬佩之至。请受我一拜！”

“不可不可。天下兴亡，匹夫有责，分内之事，何敢当侯爷此礼。”薛士桢忙扶住了道。

云宜以手托腮，相望道：“你俩这般情意，莫若拜了兄弟吧。”忽而一拍桌子，从椅上跳将起来，“我早说你们两个有些相像，如今这么一看，还真是越看越像。”

云宜走过去，将两人拉在一起，仔细打量，越看越是称奇，眉眼轮廓竟有五分相似。

荀予佑和薛士桢俱是莞尔，一笑之下，各自露出一边酒窝，又添了两分相似。

“你们不会本来就是兄弟吧？”云宜惊叹一声，问荀予佑，“你爹有几个老婆？可有什么外室？”

荀予佑闻言大窘，薛士桢忙道：“师妹，不可胡说。”

云宜讪讪道：“玩笑而已，谁叫你们确实相像。”

“不知先生可曾找到？”薛士桢见状，忙转话题。

荀予佑摇头：“至今没有消息。”

“那祁师弟呢？”

这一问，荀予佑和云宜都不说话了。薛士桢察觉有异，刚想再问，看云宜已泪盈于睫。

“师妹，发生了何事？难道祁师弟他……”薛士桢揣测着最坏的结果。

荀予佑摇头示意他不要再问，一旁云宜哽咽：“薛师兄，祁珏他……”

“他怎么了？”

“他、他做了赣王府的郡马……”云宜放声大哭。

薛士桢吃惊地望向荀予佑，荀予佑默然点头。

第二十二章　血色红花

梅雨过后，夏日炎炎，转眼又是七月流火。

洪都城被围三月，双方对峙，俱无动静。

洪都乃荀瞻濠根基所在，荀予佑知道城中定是储备了足够的粮草物资，攻城不易。如果攻城，也需要一个合适的时机，才能将攻城的代价降至最低。

他还没等到这样一个时机，却先等来了荀瞻濠的一封书信，请他三日后于洪都城外亲赴会晤。

荀予佑拿着随信附上的一根发簪正自疑惑，云宜见了大惊，抢到手里语不成句："这、这、这是……父亲的发簪！"

薛士桢闻言，细看那簪头云纹，确是云康常用之物，不禁忧心道："先生竟是落在了赣王手中。"

荀予佑蹙眉不语。

他早隐觉云康失踪与荀瞻濠有关，此时送此发簪，难道他知晓了自己和云康的关系？

荀予佑和薛士桢面面相觑。

"不、不会是祁珏，他不会出卖我们！"云宜看着二人脸色，大声道。

就算祁珏如今是赣王府的郡马，她也绝不相信他会害云康和自己。但父亲的藏身之处如此隐蔽，荀瞻濠又怎会知道？而且云康失踪，的确是在见了祁珏之后。

她惶然失措地望向荀予佑。

三日之约，眨眼将至。

云宜来见荀予佑的时候，他正独坐大帐，拿着书册出神。

连日焦灼，云宜不知荀予佑做何打算。明天便是约定之期，今夜她实在忍不住。

她倚门踌躇，荀予佑抬头看见，一笑道："你站在那里做什么？"

云宜走进帐来，却不说话。

荀予佑道："你我之间，有什么话尽管说便是。"

云宜不知该怎么说，只道："明日让我去吧。"

"不行。"荀予佑放下书册。

"为什么？"

"因为荀瞻濠要见的人是我，不是你。"

"那你会去吗？"云宜涩涩相问。

"会。"荀予佑点头。

"可若你有什么危险……"云宜哽咽，"况且，那是我父亲。"

"那也是我的岳父大人。"荀予佑道，"我磕头敬茶，行过拜礼的。"

"一军之帅，岂可有失？"云宜说。

荀予佑道："有我在，便决不容你有失，也决不再允你将自己置于险境。"

云宜怔怔看着他，忽地靠上他肩头放声痛哭。

荀予佑伸手揽住她，柔声说："别怕，一切有我。"

好一会儿云宜才停了哭泣，望着他道："如果我们之间没有婚约……"

"我还是会去。"荀予佑截了她的话。

"为何？"云宜愕然。

为何？因为他真心爱她，不忍她伤心难过。他们之间无论是什么关系，他都愿意为她赴汤蹈火，在所不辞。因为在他流浪乞食、孤苦无依之时，云康给过他衣食温饱、照顾教导，虽光阴短暂，却格外美好，令他恒久难忘。

"这两日你定是没有好好饮食睡眠，看，脸又瘦了一圈，我叫人去做点东西给你吃。"荀予佑岔开话题道。

"我不想吃。"云宜摇头，"明日我和你一同去吧。"

"你知道我不会让你以身犯险。"荀予佑亦是摇头，望着她一笑说，"总站着不累吗？坐下喝口水。"

荀予佑去拿桌上水壶，云宜兀自立在那里，道："既是险境，如何能让你独自奔赴？我们怎么着也要祸福与共，生死相依。"

荀予佑提壶的手不觉微颤，洒了些许茶水在桌上。他不动声色地用手抹去，情难自抑。她从未和他说过这样的话，如糖似蜜，甜入人心。

见他不答，云宜忙道："那就这般说好了，明日你一定带上我。"

"先坐下，喝口水。"荀予佑将茶递到她手里，拉着她一旁坐了。

云宜喝了几口，见荀予佑兀自沉吟，放下杯子问："你在想什么？"

"在想能不能带上你。"

"那能不能呢？"

荀予佑莞尔："我说不能，你能不去吗？"

"你说不能我也要去，我……" 云宜倏忽站起，蓦觉头晕得厉害。

荀予佑伸手去扶："你看你又激动了，我还是先送你回去好好睡上一觉，有什么事明日再说。"

几天没吃好睡好，云宜不疑有他，只拉住了荀予佑道："我今天就待在这里，明日你休想扔下我自己走。"

"好，你待在哪里都行。"荀予佑扶着她道。

云宜摇一摇头，脑中愈是昏沉。她转过脸去看荀予佑，感觉他温和的笑颜在眼前模糊，身子一晃，便向他靠去。

荀予佑将她抱到榻上，盖好被子。他在茶里放了镇静催眠的药剂，只希望她能好好睡上一觉。

他抬手拂去云宜贴在眉梢的发丝，看她呼吸轻浅安然沉睡的样子，心生爱怜。不知她是否知晓，这人世间所有的困苦煎熬，他都愿为她一一阻挡。

步出帐外，抬头见耿耿星河遍布天际，正自感慨今夕何夕，背后忽有人声："侯爷还不曾睡？"

转身见是薛士桢，荀予佑道："薛兄也不曾睡。"

"这几天为着先生的事哪里睡得着，"薛士桢近前施礼，"侯爷明日是准备去赴赣王之约？"

荀予佑点头。

薛士桢犹豫道："三军主帅，不可轻动……"

"此约必赴。"荀予佑摆手，"我已安排妥当，薛兄放心就是。"

"那侯爷可有万全之计？"薛士桢问。

荀予佑摇头："尚需随机应变，想来荀瞻濠亦不过博弈耳。"

薛士桢默然片刻，道："侯爷若无睡意，士桢帐中备有薄酒，可否请去小酌几杯？"

“薛兄哪来的酒？”须知军中无酒，荀予佑一笑问。

“是我从蒙古带回的马奶酒。”

荀予佑颔首：“既如此，今夜就破一次例。我好久没与薛兄共饮，也好久没喝这马奶酒了。”

晓星褪尽，红日初升。

城楼寂静，晨风徐徐，祁珏沿着步道拾级而上，心中疑惑为何荀瞻濠一大早派人请他登城。

两旁兵士持戈林立，他登上城楼，见荀瞻濠正负手立于城头远眺，上前行礼：“参见王爷。”

荀瞻濠转过身来，看着他道：“都是一家人了，郡马何必见外？”

“……父王。”祁珏改口。

荀瞻濠点头，问：“将为人父，你不欢喜吗？”

“自然是高兴的。”祁珏说。

“君子不喜形于色，郡马好涵养。”荀瞻濠道。

祁珏有些尴尬：“不知父王唤我到此，所为何事？”

“哦，也没什么事，就是让你见一个人，想来你见了他会更加高兴。”荀瞻濠挥手示意，不一会儿，兵士从门楼阁子里带出一人。

祁珏正自诧异，待看清那人面容，立时惊得脸色苍白，手足无措，低头行礼：“见过先生。”

云康亦是讶异：“珏儿，你为何会在这里？”

“我……”祁珏不知该怎么回答，只觉被云康的炯炯目光压得抬不起头来。

一旁荀瞻濠哈哈大笑：“云先生，如今我们可是一家人了呢。”

云康兀自疑惑，却听他继续说道：“一日为师，终身为父。先生之爱徒如今是我赣王府的郡马，你我也算儿女亲家了？”

云康闻言色变，不可置信地望着祁珏。祁珏满脸通红，却低头不语。

“怎么，做了本王女婿说不出口吗？”荀瞻濠不悦道，转脸笑对云康，“高足哪里都好，就是腼腆了些。娉婷怀了身孕，恭喜先生亦是祖父辈了。”

祁珏抬头，惶惶然看一眼云康。云康眸中神色复杂，须臾平静，道：“云康一介布衣，岂敢攀龙附凤？”

“哪里，哪里。”荀瞻濠摇头，“先生瞧不上本王罢了，先生可是堂堂平江侯的岳丈。”

云康吃惊荀瞻濠何以知晓，转而瞪视祁珏，颤声道：“珏儿，真的是你……”

祁珏语无伦次：“不，先生，不是我……我，我不知道……”

云康又惊又怒，上前一步抓住他道：“宜儿现在哪里？”

“云姑娘一切安好，先生大可放心。”荀瞻濠拉开云康，“本王也是和郡马闲话家常，才知令爱得配佳偶，先生可真是找了个好女婿！”说到最后，竟是咬牙切齿。

云康定了心神，直言相问：“那王爷挟持云康所为何来？”

“怎说挟持，本王是诚恳相邀，只是先生着实难请，要不是有郡马，哪里请得到？”

祁珏立在一旁，脸色灰白。

“请我所为何来？”云康道。

荀瞻濠笑着说：“先生乃文人领袖、士者翘楚，本王想请先生共谋大业。”

云康亦笑：“云康布衣小民，耽于诗画，别无所长，辜负王爷雄图大业之心。”

“先生何必谦虚？”荀瞻濠道，“不说先生惊世之才，但说先生有此佳婿，眼下就能帮上本王。”

云康摇头：“只怕王爷缘木求鱼。”

“是否缘木求鱼，且看今日便知。前些时本王借了先生一支发簪，想必先生也猜得到这发簪的用途。”

“王爷怕是又想多了。”云康淡然道。

“那就要看平江侯对令爱的感情有多深了。”荀瞻濠哈哈一笑，“人说‘利令智昏’，其实‘情’字当头，也是一样的。本王今日且替先生试上一回。”

太阳渐升，暖融融照在城头，云康的背上却沁出冷汗。

荀瞻濠远眺城外，忽而得意道：“你看，这不是来了吗？”

云康不由循声而视，但见灿灿金光下，一人一骑衣袂飞扬。他身上的锦袍覆盖马背，袍下银丝轻甲熠熠生辉，远远便发出耀眼的光芒。

洪都城外的吊桥徐徐落下，他毫不犹豫地飞马上桥，直奔城门而来。

马匹在城门前打了个旋，马上之人勒住缰绳仰望城楼。荀瞻濠站在城头俯视，四目相接，不觉惊讶于城下之人的丰神英姿。只见他不携兵器，不着重甲，气定神闲地端坐马上。

荀瞻濠没见过荀予佑，但瞧此人容颜气度，非王侯莫属，遂一笑开口："这位可是平江侯？"

马上之人点头："在下荀予佑。"

"不想侯爷单骑赴会。"

"若有猜度，不来也罢。"

"好胆量！"荀瞻濠赞道，"那就请侯爷进城详叙，这城上城下地说话，甚是不便。"

荀予佑道："进城可以，还请王爷先放一人出城才是。王爷也知我此行目的，不若我们坦诚相见。"

"好。"荀瞻濠答应，"但凭侯爷如此诚意，本王也该亲自送云先生出城。"

荀瞻濠转身，对着面色惨白的云康说："先生，请吧。"又对祁珏道，"郡马不妨也一起去瞧瞧。"

城门开启，兵士押着云康出城。祁珏跟在荀瞻濠身旁，抬眼看马上之人，不觉微怔。

云康缓步向前，荀予佑忙翻身下马，快步迎上，伸手扶住了道："先生可安好？"

迎面的风吹乱发丝，云康抬手挽住面前之人，怔怔相望，双唇微颤，泪水涌进眼眶，轻声道："知是陷阱，来此作甚？"

荀予佑轻轻拂开覆在云康脸上的发丝，亦含泪道："我不能明知先生身处险境而不作为。"

云康摇头："我已垂老，家事国事，轻重分明，何必痴愚？"

荀予佑展颜一笑："我知道自己所为何来，也相信所做一切都有意义。"

云康以泪眼相视，微微点头，张臂抱住了面前的人。

身后荀瞻濠叹道："真是翁婿情深，令人动容。"

荀予佑微微一笑，看一眼跟在荀瞻濠身旁的祁珏，说："女婿本有半子之靠，王爷和郡马想必亦是如此。"

祁珏只觉脸上像被人扇了一耳光，火辣辣一片红到耳根，不由得低下头去。

荀瞻濠听出讥诮之意，干笑道："哪里比得上侯爷性情中人？"

荀予佑道："闲言不叙，还请王爷即刻放人，若有指教，我进城聆听。"

荀瞻濠连声道好："本王慕先生才名着人相请，又慕侯爷豪俊，故而亦渴求一见。先生若思归心切，自当回去。"

荀予佑脱下锦袍披在云康身上，扶他上了自己的马，动情道："先生保重，云宜等着您呢。"

云康哽咽："你也千万保重。"

荀予佑挥手拍马，马匹驮着云康飞驰而去。他目送一人一骑上了吊桥，渐行渐远，正待松一口气，忽听身后惊呼，耳边几道锐响。

远处的马匹嘶叫一声，轰然倒伏。烟尘扬起，马上之人滚落在地。

荀予佑吃惊转身，数柄利刃已架上他颈项。荀瞻濠手持弯弓，一旁祁珏满脸惊惶。

"荀瞻濠，你为何出尔反尔？"

荀瞻濠冷冷一笑："荀予佑，你是真是假？当自己三岁孩童，还是当本王三岁孩童？有什么话，我们进去说吧。"

荀瞻濠目不转睛地望着被绑在城楼木桩上的人若有所思，俄顷对站在一边的祁珏道："郡马，你说他是真的平江侯还是假冒的？"

眼前之人，虽也丰神俊朗，气概不凡，但以荀予佑的英明睿智，又岂会如此轻易便将自己置于险境？

祁珏自然知道荀瞻濠即使不在洪都，也能知晓他送云宜出城之事，便道："月黑风高，不过一面之缘。"

"郡马的意思是不能确定？"

祁珏点头。

荀瞻濠叹一口气，望着荀予佑笑道："本王如此相请侯爷，当真是委屈侯爷。只是非常时期，本王也是不得已而为之。若侯爷大军前来，也可方便侯爷下令退兵。"

荀予佑亦是一笑："王爷瞻前顾后，想得周到。"

"哪里。"荀瞻濠摇头，"只是我有一点不明，侯爷虽然接了本王的书信和云先生的发簪，但亦可不来赴约啊。"

荀予佑道："我若不来，王爷这次送发簪，下次不知会送什么。"

荀瞻濠哈哈大笑："真个是关心则乱，难为侯爷。"忽而敛了笑，"只是来就一定有用吗？本王明白侯爷的两难处境，你不来不行，来了却是大错特错。

一军之帅，岂可如此感情用事？”

荀予佑呵呵笑了几声：“铁打的营盘流水的兵，军中能干之将比比皆是，少了我不见得会怎样。我所来是为了救人，而所救之人并非先生一个。”

“侯爷还想救谁？”荀瞻濠疑惑。

荀予佑望着他道：“王爷你啊。”

“我？”荀瞻濠大笑。

“不仅是王爷你，还有天下苍生。”

荀瞻濠摇头：“那本王就更不明白了。你不带一兵一卒，只身前来，是想怎样救这天下苍生？你是真不怕死吗？”

“既来之，则安之。”荀予佑道，“来劝王爷不战而降，一人足矣。”

“劝本王投降？”荀瞻濠嗤笑，“如此劝降倒有诚意，可本王为何要投降？”

“为天下海晏河清，国泰民安。为王爷悬崖勒马，回头是岸。”荀予佑看着他道，“王爷纵然兵强马壮，装备精良，究竟是逆势而行，不得人心。洪都城即便墙高坚固，粮草充足，到底是孤城一隅，旷日持久，难免坐以待毙。”

“逆势而行，不得人心？”荀瞻濠冷笑几声，游目天际，“境因心生，势由人造，这江山社稷本就是强者居之。先父被拉着靖难，成帝言之凿凿地说事成天下中分，之后却出尔反尔，连一块富庶的封地都不舍得给。先父无心相争，他却时时猜忌，派人监视防范，打压不断，以致先父郁郁而终。而今，本王不过是拿回本该属于自己的东西。”

荀予佑摇头：“今时往日，并不一样。”

荀瞻濠不屑：“有什么不一样，成王败寇而已。”

“而今鄱阳湖一役，王爷士气已失，困守孤城，哪里还有机会直取京都？”

“全拜侯爷所赐。”荀瞻濠咬牙切齿，又嘿嘿一笑，“不过成也萧何，败也萧何，他日事济，或也因为侯爷。只不过……”他目露凶光，“今日正合报仇雪恨。”

荀瞻濠抽出佩剑，走向荀予佑。忽又停步，转身对着一旁低首站立的祁珏道：“郡马，你来。”

祁珏站在一旁魂不守舍。

今日情形太出人意料，他没想到会见着云康，更想不到转眼就变成如此局面。他心中翻江倒海，低首伫立不知如何是好，见荀瞻濠忽将手中宝剑递到面前，不觉茫然。

荀瞻濠道：“夺妻之恨，郡马不想一抒愤懑吗？”

祁珏反应过来，慌忙摇头：“我和郡主已偕连理，夺妻之恨从何说起？”

荀瞻濠呵呵笑道：“郡马与云姑娘青梅竹马的情意，本王是知晓的。云姑娘为了你不顾性命独闯洪都城，谁不感动？要不是因为他，你现在还不知和哪个偕连理呢？男儿丈夫，当快意恩仇。所以，郡马，这一剑，你来。”

“不！”祁珏不由将手放到身后，满脸仓皇，“祁珏之手不拿剑，更不会以剑杀人。”

“你要跟随本王打江山，不拿剑怎么行？什么事都有第一次。”荀瞻濠望着他道，“再说，本王也没叫你杀他。”

祁珏疑惑相望，荀瞻濠抓过他的手，把剑塞进他手里：“不中要害，一剑死不了。”

“不，父王，我早将以往之事忘得干净，我不恨他，也不想报仇。”

“那若是要郡马替本王报仇呢？”荀瞻濠厉声道，“鄱阳湖上，本王差点死在他手中。他为了云康不惜以身犯险，你呢？拿着剑去，别丢我赣王府的脸。”

祁珏无奈，握剑前行，向着被捆缚在木桩上的人步步走近。他不敢抬头，阳光下被自己手持利剑的身影吓得神情恍惚。

他立住身躯，听那含着嘲讽的声音道：“三日不见，当刮目相看。祁郡马，你这握笔作画之手，如今也能拿剑杀人了。”

祁珏抬头，对着面前似笑非笑的脸，一时恨不得有个地洞能让自己遁形。他摇头：“不，我没有，我没有杀人，从来都没有杀过人。”

“你助纣为虐，不知会杀多少人。”

“不，我、我……”他神色痛楚，说不下去。

“你不知道自己在做什么吗？”木桩上的人满眼不屑地望着他，“这样的你，怎能配得上云宜？”

“我当然知道配不上。”他凄然一笑，慢慢将剑举起，“但是你……”

阳光下，剑刃闪耀光芒。荀瞻濠双目炯炯注视着祁珏，只待他一剑刺进对面之人的身躯。

剑身沉重，祁珏举着剑，连手臂都在颤抖。他哐当一声掷剑于地，转身几步跪倒在荀瞻濠面前：“父王说得对，我和师妹有青梅竹马的情意，他是师妹未来夫婿，所以我不能伤他，还请父王开恩。”

祁珏叩下头去，匍匐在城楼已被烈日晒得有些发烫的砖石上。荀瞻濠望之不语，俄而，绕过他向前走去。

他俯身拿起地上的剑，对着木桩上的人猛然刺入。鲜血从身体里涌出，沿着剑身蜿蜒流淌，滴滴答答，染红尘埃。

荀瞻濠拔出宝剑，冷声道：“说，你到底是谁？本王不信你是平江侯荀予佑。”

荀予佑忍痛微笑：“真是假作真时真亦假，你不信，我也没办法。”

“我却有办法。”荀瞻濠冷哼一声，吩咐道，“拿上来。”

立时有人端来一个盘子，盘中是一只空碗和一个木匣。

他挥手示意，那人捧着碗走到荀予佑跟前，让血滴落进碗里，须臾就满了大半。

荀瞻濠打开木匣，取出一物，竟是一枝半枯的红花。

“知道这是什么花吗？”荀瞻濠将花举到荀予佑面前。

荀予佑抬眼看他手中红花。他认得那花名叫曼珠，有花无叶，有叶无花，花开瓣卷蕊长，数朵并蒂，如簇若盘，姿态曼妙，红艳如血，苏州城外的野地里寻常可见。

他知而不答，却见荀瞻濠伸手将那绿色根茎上的花朵一并掐下，扔进盛着鲜血的碗中，又将余下的根茎在他面前晃了两晃：“这是曼珠，花开美艳，根茎却有毒。你现在说实话还来得及，不然，本王就用它送你去黄泉彼岸。”

荀瞻濠停了片刻，见绑在木桩上的人额首低垂，闭目不语，也不知是神智昏沉，还是根本就不想理他。

他将手里的花茎折成几段，绿色的根茎里溢出乳白色的汁液。

他提高了嗓音似下最后通牒：“这根茎里的汁液若是抹在伤处，毒入其中，虽不立时见血封喉，却会随着血液流遍全身。四肢百骸，五脏六腑，所经之处，腐灼殆尽，直至死亡。过程细腻漫长，痛楚至极。”

荀瞻濠命人扯开荀予佑的衣襟，等了片刻，见仍无反应，更无耐心。正要动手，祁珏扑身而上，挡在面前道：“父王，你刚才说过不会杀他。”

“我刚才只不叫你杀他，没说本王也不杀他。本王才不信他真是荀予佑，来人，将郡马请走。”

立时有人上来拉开祁珏。荀瞻濠复看一眼木桩上的人，将手里碾碎的根茎一把按上那兀自流着鲜血的伤口。

手掌下身躯微颤，荀瞻濠更用力按下："不说实话，就好好享受这蚀骨销魂的滋味吧。"

荀予佑只觉伤处似又被利剑插入，片刻，滚烫烧灼之感自伤口蔓延开来，火烤针扎般叫人痛不欲生。他忍不住浑身颤抖，呻吟出声。

荀瞻濠目不转睛地看着，似乎想从眼前之人的反应中寻到些什么。

晌午的日光愈加猛烈，体内如火如荼的灼烧翻卷疼痛，荀予佑汗透重衣。他找不出词来形容这样的痛楚，所谓撕心裂肺、生不如死，在这鲜活具体的感受下全然苍白无力。

神魂缥缈，如梦似幻，疼至虚脱，又似被兜头一盆凉水，猛然清醒，从头再来。

他再次痛到魂飞魄散之时，望着呆立一旁的祁珏，迷糊道："你，为什么不一剑杀了我……"

祁珏忍不住别过脸，泪流满面。耳边时断时续的痛苦呻吟恍若利剑，将他刺得千疮百孔。他止不住亦浑身颤抖，若非被人拉住，他怕是已站立不稳。

忽然，一切安静。

祁珏回首，见木桩上的人如一片软伏的枯叶垂挂，再无声息。他猛然用力挣开身旁侍卫，几步冲上前去，抓住木桩上的人摇晃几下，回过头来，嗓音发颤："他……他这是……死了吗？"

荀瞻濠愕然望着那盛血的碗发呆。

原本浮在碗中的半枯花朵，竟好似得了鲜血的滋养，舒展筋骨，昂扬饱满，恰才怒放盛开、红艳欲滴的模样。他伸手拿起碗里的花，阳光下血色浸染，红得更是妖艳，但须臾如血的鲜红渐渐消退，俄而竟至雪白之色。

祁珏以为自己眼花，定睛细看，那血色红花果真成一白朵，诡异非常。

荀瞻濠忽然醒觉，迈步上前，细察木桩上已无动静的人，大喊道："来人，快给他止血！"

祁珏颤手去探鼻息，温热均匀，再看那低垂的脸庞上神色安然，并无痛苦之态。

他没有死，也没有晕，而是……睡着了。

他竟然睡着了！

立时有大夫前来救治，荀瞻濠道：“给本王医好了他，不许有任何闪失。”

大夫唯唯诺诺，检查了一番，说只要止血便无性命之忧，于是麻利地消毒清洗，止血上药，用干净的细布包扎好伤处。

仿佛大梦初停，木桩上的人悠悠苏醒。

他不知道那极致的痛楚是如何在自己的身体里忽然消失的，只觉一瞬涅槃，仿若重生，倦意难挡，竟然在那一阵松弛中昏昏睡去。

他醒过来，见身上已缠了层层细布，伤处也不那么疼了，抬头对上荀瞻濠不可置信的眼神。

“你……当真是平江侯荀予佑！”荀瞻濠语声不稳。

他侧目，看见祁珏脸上无比惊愕之色。

“你居然是荀瞻治的儿子！”荀瞻濠复道，不由得他不震惊。

“什么，他是当今，当今圣上的……”祁珏骇得合不拢嘴。

“没错，他是皇子，是当今圣上的亲儿子。”荀瞻濠说。

自己早在皇宫安插了眼线，有什么是他不知道的？撺掇荀淳照逼宫篡位，原想螳螂捕蝉黄雀在后，不料竟又蹦出个荀予佑来。如今这天之骄子落入他手，真是老天帮忙。

“可凭、凭什么说他，他是皇子？”祁珏惊得有些结巴。

“凭什么？”荀瞻濠举起手中白色花朵，“就凭这曼珠沙华。”

碗里的血色红花尽数变白，兀自惊愕之际，祁珏听荀瞻濠继续道：“太祖登基前，一次战败负伤躲避追兵跑至野外，力不能支倒在一个山坡上。他的伤并不在致命处，但射中他的箭却是淬了毒的。山坡上有一大片的曼珠，他躺在那艳如火、红似血的花丛中，干渴、疼痛、精疲力竭，想着这里竟是自己的葬身之所。他闭上眼，以为不会再睁开，哪知再次睁眼，正对着初升的太阳。他站起来，看见身下那丛沾染了他鲜血的红花在朝日下异常妖艳夺目，但须臾却成一片雪白。原来，是那些被压折的曼珠的根茎中溢出的汁液碰到了他的伤处，以毒攻毒，保全了他的性命。他很是庆幸，事后也不曾挂心，直到他有了第一个孩子，看见那孩子不小心割破的手指中流出的鲜血同样染白了曼珠，才知当年留于他体内的毒素竟能使这红花变白。他开始在子孙中一一试验，殊无例外。”

“果真如此？”祁珏喃喃自语，“难道不会有错？”

“不会有错。”荀瞻濠说，“昔日父王宠爱林妃，差一点要上奏朝廷将她的儿子立为世子。但后来此事不了了之，林妃亦不知所踪，就是因为那小子的血不能使曼珠变色。”他看一眼被缚在面前的人，“如果你不是荀予佑，毒发身死便是活该。倘若真是荀予佑，你就不会死。因为你是太祖皇帝的后代，你的鲜血能解除曼珠之毒，而浸染你血液的曼珠也会在阳光照射下变成白色。”

“可他，他怎么会……？”祁珏更是惊骇。

“郡马想说他怎么会是皇帝的儿子？”荀瞻濠哈哈大笑，“哪个男人不风流，哪个少女不怀春？”他凝视着绑在木桩上的人，“你果然是荀瞻治和那个蒙古女人的私生子，有了你，我还怕什么大军围城？我只要拿着你去和荀瞻治谈判，中分天下，也不是什么不可能的事。不然，他就连如今唯一的儿子都没有了。”

祁珏简直不敢相信自己的耳朵，他惶惑的神色落在荀瞻濠眼里。

荀瞻濠得意道：“郡马，只要有他在，我们就安全得很。娉婷若是生个男孩，将来就能继承这半壁江山。”

第二十三章　城上忠魂

云宜醒来时，已是天光大亮。

她一骨碌从榻上坐起，环顾四周，帐中哪还有荀予佑的影子？也不知自己是怎么睡过去的。

云宜跳下榻来，匆忙整理了衣裙，顾不得洗漱，便急急走出帐外。抬头看天，太阳高高悬在半空，岂止日上三竿，分明已近晌午。

她心里凉了大半，想到荀予佑定是撇下她前去赴约，暗恼自己怎会一觉睡到这个时候。正茫然无措，但见一人远远向大帐疾步而来，竟是荀予佑，不觉又惊又喜，忙跑上前一把抓住了道："我还以为你一个人走了……你，你这是没去呢，还是去了回来了？有没有见着我父亲？"

荀予佑将手里的一张纸笺递给她，云宜接过了看，是薛士桢的笔迹。

"他一早穿了我的甲衣，独自出营了。"荀予佑道。

真是螳螂捕蝉，黄雀在后。自己在云宜的茶里放了安眠的药物，想不到薛士桢竟也在那马奶酒中如法炮制。

云宜跺脚："我总说薛师兄和你相像，他这是冒充你去赴荀瞻濠之约了？"

荀予佑点头，无暇多言，着了戎装，翻身上马便要出营。

云宜定要同去，荀予佑坚决不允。此行如果攻城，情形瞬息万变，刀剑箭矢无眼，他未必能时时顾及她。

云宜急得直欲落泪，求道："你带着我吧，我要去救父亲，还有薛师兄。"

"云姑娘，你放心，我一定会把他们安全带回。你就待在这里，听话。"荀予佑命人看住了她，亲率十数侍卫出营门飞驰而去。

祁珏站在一旁兀自怔愣，眼前景象和荀瞻濠的那番话令他无比惊愕。

荀瞻濠立在城头踌躇满志地远眺了一会儿，吁口气道："本王有些乏了，且去休憩片刻。城上之事，就烦劳郡马。”

祁珏答应着垂首恭送，见他下得城楼渐行渐远，忙命一众兵士退却，返身到木桩前去解绳索。

“薛师兄，你感觉如何？这究竟是怎么回事？”他着急地低声问。

薛士桢惨白着脸色哼笑：“怎么回事，郡马看不明白吗？”

祁珏脸上发烫：“我是说那红花怎么回事？”

薛士桢神色微变，低头不语。

祁珏解了他身上绳索，搀扶道：“这里风大，去阁子里坐。”

薛士桢脚下踉跄，挣开了说：“岂敢劳动郡马爷？云师妹说你做了赣王府的女婿，我还不信，不想你竟全然忘记自己是云庐弟子，辜负先生教诲。”

祁珏闻言怔怔，心中难受，道：“不管我做了谁的女婿，总还是云庐弟子。先生之恩，永世不忘。同门之谊，永生不变。”

薛士桢睨他一眼：“既是敌我，何必惺惺作态？”

“我不是你们的敌人。”祁珏急道。

薛士桢冷冷望他：“助纣为虐，今时今日，你不过是荀瞻濠的一条忠犬。”

“不，我没有。”祁珏涨红的脸上一阵青白。

“你没有？”薛士桢怒目而视，“先生缘何会落入荀瞻濠手中，荀瞻濠缘何会以此要挟，你敢说其中没有你的功劳？”

“我没有……我，我只是……”祁珏神色痛楚，说不下去。

薛士桢一时激愤，牵动伤口，不觉咳了数声，白色的纱布上隐隐透出血渍。

他气喘吁吁，紧蹙双眉，嘶声道：“你可以说你是云庐弟子，但你哪里还有半点云庐风骨？你可以说你什么都没做，只是你进了洪都城内，到了赣王府中，如今又站在这城楼之上。你，就是我军之敌，百姓之敌，家国之敌。依附叛逆，既成同谋，你不是荀瞻濠的帮凶又是什么？”

烈日当空，祁珏的背上冒出冷汗。这一番话，直叫他头脑烘热，手脚冰凉。他低下头去，见那柄被荀瞻濠掷在地上的宝剑正压着自己的影子，剑尖凝固的鲜血，带着夺目的殷红。

他俯身拾起那剑，双手奉到薛士桢面前：“说得不错，谁叫我做了荀瞻濠的女婿？你就拿着他，斩杀了我这个叛逆吧。”

薛士桢犹豫着伸出手去，握住递上的宝剑。

祁珏望着他，手指胸前：“向我这里刺，若一剑不够，不妨多刺几剑，算是替先生和宜儿出气。”

“如此你就良心得安了？”

“那你要我如何？”

“放下屠刀，立地成佛。前路险绝，回头是岸。祁珏，现在还来得及啊！”薛士桢双目灼灼。

“回头是岸？”祁珏口中喃喃，笑而摇头，“即便我不做这赣王府的郡马，我也是荀娉婷的丈夫，是她肚子里未出生的孩子的父亲。我哪里还能回头？我自己选的路，又何必回头？”

“祁珏……”

薛士桢还欲再说，忽听得马蹄声响，远眺城外，遥遥一片尘土飞扬。

祁珏转身趴在城垛，望之亦不觉心惊，那千军万马似排山倒海席卷而来。

转回身，差点迎上薛士桢指向自己胸口的宝剑。他蓦然怔愣，看着堪堪停在胸前的剑尖，旋即平静道：“我命在此，你想要，拿去便是。”

“冰炭不同器，泾渭自分明。祁珏，今日你若自认是云庐的那个祁珏，我做什么，你都别管！”

祁珏还没反应过来薛士桢所说何意，薛士桢已向后疾退几步，转身便跑。

祁珏不明就里，抬脚追去。薛士桢突然顿住身形，反手将剑架上颈项，回头喝道：“你站住，别过来！”

“你干什么？！”祁珏大惊，立在那里，但看他一手持剑，一手握上面前收放城外吊桥的绞索转盘，想他此举未免疯狂。

“都给我退后，否则我自尽于此，你们可不好交代。”薛士桢将手中宝剑往脖子上靠了靠，冲着已拥上来的兵士道。

他边喊边用力转动那铁盘，一念甫生，欲罢不能。无论如何，今日总要拼力一试。

“都退后！”祁珏忽然张开双臂大声道。他知道放下城外吊桥意味着什么，却本能地挡在薛士桢跟前。

城头兵士面面相觑，不知如何是好。

硕大的绞索转盘，卷放着沉重的铁索。薛士桢咬牙用力，额上汗意浸淫。一手力道有限，那铁盘似只缓缓移动了一寸光景，而且一用力，胸口就撕裂般地疼。鲜血透过细布渗将出来，但他无暇顾及。围城日久，今天也许是破城的绝好之机。

薛士桢看一眼祁珏，不指望他来帮自己，如此这般已是最好。

他哐当扔了手中宝剑，双手握住绞盘，使劲推去。

铁索摩擦出声响，绞盘慢慢转动，城外吊桥缓缓放落。

“郡马爷，你知道……他在做什么吗？”怔愣的兵将中忽有一人问，他其实想问祁珏是否知道自己在做什么，但顾其身份，生生把“你”改成了“他”。

祁珏自然知道，他是赣王府的郡马，城外是荀予佑的大军，可面前是同门的师兄。他是云庐弟子，云庐在他心中是“家”一样的存在。云康、云宜，包括薛士桢，于他便是家人。

他转身拾起薛士桢扔在地上的宝剑，挥舞大喊：“都给我退后，王爷不在，这里我说了算，谁敢抗命？”

他一向温文尔雅，此时面寒心冷，执剑高声，倒叫齐压压一众人等不敢轻举妄动。

薛士桢仍俯身拼力转那绞盘，胸前伤处的鲜血汩汩涌出，滴落在铁索上，参差斑驳。眼前阵阵发黑，双手火烧火燎地疼，他大吸了一口气，摇一摇开始眩晕的头脑。在用完最后一丝力气前，他要保持清醒。脸上汗水滚落，和着鲜血融合在一起，温润着坚冷的铁索。

因为这温润，绞盘转动的速度明显加快。他奋劲一声嘶吼，爆发出全身的力量，只听“嗒”的一记脆响，手中的绞盘终于卡在了某一位置，不再动弹。

耳边越来越响的马蹄声忽而远去，漫无边际的黑暗迎面撞来，令他一瞬窒于呼吸。

鲜血淋漓，他全身软倒在索盘上，双手犹自紧握不放。

“是谁放的吊桥？”气急败坏的声音里，荀瞻濠快步上到城楼。

众人闪开两旁，荀瞻濠看见索盘上倒伏之人和眼前手持宝剑的祁珏，不由得目露森寒：“郡马，你在干什么？”

祁珏木然不答，荀瞻濠怒极挥手：“都给我押起来！”

立时有人上前缴了祁珏手中宝剑，并将薛士桢抓扶住。荀瞻濠顾不上城外情形，几步走到薛士桢面前，伸手去探鼻息。见他浑身血染，忙叫人先送回王府，唤医速救，只道绝不能死，否则提头来见。

只这一会儿工夫，城外大军已半数冲过吊桥。荀予佑实则已在昨夜悄悄派兵埋伏于洪都城外伺机而动，故而此时宛如神兵天降，以迅雷不及掩耳之势兵临城下。

荀瞻濠站在城头看此景象亦是吃惊，但想王牌在握，心中便稍安定些。待他望见城下主将，心中却是一惊，竟也丰神俊朗，更有英气不凡。

荀予佑抬头，与荀瞻濠四目相对，看他样貌衣着，想必是那赣王，扬声道：“在下荀予佑，来赴王爷之约。”

“你是平江侯荀予佑？！”荀瞻濠吃惊。

“正是。”荀予佑点头。

“你为何能是荀予佑？”荀瞻濠脑中纷乱。

荀予佑一笑道：“我为何不能是荀予佑？”

如果他是荀予佑，那么适才之人又是谁？荀瞻濠如坠云雾，将城下之人细细打量，只觉还真有几分相像。

“你们当本王傻吗？一个两个都自称平江侯。”但心想曼珠不会说谎，荀瞻濠镇定下来，冷冷一笑，命人带上祁珏，指着城下道，“郡马，你来看看他是谁？”

荀予佑仰观城上，先是开口道：“祁郡马，我们又见面了。”

祁珏呆愣愣站在那里。

“郡马，他说他是平江侯荀予佑。”荀瞻濠道。

祁珏只怕一言不慎对薛士桢不利。

“怎么，也不能确定？”荀瞻濠见他惘然不语，冷声提醒，“郡马，你可别忘了你如今的身份。”

祁珏依旧不发一言，荀瞻濠挥挥手：“罢了，本王找个能确定的便是。”

云康被带上城楼的时候，祁珏惶然低下头去。

“云先生，你来看看，下面这位是谁？”荀瞻濠招呼道，“先生可真是好福气，这一个两个都愿给你做女婿。”

云康站在城垛前放眼而视，看见荀予佑，不觉神色微变。荀予佑抬头望见云康脸容苍白，发丝凌乱，不由得心口发酸，一时不知如何言语。

“果真是令婿？”荀瞻濠察言观色，凝视云康。

“是又怎样，不是又如何？”云康冷冷道，心中实不愿再有人因为他受制于敌。

荀瞻濠皱眉。云康这反应是故意让他真假难辨，还是城下之人果真就是荀予佑？若是荀予佑，刚才那个又如何解释？

“是的话，那便甚好。”荀瞻濠瞥一眼身旁的云康和祁珏，再望两眼城下，故意大声道，“说来此事还要感谢郡马，不然本王哪里请得来云先生？请不来云先生，又哪里能劳动平江侯的大驾？”

祁珏神色张皇，低头垂目，恰见城下荀予佑冷冷瞧他的目光，不觉满脸通红。

“我已应约前来，王爷就不必再绕圈子，有何赐教，不妨明言。”荀予佑开口。

“好，若你真是平江侯，那咱们便明人不说暗话。”

“王爷请讲。”

“听闻侯爷对云姑娘情深意厚，想必不会置你岳丈性命于不顾。”

荀予佑点头：“所以，望王爷谨慎从事。”

“本王只有一个要求，侯爷倘能应允，我保证云先生毫发无伤。”

“王爷有何要求？”

“你撤去围困洪都的兵马，给本王让出一条道路。”

“好让你入长江、下金陵？”

“果然是明眼人。”荀瞻濠笑道，“如此，云先生定会安然无事。”

“给王爷让出这样一条道路，不是我能说了算的。”荀予佑道，“我倒是劝王爷不若趁今日之便，开城投降，迷途知返。”

荀瞻濠闻言大笑：“看来你并非平江侯荀予佑，否则，怎会对自己岳丈的性命无动于衷？”

“家事国事，于私于公总要分明。王爷若以先生之命相要挟，只怕是缘木求鱼。”荀予佑沉声道，“不过诚如王爷适才所说，还真要感谢祁郡马，给了王爷一个尚能讨价还价的机会。须知谋逆当诛，负隅顽抗，不过垂死挣扎。围城时久，必有城破之日，不若王爷保先生无事，则我亦保王爷性命无忧。”

“你这是在和本王谈判？”

“有得谈总比没得谈好。”荀予佑挑眉，“我言出必行，王爷可想仔细。”他心中担心云康，却竭力保持冷静，不在荀瞻濠面前显露情绪。

“你们可真是劝降劝上了瘾。”荀瞻濠冷哼，“适才已有个自称荀予佑的人来劝本王，如今他已在本王手中。你还是让荀瞻治来和我说吧，否则他这江山社稷不给本王，也给不了谁了。”

荀予佑心中一凛，看来荀瞻濠所知不少，但他何以认定薛士桢便是自己？

“是真是假，王爷自辨。只不过机会稍纵即逝，望王爷能好好把握。今日开城投降，凡不抵抗者，均属归顺朝廷，可既往不咎。”荀予佑大声道。

此言一出，城楼上立时有了骚动。

荀瞻濠怒道：“你敢在此惑我军心？”

荀予佑掷地有声：“先礼后兵罢了。”

荀瞻濠既恼城下之人态度强硬，又愈觉真假莫辨。如果他真是荀予佑，却不为云康所制，自己便讨不到一点便宜。但他分明在乎云康，并以此作为能与之谈判的条件。诚如他所言，若事有不济，这倒不啻是个可以保全自身的契机。

想到此处，他不禁沉吟，但终是暗自摇头。不，不行。一生经营，多年筹谋，怎能轻易放弃？不成功便成仁，他在心中呐喊。

荀瞻濠转身对云康道：“云先生，你看今日之事该当如何？要不，先生亲自去对令婿说吧。”

不若先把云康推出去，且看城下之人的反应。

云康恍若未闻，转身便走，立时被持械的兵士拦住去路。祁珏怕云康有失，忙疾步挡在面前。

云康自然知道荀瞻濠要拿他去威胁荀予佑，虽然荀予佑未必就范，可自己终究是其软肋。若荀瞻濠真的出洪都、入长江、下金陵，猛虎归山，蛟龙入海，战火绵延，不知何时才能终结。

云康无声而立，却听荀瞻濠幽幽而言：“本王亦是无法，实在不想对先生有何不利之举。郡马，你也该帮着劝劝才是。”

祁珏无奈转身，见云康正双目炯炯望着自己，不觉面红耳赤，低头跪倒，嗫嚅道：“先生，都是我不好，我……”

云康看着他，叹了一口气，目光虚浮，缓声道：“弹指流光，一晃竟已过了这么多年。我还记得那个冬夜，你被人送到我这里，沉睡襁褓不哭不闹的样子。我抱你在手，温温软软一个小人儿，瞬时就融化了我的心啊。”

“先生……”祁珏哽咽，将头又低下几分。

“我那时虽未成亲，却立时有了身为人父的感觉。你就是我的第一个孩子，我要保护你，抚育你，给你最好的照顾，培养你成才，方不负……方不负知交好友的托孤之请。”

“先生……”祁珏抬头，已泪流满面。

云康伸手拭去他脸上泪水，又轻抚他的双眉与发丝：“你那时眉峰淡淡，似有若无，头发倒是浓密。我看着你一点点变化，一天天长大，如今到底长成了这般芝兰玉树，和你父亲简直一模一样。当年他就是南京城文采飞扬、风姿绰约的翩翩公子，多少人望他一眼便倾慕不已。可是他为了心中节义、忠孝之思，力抗强暴，殒身不恤……而今，你也将为人父。可是珏儿，为何你会在这里，会在这里啊？”

祁珏说不出话，唯有低声哭泣。

云康亦落下泪来，摇头道：“一步错，步步错。你叫我如何去见你九泉之下的父亲，如何与他交代你终会有怎样的下场，我到底是没有照顾好你呀！”

“不，先生，是我的错，是我自己的错……”祁珏痛哭着叩下头去。

“珏儿，你心里是不是怨我怪我？怨我偏心，怪我没有成全你和宜儿，所以，你才会……”

“不，先生，我从未这样想过，一切都是我不好。没有先生，我早已不知湮灭在何处。是我未报深恩……我，我无地自容……”祁珏说着连叩了几个头。

“还有宜儿，我的宜儿，好久未见，不知道她怎样了。她是不是也在怪我怨我，我是不是真的错了？”想起云宜，云康更是伤心。

“先生没错，先生放心，宜儿好好的。”

若自己是云康，也会为云宜挑选荀予佑这样的夫婿。将为人父，祁珏自然能明白一个父亲对女儿的牵挂与深情。

“郡马、云先生，你俩说完没有？本王不是让你们在这儿闲话家常的。”一旁的荀瞻濠终是不耐，“云先生还是去和令婿好好聊聊吧，要不然，可别怪本王无情。”

云康拭了眼泪，转身一笑，道：“王爷于人，何尝有情？只不料云康一介平民，竟得王爷高看若此。”

“先生是聪明人，想必能审时度势。”荀瞻濠道。

云康眼望城下：“恐不能如王爷所愿。”

“好，很好！”荀瞻濠怒极反笑，拔剑架上他颈项。

祁珏见状，欲扑身上前，却被侍卫钳制，动弹不得。

荀瞻濠望着城下的人，冷冷说道："本王不管你是谁，若不退兵，就别怪本王剑下不留活口。"

荀予佑早已五内如焚，开口道："荀瞻濠，你敢伤先生分毫，我定百倍讨还。我劝你休要轻举妄动，执迷不悟。"

"是吗？"荀瞻濠哈哈大笑，"那你且看岂止是分毫。我自不会一剑要了他性命，但你若今日不撤军，我就砍他一臂，明日不撤军，我便剜他一目。本王倒要看看你是否忍心，又如何去向云姑娘交代？"

"不，不可以！"祁珏哭喊道，"要杀杀我，要砍砍我，求父王放了先生吧！"

终究是心有顾忌，荀予佑一时惶然。以荀瞻濠之狠辣，怕是说得出做得到。他若破罐子破摔，自己怎能眼睁睁看着云康遭受折磨？

荀予佑额上渗出细汗，心头又似刀绞，却听城上笑声朗朗。

"先生因何发笑？"荀瞻濠问。

"云康本是布衣草民，今当此大用，焉得不笑？"云康一任利剑在颈，又道，"珏儿，不要哭！"

"先生，都是我，都是我该死……"祁珏止不住低泣。

云康仰天而视，但见秋空澄净，万里无云，一片蔚蓝。他深深吸了一口气，然后缓缓吐出："如此江山，怎不叫人念之爱之？往日我总想将这千万里山河锦绣成一长卷，描摹笔下，浮于纸上，为毕生巨作，可惜终是无暇。珏儿，你亦擅山水，不妨替我完此心愿。"

"先生还是和令婿说几句吧。"荀瞻濠将手中的剑往云康脖间递了递。

冰凉沁肤，隐隐作痛。

云康理一理衣发："那就说上几句。"

"如此请先生快说。"只要云康开口，城下若真是荀予佑，不怕他不就范。

云康眼望城下，对上荀予佑已隐含泪水的双眸，微微一笑，点了点头。复游目天际，朗声高吟："江山好春色，丹心入画图。平生未报国，留作忠魂补。"吟毕，扭头便向着颈边利剑直撞过去。

荀瞻濠慌忙回撤宝剑猛退几步，岂料云康就势转身，双手一撑，已跳坐在城墙垛口之上，深视祁珏一眼，往后直仰而下。

电光石火，众人俱不及反应，眼睁睁看着他如脱线的纸鸢坠下城头。荀瞻濠急忙伸手去抓，却堪堪只摸着一角衣衫。

祁珏张大了嘴喊不出声，一瞬全身虚软，跌伏在地。

荀予佑眼见云康坠下城头，纵马上前，已是不及。

砰然声响，黄尘飞扬。

荀予佑滚鞍下马，疾奔上前，蹲跪在地，扶起云康。

臂弯里须臾就被温热的液体濡湿，鲜血汩汩，浸染一片殷红。

“先生，先生……”荀予佑语声惊惶。

云康睁开双目，看着他道：“你……叫我什么？”

“岳、岳父大人。”荀予佑慌忙改口。

云康淡淡一笑：“那宜儿就……拜托贤婿……”

“岳父大人放心，我，我决不叫她受半点委屈。”

“我放心。”云康微微点头，终是气若游丝，“只是……我好想再看……看她一眼……我的……宜儿呀……”慢慢垂下眼睑，再无言语。

荀予佑颤手抚上云康脖颈，触摸之下，泪水汹涌而出。

想起离营前和云宜说的话，此刻他真想抬手给自己一巴掌。

他抱起云康，仰望城楼，赤红着双眸嘶吼出声：“攻——城！”

第二十四章　鸳誓几许

攻城令下，势如破竹。

洪都城被困数月，城中守军已是疲敝。且荀瞻濠谋逆朝廷，不得人心，士兵或慑于淫威，或耽于利益，多无斗志。而荀予佑率领的将士早就摩拳擦掌，跃跃欲试。更因云康身殉义愤填膺，同仇敌忾，勠力一心，故攻城不过两个时辰，即告大捷。洪都城破，荀瞻濠等叛军之首悉数被擒。

官兵入赣王府搜检，府中哭喊声响成一片。荀娉婷静坐屋内，神色平静。她知这一日早晚将临，只恨自己一介女流，无法改变一切。官兵在密室中搜出龙冠衮冕之物，薛士桢亦被发现。有侍妾姬女投缳者数人，忠仆义奴自尽者几名，荀予佑皆令好生安葬。

夜色中，火把光亮冲天，把个赣王府照得如同白昼。荀予佑立在府门前，抬头看荀权当年手书的“赣王府”三字匾额，心中怆然。这一场硝烟终告平息，但愿此后海晏河清，国泰民安，天下苍生皆不遭战乱之苦。

可他要怎样将云康身死的消息告诉云宜？自己阻她出营，又信誓旦旦地向她保证定会将人安全带回，如今父女俩却连最后一面都没见着。

云宜得知噩耗，殊无反应，仿佛是听着个与己无关的消息。

她转身向营外走，没注意脚下踩着块尖石，一个踉跄摔倒下去。荀予佑上前搀扶，她撑坐在地良久不动，蓦然间一口鲜血冲喉而出，直喷上他胸前衣襟。骇得荀予佑忙一手抱揽，一手抚她后背，痛心疾首道：“是我对不起你，你千万节哀顺变，保重身体要紧。”

云宜喘息过后，才道：“这天怎的如此憋闷？怕是要下雨了。”

荀予佑心疼难禁，依言道：“那我们快些回去，莫要给雨淋了。”

云宜不语，任由他将自己抱扶起来，方才站稳，一个后仰，直直倒在荀予佑怀中。

云宜是在见着云康遗体时放声大哭的，之后数度哭晕。荀予佑知其年幼丧母，云康是其在这世上的唯一血亲，不免椎心泣血，羞愧难当，痛悔自己没能救下人来，更担忧萦怀，时刻不离左右，只怕她有半点闪失。

赣王之乱既平，荀予佑表奏进京，派亲信卫队押解荀瞻濠等一干人犯至京城听候圣裁，自己则和云宜一道扶送云康灵柩返回苏城。

薛士桢因伤重难行，暂留洪都医治。

不到一年光景，已然物是人非。

云宜重回洞庭，安葬好云康，面对湖山旧景空落落的一座宅院，悲思油然，一恸几绝。

荀予佑深忧云宜，亦不回府，陪着她在云庐住下，日日相守。

云宜待在房中月旬不出，日夜挥毫，想画一幅云康的图像，却怎么也画不好。分明闭了眼影像栩栩，落笔竟是不能成形。画纸铺撒，零落一室，有眉眼轮廓，有衣袂巾履，只画不出一张完整的来。她一向最擅人物肖像，而今却似江郎才尽。

这一日，她又从晨起画至掌灯，望着厚厚一叠纸张，颓然扔下手中画笔，一把将桌上之物尽数拂去。

她起身在屋子里来回踱步，忽地跪在那一地狼藉中不停翻找，终于捏着张团起又打开的画纸低泣出声。纸上双眸和她怔怔相望，她慢慢贴上面颊，泪落如雨，须臾便将那眉眼濡湿洇染，消去殆尽。

她跪在那里，捂着脸不知哭了多久，直到有人轻轻拉开她的双手，将那已被泪水浸烂的画纸取走。

“我敲了门，你没应声，我不放心。”荀予佑蹲伏在她面前，低声说。

云宜抬头看他。她根本没听见敲门声，连他什么时候进来的都不知道。

“怎么把脸都哭黑了？”

纸上析出的墨汁和着泪水在她脸上斑驳成片，荀予佑用帕子轻拭许久，才勉强擦净了些。抬眼看桌上未曾动过的饭菜，心疼道：“你这一日不吃不喝，身体如何受得住？”见她青黑着眼圈，复叹一口气说，“昨晚又不曾睡？”

云宜凄然道：“不吃不喝不睡也画不出一幅画来。”

“那就先吃点东西，吃完了再画可好？”

“我不饿。”云宜摇头，“我只要一闭眼，就全是父亲的影子。我不敢睡，我怕梦见他满身是血的样子。我只想好好画一幅他的像，想他的时候可以看一看。可我竟然画不好，怎么都画不好。枉他手把手教了我这么久，我却连他的一幅像都画不好！”

“世间无限丹青手，一片伤心画不成。你是太过伤心了。”荀予佑柔声相劝，俄而道，“我替你画了一幅，你看可还行？”

他将身后的画轴双手递上，云宜愣愣接过。打开看时，但见一人头戴方巾，身着褴衫，右手执书卷，左手负于身后立在画中，双目荧荧，气度超然，分明便是云康。

“你……你也会画？！”云宜吃惊相望。

“我怕你熬坏身子，故而越俎代庖，班门弄斧。”

“你竟能画得如此。”云宜对着画像目不转睛，喃喃自语，“他为了我再不婚娶，父兼母职将我养大，从不肯叫我受半分委屈。细细想来，我却时常惹他生气。我总习惯于他在我身边的日子，从来没想过他也会如母亲般一去不返。我总以为能伴着他长长久久，所以我不曾珍惜，不曾珍惜这原本就会越来越少的相聚。最后一次，最后一次我见他的时候，还在和他发脾气……”云宜放下画轴，哭得双肩颤抖，“他这是恼我了，所以才……才不要我了……也不让我画他……”

彼时在山洞茅舍，云宜为了祁珏与云康争执，云康情伤黯然，荀予佑在内室听了个真切。自那日分别，父女俩便不曾见过面，再见已是阴阳殊途，天人永隔。

“你切莫这样想啊。”荀予佑伸手扶住她，“都是我不好，没能护得先生周全。”

云宜摇头：“若非我带了祁珏去，父亲也不会出事。他明明嘱我不要告诉任何人，怪我，都怪我……他定是怨我不听话，所以到最后都不想见我。”

“不，不是这样。”荀予佑忙道，“他最后满心牵挂的都是你，他要我好好照顾你。”

云宜只是不听，双手抱头兀自哭泣：“我为什么要带人去？我怎么就这么不听话？不然，他一定不会有事。我好后悔，好后悔……”

“云姑娘，你千万不要这么想。世事无常，孰能预料。我们都没有未卜先知的本领，你不要这样责怪自己。”荀予佑急得去握她的手，才觉她双手冰凉。

时已深秋，向晚更生寒气。云宜一夜未睡，又一天不曾吃饭，跪在地上哭了许久，早已遍体生凉。

荀予佑扶她起来，领着她至床前脚踏上靠坐下来，将她的手握在自己掌中暖热。

云宜一时松懈，无力地倚向他。

荀予佑伸手轻轻将她揽在怀中，云宜伤心疲累之下亦不顾及，虚弱地枕上他肩头，许久才道："你与我说说那日情形。"

她实则一直不能接受云康的离去，从不曾问起当时之事。荀予佑怕她伤心，亦不主动提及。

荀予佑一手揽着她，一手握住她的手，将那日光景及云康所言细细诉来，云宜静静地听着，不知不觉将他肩头胸前的衣襟哭湿了大片。

荀予佑眼中亦泛起水泽："先生为了家国百姓殒身不恤，慷慨悲壮令人景仰。"低头见云宜紧蹙双眉，忙问，"可是哪里不舒服？"

"头很痛。"云宜哭得脑中昏沉。

荀予佑忙腾出右手，在她左侧的太阳穴上轻轻按揉。云宜只觉被按之处如刺利刃，寸寸深入，不由双眉更蹙。

"你且忍忍，揉开了便好。"荀予佑一点点加了手上的力道。

云宜疼得直吸气，但须臾似要痛裂的头脑倏忽清明，痛意慢慢消退，更觉昏然欲睡。

"你太累了，好好休息一下。"荀予佑柔声道，又将手指移至她眉心轻柔点按，再沿着双眉慢慢滑过，复从眼下至额上来回画圈，似要拂去她眉目间的忧戚。

云宜只觉细细暖流自眉间注入，舒舒缓缓慢慢游走。她闻着荀予佑衣袖上淡淡的熏香味，精神越发松弛。

荀予佑伸手扯过一床被子盖在她身上，一手抱持，一手轻拍。

温暖舒适放松之中，让人有十足的安全感。云宜想起幼时生病，云康坐在榻上陪她一夜，也是这般裹了被子将她抱揽于怀，低语轻拍哄她入眠。那一夜她睡得异常安稳，以致她久久贪恋这样的感觉，总盼着自己能再生几回病。

荀予佑见云宜闭着眼睛，鼻息渐沉，欣慰她终能入眠。他决定就这样陪着她靠坐床沿，只盼她能多睡一会儿，若是做了噩梦伤心难过，他亦能第一时间予以抚慰。

他静静地看着她的脸颊，听着她浅浅的呼吸，终于忍不住低首探近，在她额上轻轻吻下。

云宜一动不动，想是已经睡熟。

他复替她拉了拉被子，双手环抱着她仰靠在床沿。怀里温软的身子让他感觉真实又不那么真实，他第一次和她这般亲密无间。

“云姑娘，你可否不要伤心了。有我在，我定会像先生那样护你、爱你、宠着你、照顾你，让你无忧无虑，幸福快乐。你我既有婚约，这一生一世，你愿不愿与我践此鸳盟呢？”他目视前方，低喃自语。

许久，他听到怀中犹如梦呓的声音，说：“好。”

荀予佑待在云庐已有月余，看云宜日渐平复，想着是否要回平江侯府之时，却被云宜请去了梦墨堂。

这梦墨堂原是云康的书斋，和那梦墨亭一斋一亭名字相同。荀予佑抬脚进门，见云宜一袭素衫立在屋内，对着他深深福了一礼，唬得他忙躬身还礼。

环视堂内，摆设依旧，桌上的文房四宝俱是云康生前所用。荀予佑记得很多年前它们的样子，那段时光，在他心中，永远是格外美好温暖的存在。什么都没变，只是一侧的墙上挂了他所绘云康画像的卷轴，下方的供桌上点着香烛，烟火袅袅，在窗棂透进的阳光里如丝缕飘散。

斯人已去。

他一瞬泪目，走过去点了三炷香，恭恭敬敬拜了三拜，将香插入炉中。

云宜亦上了三炷香，在供桌前跪倒，对着云康的画像叩下头去，久久伏地不起。荀予佑怕她又太过伤心，俯身去扶。

云宜直起身子，却仍跪着不动。荀予佑亦跪下身去，扶着她道：“云姑娘，莫再如此伤心。否则先生在天之灵，怎得安宁？”

“我没事，我只是在和父亲说几句话。”云宜转头对跪在身旁面带忧虑的人道，见他默然相望，又道，“你怎么不问我和父亲说了什么？”

“说了什么？”

“我和父亲说再不会惹他生气，这一次我一定听他的话，希望他在天之灵，保佑我们。”

荀予佑听到“我们”心有悸动，复听云宜道：“那夜你说的可是真的？”

那夜……

灵犀忽闪，陡然晓觉，荀予佑想起抱着云宜在床前脚踏上靠坐的那一晚。

“自然是真的。”他郑重道。

云宜点头：“既如此，我今日就在你所绘父亲画像前承诺，你若愿娶，我便愿嫁，但为夫妇，一生相守。”

原来，那一声“好”并非梦呓。荀予佑有些不可置信地看着她，一时怔愣，竟不知说些什么。

“要反悔还来得及。”云宜道。

“不不，我是……怕你反悔，你，你可想好了？”荀予佑欢喜得语不成句。

“父母之命，有媒有聘。这婚姻之约我本当依从，是我任性妄为，才祸及严亲……”

“你若不愿，我决不勉强。”荀予佑打断她的话，不管自己多么期盼，却绝不会叫她为难。

“怎说我不愿意？”云宜淡淡一笑，“父亲那时在信中就说你是我之良人，把我托付于你，他便心无挂碍。我并非只为了做个听话的女儿，你我相遇相识，你对我的种种照顾，诸般关爱，我岂会无知无觉？”

幸福委实来得太突然，荀予佑千言万语，如鲠在喉。

“你若愿意，便与我一起给父亲画像磕三个头，请他为我们见证，鸳誓既许，此生不负。”云宜望着他道。

荀予佑重重点头，两人一同恭恭敬敬对着云康的画像叩首，后相扶相携地站起。

荀予佑忘情地将云宜揽入怀中，万千心绪，一时奔涌。他搂紧了她，如护珍宝，爱不释手。

窗外，风动树摇，落叶婆娑。投射进来的阳光，若丝如缕，斑驳如影。

琴瑟在御，莫不静好。

这一刻，他等了很久。

不日，圣旨甫来，着荀予佑即刻进京。

自宫中一别，不见荀瞻治已一年有余。毕竟血浓于水，难以割舍，荀予佑兀自踌躇。旨意接二连三，宣旨之人亟说圣躬不豫，催他启程。他心中挂念，又不放心云宜独在云庐，思来想去，便央她随自己一同进京。

云宜本不愿去，但看他为难期盼，犹豫之下，终是答应。

荀予佑遂带着她先回了一趟平江侯府，收拾停当，即日启程。舟船车马赶到京城，刚进城门，便有人来宣旨，要他们立刻进宫。

荀予佑至宫门下马，搀扶云宜下了马车，见一小黄门已恭候在侧，近前道："请二位随我来。"

云宜满心疑惑，想荀予佑进宫面圣也就罢了，缘何皇帝连她都要宣召。觑着他正不知该如何时，只见荀予佑握住她的手说："别怕，跟着我就好。"

云宜心头惴惴，倒不是害怕，而是实在不明白宣自己进宫的原因，只觉传旨之人是否错听了一耳朵。

她随着荀予佑步入宫门，但见御道长长，殿宇巍峨，宫墙高隔。虽恢宏博大，气象万千，亦重重深邃，令人郁郁难抒。

云宜的手心里不禁沁了汗，恍惚如在梦中。荀予佑轻轻握紧了她的手，她茫茫心绪终稍许平静。

两人来至殿前，立时便有宣召。荀予佑放开云宜的手，一颗心兀自跳乱了节拍。自从知道皇帝与自己的关系，他便进退无措，不知该如何面对。

他低了头，默然迈步。云宜跟着他低首而进，心中好奇，当今圣上会是什么样子呢？

"臣荀予佑参见陛下。"荀予佑跪地叩首。

"民女云宜参见陛下。"云宜有样学样。

荀瞻治怔怔看着眼前跪伏在地的人，热泪涌上。他强自忍下，定了定神，说："快平身，近前来。"

云宜跟着荀予佑站起，前行几步，刚立定身子，就听御座上的人道："云小姐，你且抬头。"

云宜抬起头，大着胆子往上一瞧，恰与皇帝四目相对，忙又垂下眼帘。

"听闻云小姐才思敏捷，一笔丹青，冠绝吴门。"荀瞻治望着她说。

云宜正觉皇帝没有想象中的威严，听他开口便是夸赞，一时倒有些不好意思，于是脱口道："民女实不敢当。吴门画派，才俊众多。民女所学，皆从于父，只得皮毛而已。"一语甫出，思及云康，不禁神色黯然。

荀瞻治见她如此，温言道："云先生高风亮节，为国捐躯。朕心感怀，定要旌表天下，以慰忠魂。"

云宜悲伤不绝，愣愣站立，也没将皇帝的话听进几句。

荀予佑见状，忙跪下道："臣代谢圣恩。"

荀瞻治望他一眼，复对云宜道："朕已知你在鄱阳湖一役中舍生忘死，立下奇功。朕赐你京城府宅一座，黄金千两，若有什么要求，尽可与朕提。"

云宜跪下辞谢："天下兴亡，匹夫有责。民女自有家院，衣食富足，不需赏赐，谢陛下美意。"

荀瞻治定定看了她几眼，轻咳一声，说："既如此，朕赐你金玉如意一对，权做见面之礼。"

忙有人捧了东西过去，云宜见盘中那两支碧玉镶金的如意精雕细琢，色泽通透，光滑若脂，青绿欲滴，便晓不是凡品。正不知接与不接，听皇帝又道："长者赐，不可辞。朕愿你们今后事事称心如意。"

这口彩倒是极好，只是长者一说未免过于亲近。云宜拿眼去看荀予佑，见他冲自己微微点头，只得接了盘子道："谢陛下。"

荀瞻治颔首，吩咐左右："伺候云小姐到偏殿休息。"转脸又对荀予佑道，"阿佑，你且留下。"

云宜起身随内侍步出殿外，想着适才皇帝那一声"阿佑"，不觉更是奇怪，这皇宫大内竟温情若此。

遣开内侍，殿中父子相对，默然无声。

荀予佑低头立在原地，许久才听荀瞻治道："阿佑，你过来。"

荀予佑心绪纷乱，迈步上前。

"坐。"荀瞻治指着身旁的椅子，一瞬不瞬地望着他道。

荀予佑依言坐了，听皇帝又道："阿佑，你瘦了，要多注意身体才是。"

"多谢陛下关心，陛下也要保重龙体。"荀予佑心口发酸，努力从君臣父子不得分明的状态中镇定下来。

"此次肃清叛乱，阿佑厥功至伟，朕心甚慰。"

"是乃臣之本分，臣只愿天下太平，百姓安乐。"

"朕打算将后续事宜交予你全权处理。"

"……臣恐拿捏不当。"

"盛世鏖兵，荼毒生灵，首恶必除。其余，你看着办。"荀瞻治咳了两声，国家之事，终是要交到这唯一的儿子手中，不管他愿不愿意。

荀予佑还欲推脱，皇帝已转了话题，道："那位云小姐，就是阿佑的心上人吧。和朕说说，你们是如何相识的？”他早已派人打听，今日终于得见。

如何相识？荀予佑不觉思绪纷茫，缥缈于十数年外。

他一直记得那个瑟瑟冬日的下午，阳光渐已收去热度，他蜷坐在巷口的石阶，昏昏欲睡。

这一天，从早晨开始，他便没有吃过一点东西。腹中空空荡荡，身上愈觉寒冷。这条街做吃食的店家很多，可是他兜里没有一个铜钱，闻着弥漫在空气里的食物香味，腹中更是难受。他那时还不到十岁的年纪，寒风裹挟着他衣衫单薄的瘦小身躯，他满心忧愁要如何在这江南古城度过第一个冬天。

一股浓烈的香味钻入鼻中，额上拂来丝丝暖热。他抬起头，见一块冒着热气的糕团堪堪贴近鼻尖。托着它的是一只白乎乎的小手，他看清了面前粉妆玉琢、满眼机灵、四五岁光景的女娃。她穿着藕色的缎袄，头上梳着两个可爱的小鬟，扎着饰了珠花的发带，将那块热糕团递到他手里，一笑跑远。

他两三口将糕团吞咽入腹，暖热香甜，只觉是这世间最好的吃食。他起身寻着那一点藕色远远跟去，一直跟到渡口，跟上渡船，见她已如小猫般偎在一清朗男子怀里睡熟。

他被船家发现身无分文，吓唬着要扔他入湖。那清朗男子替他付了船钱，又将他带回家中。

男子的家建在半山腰，面对浩渺太湖，满是依山傍水的清幽旷远。他一眼便喜欢上了，不想离开。男子也不赶他，反予他洗漱衣食，后来索性让他在一间屋子住下，教他读书识字、诗词歌赋、笔墨丹青。

那女娃就是云宜，那男子便是云康。他在云庐一待半载，直到被带入平江侯府。

那是他长久流浪之后终于觅得的宁静港湾，是他破衫褴褛、饥肠辘辘、颠沛流离之外难得的居有定所和衣食无忧。是他离了额吉、离了草原大漠戈壁，最早感知的人间温暖和享有的美好时光。

“那时饥寒交迫，冻馁街巷，是她予我一口吃食。又是先生收留我在家中，衣食暖热，训蒙书画，半载温馨，永生不忘。”荀予佑回想往事，似自言自语。

荀瞻治半晌无语，良久才道：“是朕让你受苦了。”咳了数声，又道，“云康高义，将身殉国。朕本欲追授他忠义伯的爵位，但思他性向山水，生前既不愿为官，此举亦是多余。”

荀予佑黯然伤怀："先生临终遗言，只愿我照顾好他唯一的女儿。"

"阿佑，其实无须嘱托，朕知你早已情根深种。"

荀予佑低头默认，没错，他会拼尽所有，让她余生都幸福快乐。

"朕看得出来，她是个好姑娘。只是……有其父必有其女，她这心性，怕是不适合皇宫大内啊。"荀瞻治面含忧色。

"陛下……"荀予佑仓皇抬眸。

"阿佑，你知道的，朕早有旨意着你储位东宫。"

"可是陛下，别说是她，就连我也并不适合这里。"荀予佑语声凄然，站起行礼，"陛下若无他事，臣请告退。"

"阿佑，"荀瞻治亦从座中站起，身形晃动，撑在桌案，"不管你接不接旨，都不能改变你是朕的儿子。你……"话未说话，猛然以袖掩口，咳得连腰都直不起。放下手来，袍袖上已星星点点一片殷红，惊得荀予佑忙近前搀扶："陛下……还请陛下保重圣躬。"

荀瞻治喘匀了一口气，抓住他的臂膀，叹息道："阿佑，你不要走，朕……已时日无多。自宫中巨变，身心俱创，每每思及，痛不欲生。须臾，赣王谋逆，盛世烽火，瞻前顾后，殚精竭虑，焚膏继晷，渐至油尽灯枯。"

"不，陛下千秋万岁……"荀予佑急道。

荀瞻治苦笑摆手，止了他的话："百年尚不可得，何来千秋万岁？只是阿佑，时至今日，你都不肯叫朕一声'父皇'吗？"

荀予佑泪盈于睫，终是不能开口。

荀瞻治握住他的手，颤声道："阿佑，你莫要走。在这儿住几日，陪陪朕，也让朕多看看你吧！"

第二十五章　大宝堪继

当日，荀予佑和云宜便在宫中住下。

初起，云宜以为不过只是一两日光景，谁知一晃十几天，也未见荀予佑有离开的打算。虽然各色所需一应俱全，又有内侍宫娥伺候周详，但她依旧殊不习惯，只想尽早返回云庐。

问及缘由，荀予佑只道受命审办荀瞻濠谋反一案，因他在京中没有官衙府邸，又须时刻聆听圣谕，故而留住宫内。

云宜默然许久，道：“他们会如何定罪？”

“谋逆者，按律族灭。”荀予佑说，良久忽道，“你想不想见他？”

云宜反应过来，怔怔摇头。

荀予佑望她一眼，说：“他却想见你。”

高墙深院，凄清幽僻，此处是京城关押犯罪的宗室皇亲的所在。

深秋时节，北地愈显严寒。云宜虽穿着厚实，缓步其间，风入衣袍，仍禁不住冷得发颤。

她心头闷滞，脑中混乱，暗恨自己为何要来。分明已然了断，已然做了此生不复相见的打算，却控制不住地只身前往。

仿佛走了太过漫长的道路，她终于站在一处挂着铁锁的房门前。有人上前开锁，推开门，一股陈旧的气息扑面而来。

因是皇亲，人犯单独关押，屋子虽简陋，床铺桌椅连着文房四宝则都安置齐全。

云宜逆光站在门口，微一凝眸，才看清阴暗屋中那个瘦削人影回转身来。

一里一外，一明一暗，四目相对，她立在那里，不知进退。

“宜儿，是你吗？”

那身影颤声低唤，云宜只觉有什么东西堵在咽喉，眼圈一红，许久做声不得。她深吸一口气，迈步进去，身后房门轻掩。

房门关上，屋子里更觉阴暗。祁珏点了桌上灯烛，火舌摇曳，弥漫出些许暖意。

云宜定定看着光亮里清矍苍白、既熟悉又陌生的面容，依然俊美生情的眉眼、好看的唇鼻、乌黑的发丝，身上的衣衫因消瘦更显飘然。

“你要见我？”她木然开口。

祁珏却不答话，撩衣径直跪于她面前。

云宜不觉退后半步，低头望着跪倒在地的人，不知所措。

“其实我已无颜见你，所求不过忏悔。”跪在面前的人说。

“忏悔了父亲便能活过来？忏悔了你便可心安？忏悔了你便能改变这行差步错的结果？”云宜凄声道。

“自然是不能，先生之死皆是因我，我不求宽恕。”祁珏低眉垂目，“我去见先生，原是为了了知身世，并不知荀瞻濠会派人跟踪，也不知先生会落入他手中。那一日，我喝多了酒，伤情之下，无意说及你婚姻之事。我并非，并非……”他抬起头，眸里含了痛意。

“并非故意是吗？”云宜蹲下身子，迎上他哀痛的目光，一字一句道，“那你为何要离开云庐，为何要去做赣王府的郡马，为何要把自己陷在这样的境地，这难道都是你的并非故意吗？”

“我为何要……要如此？”祁珏喃喃自语，一瞬目光暗淡。

“有人强迫你吗？”

“没有。”

“有人蒙骗你吗？”

“没有。”

“一切都是你心甘情愿？”

“……是。”

“那么，你是贪慕这荣华富贵，还是真的……喜欢荀娉婷？”云宜终是语声发颤。

祁珏闭起双目，不知该如何回答。

一切都是自己的选择，但自己似乎又没有选择。

那日，营救崔素莹失败，他被带回赣王府。荀瞻濠非但没有罪责他，反而对他礼遇有加。原以为是荀娉婷从中斡旋，不料却被告知身世。他震惊之余完全不能相信，荀瞻濠便让他去寻云康问个仔细。若当真是徐门遗孤，只要他肯入赘赣王府，荀瞻濠就替他父祖申诉，平反冤案，以证清名。

他失魂落魄回到云庐，见到云康，身世昭然，果如荀瞻濠所言。梦墨亭旁、梅花树下挖出玉匣，看见鸳鸯玉珏和父亲留书的那一刻，他的心碎裂成片。他知道自己再不是那个醉心丹青、神采飞扬的云庐子弟，他是躲躲藏藏、隐姓埋名的叛逆之后，是战战兢兢、苟且偷生的漏网之鱼。

如果不能肃清父祖家族的冤屈，他这一生将永远在椎心泣血和惶惶不安中度过，所以云康终究不会将女儿嫁给他。可先皇钦定之案，谋逆族诛的罪名，他这一介书生、平头百姓，要如何去洗雪冤情？只有荀瞻濠愿意帮他，能够帮他。当他决意将那一夜的光风霁月深藏于心，离开云庐再次回到赣王府的时候，却不知已一步踏入万劫不复之境地。

他做了赣王府的郡马，怎料荀瞻濠不日竖起反叛朝廷的大旗，率师出征前要他协力镇守洪都。他大惊失色，不肯就范。他原是为洗刷徐氏叛逆的污名，怎能自己也成叛逆？

荀瞻濠哈哈一笑，不屑神情溢于言表，问他是假幼稚还是真懵懂。当年先帝钦定的罪名，其子孙如何能推翻？推翻了，便说明这皇位来得名不正言不顺。只有改天换日，待自己做了皇帝，才能替徐氏一族昭雪冤案。而他，身为赣王府的郡马，不若一意同心。

说到底，都是个人的选择，要什么样的东西，付什么样的代价。如果他迈出的第一步已然是错，也只有一步错，步步错，只是想不到会累及云康殒身洪都城下。

“你说啊，究竟是为了什么？”望着眼前默然不语的人，云宜几声嘶喊。

“因为我是叛逆之后。”

“那又怎样？”

祁珏眸中弥漫出痛意：“我给不了你现世安稳，我爱不起你啊，宜儿！”

“没有人在乎你的身份，也无意证实你的身份，是你自己放不下。”

“是，是我自己放不下。”他点头，“我要替父祖雪冤，为徐门正名，这是我身为徐氏儿孙的职责和宿命。”

“死者已矣，你就不能忘了这些，好好活自己的人生吗？”

“可是我忘不了，我夜夜梦见他们血肉模糊、痛楚凄惨的模样。身为人子人孙，我若不能替他们报仇雪恨、为他们以证清名，我的心将一刻也不得安宁，不得安宁……”他伏地痛哭，“不择手段也好，一条道跑到黑也罢，我都要去做啊！我一介布衣，无权无势，要完成这个目标，除了当赣王府的郡马，你还能替我想出一条别的路吗？”

云宜伸出手去，想抚一抚他有些凌乱的发丝，堪堪触及，终是缩回了道：“所以你何须忏悔？”

祁珏直起身来，泪眼相望。云宜别过头去拭去自己眼角的泪，因为蹲得久了，站起时眼前发了一阵黑。

她神伤气短，转身撑在桌边。桌上一张白笺撞入眼帘，笔墨淋漓，那字迹她最是熟悉。

她怔怔看去，乃是一首《金缕曲》的长调。词云：“一夕秋风卷。但沉吟、催添愁绪，最难消遣。信说而今都成昨，空惹长歌似泫。多少事、蚕丝成茧。一点灵犀双栖蝶，道情深、怎奈偏缘浅。空缱绻，翅难展。　平生快意功名显。却因何、抬头明月，少圆多扁。追往逐来求所愿，不过惶惶鹰犬。问世路、谁人得免。知是黄粱如一梦，总又期、功到成煌典。思想尽，恨难剪。”

云宜撑在桌边的手不觉微颤，连着身体都不能控制，良久，方哑声道：“既知是黄粱一梦，还不肯醒吗？”

祁珏望着她的背影，黯然道：“挚爱已失，余生唯留一愿，不妨就赴这一场豪赌，我愿赌服输，只是累及师尊，此罪难赎。”

眼泪滴落，洇开纸上几个墨字。

“挚爱已失……”云宜哽咽，“究竟是谁先弃了谁？”

云宜不知自己是怎样出了那屋子，连马车都没上，一个人失魂落魄地走在熙攘喧闹的京师大街。

回到宫中，天色已经暗下。殿里掌了灯，巨烛高燃，涌出的暖意却终究消散于过分宽敞的空间。

晚膳端上，摆满了一桌子的玉盘珍馐。云宜独坐愣神，并无胃口。往日荀予佑总会和她一起吃饭，今日却不见踪影。

她端起热茶，焐一焐自己冰凉的手，问旁侧侍女荀予佑去了哪里。

侍女回："陛下正召见太子殿下。"

茶有些烫，她喝了一口，执杯木然，半晌抬眸，对那侍女道："你刚才说什么？"

"陛下召见太子殿下，此刻怕是还没回来。"

"太子殿下？"杯里的茶晃出两滴，"哪个……太子殿下？"

"陛下午刚颁的旨，昭告天下平江侯皇子的身份，并立为皇太子。"

手中玉杯滑落，茶水泼洒一身，云宜浑然不觉。

荀予佑跪在殿中，恳请皇帝收回成命。

他实在料不到突然间圣旨颁行，昭示他以平江侯为历练实则是皇子的身份，又因平叛之勋而名正东宫。

"阿佑，你起来。已然晓谕天下，须知君无戏言。"皇帝望着面前久跪不起的人说。

荀予佑恍若未闻，依旧俯身在地。

"去，把太子给朕扶起来。"皇帝叹了一口气。

忙有人紧着步子至荀予佑身侧搀扶，奈何匍匐在地的人就是没有起来的意思。

皇帝无奈，只得离了御座，由内侍搀扶着慢慢走到荀予佑跟前："阿佑，你给朕起来。"

荀瞻治探手出去，不料一阵晕眩，脚步踉跄，慌得一旁内侍边扶边喊："陛下，保重龙体啊！"

荀予佑闻声抬头，忙也站起急急扶住。荀瞻治定了定神，抓着扶住自己的臂膀，半倚半靠重回御座。

荀予佑刚欲退下，却被皇帝一把拉住，摁在御座之上："陪朕坐会儿。"

"陛下，臣不敢僭越。"荀予佑惶恐欲起。

"这位子你迟早要坐。"皇帝拉着他道。

"不，陛下，臣……"

"你该自称'儿臣'。"皇帝截了他的话，"你是朕的儿子，这个事实改变不了。多少人盼着坐上这个位子……"说话间又重重地咳起来，荀予佑不觉伸手去抚他后背，荀瞻治喘匀了一口气，"朕这个样子，实在是等不了多久，必须及早拟定储君才好。如今，除了你，谁能承继大宝？"

荀予佑低头不语，他从来就没有想过要成为天下的主宰。沉默半晌，终是艰涩道："承继大宝，荀氏宗亲皆有可能，陛下可多方考量。"

"你是要朕在那些亲王、郡王和他们的儿孙里选吗？"荀瞻治望着他道，"你以为朕没想过？不是朕偏心自己的儿子，朕看来看去，真的是哪一个都比不上阿佑你。"

"可……"

"不管你愿不愿意，亦得如此。"不容分说，皇帝接着道，"之前隐瞒你真实身份，朕其实亦愿你有个快乐自由的人生。别以为皇帝这位子好坐，拥有至高权力的同时，失去的会更多。但凡有第二个合适人选，朕都不想勉强你。可是阿佑，若没有一个贤明的君主，再多几个像荀瞻濠那样的叛臣，这盛世锦绣转眼便成飞灰。倘若朕选不出一个优秀的继承者，如何对得起列祖列宗与全天下的百姓？承继大宝，不仅仅是接替朕的位子，更多的是要照拂苍生。江山千里，家国万钧，唯你可系。所以阿佑，你以为你推辞的是什么？是最难承担的责任和夜以继日的辛劳啊！"

荀予佑不觉低首细思荀瞻治的话。

"朕如今病得厉害，"皇帝望着他，期盼的眼神中透出些特别自欺的光芒，"待过两日朕好些，一定给阿佑补一个盛大的册立仪式。"

荀予佑回到自己宫中，还在想荀瞻治说的那番话，连云宜进来也未察觉，等她走至近前，才想起这一日都不曾见她。

"可用过晚膳？"一时无措，荀予佑顾左右而言他。

云宜摇头："我没胃口，你吃了吗？"她这一日午饭和晚饭都没吃，却一点不觉饿。

"我也没甚胃口。"荀予佑道，俄而又问，"你见着他了？"

云宜点头。

"他……同你说什么了？"终究是忍不住。

云宜迎上他的目光，不答反问："你打算怎么处置他？"

荀予佑移开目光："自有国法在。"

云宜不想他着实冠冕堂皇和自己打了个太极，眉心一抽，转身道："怎么，你还不能说了算了？"

荀予佑闻言，倏忽站起，几步拦在意欲抬脚便走的人面前："你这是何意？"

“如此简单之语，太子殿下不明白吗？”云宜冷道。

荀予佑浑身一凛：“你不要这样称呼，你听我说……”

“我称呼错了吗？”云宜截了他的话，“我不过又是最后一个知道的罢了。”

便如她那时知晓他是平江侯的震惊、愤怒和羞赧，这一次，有过之而无不及。她与他共同经历过喜乐伤悲与危难生死，许下鸳誓，不离不弃，总以为尽数坦诚，再无秘密，孰料连他到底是谁都不能觉知分明。

太子，就是将来的皇帝。她的未来夫婿是如此身份，云宜奇怪自己居然没有一丁点儿的高兴。那种被欺骗、被愚弄的感觉又在心里不断翻腾，奔涌来袭。

“我不是有意要……”

“你们一个两个都不是有意……是我，是我愚笨，看不清世事，读不透人心，不明白你们的迫不得已、身不由己。”

所有的欺瞒自然都有原因，她不想再听什么解释，这一天从早到晚，她的心已浸透泡烂在悲戚里。

“你是在怪我？”

“岂敢？”云宜指一指脑袋，“这个，我还是要的。”

她说的话和说话的语气令人他不解，荀予佑不由得急道：“身份就如此重要？我这个人和我这颗爱你的心，从来都不会因之而改变。”

云宜望着他：“身份不重要，真实很重要，我不能总活在懵懂无知里。”

“那你当如何？”荀予佑道。

云宜反问：“你当如何？”

“既定白首，夫妻一体。我若是平民百姓，你我就布衣粗食，相濡以沫；我若是将相王侯，你我亦可锦衣玉食，相守朝夕；我若是乾坤执掌，你我何妨晨昏共度，并肩看这天下。不管何种境遇，我对你的感情从未改变。你对我，可不可以也是如此？”

“若得一心人，白首不相离。”云宜抬眸，迎上他的灼灼目光，“可如果你是太子、是皇帝，就不会是我一个人的丈夫。”

爱情这东西，她不屑与人争，却也不愿与人分享。

来京师后的第一场雪落下的时候，是云宜又一个不眠之夜。

她裹着锦裘坐在灯前，看窗外的雪花如鹅毛般飞洒，只一会儿工夫，便将对面的琉璃屋顶覆上一层银白。

她想到此时的江南还是温润的秋色，草木尚未凋尽，气候也未严寒。天空是澄净的蓝，湖水是盈盈的碧，山上的树叶半黄半红。那青绿红黄交错斑斓的色彩在天地间浸染蔓延，是多么缤纷美丽，令人神怡。

而这里，除了冷，还是冷。

也许北地自有北地的颜色和风采，只是她不习惯。因为不习惯，所以不喜欢。

烧得颇旺的炭盆迸出几个火星，将室内熏燎得暖意融融，可她仍觉寒意难禁。她站起身，取了手炉焐在掌中，向着那红通通的炭火走近。

周身渐是暖热，心头依旧冰冷。她将手炉贴到胸口，却怎么都焐不热这方寸之地。

她忽然很想念云庐，那山水渺远、自由广阔的天地。

荀予佑亦是无眠。

在这皇宫大内，他心浮气躁，难以自制。

云宜的再度疏离令他不安，而皇帝自前日已卧床不起。太医会诊后面有忧色，谨慎言语中隐约透露出皇帝可能过不了今冬。一旦龙驭归天，总要有人来主持大局。

他不能拂袖而去，更茫然无措于心头的重压和伤戚。

那个他人生在世如今唯余的血缘至亲、他尚未喊过一声父亲的人，即将要永远离他而去。他将予他江山千里，而他要如何承受这家国万钧。他还没有做好准备，他从来就没有做过准备。但如今，舍己其谁？

前夜里迷迷糊糊似睡非睡，昨夜里辗转反侧艰难入眠，今夜里他干脆披衣而起徘徊往复，眼看着飞雪层积，东方渐明。

洗漱更衣完毕，他用了点早膳，前往皇帝寝宫。

荀瞻治日渐嗜睡，清醒的时间越来越少。但每次荀予佑去，他总会强打精神和他说会儿话，眼里有着眷恋与希冀。

荀予佑跪在榻前亲侍汤药，蒙受教诲，听皇帝将朝政要策一一道来。反正也睡不着，他便夜以继日、衣不解带地守在荀瞻治身边，那一声“父皇”几次滚上舌尖，又硬生生消退下去。

分明已萌孺慕之情，可就是喊不出口。

除了照顾荀瞻治，他白日里余下的时间便是会见内阁官员，六部尚书、侍郎及一些督抚州使。众人恭恭敬敬，战战兢兢，谁都明白，他将是未来的皇帝。长久以来，大家悬在心头的疑问终于得到解释。这个不在权力中心也得帝宠的年少侯爵，原来是这样的身份——体察民情、睿智英武、保家卫国、建功立勋的皇子。在他们眼中，这一切都水到渠成，并不突兀，远比荀予佑自己接受得顺畅快速。

烛火摇摇，更漏隐隐，又一个寂寂长夜，沉浸铺展在这偌大深邃的殿宇之中。荀予佑望着御榻上似已睡熟的人，黯然转身。

他走到桌旁坐下，撑额闭目。

疲累终弥倦意，须臾，他埋首臂弯，沉沉入梦。

风声在耳畔鸣响，戈壁横无际涯。

一个人走在这苍茫天地，孤独是最深刻的记忆。

太阳落下地平线的刹那，气温也随着天色的忽暗而骤降。已经不是第一次饥寒交迫独行于这样的旷野，熟悉而单调的风景，叫人更生出寂寞和凄凉。

日头东升西沉，星子缀满天幕。

荀予佑感觉自己走了很久的路。地上棱角分明的砾石硌得他脚下作痛，虽然其中还夹杂着在阳光下晶莹剔透、熠熠闪烁的各色玛瑙，但他并没有捡拾一颗。于他眼中，这不过就是些石头，当不得吃也当不得穿，带在身上徒增负担。

风渐渐小了，却因没了阳光的照射叫人更觉寒冷。他抬头望一眼夜空，深蓝天宇中，满是大大小小光亮细碎的星辰，还有一条如云似雾的灰白色带子横亘其间。他知道那便是银河，一片黑暗中，那些星星显得很是明亮，闪闪烁烁，仿佛并不遥远。流星不断划过，让他觉得总有一颗会坠落进自己怀里。但这清冷的光亮生不出一丝暖意，天地荒凉，宇宙静寂，漫无边际似的裹挟着他。

阿爸，额吉，你们在哪里？

内心涌动的仓皇与悲伤催生泪意，他抬手狠狠擦拭，终究没让泪水滚落出眼眶。哭有什么用？眼泪横七竖八地冻在脸上，只会让人更难受。他加快了脚步，想早些走出这寂寥无垠的时空。

一点橘色的光亮在远处的半空摇曳，温暖的色调一下攫住了他，他如飞蛾扑火般向着那光亮奔去。

终于离那光亮越来越近，他这才看清，眼前是一处山崖。如削的断面上有一个个不知是人工挖凿还是天然形成的洞穴，那升腾暖意的光亮便是从其中一个洞穴透射而出的。

他手脚并用地攀爬上崖壁，粗粝的山石划破了他的肌肤。他不管不顾地爬进洞穴，里面空无一人，只有一个烧得颇旺的柴堆。

这是什么地方，是谁燃起的火苗？他满心疑惑地在火堆旁盘坐下。

火焰烤得穴壁暖烘烘的，他轻轻靠上，一股热流从后背直透入心里，俄而涌向四肢百骸。沉浸于寒冷中太久的躯体，一时得到温暖的照拂，那种舒适仿佛要冲开天灵。不知道是谁为他留下这温情的火种，叫他感激之下渐趋放松，慢慢睡去。

他看见了阿爸，看见了额吉，他们带着他骑在一匹高头大马上。晴空万里，雄鹰飞翔，绿色的草原有蜿蜒的河流如闪亮的丝带曲折盘绕，白色的羊群欢快地奔跑……

柴堆中忽然噼啪爆出两个硕大的火星，飞灼到他额际。他一个激灵，猛地睁开眼睛。

一席轻裘缓缓覆身，荀予佑从梦中醒来，转头见正立在身旁的皇帝，手里还捏着那件狐裘的衣领。旁侧内侍伸手欲扶，深恐有失的模样。

荀予佑慌忙站起，有些不相信自己的眼睛。适才还昏沉睡去的皇帝，此刻脸上有着难得的神采，烛光下面色微红。

“朕睡了许久，精神好多了，起来走走。”荀瞻治道，“可是吵醒你了？你这样会着凉的，回去睡吧，阿佑。”

“我，我不困。”荀予佑卸下狐裘，交于一旁内侍。

“不困……那就陪朕说说话。”荀瞻治望着他道。

内侍忙搬了软凳过来，扶着荀瞻治坐下，将那件狐裘轻轻盖在他腿上，又往炭盆里加了炭，将火拨旺了些，在皇帝的示意下悄悄退出去。

殿中唯余父子俩。

皇帝招呼荀予佑坐，望着低头不语的儿子，道：“阿佑是不是一直在怪着朕，关于你和你的母亲？”

荀予佑不知该怎么回答，只把头沉得更低。

“人说无情最是帝王家，其实这无情里更多的应是无奈。”荀瞻治叹一口气，“帝王有帝王的职责和使命，有时甚至还不如一般人来得随心所欲。朕原

本只想你能快乐自由地生活，爱自己想爱的人，做自己想做的事，而今你却必须担负起这最是沉重的东西。你会有失去和牺牲，你会夙兴夜寐抑或夜不能寐，你会烦闷、焦躁、不快乐、不自由……阿佑，你要作好准备。”

时至今日，荀予佑都恍惚尚在梦中。他的确没有准备好将要面对的一切，但这一切又容不得他选择和拒绝。

“阿佑，你心里一定是怪着朕的吧，朕也怪自己啊。”荀瞻治目视虚空，似自言自语，“可有时候缘分就只有这么些，你再喜欢、思念、牵挂一个人，能够在一起的时间却早已注定，不许你少，不容你多。”

荀予佑抬头，看见荀瞻治眼中忽现的微芒。

“朕并非不想念你的母亲，朕见过她最好的样子。你小时候一定很可爱，可朕一次也没抱过你。起初，朕并不知道你的存在，找到你，是在你十岁那年光景，而看到你，你已成年了。那以后，朕一年见你最多不过数次。如今，你正位东宫，终于可以名正言顺待在朕的身边，可是朕……又没有多少时日了。”

荀予佑闻言心痛，望着坐在面前的人神思纷茫。他是自己崇敬臣服的帝王，亦是这世间给予他生命的人。当他知道这些，那久埋心底的孤苦凄凉和曾经风餐露宿、衣食无寄的流浪漂泊，以及对从未谋面的母亲的思念痛惜，立时就有了源头和因由。隐约间，他该是怪着他的吧。他抛弃了自己与自己的母亲，他是这一切磨难、痛苦、悲伤的缔造者。然而他并非无所不能，他也有不甘和无奈，他也有痛楚和迷茫。在人生命运的铺排里，就算是帝王，同样不能与之抗衡。

诚如荀瞻治所言，他是爱着自己的。那经年累月、千方百计、人海茫茫中的寻找，那千挑万选、能给他温情照拂、亲情滋养的忠实可靠的托付，那融进一个父亲对孩子所有关爱的名字，那些竭尽所能的给予和庇护，便是证明。在他找到他以后，他就没再受过苦。他让他锦衣玉食、富贵荣华，他让他意气风发、神采飞扬。虽然，他喊不出那一声最亲近直白的称呼，可这不能抹杀他已然对这温暖爱意的体察。他们之间如果有更多的时间，他想，也许会有……一定会有水到渠成、隔阂冰释的那天。

偏偏，天不遂人愿。

“陛下千秋万岁，长寿安康。”荀予佑喉中哽咽，泪盈于睫，低头而言。

“虽然是假话，听着却舒服。”荀瞻治笑道，拉起他的手拍了拍，“朕收下阿佑的心愿和祝福，但若是朕真的离开，阿佑也不要难过。”他伸手去拭荀予佑悬在眼角的泪珠，“这是每个人不得不踏上的归途，死对朕而言，不过是生命出离了时间。早晚，我们都还能相见。”

荀予佑抬眸撞上皇帝的目光，这是他听过的对死亡最好的诠释，让他仓皇的内心得以平静。这是他的父亲，他到底是怎样一个人，他希望有时间去了解。

一阵晕眩，荀瞻治蹙眉：“唉，说了这么多，当真是累了。阿佑，扶朕去躺会儿，你也回去好好睡一觉。”

荀予佑忙起身搀扶，荀瞻治靠着他，一步步走得极慢，似要将父子俩这难得的依偎延续得更长久一些。

荀予佑扶着皇帝重在御榻躺下，替他盖好被子。荀瞻治久久相望，喉头滚了几滚，终是无言阖了双目。

荀予佑愣愣站立，良久，跪下身躯，轻轻握住皇帝瘦削的手掌，泪滴滚落。

“父皇……”他将额头抵在那手上，颤抖双肩，低泣出声。

这一声“父皇”荀瞻治等了很久，不知他是否听见。

仿佛回光返照，那一夜的交谈，是皇帝最后清醒的时光。之后，他便陷入长久而深沉的昏迷，闭起的眼睛再也没有睁开。

七日后，荀瞻治崩于寝殿。

早已备下的遗诏在灵前开示，着太子即皇帝位。

山呼万岁声中，荀予佑身穿丧服，接受众人的跪拜。

第二十六章　千里江山

云宜静坐殿中，肩上忽然一暖。侧首见是荀予佑，忙欲起身。

轻按肩头的双手稍稍用力，将她固定在椅中。待那手离开，云宜还是站起身来。面前的人是万众景仰的帝王，不用她伏地跪拜已是恩泽，哪能再坐立颠倒，御前失仪？

她张了张嘴，却不知该怎么称呼。前几日一声“殿下”已倍感艰涩，如今这声“陛下”更是喊不出口。对于荀予佑，她好不容易有种亲近的感觉，现在又倏忽而逝。

真是令人头疼。

荀予佑道：“便如从前那般就好。或者，”笑看她，“等我们成婚，唤我一声夫君。”

云宜闻言怔忪，听他又道：“登基之日，亦是你我大婚之时。”

云宜立在那里，只觉荀予佑所说与她全然无关，终道：“离家时久，我想回云庐看看。”

“这里也是你的家。”荀予佑柔声说，“莫若等大典过后，我陪你一起回云庐住上几日可好？”

“其实我一个人回去就好。”

“一个人回去？”

“嗯，不必等到……”

“你是皇后，不可缺席大典。”荀予佑截了她的话。

皇后？云宜只觉这称呼怎么都与自己扯不上关系，本能后退半步，磕到了旁侧的椅子。

荀予佑伸手去扶，她定了定神，道：“你莫开玩笑。”

“这不是玩笑。”荀予佑正色说。有时候他真希望眼前女子可以多一点对权势的贪恋和富贵的仰慕。

“我看，我还是现在就回去比较好。”云宜倏忽转身。

荀予佑一把拉住她，双目灼灼：“你不能走，我们盟过誓言的。”

誓言，她当然记得。只是世事如此无常，叫人着实不能消化。

“但为夫妇，一生相守。可……我们终究还不是夫妇。”她茫然道。

“你说什么？”荀予佑手上不觉用力，眸中痛色忽显。

“我是说……或许，或许……”云宜低首，躲避那灼灼目光，“总之，你可以再想想。”

“你让我想什么？”荀予佑一把将她拥入怀中。

云宜一惊，想要挣脱，却被抱得更紧，听他气息不稳地道：“你不能走，不可以反悔。谁说我不会是你一个人的丈夫？即便是皇帝，也可以只立中宫。”

荀予佑张开的双臂紧紧抱住了她，生怕下一刻怀里的人就消失得无影无踪。这是他唯一爱慕的女子，亦是他如今在这世上唯一想亲近之人。他做好了登上帝位有所牺牲的准备，但这不能包括她。一直以来，他对于这一身份本能的抗拒和莫名的恐惧，最大程度便来源于对她的这份感情。

他无暇顾及的慌乱和失态震惊到了云宜，她不想辜负他，也不想难为自己。可人非草木，孰能无情，她终究不是铁石心肠。

她愣在那里，听荀予佑继续在她耳畔低语：“你不必担心，亦无须害怕，只要站在我身边就行。”

两个月后，便是新皇帝的登基大典和册后之礼，宫中朝中俱是忙碌。

不管身份如何，感情可能只是感情。想着荀予佑的那些话，云宜说服自己没有回云庐。

身边的内侍和宫女虽仍唤她“云姑娘”，却个个都知她未来身份，皆小心谨慎地服侍。云宜开始学习宫中的礼仪制度，荀予佑能为她做到如此，她又岂能无动于衷？

但即将到来全然陌生的生活依旧让她不适，忐忑之余似仍有牵挂。她旁敲侧击询问新皇登基是否会大赦天下，荀予佑直截了当地说，谋逆者不在赦免之列。

她心中一瞬慌张莫名，不知复说些什么。

冬日的御花园甚是萧索，好在天气晴朗，午后暖阳融融，寒风凛冽中倒有一番难得的明媚澄澈。

云宜一个人倚在亭阁里的美人靠上看风景，正游目四顾、百无聊赖，忽见几个内侍和宫女拿着物什从阁下经过。

这些时日，宫里上上下下都忙着预备荀予佑的登基大典，往来穿梭几成常态。云宜本不在意，不想阳光下被几个锃亮的铜盆晃了眼。按说即便是金盆也没甚稀奇，但这铜盆却放着两支一捆一米多长的毛笔，颇为夺目。前前后后一数，铜盆七八个，走在最后的两人还抬着一长匹绸布似的东西。细看却不是什么绸布，而是少有的“丈二宣”。

这丈二匹的宣纸，高六七尺，长丈余，一般用来绘制大幅书画。望着那几个铜盆和数捆如椽巨笔，云宜想，这该是哪位内廷画师要在宫中一显身手、挥洒丹青了。

宫廷画院不乏有才能的画师，但每每须小心谨慎、揣摩圣意，故画作常精致有余，灵气缺乏。不过能用这样的画笔在这样的纸上作画，想来定有十足功力。

云宜是擅书画之人，忽而便生了兴趣。寻人来问，果然说东西是送去瑶光殿的，因殿里要绘一幅巨型山水画，为贺新皇登基。

瑶光殿，一半建在水上，晴日潋滟，波光浮于殿中，如瑶池仙境，故而得名。

对于这个宫殿，云宜只是听闻。因其所在偏僻，常年空置，静静只似内苑的一个摆饰。

她思忖着挂在这殿里的一幅巨画，不知会是如何光景。

在阁子里蔫蔫坐了一下午，云宜终是站起身来。

这宫中的园子即使再大再好，其间景物，也叫人看得厌了。哪像云庐，开门见山，推窗望湖，一年四季，色色灵动。人造之境与自然之态，当真不可同日而语。

殿宇广阔，堂皇富丽。天色暗下，她便觉自己好似囚鸟入笼，气息郁滞。

云宜踱出阁子，信步而去，七走八走，竟然转了个迷糊。

原来这宫廷内苑实在比她想象的要大，她整天只在几处熟悉的地方逛来逛去，今日一个无聊，信马由缰，倒不晓把自己放至何处了。

她摇头叹息，环顾左右。平时一群宫人在侧她嫌烦，恨不得全打发了完事，如今想要问询，果然一个都不见了。

夕阳收去最后一抹霞光。冬日的黄昏，天说暗就暗，没了阳光的照拂，周遭立时黑黢黢一片冷寂。园中尚未掌灯，远处隐有明亮。

云宜循着那明亮而去，待到面前，只见一道长阶铺展，两边栏杆垂立，尽头宫门未闭。拾级而上，踏至最后一级，才发现已在建筑的二层。原来其下临水，阶梯斜上，一左一右如长桥卧波，拱卫殿阁。

走进门去，殿中虽燃着火烛，依然觉得空旷清冷。步入内殿，抬眸而视，她不觉吃了一惊。只见正中的墙壁上铺了一袭硕大无比的宣纸，长约五丈，高两丈余，由数十幅丈二宣拼接而成。因拼得细致，远看浑然一体，蔚为壮观。

她适才入的乃是偏门，加之天色昏暗，未及细看门匾。但观眼前这般，心想此处莫非就是要作画的瑶光殿，自己竟误打误撞了进来。

她正自讶异，不注意那蹲在殿角往铜盆里调墨的人缓缓站起，转身四目相对。

光线明灭中，两人俱是呆立。

祁珏回过神，放下别在腰间的衣摆，掸了掸身上的浮尘，轻唤道："宜儿……"

"你怎么在这儿？"她怔怔相问。

"我……来画画。"祁珏低头看了眼已沾上几点墨汁的衣襟。

"你……来画画？"云宜仍是茫然。

"先生说过要为这锦绣山河绘一长卷，我想替他完此夙愿，幸蒙陛下恩准。"祁珏垂眸道。

原来是荀予佑同意的，自己竟不知情。云宜心中难受，只道："这么晚了，还要画吗？"

"此画亦为贺新皇登基，须在登基之日前完成。时间有些赶，我怕来不及。"祁珏说。

云宜抬眼看那画纸，要在这般时限完成如此巨作，只恐夜以继日都未必能行。

风吹入殿，她浑身一凛。瑶光殿临水清冷本是空旷，暮色里更增寒意。

她举目四顾："这儿怎么连个炭火盆都没有？"

祁珏涩涩一笑："我不冷。"

戴罪之身，活着已属恩赐，哪里还能奢望有一盆温暖的炭火呢？

灯火通明、暖意融融的屋子里，因着一桌玉盘珍馐显得堂皇而温馨。

云宜举筷望着面前的菜肴发愣，荀予佑舀了个鸡肉丸子放进她碗里。那丸子瞧着普通，却是用剁碎的鸡肉糜加了虾仁、香菇末、胡萝卜、细笋丁，撒上盐拌了蛋清，和着生粉揉捏成团，在鸡油里微炸后，再放进鸡汤中煨熟而成，工序繁复，极是味美。

云宜回过神，看一眼碗中冒着热气的丸子，心头蓦然闪过的念头则是不知祁珏吃了晚饭没有。

她放下筷子，对上荀予佑注视的目光，道："适才我去了瑶光殿。"

"哦。"荀予佑亦放下勺子，听她继续说。

云宜不语，过会儿没头没脑地问："你究竟会如何处置他？"

荀予佑微吐了口气，道："国法当斩。"

仿佛被炭盆里的火星爆到，云宜瞳孔微缩，俄而低语："其实，他并没做什么。"

"他如今的身份足以要他的命。"荀予佑沉声道，凝视云宜，"你不恨他吗？如果不是他……"

"如果不是我，父亲也不会死。"云宜截了他的话。

哪有许多如果，这世上之事皆有定数，怨天尤人有什么用？真的要追根究底，那就只能怪她自己。

荀予佑的脸色一瞬青白，心绪翻涌竟难控制。云康罹难，他追悔责怪自己之余，也一直记得那日城楼上荀瞻濠所说之语。要不是祁珏，云康不会落入敌手，不会成为对战中可以拿来要挟威逼他的筹码，更不会身殉城头。

荀予佑瞥一眼身旁内侍，内侍会意地退出殿外。

他平了心绪，夹了块鹿肉放进嘴里慢慢嚼了，许久才出一语："若是他能在登基大典前完成画卷，死罪或可免。"

云宜闻言一凛，莫名想到了马哈木欢的以画易人。只是那一个"或"字，又是什么意思？

瑶光殿里的那幅巨作，从构思布局到落笔挥毫直至完成，最多也只剩了一个多月的时间。其间还不能有任何差错，因这并非案头之作，画坏了可以随便换张纸重新来过。

对于祁珏而言，这或许是一线生机，想抓住却并不容易。

又一场冬雪过后，暗红色的巍巍宫墙在满眼银白中显出些许艳丽妖娆的姿态。

云宜捧着手炉立在窗前。良久，她放下手炉，披了斗篷，转身出门。几个侍女面面相觑，终究还是原地不动。她们心中明白，这位主子出门转悠，从来不喜欢有人跟在身边。

廊道外的地上原本积了雪，此时已被清扫干净，只有种着花草的泥地里依旧积雪厚实。云宜伸脚踩下，“咯吱”一声响，雪白松软的平面上立时凹下一块。

她望着那个脚印发愣。

“人生到处知何似，应似飞鸿踏雪泥。泥上偶然留指爪，鸿飞那复计东西。”云宜抬头四顾，看这琉璃世界，巍峨宫殿，忽然有种不可名状的感觉。

她轻叹了口气，紧了紧斗篷，信步而去。

临近正午，阳光渐是灼目，在冷冽的空气里播撒暖意。云宜东走西逛，一抬头不觉停了脚步，望着那长长的阶梯和水上的殿阁心头戚戚。

究竟是又一次误打误撞，还是实则她心有所系？

她拾级而上，再次踏入这偏僻寂静的殿阁中。

白日的瑶光殿和傍晚有些不同。殿中几无陈设，宽敞的空间在一派明亮静谧里更显空阔，潋滟水光，反射于一面墙上微微晃动。

云宜不声不响仰望站在梯子上拿笔勾勒的人，竟是痴迷。熟悉的背影，芝兰玉树般的身形，素衣长衫，仿佛凌空悬于画上，两者合二为一。细细的笔杆在他手中轻轻挥动，润泽的笔尖便扫出一片水墨氤氲，但那握笔的手青紫红肿，好多处裂开了口子。

她蓦地打了个寒战，才觉殿中冷冽异常，四下环顾，依然没有一个取暖的炭盆。

梯上之人似有所感，停笔回头，步下长梯，走到她面前：“宜儿，你怎么来了？”

他还是这样唤她，脸上也不由得浮上欢喜。云宜却不知该怎样回答，尴尬地顾左右而言他：“还没吃饭吧，天冷凉得快，吃了再画。”

一旁的桌上放着尚未打开的食盒，她走了过去，无措地去摸那盒子，触手冰凉。

她进殿前恰见那提着食盒的内侍入而复出，分明是刚送来的饭菜，虽说天寒地冻，可也没凉得这样快的道理。

她打开盒盖，见最上层摆着碗饭，中间堆着一小簇烂黄的菜叶，周边滚了几块不成形状、表面凹凸的土豆。

那食盒有好几层，她一层层往下看，其余都空空如也。

她不觉抬眸去瞧祁珏，见他放下画笔，将手在衣服上蹭了蹭，端起盒中吃食，白色的碗盘衬得他冻裂的双手更显青紫。

“他们每天就送这个来？”云宜忍不住问。

祁珏点头。

饭冷菜稀，连口热汤都没有。这皇宫大内，拿得出如此食物，倒也不易。

果然是世态炎凉，人情若此。显贵之时，多少人前呼后拥。落魄之际，谁都能来踩上一脚。不知是上头刻意欺侮，还是底下人见风使舵，云宜怔愣原地，心头感慨。

祁珏坐下来，一口一口默默吞咽。人是铁饭是钢，这大冷的天，不吃饱些，怕是连笔都握不稳。不过能按时送来就不错了，有时他画得忘记吃饭，那些个吃食竟好似未卜先知，索性连个面也不到他跟前招呼了。

活着已是侥幸，哪里还能挑三拣四？但这饭菜委实干冷，又因云宜立在一旁引他思绪纷纷，果然就被噎着了。

他咳个不停，云宜见桌上连茶水也没有，不由伸手去抚他后背。

祁珏愣了神，极力忍住咳，忽听她道：“这画，我同你一起画。”

他诧异抬眸，须臾，又默默咽下一口饭。

翌日一早，云宜便来瑶光殿和祁珏一起画那山水长卷。

堪堪才到半日，情势已然不同。内侍宫娥如鱼龙般穿梭，先是搬来了几个大大的炭盆不说，饭菜也变得精致多样，腾腾冒着热气，外加滋补的鲜汤，顿顿都不重样。除了一日三餐，还有各式茶点，玲珑剔透变着花样送来。一干人一天进出十七八趟，晃得人眼花缭乱。云宜最后只得下令，除了送餐食和作画所需，无事不许入殿打扰。

云宜亦不和荀予佑说明，想着如此就算他不同意也可装作不知道，只日日一早便来，直画到天色暗下才回去。虽然每天攀上爬下甚是劳累，内心却充实，比着之前要么无所事事困坐宫中、要么漫无目的到园子里闲逛，不知好了多少。祁珏的眸中也泛出神采，加之三餐丰盛，脸上增了红润，绘画时常有奇思妙想、灵感涌现。

云宜又拿出当日荀予佑送她的那块李廷圭墨，祁珏看见顿觉眼前一亮，用之作画，果有点睛之妙。

两人俱熟知彼此画风技能，故而配合默契，常常不用言语便心领神会。如此，进展神速。原本一人夜以继日未必能如期画完，现下离登基大典尚有旬日，长卷已到收尾之时。

立在殿中，但见青峦绿水、苍松云海、片帆流瀑在那数丈的画纸上层层铺展，江山千里，蔚为壮观。虽是水墨山水设色不多，但焦、浓、重、淡、清，墨运五色，层次分明。重岩叠嶂，三远俱备，山石树木，皴笔传神，尤以用李墨处点画出彩。

祁珏给画取名为《千里江山日出图》，只差一轮旭日便可大功告成。

这一天吃过午饭，两人检视颜料，发现用来画红日霞彩的朱砂不够了。彼时宫娥刚收拾餐盒离去，不到晚饭光景不会再至，云宜想去叫人送些来，却被祁珏拦说不必。

他拿起剩下的朱砂全部倒进盘里，加了藤黄用水调开。云宜见那点朱砂显然是不够，兀自纳闷，发间金簪已被倏忽拔去。尚未回神，祁珏便握着那金簪往手上划下，一抹殷红立时涌出。

“你干什么？！”云宜惊道。看他握紧拳头，将那汩汩而出的殷红滴进盘中，不由得着急地去抓他的手。

“一点血，不碍的。”祁珏闪躲，仍将鲜血滴入，好一会儿才松开拳头。

云宜忙取出帕子给他包扎，嗔怪道：“你是不是画魔怔了，用这当颜料？”

祁珏任她摆弄数落，脸上温情脉脉，极是享受。良久，看着那手帕打成的结，道：“这打结的方法你还没忘。”

云宜闻言愕然，还真是。想她从小顽劣，攀上爬下，磕磕绊绊，不晓得摔过几跤。跌得狠的那几次都是祁珏拿了手帕给她包扎的，不知不觉，自己竟也学会了。

她抬头白他一眼，听他道：“你看，血都凝住了。”

“剩下的我来画吧。”云宜说。

“不妨，”祁珏摇头，“你替我拿着盘子就好。”

那一轮红日应悬在最高处。

两人架了长梯上去，梯子的宽度堪堪只够他们并肩站立。云宜端着盛了颜料的盘子，倚在梯子一边一动不动。

她看着身旁的人双目凝神仰头认真勾画，那红日就在他笔下一点点露出眉目，于万顷云海中慢慢升腾，一跃而出。

云宜一瞬不瞬地看着祁珏的侧脸如玉雕般精致。她从未如此近距离地看他许久，一刹仿佛时空倒错。像是某个刚开始学画的日子，云康在纸上给他们示范，两人肩并肩头靠头，感觉着彼此的呼吸和热度，聚精会神。

云宜回神之际，祁珏恰探过笔来蘸色。她忙递上盘子，脸颊泛起绯红。祁珏把笔往盘中滚了两滚，回过头去继续作画。云宜抓着梯子的手不觉用力，指甲在木头上划出几道暗痕。

日头慢慢偏西，长梯从右边一路移到左边。云宜下得梯来往前几步，转身仰首看着那一轮红日及被道道霞光晕染的云涛和山峰。鲜血调以藤黄，颜色便如极品朱砂，明亮、细腻、润泽、艳丽，又带着丝丝温暖，灼灼出彩。朝阳绚烂夺目，使得周围的景物都呈现出一种耀眼的红色。

祁珏走下梯子换了支笔，饱蘸浓墨复登梯而上，几乎是一气呵成，于那红霞渲染的空白处题了一首七绝：“拨云开雾日初华，千里江山万里霞。点染何愁颜色少，一腔碧血换朱砂。”

云宜默读诗句，怔怔竟要落下泪来。这山水长卷其实盛不下这山河锦绣，还有那多少人为之抛洒鲜血祈愿国泰民安的热望。《千里江山日出图》，这样的画，配上这样的诗，气势恢宏，相得益彰。

祁珏搁下笔，走到她身旁，两人并肩望着刚完成的巨作。

“为何不落款？”半晌，云宜问道。

祁珏摇了摇头，从挂在腰间的锦袋里取出两枚石章，云宜见依然是那从太湖边捡来自己刻了送他的印章。

“我从小和先生学画，临得最多的是山水，画得最好的也是山水。”祁珏低头摩挲着手里的石章道，“先生说想为这锦绣山河绘一长卷，嘱我替他完成此愿。其实他本可以自己画的。”他抬头，目中晶莹，“先生之死，我难辞其咎。我一心要为徐家去除叛逆之名，不想自己反成叛逆，差一点使这千里江山荼毒战火，满目疮痍。我此生不过是个笑话，有何脸面往这图画上落款钤印，留下姓名？”

云宜闻言，竟是茫然，只听他又道：“我只是奢望你莫要恨我。”

祁珏转脸看她，云宜一瞬伤心，背过身去迈开两步，深吸了一口气，沉沉吐出。说不恨不可能，可是她又能恨谁？恨天恨地恨命恨人，莫若说更恨她自己。

她立在那里心潮翻滚，良久，听身后的人复道：“但你真要恨我，我又能怎样？我不能让先生活过来，我也不能让时光倒回去，我恨我自己，凭什么要你不恨我……”

语声戛然而止，云宜黯然回头，见他已跪伏在地。

“你起来。”她不想见他如此。看他低头不语，只得伸手去拉，堪堪触及，蓦然见殷红坠地。她兀自愣神，光滑的金砖上已点滴斑驳，如梅绽放。

“祁珏……”她一把扶住他。

他无力地靠向她，她忙伸手揽住，一口鲜血忽地喷上衣袖。

“祁珏！”云宜惊呼，急着去看倒伏在怀里的人，见他一瞬面颊青白骇人，嘴角的血渍衬得双唇颜色全无。

“祁珏，你怎么了？”她无措地摇晃他，仓皇四顾，大喊道，“来人！”

“不要喊。”他一把拉住她，“不要喊人来。”

“你……怎么会这样？”她惊慌失措地思索，想着他们一起画画，一起吃饭，他一直都在她的视线范围内。难道是刚才……

“你吃了什么？吐出来，快吐出来！”她猛然省起，急声道。

他笑着摇头，粗喘了一口气，说：“来不及了，宜儿。”他一直藏着那颗药，他知道早晚会用上它。

“你到底吃了什么？”云宜吼道，伸手拍他后背，“你给我吐出来，快吐出来！你知道我为什么天天从早到晚来帮你画画，为什么你总要辜负我……一次、两次，都是这样。”

“我知道，宜儿，我知道。”祁珏点头，可与其没有自由尊严地活着，还不如……

疼痛令人战栗，他额上沁了汗，连着眼角都有些湿润：“徐门忠烈，我有什么脸面顶着叛逆的罪名苟且偷生？我欠先生、欠你、欠这锦绣山河的，只能拿命来还。”

“谁要你还，谁要你还？”云宜嘶声道，“你听好，你给我好好的，我，我可以帮你，帮你们徐家洗雪污名，但是你一定要给我好好的……来人，来人啊！”她后悔自己为什么不让那些内侍宫女留在殿中，哪怕待一个也好。

云宜急着想要站起，祁珏抓着她摇头：“莫要喊人，你也别走……要不了多久……就让我和你……静静地待一会儿，就我们两个，两个人……”

“不，祁珏，不要！”她用力摇了摇怀抱中神志渐消的人，慌乱道，“你不要死，不要死！”忽地想起什么，“孩子，你的孩子，你还没见过你的孩子，还不知道是男孩还是女孩，你怎么就舍得这样死了？祁珏，你怎么舍得啊……”

仿佛是一个溺水之人奋力抓起身边的一根稻草，她努力想着能叫他活下去的理由，焕发他的生气，心里却愈是害怕。

“我也想……”他嘴角微扬，“但我如何能寻一个这么好的死法？暖阳和煦的午后，只有我们两个，我可以……和你在一起，安静地离开。”

“我不许你离开，不许！”云宜跪在地上，紧紧抱扶住他的身子，决然摇头。

“你来和我一起画画，我很开心。我其实想画得慢些，再慢些，我想它一直都画不完。”祁珏颤手去摸腰里的锦袋，费力拽出一条珠链，塞进她的手里，“我把它们重新穿起来了，你说得对，鸳鸯相从，合玉为珏，不该分开。你刻的那两块石章我带着，这个……你也……留个纪念吧。”

珠链中间悬着的正是那块完整的鸳鸯玉珏，玲珑剔透，栩栩如生。

他倚靠着她，脱力般将下巴搁在她肩头。剧烈的痛楚耗尽了他的体力，让他越发有些迷糊。

“宜儿，你知道我最初的记忆是什么吗？”他闭起眼，似自言自语，“是我站在摇篮边，摇篮里有个粉嫩粉嫩的小婴儿。我伸手摸一摸她那近乎透明的小脚丫，光滑柔软，细腻如脂，说不出的感觉。好像也是一个午后，那摇篮里的小人儿，就是你呀。”

“我知道，我知道，所以你不要走，留下来陪我，留下来陪着我！”

仿佛害怕怀里的人会骤然离去，云宜攥着珠链更用力地抱紧他。

“其实老天待我终是不薄。”他道，“我还能这样……这样被你抱着，安安静静，无人打扰。我看着你来到世上，你送我最后一程，因缘如此，该满足了。”他笑着叹气，“那时候我们一起画画，一起听风、沐雨、观雪，吃海棠糕，喝桂花酿，一起在太湖里泛舟，爬缥缈峰，看洞庭的明月……这样的日子，真好呀……”

语声低哑，渐至不闻。他的头轻轻触上云宜的脸颊，眼角悬着的泪滴滑落到她肩头。

云宜用力抱着怀里的人，她的手在他背后交叠相扣，像是要把他嵌进自己的身体。那是她的童年、少年和青春，那是她的欢乐、幼稚和懵懂，是她的向往、追求和怀念。二十多年，她第一次这样抱着他。

她曾经想和他相守终老，现在只想他能好好活着。不管他是谁，不管他跟谁一道，只要他能活在这世上。

午后的阳光斜照进殿阁，四周暖意涌动。然而她后背发凉，心口发堵。

她奇怪这个时候自己竟没有眼泪。

刚才他还同她一起吃饭，一起画画。她还和他说话，看他题诗。她不相信这鲜活的生命，如今已离她而去。

他分明还在她怀中，她能感受到他的温度，他们仍在一起，在一起走过的时空里融合交错。高山大泽、小桥流水、清冷世外、熙攘人群、日落日出、四季风景……他们一起走过，看过，度过。

她和他盖过一条被子，用过一方砚台，吃过一碗面条，坐在一叶扁舟上，似懂非懂地听船家唱着吴侬软语的小调：“月儿弯弯照九州，几家欢乐几家愁。几家夫妇同罗帐，几个飘零在外头……”

她抬眼，看那一幅墨色甫新的长卷上有江山千里，朝阳初升，层林尽染。

而瑶光殿中的日光，正一点点泯灭殆尽。

第二十七章　此意徊徨

冬雪融尽，梅英满绽，缕缕暗香从窗缝里挤进来，充盈于室。

阳光透过窗棂，亮堂堂一片，衬得桌上摆放着的一众物件更是光彩耀眼。凤冠、霞帔、大袖衣、长裙、褙子、鞋袜及各式簪环，十几个托盘一路排开，似长龙逶迤。

云宜望着那凤冠发愣。冠上的金龙翠凤、玉钿璎珞以及镶嵌其中的数千粒珍珠和百余颗红蓝宝石，叫人满眼灼灼。珠滴悬垂，珠结侧挂，又于璀璨贵气中生出灵动韵味。还有那遍布金冠的层层点翠，不知要耗去多少鲜羽。

再看那十数枚累丝点翠镶玉石的金簪，凤鸟、蝴蝶、蝙蝠、花卉、宝瓶等各式纹样，品目繁多。青罗金丝袜，厚底凤头鞋，一干衣饰，皆前所未见之物，是她作为皇后，在新皇登基之日受册大婚的穿戴。

云宜怔怔看了一会儿桌上的东西，转身向一旁的摇篮走去。摇篮里的婴孩吃饱喝足睡得香甜，她轻轻抱他起来，入怀温温软软的一团，奶香馥郁，沁入肺腑。

祁珏逝后三日，荀娉婷产下一个男婴，留书自缢身亡。信中所言，将之托付于她。

细细的睫毛轻颤，淡淡的眉头微蹙，粉嫩嫩的脸颊透着莹润的光泽。云宜望着怀里的小人儿只觉神奇，仿佛有种魔力，抱着他便能叫人内心柔软，平静安宁。枕在臂弯的小脑袋忽地一动，侧脸更埋向她的怀中，小嘴时而吮吸。

云宜低头吻在他额上，悲欣交集。

这么可爱的孩子，他的父亲却没有见到一眼。这么可爱的孩子，他的母亲也竟然舍得离他而去。

她抱着他，一瞬时空交错。想着当年自己的父亲，是不是也这般抱着出生不久的祁珏，肩头担着责任，悲戚中生出希冀。

“阿朗……”她轻唤一声。

这是祁珏生前给未出世的孩子起的名字，说若是男孩，就取名为朗。晴朗的朗，明朗的朗，朗月襟怀的朗，望他此生快乐坦荡。

她兀自唏嘘，侍女禀报，薛士桢求见。

薛士桢留在洪都养伤数月，痊愈后赶至京城，不想已是物是人非。

两人见面，一时都红了眼圈。

云宜问：“薛师兄，你身体可大好了？”

薛士桢点头，道：“斯人已去，师妹还是节哀顺变。”

云宜沉默了一会儿，指着桌上的东西顾左右而言他：“薛师兄，你知晓这凤冠有多重吗？”

薛士桢不明所以，云宜拿起来放到他手里。薛士桢只觉掌中一沉，慌忙捧牢。

云宜涩涩一笑，问：“此等分量，你看我这脖子可吃得住？”

薛士桢捧冠在手微一沉吟，将之小心放回原处，道：“凤冠之重，只在一时，师妹忍忍便罢。但有一事……”转身回望，忽而不语。

“薛师兄与我说话何时也吞吞吐吐起来？”云宜说。

薛士桢犹豫道：“此事因我而起，实在不知该如何开口。”

“直说就好。”云宜看着他道。

薛士桢干咳一声：“师妹也知我出使蒙古诸部越权应下的那些条件。彼时大行皇帝已决定开放大同、宣府等地与之互市，并封鞑靼可汗阿里台为贤义王，瓦剌可汗马哈木欢为顺宁王，二者和亲贵女为贤妃、宁妃，圣谕颁行。不想盟约尚在，圣驾崩逝。”看一眼云宜，继续道，“而今鞑靼和瓦剌俱遣使来说，愿盟约不变，和亲贵女嫁于继任皇帝为妃，送亲使团业已启程。”

“恐怕不是师兄开不了口吧。”云宜垂下眼睑，“是他让你来同我说的？”

薛士桢摇头：“是我不愿陛下为难，更不愿师妹你不高兴。”叹一口气，“这事全怪我。”

“所以只立中宫不过说说而已。”云宜低头苦笑。

“但陛下心之所属，师妹是知道的。”

“可是薛师兄，”云宜抬眸，“她们远离父母家园，举目无亲来到这里，若是连丈夫的爱都没有，岂非太可怜了？”

她望着桌上光彩熠熠的凤冠霞帔，想如果一切能回到过去……回到那湖光山色、高林深瀑、生于斯长于斯的家园，回到那温润的江南，回到那个她一觉醒来、打开窗户、大口呼吸着山间新鲜空气的早晨，回到她晚睡懒起、洗漱完毕穿戴整齐走进厅堂、父亲在饭桌边无奈摇头、祁珏悄悄往她面前的碗里夹进一筷子小菜的晌午，回到他们都还在她身边、在云庐的任何一个时候。

该是多么好呀！

人生自是有无限可能。她真的要穿戴着那些衣冠物饰，高高在上，接受群臣和万民的朝拜吗？她真的要在这朔方之地、幽深殿宇，与那什么贤妃、宁妃们共有一个丈夫吗？真的要远离那份高山大湖的宁静、安适、自由和自在吗？

思绪飞远，等她回过神来，薛士桢不知何时已悄然退去。

摇篮中的婴孩忽地发了一记哭声，云宜忙走过去，伸手轻拍。见他闭目皱眉，小手小脚齐颤了几下，渐又睡熟，不觉低语道："阿朗，你是不是也不想待在这里？"

荀予佑怅怅立在窗前。

登基大典一拖再拖，云宜仍旧闭门不出，连着自己也不愿见。她这是在怪他吗？可他其实从未想过要祁珏的命，就算云康之死令他耿耿于怀。还有那即将到来的蒙古贵女，甫念及此，他的太阳穴上便一阵跳痛。

真是叫人一筹莫展。

轻细的脚步声由远而近，不知又是谁来向他禀报。如今他才知这做帝王的辛苦，千头万绪，诸多事体，一刻都不能让人安宁。

脚步声停，继而再无响动。他倏忽一惊，回头见正是云宜，站在那里，直愣愣地看他。

他一时欣喜，只有她来此无须禀报，想不到她竟主动来见自己，待要说话，云宜已先开口。

"我，求你几件事。"她说。

荀予佑心里高兴，他喜欢她这样最是普通的称呼。如今，他最怕自己的身份成为他们感情的障碍。

莫说几件，几百几千件都不在话下。只不过她从来不用一个"求"字，他不觉有些怔愣，道："你说。"

"第一件是关于阿朗。"云宜望着他，"我求你给他一条生路。"

荀予佑闻言不语，停了许久，说：“斩草不除根，春风吹又生。你觉得我会对这孩子斩草除根吗？”

这孩子太过可怜，才出生便父母双亡。他是前朝逆臣徐氏之后，又是荀娉婷的儿子，荀瞻濠的外孙。无论从哪边论，都不能为朝廷所容，但他从未想过要他的命。

“怎么讲我都是他舅舅。”荀予佑说，看云宜并不信任的眼神，猛然想起那一夜殿宇里的血腥厮杀。

为了登临这至尊无上的帝王宝座，自己的亲兄弟都可肆意残害。为了守住这孤家寡人的高位重器，又有多少人无所不用其极。

“我想你保他一世无虞。”云宜道。

荀予佑抬眸：“我保他一世无虞。”

“如此，多谢。”云宜面色一缓，继续道，“我要带他离开这里。”

“离开这里？”荀予佑蹙眉，“去哪里？”

“云庐。”

“何时回来？”

“不再回来。”

“那你……”

“我也不再回来。”

荀予佑不可置信地看她：“你说什么？”

云宜冷静而决绝：“我说，我也不再回来。”

荀予佑转过身去，强自平复起伏的情绪，低声道：“你是在怨我吗？”

云宜摇头：“人各有命，怨不得谁。我只是不愿违背己心，亦不愿因一己之私而损家国大义，使这好不容易得来的海晏河清、友好睦邻毁于一旦。”

“这不用你担心，我一定会想出办法妥善解决。”荀予佑转回身，望着她道，“你只要安心做我的皇后便好。”

云宜复摇头：“我一山野女子，自觉无此贤德堪配高位。”取出一个随身小匣递将过去，“所以，这些还是还给你。”

荀予佑木然接过，打开看时，见里面正是自己送的那支镶红宝石赤金龙凤钗和剩了半截的李廷圭墨。

“金钗为媒，名墨为聘，这媒聘自当归还。我欠你的那幅画，就用《千里江山日出图》来抵吧，这墨虽用了些，但也是用在那画上。”

真是思量周全，算计精确。荀予佑拿着木匣看她，她这是在跟自己情物两讫？

一时气滞胸臆，一句话也说不出。

“陛下。”薛士桢望着那执杯落寞的背影低唤。

荀予佑转回身，见其正欲跪拜，道：“薛兄，你我之间就免了吧。”复看他一眼，低笑说，“你也是来和我辞行的？”

薛士桢犹豫片刻：“云师妹她……还是要走吗？”

“皑如山上雪，皎若云间月。闻君有两意，故来相决绝。”荀予佑嘴角牵出一抹苦笑。

“可陛下对她是一心一意的。”薛士桢道。

“要说三心二意，当真是冤枉。”荀予佑举杯饮了一大口酒，摇头道，“要说一心一意么，偏偏还要册封什么贤妃、宁妃。”

薛士桢惴惴道：“此事都怪……”

“不怪你。”荀予佑截了他的话，沉吟道，“也许，她更怨我是祁珏的死。”

“祁师弟他……”薛士桢叹一口气，“终究是造化弄人，命运使然，怨不得陛下。”

“还真是……造化弄人。”荀予佑仰首饮尽杯中的酒，复自斟了一杯。

薛士桢见他脸色微红，忙说：“陛下保重圣躬，少饮些吧。”

“何以解忧，唯有杜康。来来来，你也陪我喝两杯。”

荀予佑一笑拉他在桌边坐了，薛士桢才沾了那椅子，立时起身：“草民惶恐，不敢与陛下同坐。”

荀予佑望着他道：“薛兄，你就坐下吧。让我这样仰头看你，不累吗？”

薛士桢只得坐了，荀予佑替他拿了酒杯，斟上酒。

“陛下……”薛士桢愈是惶恐。

“其实我幼时就是一流浪乞儿。”荀予佑看着手中的酒杯道，“自小和额吉相依为命，她为了救我惨死在马贼刀下，我一个孩童不能替她报仇，那种难受真的无以复加。”仰脖一口喝了杯中的酒，停了片刻，又道，“我要进关去找阿爸，于是离了那些帮助我的牧民独自流浪，后来跟着一个波斯商队进了嘉峪关。若说关外的世界是天地苍茫，关内便是人海茫茫，一样的不知奔向何方。饥寒流寓，生死如寄，见惯白眼，看尽炎凉。直至到了平江侯府，才体尝到父慈母爱的温暖。奈何天不假人，考妣故去，又只留下我一个。”微转了手中酒杯，嗤笑道，“皇子如何，皇帝又如何？如今，我还是一个无父无母的孤儿。这皇室的刀光剑影、血腥屠戮，更叫人苦痛寒心，不若寻常人家的亲情。”

荀予佑把喝空的酒杯按在桌上，望着薛士桢双目灼灼：“薛兄，你有没有这人世的苦痛？”

薛士桢默默喝了杯中的酒，低头道：“世事无常，万物刍狗，何来不苦？”

“众生皆苦。”荀予佑点头，“但你若有幸在这苦中得到一点甘甜，可真是叫人羡慕啊！”良久，忽道，“她就是我人生中的那点甘甜。”

薛士桢知他所指乃是云宜，却不知该怎么接话，只听他又道：“你们是师兄妹，你有没有见过她小时候的模样？”

薛士桢摇头：“我拜见先生的时候，云师妹已近及笄之年。”

“我见过。”荀予佑嘴角微扬，自斟了一杯说，“她那会儿四五岁，我吗，尚不满十岁，百无聊赖冻馁在苏城街头。我到现在还记得她递给我的那块糕团的香甜和热度，滚舌入腹的温暖和满足，真是人间至味。”目视虚空，似入遐想，“我还记得她那粉妆玉琢、满眼机灵的模样，记得她托着糕点伸手给我时的笑容，仿佛冬日暖阳、夏日凉风、春日鲜花、秋日朗月，瞬间疗治了我的疲惫、寒冷和苦痛。我吃了那糕团，不知不觉一路跟着她上了渡船，冒冒失失到了云庐。先生也不赶我，反予我吃食，教我书画，留我在家中住下。”

原来他是这样遇到云宜和云康的，薛士桢亦不由遐想：“先生他便是如此，傲骨正气，常怀一颗良善之心。我寓居明月寺，他指点我作画之余，也总接济我衣物被褥饮食所需，生怕我一个人有什么不周全。”

“我到现在都记得他第一次教我画工笔荷花。”荀予佑说，“他带我去荷塘看晴时雨后的景致，看那粉白绯红的花瓣，看那嫩黄细密的花蕊和枝干亭亭的莲蓬，看翠绿的荷叶盛着雨露若水晶珠子在盘中滚动……”倏忽湿了眼眶，“所以，你知道我于先生之死，有多愧疚悔恨吗？我明明可以保护他，却生生让事情到了无法转圜、不可收拾的地步。我答应过云宜一定会把他安全带回，哪知竟没能让他们父女见上最后一面。”

“陛下不要太过自责，谁也想不到会发生那样的事。”薛士桢用手拭了眼角的泪，沉默了片刻，说，“便是祁师弟，亦绝不想如此的。”

荀予佑不语，一时气氛凝重，薛士桢试着转换话题：“云师妹知不知道陛下彼时曾在云庐呢？”

荀予佑摇头："那天，她许是在苏州城里玩耍了大半日，上了渡船就像个小猫般依偎在先生怀里睡着了，到家兀自不醒。我住的地方离她的屋子远，那时又自惭形秽，只远远瞧她嬉闹玩耍、无忧无虑的样子……你知道我有多羡慕祁珏吗？"荀予佑垂下眼睑，"羡慕他可以和她朝暮相对一起成长，每天都能看见她明媚灿烂、纯净温暖的笑容。那种笑容，我真是看一眼，就什么郁闷和烦恼也没有了。"

"陛下……"

薛士桢轻声唤他，荀予佑回过神来，一笑摇头，饮了杯里的酒，复给自己和薛士桢斟满了。薛士桢忙双手捧杯站起，荀予佑示意他坐下。

"后来我去了平江侯府，满心希望先生能带着她与我同往。但你也知道，以先生的性情，怎肯攀附王侯？"荀予佑说，"便是之后我去云庐看他，亦觉是对他隐居湖山的打扰，很多时候只好隐忍不行。"

薛士桢点头："先生隐逸不羁，于达官显贵多是闭门不见，对我这样的酸生穷士则关怀备至。所以，云师妹心性脾气，亦是如此。"

"我有时真希望她能多一点世俗之气。"荀予佑抬头四顾，"你看这煌煌宫殿、灿灿金椅，是多少人求之不得的东西，她却一点儿也不稀罕。"举杯又饮，似哭似笑，"的确，待在这里有什么好呢？我何曾想待在这里，我都看不见她的笑容了，我想她的脸上一直有那样的笑容呀！"

薛士桢见荀予佑杯杯相续已显醉态，欲劝其少饮，听他又道："薛兄，你见过她及笄之时的模样，我却没见过。你和我说说，她那时是个什么样子？"

"亭亭玉立，如清水芙蓉。灵动可爱，恣意畅快，无一日安静。"薛士桢想了想道。

"是吗？"荀予佑不觉微笑，复陷遐思，"那些年我在平江侯府，吃饭的时候，就想着她是不是也在吃饭，吃了些什么。睡觉的时候，便想着她是否业已安眠。置身街道楼头，又想着是否会在这熙攘人群、喧闹市井中，遇见偶入苏州城的她。若遇见，我还能不能认出她来。"继而赧然，"你不知晓我接到先生答应我求婚、说她要来平江侯府的书信有多高兴。我只要一想到将来能和她朝暮以对、形影不离，心中便欢喜得无休无止。我想和她有一个如她般的女儿，襁褓、垂髫、总角、金钗、豆蔻、及笄……我定要时时刻刻陪在她身边，看着她慢慢成长，一眼都不错过。"忽而停顿，后凄然，说，"或许是我痴心妄想了。"

荀予佑复一杯饮尽，踉跄起身，薛士桢见他摇摇欲坠，忙近前搀扶。

脑中晕眩，荀予佑闭起双目，好一会儿才睁开眼来，脚下依然虚浮。薛士桢不敢松手，一路紧跟着他。

荀予佑停了脚步，环顾四周，举手在空中画个圈：“这里所有的东西，我都不想要，从来都不想要。”良久，低语，“我想要的，不过一个她。”跌坐在地，垂下头去。

薛士桢不由叹息：“云师妹恐不知晓陛下情深若此。”

“知晓了她就能不走吗？”荀予佑抬头相望，已泪流满面，“我答应过先生不让她受半点委屈的……”

薛士桢一时不知该如何劝慰。祁珏之死，荀予佑如今的身份，还有那即将到来的蒙古妃嫔，横亘其中，便是他和云宜感情的坚壁厚障。他不能抛下江山千里、家国万钧，不能违背两族的盟约与誓言，而他同云宜之间，亦不可能再容下其他人。

这仿佛是一个无法解开的死结。

“这天下，这皇位，不知有多少人为它拼得你死我活，血流成河。可做了天子又如何？万物刍狗。薛兄，你说得好，说得好！”

一阵反胃，酒意上涌，荀予佑不觉弯腰捂口。薛士桢忙轻抚他后背，荀予佑咳了两声，喘匀了气，道：“薛兄此次出使蒙古，想必见了那有别于江南的苍茫景象——草原旷野，荒漠戈壁，瀚海阑干，朔风怒卷……”停了片刻，接着道，“我有一次独行于沙漠，走得累了，便在一处沙山上躺倒下来，举目见满天星辰，银河璀璨。四野无人，沙峰隐隐，黑暗中能听见风吹流沙的声音。那一刻仰望苍穹，真觉茫茫浩宇，天地间个人渺小若斯。什么江山万里、千秋功业，都可忽略不计。”

“陛下……”

“人生难得，人寿几何，没有一个可以爱的人，不能和自己所爱之人在一起，才是遗憾，才是遗憾。”

“可若是……”

“我知道你想说什么。”荀予佑摆手，阻了薛士桢的话，“父皇说过，承继这皇位，就是承继了最难担负的责任和夜以继日的辛劳。个人的情感，不能凌驾其上。”

“陛下所言极是。”薛士桢点头。

荀予佑却是摇头："父皇说家国社稷唯我所系，当真是这样吗？真的只我一人，才堪此重任？"

"陛下身为皇嗣，自是如此。"薛士桢道。

荀予佑望着他，复又摇头："这一家一姓的江山，未免狭隘。好比薛兄你，自告奋勇出使关外，不辞劳苦千里奔波，化敌成友缔结盟约，消战端于未启，弥兵火于无形。为百姓福祉、社稷安宁，哪怕牺牲自己的性命，亦在所不惜。有如此心怀天下苍生的胸襟，这江山千里、家国万钧，我担得，你便担不得吗？"

"陛下，"薛士桢跪倒在地，"草民万死不敢！"

"草民？"荀予佑伸手拉了他起来，本已迷离的双目忽而清明，深视他道，"那你告诉我，洪都城楼，红色的曼珠，为何会变成白色？"

一夜微雨初停。

云宜立在廊下，抬头看湛蓝如洗的天空中不时飞过几只驯鸽，带着单调细长的哨音。

春天的脚步越发走近，疏朗的枝头悄绽出淡绿的嫩芽和小巧的花苞。白色的玉兰、黄色的迎春在风中摇曳，身姿绰约，香气播洒。

太阳还未升起，周遭一片澄澈明净。云宜怔怔看了许久，深吸一口气，返回屋里。

摇篮中的小人儿已经醒来，两只乌溜溜的黑眼珠在眶子里滑来滚去，嗯嗯呀呀，手脚并举。

云宜伸手将他抱起，低拍轻哄。他便一手抓着她胸前衣襟，一手握拳放进自己的小嘴中舔吮不停。

"阿朗是不是饿了呀？"云宜望着他笑。这孩子越发可爱，便是饿了，亦不哭闹。

云宜摸出规律，忙叫了人来喂他。小家伙吃饱喝足，尿了一回，又呼呼睡去。

自那日对荀予佑提过请求，荀予佑便再没来见她。

云宜想也许是他生了气，也许自己于他并非重要到不可或缺。两族邦交、御座千钧、江山万里，孰轻孰重，太过分明。

她定下离开的日期，没有遭到阻拦。荀予佑派人陆续送来诸多物什，她原封未动，只将几件原本就是自己的衣物放进随身的行囊。

站在屋中，环顾四下，她想此间以后不知会住着个怎样的女人。贤妃、宁妃，抑或是别的什么妃嫔，而她，终究不属于这里。

云宜站了许久，然后转身抱起熟睡的阿朗，拿了床榻上整理好的行囊，走出门去。

一驾硕大华丽的马车，已经停在宫道上。

有人打开门帘，云宜登车而上。车内宽敞舒适，摆放着各式所需，坐卧皆宜。

车行辚辚，阳光从窗帘的缝隙处透进来。她伸手掀起一角，默然向外注视。宫门道道开启，马车缓缓驶出宫城。

不知为何，薛士桢亦未来相送。云宜心想也罢，见面不过徒增唏嘘。

她默默思想自己为何要来这京师。这凤阁龙楼、玉树琼枝的御苑宫阙，让她彻底失去了祁珏不说，还有……荀予佑。

一滴泪终是无声滚落，她看一眼怀抱中的婴儿，见他双手握拳垂在两侧睡得香甜，喉中哽咽："阿朗，姑姑带你回家。"

她低头凑上因酣睡极度放松的脸颊，深嗅那馥郁芬芳的气息，只觉一瞬安适平静。

她抱紧了他，喃喃低语："阿朗，幸亏还有你。"

尾声　五湖归去

太湖水浩渺无垠，缥缈峰云气氤氲。

夏初的洞庭西山一片绿荫浓郁，青绿的梅子、橙黄的枇杷，还有已泛出嫣红的杨梅垂在枝头，红黄绿三色缤纷，满目灼灼。

雨后，庭院里的几株丁香绽开一簇簇白色的花团，栀子花的香味飘散在清新的空气里，闻嗅之下，肺腑如洗。

云宜将那可爱绵软的小人儿放进石桌旁丝绸垫裹的圈椅中，往他手里塞一个摇铃，道："阿朗自己玩会儿，姑姑忙完了再来抱你。"

铺展画纸，研墨调色，云宜执笔细看园中景致，对着小人儿道："莲嫂把你喂得白白胖胖，还不肯收银子，只要姑姑给她画几幅画。我看这儿景色不错，干脆就给她画个园子，你说好不好，阿朗？"

小人儿挥舞着手中的摇铃，"嗯呀"几声，似表示赞同。

云宜笑而落笔，须臾画成。抬眼再看那小人儿仍是手舞足蹈、自得其乐的样子，不觉心念涌动，细瞧几眼，又落下笔去。勾勒涂抹，着色添彩，一幅《稚子夏园坐嬉图》生动传神。

云宜望着小人儿，不禁感慨。数月相依，他越发黏着自己。白天形影不离不说，到了晚上亦是一头扎进她怀中，须抓着她衣襟才肯酣然睡去。云宜怕自己眠里翻身压着他，只好等他睡熟，悄悄将他放进摇篮，轻拍几下再离开。

岂知甫一离开，小人儿的哭声就骤然响起，直哭得要重新将他抱起方才作罢。云宜试了几次，发现那小人儿但凡闻嗅不到她的气息，便是在睡梦中亦会大哭不止。

云宜只得将摇篮紧贴在自己的床边安放，不时伸手轻拍低哄，方各自安睡。第二天早上睁开眼，小人儿不知何时已经醒来，正翻身趴在摇篮里，仰头冲着她笑。

云宜只觉一颗心顿时融化，伸手抱他起来，探头在那粉嫩透亮的小脸上轻蹭几下，然后一整天便神采奕奕，元气充盈。

这山间庐舍，因为他的到来，不再幽冷孤寂。

云宜放下画笔，走过去蹲在椅边，对着那小人儿道："阿朗，以后姑姑每年给你画一幅好不好？"

小人儿笑呵呵地看着她，手中摇铃晃得清脆作响，而后塞进嘴里吧嗒几下。他已然开始长牙，手里的东西都喜欢往嘴里送。

云宜笑着去抓他的手："这个不能吃，等会儿姑姑喂你米糊。"轻捏他的下巴看了看，"阿朗，你又长了一颗牙，什么时候能说话呀，记得要先叫'姑姑'。"玩心忽起，继续道，"来，现在就喊一声，姑——姑。"

小人儿含混不清地吐了几个音。

"姑——姑，姑——姑，姑——姑……"

几番来回，云宜终于放弃。她觉得自己快变成了那廊下的鸽子，而椅中的小人儿只是咿咿呀呀朝她伸出手来，执意等待着她的抱抱。

云宜抱他起来，皱眉道："阿朗，你又重了，姑姑快抱不动了。"

"我来替师妹抱一会儿可好？"

身后忽有人语，云宜吃惊回头，不觉两眸放光："薛师兄，你回来了？"

薛士桢笑颜暖暖，走到近前，伸手接过孩子。小人儿并不怕生，任由他抱在怀里逗弄，不哭不闹。

"薛师兄，阿朗喜欢你呢。"一旁云宜奇道。若是换个生人，这娃早就挣扎着反身扑向自己了。

"伯伯也喜欢阿朗呢。"薛士桢更是笑逐颜开。

云宜道："薛师兄，你怎么才回来，有没有想我们？"

薛士桢摇头："忙得很，没空想。"

云宜笑："你一平头百姓，有啥好忙的？"复看他几眼，拉住他道，"等等，我怎么觉得你与以往有些不同。"

"哪里不同了？"

"说不上来，就是不一样。薛师兄，你这几个月都在忙啥？"

"一言难尽。"薛士桢叹气，"好在总算告一段落，才得空来看你们。而且，我还带了个想你的人来。"

“想我的人？”

云宜疑惑，刚欲再问，一眼瞥见薛士桢身后的月洞门前已站了一人。虽是寻常衣衫，却当真玉树临风，气度逼人。

他怎么来了？云宜不觉怔愣。

薛士桢笑看二人，对着怀中的小人儿自言自语：“阿朗，和伯伯一起去逛逛，好吗？”转身离开。

云宜愣愣立在那里，不知进退，也不知该说些什么。

荀予佑缓步走近，道：“良久冒昧登门，不请自来。”

云宜只觉气阻胸臆，不知为何红了眼圈，半晌才道：“你这是微服私访吗？”

荀予佑莞尔：“来看看你。”

“看我作甚，我有什么好看的？”云宜嘟囔道，“你还是回去好好看你的贤妃、宁妃吧。”

荀予佑闻言微愣：“你这是……在吃醋？”

云宜也不知自己怎么会说了这样一句话，于是挺一挺脊背，道：“我吃什么醋？你想娶谁，我管不着。”

荀予佑怔怔看她：“我想娶你。”

“我不想嫁你。”

“你我是有婚约的。”

“可以作废。”

荀予佑不说话了，看着云宜，良久才道：“‘皑如山上雪，皎若云间月。闻君有两意，故来相决绝’，便是因为这个吗？”

云宜不语，听他继续道：“若只你我二人，你愿不愿意与我‘但为夫妇，一生相守’呢？”

但为夫妇，一生相守。这是自己曾经说过的话，可世事无常，变化讵料。云宜抬眸，望着他道：“你的贤妃、宁妃没有来吗？”

“来了。”荀予佑点头，“业已正式册封。”

“那恭喜你新婚燕尔。”云宜转身就走。

“等等。”荀予佑唤她。

云宜并不停步，荀予佑只得追上去拦在她面前：“你听我把话说完好不好？”

云宜站在那里，心想还有什么可说的。

“册封妃嫔不假，我却并未成婚。”荀予佑道。

这是什么意思？云宜愕然相望，不知他话中含义。

“当初既是薛兄应承下的，如今，便也只好由他去兑现。”荀予佑一声叹息。

这要如何兑现？云宜没听明白，愣愣看他：“不是说要嫁与皇帝为妃？”

“没错。”荀予佑颔首。

云宜依旧摸不着头脑。

荀予佑道：“所谓在其位谋其政，谁坐这御座谁负责。”

云宜忽而领悟：“你是说……薛师兄他，他……”细想又觉自己异想天开，惊得语不成句，“这，这，这也行吗？”

“怎么不行？”荀予佑笑，“你不是总说我们像兄弟？”

云宜心道，长得像也不行啊。

“按辈分，他是我堂兄。”荀予佑说。

“什、什么……堂兄？”

荀予佑笑看她，数月不见，怎么有了这结巴的毛病，凑近了低语道：“他是我皇叔之子。”

“啊？！”云宜惊得合不拢嘴，继续结巴道，“真、真的假的？你是说薛师兄他，他，他的父亲是你皇叔……”

“千真万确。”荀予佑郑重道，“所以这位子由他来坐，亦是物归原主。”

“所以他适才说这几个月忙得很，是在忙……婚事？”云宜呆愣半晌，讷讷开口。

“自然不仅是婚事。”荀予佑道，“帝位禅让，也须费些周章。他要尽快熟悉朝廷之事，故而忙碌……”

云宜脑中纷乱，荀予佑后面说的话没听进几句。薛士桢竟然会是王爷的儿子，而荀予佑就这样抛却了至尊之位。

难道他做这一切，都是为了自己？

“你可以不必如此。”云宜终于忍不住，深吸一口气，说，“不必为我，做这样的牺牲。”

荀予佑眼望淡远天空，遐思道：“昔日昭僖侯宁舍天下亦不肯失去双臂。你曾说崔素莹有幸，能遇到为她舍弃作画之手的张晋。”收回目光，凝视面前的人，“为你，我是手臂和天下都可以舍的。心甘情愿，何谈牺牲？”

云宜心内震动，强自平静，道："我却觉得不妥，也不值得。"

荀予佑摇头："那是你不知我如何心悦于你。这一生，往后的日子，我都想和你朝暮相对，形影不离。"荀予佑望着她一字一句道，"你若要在这洞庭山庄、世外天地无拘无束，自由自在，我便陪你在这无拘无束，自由自在。"

"可是……"

"这于我并非什么艰难的抉择。"荀予佑截了她的话，"不过是遵从内心的欢喜。"

"可你这样，我会有很大的压力。"云宜道，"我不晓得……我们是否一定会幸福快乐，即使幸福快乐，又能维持多久。我怕你终会后悔自己当初的选择。"

荀予佑笑："只要你给我这个机会，你就可以看到我能不能让你一直无忧无虑，幸福快乐。"

他从随身的锦袋里取出一个木匣，打开递到她面前，匣子里是那支黄灿灿的龙凤金钗和用了半截的李廷圭墨。

金钗为媒，名墨为聘。

云宜怔怔相望，一时竟不能语。

"如此良人，何处能觅？我说师妹，你就答应了吧。"

薛士桢不知何时已抱着阿朗回来，小人儿手中攥着颗乌紫杨梅，正啃得满嘴鲜红。

云宜害羞，只管伸手去抱阿朗。

薛士桢忙避开了，道："你都抱他那么久了，且给我多抱会儿吧。你不知道他有多喜欢我，一直冲我笑呢。要不，让他陪着我，你们想有娃玩，自己努力也行。"

"薛师兄，你说什么呢？"云宜嗔怪，回撑道，"哦，如今你大不相同，这'师兄'二字我怕是高攀不上了。"

"师妹是要将我扫地出门？"薛士桢摇头，"这我可不答应，我永远都是先生的学生、云庐的弟子。阿朗，你说对吗？"

小人儿脑袋一耷拉，似点头附和，逗笑了三人。

一旁的荀予佑道："其实先生是教过我画画的，我也可以算云庐弟子。"

"哦，那你是要阿朗叫你伯伯，还是姑父呢？"薛士桢问。

“自然是姑父。”荀予佑不假思索，细想又并不矛盾。

云宜“呸”了一声：“全是厚脸皮，莫要带坏我家阿朗。”

薛士桢将怀中的小人儿亲了又亲：“我说真的，阿朗还是给我吧，你俩自己努力，几个都行。”待看云宜就要发作，忙摸着小人儿的肚子道，“阿朗是不是饿了，伯伯也饿了，叫你姑姑快开饭吧。碧螺春、青梅酒、太湖三白、六月黄，都要安排上。啊呀，好久没吃上这江南的时令菜了，今天可要一饱口福……”

“行行，如今你履至尊而制六合，说什么便是什么。”

云宜冲他做个鬼脸，转头看着荀予佑脉脉无语。荀予佑微笑相望，抬手将那支龙凤金钗簪入她发间。

彼时红日落入山林，满天晚霞绚丽，五湖烟水茫茫，一派宁静高远，祥和温馨。

番外一　相思始觉海非深

风沙迎面，驼铃声响，一望无垠的戈壁滩上终于出现了一座关城。

这是一座宏伟的关城，城门悬挂着刻有关名的巨大牌匾，城上是明窗朱柱重檐歇山顶的三层关楼。黄土夯筑的城墙高高耸立，南北各有一段长城延伸至两侧的高山峡谷，构筑成一道固若金汤的雄关险隘。

暮色苍茫，祁连山的银白雪峰在夕阳下泛出圣洁的光辉。一支数十人的波斯商队，停留在关城口。落日隐没在云头时，城门就要关闭，这是他们今天最后的入关机会。

八岁的荀予佑混在这支波斯商队里已半月有余。虽然他尚是孩童，却吃苦耐劳，聪明伶俐，帮着商队干了许多活。他头上缠了厚厚的头巾，面纱遮住大半脸孔，只露出一双明亮闪烁的眼睛。波斯商人的旧衣服裹在他身上成了宽松的长袍，如此装扮，使得他更像商队中的一员。领队在关照上增加了人数，这样，他就可以和他们一同进关。

守关的兵士看了商队的关照和货物，清点完人数便开始放行。他走进关城前，抬头看了一眼那高悬其上的匾额。匾额上的字他一个也不认识，但他知道这雄关的名字和名字的含义——嘉峪关，嘉峪，即美丽的山谷。

进了关，眼前景致便不相同。

他瞪大的双眼左顾右盼，有些贪婪地攫取着从未见过的新鲜画面。他看见一汪水泽在残阳的余晖里波光粼粼，泽畔不知名的五颜六色的小花满地开放，白杨和垂柳泛黄的枝叶在蔚蓝的天空下闪烁金芒。回首远眺，夕阳没入远山，白云镶了金边，渐渐变成灰黑的颜色。霞光四照，仿佛有火焰在雪峰和乌云间燃烧，漫天遍野，风卷燎原。

他隐隐听见关门徐徐关闭的声音，深深吐出一口气。他终于踏进了汉人的地界，他的阿爸，就在其中的某个地方。

但他不知道该去哪里找寻，这关内的版图，比关外的天地更是广阔。肃州、甘州、凉州、兰州……他跟着商队一路东进，黄河、淮水、长江、太湖……又随之不断南下，然后到了苏州城。

商队在那里卖光了最后的货物，并采购了大量的茶叶、丝绸，准备返程，他却不想走了。

他还没有找到他的阿爸，但这江南的古城，好像有什么东西吸引着他，叫他恋恋难舍，不肯离开。

桃红柳绿、莺啼燕舞、小桥流水、楼阁园林，完全不同于他见过的任何一个地方，喧闹中透着宁静，繁忙里有着安适，温润蕴藉，厚重清新。他渐渐能听懂些吴侬软语，一句两句，好听得仿佛书肆中弹唱出的韵律。

他依依惜别陪伴他走南闯北、流寓不定的外国商队，他们给他留了点钱，算作报酬。他开始一个人在苏州城流浪，自由自在、无拘无束地徜徉在阳光和月色下的各个角落，从盛夏到深秋。

随后，寒冬来临。

他不知道江南的冬天是如此阴冷，而他一个孩子，谋生更是艰难。他每天都要为一日三餐奔忙辛劳，每晚则是居无定所地漂泊流寓，头无片瓦，脚无寸土，时常露宿在街头巷尾。

他想，等到天气暖和，一切都会好起来。可要如何度过这严寒时节，令他很是发愁。

又一个冬日寒风瑟瑟的午后，他疲惫饥饿地蜷缩在巷口，百无聊赖。从一大早到现在，他粒米未进，饿得有些发晕。他闻着一旁做小吃的店家飘散出的食物香气，埋首臂弯，想象着自己正大快朵颐。

一阵风来，他不由得微颤了身躯，原来咸鲜的味道里忽而多了丝香甜。额间微暖，香甜越发浓郁，他不由抬起头。

一块腾着热气的红色糕团堪堪就在眼前。他一瞬间双目发亮，看清了托着那糕团的嫩白小手，一个梳着双鬟、穿着藕色衣袄、粉妆玉琢的小女孩立在面前。她四五岁的年纪，极讨人喜欢的模样，两眼一瞬不瞬地望着他。她将手上的糕团向他递近些，再递近些，直到他怔怔接过，才一笑跑开。

他从未见过如此明媚好看的笑容，就像春花烂漫、秋月皎洁、夏风惬意、冬阳和煦。他三两口将糕团吞入腹中，那种香甜暖热，简直是人间美味。他站起身，不知怎的便循着那一点藕色远远跟去，跟上渡船，跟到了云庐。

抱着女娃的男子将他领进家门，他有些战战兢兢地打量周遭，建在半山腰的屋舍庭院——宽敞清幽，错落有致，依山傍水，宁静自然，遮风避雨，一派温馨。

男子将怀中兀自熟睡的女娃抱回房间，又安置好一直随在身侧的男孩，然后让他洗了个热水澡，换上干净的棉衣。衣服虽不怎么合身，但穿着便觉暖融融的，很舒服。

男子带着他去厨房，从蒸屉里取出一碗蛋羹，再从一旁的锅里夹出两块扎肉，盛了一大碗米饭放在桌上，对他道："我叫云康，你叫什么名字？"

他仔细想了想，额吉唤他"阿木尔"，可这不是汉人的名字。

他摇了摇头，立在那里，望着桌上的饭菜强咽下一口口水。

云康沉默片刻，招呼他在桌前坐下，递给他一双筷子。

这些都是给他吃的吗？他不可置信地看男子一眼，云康笑而点头。

他握住筷子的手有些发颤，复看男子一眼，端起碗来，快速地往嘴里扒拉米饭，没嚼几下就囫囵吞咽，紧接着又是一大口。

这热乎乎、香喷喷、软软糯糯的米饭，真是好吃。他把脑袋埋进饭碗，一口接一口，停不下来。

"吃点蛋羹。"云康将那碗蛋羹往他面前推了推，又夹了块扎肉放进他碗里。

他木愣愣一勺入嘴，还没品出味来，那一块金黄嫩滑已哧溜滚下咽喉。

"慢些吃。"云康道。

他不好意思地又舀起一勺，蛋羹上撒了葱花，淋了香油，里面居然还有虾仁。

他又盯着碗里的扎肉看了又看。五花肉的外面包了粽叶，扎了细绳，浓油赤酱，香气扑鼻。他放下筷子，解了绳子，松开粽叶，张口咬下。

啊，他从没吃过这么好吃的肉，油而不腻，酥软欲化，带着粽叶的清香。

一碗饭片刻吃完，云康笑着又给他盛了一碗，还往饭里浇了些扎肉的汤汁。浇了肉汤的米饭更是滋味无穷，他伴着剩下的扎肉一共吃下去三大碗米饭，吃光了蛋羹，打了个饱嗝，只觉从头到脚，自里向外，似被注入无限真气，全身热腾。

云康细细打量起他，唇红齿白、眉清目秀的模样极是周正。默默看他许久，问他有无住处，他摇摇头，问他愿不愿留下，他使劲点头。

云康领着他来到一处僻静院落，指着两间木格花窗的屋子道："这梦墨堂是我的书斋，你来当我的书童如何？平日里做些洒扫的活儿，旁边的小室加个床可以给你住。"

他闻言怔怔相望，片刻，湿润着眼眸漾出一个极灿烂的笑容。

他第一次走进梦墨堂，一眼就喜欢上了里面的陈设。虽然他不识几个字，可看着书架上一摞摞摆放整齐的书籍，莫名欢喜。

书斋算不得很大，但竹帘高卷，窗明几净、雅致清新。朝南的红木桌上摆着文房四宝，椅后的大瓷缸里塞满卷轴，旁侧的长几上放着一张七弦琴。瓷瓶里插了枝山花，和着香炉里熏香的气味，沁人心脾。

云康写字、看书、抚琴、作画都不喜被人打扰，所以梦墨堂是个僻静清幽的地方。他除了擦拭门窗桌椅、整理画稿书籍，多数时候便静静地坐在角落，看云康于桌前挥毫、案边拂弦。

云康教他识字念诗，但他最喜欢看云康画画。他觉得云康手中的笔仿佛有什么魔力，轻轻巧巧挥洒几下，就能幻化出各种山水风景和花鸟人物。一次，他正望之遐想，云康展开数卷画轴问他喜欢哪个，他挑了其中一幅，说："这个，像真的一样。"

"哦，看来你喜欢工笔画。"云康颔首，须臾道，"我教你可好？"

他扑通跪倒在地，把云康吓了一跳。

他已知晓了些汉人礼仪，于是郑重磕下头去。云康笑着将他拉起，说画画需要观察揣摩，尤其是工笔画，想画什么，就要先去仔细看看事物的模样，了解它们的特点和习性。

他照着云康的话做，云庐内外、山上山下都成了他用心观察的场所。他看了许多花卉、树木、虫鸟、猫狗，也见了云宜和始终在她身旁的男孩一块儿嬉戏玩闹，听她娇声脆语，笑声朗朗。他心里着实想跟着他们一起，又觉得自己一个连吴语都说不利索的流浪乞儿，何必自讨没趣。

他只远远看着他们玩耍游戏。

他在云庐一待数月，冬去春来，转眼又是夏天。

夏日的西山最是明丽。

他打扫完书斋，趁着云康午睡，独自去山间晃荡。

前一阵，云康教他画工笔荷花，他便晴天雨时直往荷塘去。昨日，云康说要教他画树木果实，他于是就想去山里转转。因为夏日的山林，着实硕果累累。红红的李子、翠绿的青梅、金黄的枇杷、乌紫的杨梅，接连相续。而今，脆生生的“六月雪”又在枝头高挂，这是西山有名的翠冠梨，味甜多汁，消暑解渴。

午后阳光烈烈，走在浓荫密布的山中却并不觉炎热。他坐在一棵“六月雪”下看了许久，山风徐徐，有些犯困，他背靠树干，打起盹来。

他正眠得香甜，忽闻几声高呼。他睁开惺忪睡眼，见远处一棵树上隐隐似挂着个孩子，呜呜地哭。树下有人喊着“别动”，围着那棵树打了几个转，狂奔而去。

他不由得起身走近，仰头细看，才发现如风筝般悬在树间紧闭双目的云宜。他吓得天灵出窍，捂着嘴生怕惊到她。这高度若摔将下来当真凶多吉少，他估摸就算自己爬上树去也够不着，而挂住她的枝干明显已不堪重负。

他想去喊人，又不敢离开，急得满头是汗。正无计可施，忽听簌簌声响，落下几片叶子，他还没反应过来，那枝干已“咔吧”一声断裂开来。他本能地大步冲上，伸出手去，一把将随着枝叶掉落的女孩奋力接住。

强大的冲击令他站立不稳，电光石火，他在倒地的瞬间有意识地转动身躯。砰然声响，他的后背狠狠砸上地面，却把怀里的人牢牢护在胸前。

他只觉胸口发闷，背脊、手臂如被火炙，胸腔里有什么东西一下涌到喉头，旋即便没了知觉。

他醒来时，已在云康怀中。右臂撕裂般地疼。他举目张望，听云康在他耳边道：“我让珏儿背宜儿回去了，她没事，你怎么样？”

他骤然安心，复又晕去。

他再次苏醒的时候，云康已守了他一天一夜。

看他睁开双眼，云康长吁了一口气，道：“可算是醒了，感觉如何，要不要吃点东西？”

依然钻心的疼痛让他没有胃口，他低头看一眼被捆绑固定的右手，摇了摇头。

“孩子，谢谢你救了宜儿。”云康轻握他另一只手道。

那日，云康得知消息赶来，见一起倒在树下的两个孩子，顿觉腿脚发软。查看之下，云宜毫发无伤，只是吓晕了而已，垫在她身下的人却面色青紫，呼吸轻浅。

云康明白这个不知从何处而来、没有名字、未满十岁的孩子，愣是硬生生用自己的双手接住了从高树落下的女儿，救了她的性命。可这孩子的右手，自小臂连着肘部还有大臂的骨头尽皆碎裂，大夫说恐怕无法完全恢复。

云康感激愧疚，亲自在床边喂食饭菜汤药，精心照顾。孩子还没痊愈，便等来了平江侯府的人，说他是平江侯流落在外的独子，名叫荀予佑。

荀予佑二十岁的成年仪式隆重至极，皇帝驾临平江侯府，亲手为其戴冠成礼。荀予佑战战兢兢，懵懂半日，待送走御驾已是掌灯时分。

用过晚膳，他跑去问父亲皇帝为何会来，老侯爷沉吟道，恐是缘分使然。

荀予佑不知这缘分如何使然，他从父亲房里出来，不知不觉踱到园中水榭，望着一池微澜，呆呆发愣。

流光如水，他还记得自己第一次踏上平江侯府厅堂时的茫然无措。于今十年，他已不是那无名无姓、戚戚不知父母是谁的茕茕孩童，他是华贵显赫、意气飞扬、玉树临风的侯门之子。

然而他满心怀念的，仍是在云庐的半载光阴。

找到了亲生父母，自是喜不能禁，但他依旧牵挂云庐，想着云庐的一切。他曾惴惴地向尚觉陌生的父亲开口，问能否将云康和云宜接来同住。平江侯亲自造访云庐，云康自是回绝了那丰厚的谢仪与如此提议。

荀予佑也知这不过是他的妄念，云康这样的人，怎会搬来侯府？他只是很想念他和云宜，他们不来，他就自己去。

只是但凡出门，便是一番大动干戈。许是他丢过一次，好不容易大海捞针寻了回来，而今他每次外出，总前拥后簇跟了大队人马。

云康原是久居湖山的隐逸之士，自然不喜这般喧扰。荀予佑亦觉不妥，从此不敢轻易造访。

他在平江侯府一天天成长，心里却总想着初见云宜时的光景，她递来的那块糕团的暖热和疗治他身心的明媚笑颜。哦，她一定不是当年的模样了，她同样一天天在长大。如今，她长成什么样了？再见面，他会不会已不认得她？

吃饭的时候，他想她是不是也在吃饭，吃了些什么。睡觉的时候，他想她是否安眠。梦醒之时，他想她会不会亦梦见自己。哦，不会的，她应该根本就不知道他的存在吧。

他走在苏州城熙攘的街市，坐在湖畔高广的阁楼，每每有这样的闪念：会不会邂逅偶尔进城的云宜，若是不期而遇，他要同她说些什么？还是他们根本就对面不识、擦肩而过了呢？

临风萦怀，对月思人，他觉得自己快要疯魔。他已成年，与其在此想入非非，不如立竿见影，付诸行动。

一念既起，欲罢不能。他鼓起勇气，向云康提亲。云康回复女儿尚小，婚姻之事，暂不考虑。

他蔫蔫而退，安慰自己或许云康只是舍不得云宜，要多留她在身边几年。不过几年，等等便是。

他一等两年，其间父亲驾鹤西去。他袭了平江侯的爵位，丁忧期满复向云康提亲，云康仍不置可否。

他已二十有五，仍内室空虚。众人都不晓这位深得天子宠信的年轻侯爷到底要娶个什么样的女子，连想说媒的都不敢造次。

这一年的中秋，月亮格外圆满，秋风徐徐，秋虫唧唧，却更叫他备感秋凉。

徘徊往复，辗转反侧。他终于按捺不住，决意亲往云庐，当面向云康求一个确切的答复。

踏足山间，遍胸臆澄澈如洗。

金秋的西山鸟语花香，一派爽朗明净。碧绿的橘子和红黄的石榴沉甸甸挂在枝头，山风里有桂花的香气，丝丝缕缕，叫人心旷神怡。

荀予佑一人徒步登山，将至山腰，回首看浩渺太湖于一片云气蒸腾下波光粼粼。

山路曲折，再转过一个弯便到云庐。好似近乡情怯，他不由放慢了脚步。昨晚几乎一夜未眠，清早他吃了点东西就匆匆赶来，心中踌躇见了云康要如何开口。

他兀自思索，却听笑语朗朗，随着山风吹入耳中。循声而去，山路甫转，一处白墙黛瓦的院落大门洞开。门前的桂树上靠着架木梯，梯上立着个翠衫绿裙的姑娘，正冲树下着了淡蓝色衣袍、捧着个竹篮的年轻男子说话。

桂花开得正盛，一簇簇米粒般金黄的小朵在繁茂绵密的枝叶中蓬勃生长，黄绿相间，煞是好看。他不觉顿步，隐在山石后驻足静观。

“快些快些，你可接好了，别撒在篮子外面。”

悬在梯上的姑娘，抓着一大把桂花往下扔。站在树下的男子忙将手里的竹篮往前凑，将那撒下的桂花悉数接在篮中。

“宜儿，采一些便可，说好不爬树的，若是被先生瞧见，又要挨骂。”男子仰着头，目不转睛地盯着姑娘脚下。

姑娘却不以为然，转身抬手继续去摘枝头的花朵，嘴里嘟哝道：“这树总共才多高，从树顶上掉下来都不会有事。再说，我这不是架着梯子吗，哪里算得上是爬树，就算父亲看见，又能怎样？你们要不要饮桂花茶，喝桂花冬酿，吃桂花糕、桂花糖藕、桂花芋艿、桂花圆子和桂花鸡头米呀？采这么点怎么够？我还要折几枝好看的回去插瓶呢，你且等着吧。”

“可是宜儿，庭院里也有不少桂花树，触手可及，为何非要到门外来采折呢？”

“这你就不懂了。”姑娘摇一摇头，“里面那几株矮的虽采折容易，却没有门外这两棵树上的桂花香甜，无论酿酒、泡茶、还是做点心，味道可是差得远，枝条的样子也没这里的好。”

“行，那你慢慢的，扶好梯子，脚下踩稳些。”

“知道了，这话你都说几百遍了。”姑娘说着，转身复扔下一簇花，男子忙又举着篮子接了。

荀予佑怔怔望着云庐门前的两人。

那叫“宜儿”的姑娘，必定就是云宜了。真是长成大姑娘了，全不是他记忆中的模样。对，她已不复垂髫幼童，她出落得明媚清丽，如一朵粉嫩挺拔、珊珊可爱的出水芙蓉。她乌黑似瀑的头发在脑后扎成一条长辫，簪着蝴蝶形状的花胜，耳边的珍珠坠子微微晃动。肤若凝脂，唇似樱红，眉目间无忧无虑，一派神采飞扬。

那站在树下的年轻男子，便是一直伴着她、与之一起长大的祁珏了。虽着的是家常衣衫，却是丰神俊朗，仪表不俗。

“宜儿，你采了一上午累不累呢，我这脖子都快断了。”祁珏仰着头，终于忍不住道。

“你老看着我干吗，我喊你，你拿篮子过来就好了。”

“你站那么高，我不看着你怎么行，要是像上次那样……”

“放心啦，我不会再从树上摔下去的。”云宜说着，转头看一眼竹篮里已积了厚厚一层的桂花瓣，“行行，我再折几枝回去插瓶就好。”

寻寻觅觅，折下三条花满叶疏的桂枝，云宜攥在手里，步下梯来。祁珏一手提篮，一手伸去扶她。眼见得还有两级就可触地，不想手中桂枝倏忽掉落一个。云宜一惊，赶忙探手去抓，心急慌忙，脚下一滑，立时便从梯上摔下。祁珏眼疾手快，一把将她抱住，那个掉下的桂枝，堪堪落进篮子。

祁珏抱着她不撒手，望而嗔怪：“花重要，还是人重要，若是摔着了可值当？”

云宜惊魂初定，站稳了道：“都重要啊，好不容易挑着的。这高度，摔了也不碍的。倒是你，”指了指他手中竹篮，“顾着它就行了，若是撒了，才辜负我半天辛苦呢。”举起手中的桂枝放在鼻前深嗅，“真好闻，就插在你书房那个白瓷瓶里吧，黄绿白三色辉映，不晓得多好看呢，而且这香气十天半月都散不去。”

祁珏 笑点头：“是是，我那个白瓷瓶，也不知修了多少福，从年头到现在就没消停过。蜡梅、红梅、杏花、李花、桃花、梨花、栀子花……哪一样不是好看好闻的？”

“既有风物，便须有风情，还得有解风情的人才是啊。”云宜道，随即瞪他一眼，“昨儿个中秋，说好了吃过饭一起赏月的，你怎么任由我一觉睡到天亮呢？”

昨晚中秋家宴，云康高兴多喝了几杯，连带着云宜都喝了不少，饭后就有些犯晕。她和祁珏说先去躺会儿，等月至中天，叫她起来一道赏月。谁知一睁眼已是第二天清晨，哪里还有月亮的影子？

“我看你睡得香甜，就没叫你。日日良宵，年年中秋，这月何时不能赏看？”

“那可不一样。”云宜摇头，“不然还要这些节日作甚？不过……”忽而两眸放光，“十五的月亮十六圆，今晚的月色一定也不差。莫若等父亲睡了，我们把屋里的竹榻搬到庭院中，一人一个，放上靠枕，躺着歪着赏它一夜如何？”

“过了白露，一晚上待在外面会冻着的。别为赏个月还生个病，不值当，不值当。”祁珏摇头。

“不会，不会。”云宜摆手，“我们多抱两条被子出来，垫一床盖一床，哪里会冻着？榻间再置个桌子，放些月饼瓜果蜜饯的吃食，把那小茶炉也拿出来，泡上一壶碧螺春。含一个酸酸甜甜的蜜饯儿，喝一口热热的香茶，呀，这滋味……”高兴地耸耸肩，似无限满足，“我还藏了两罐糖渍的青梅和白蒲枣，脆脆甜甜的可好吃了。再剥几个大石榴，把里面的石榴籽都剥到碗里，拿勺舀着吃。”

“嗯，听起来不错。”祁珏点头，这剥石榴籽的活儿准又是他的了。

“好主意吧，我们这里不就是果子多吗？”云宜呵呵地笑，又道，“点上香，蚊虫也不会来。良夜迢迢，晚风习习，和着院子里那些桂花的香气，然后你给我讲个嫦娥和后羿的故事，美得很，美得很！”

“嫦娥和后羿？”祁珏望着她，“从小到大，这两人的故事讲多少遍了？”

“没有新的吗？”云宜挠了挠头，“那就讲嫦娥和吴刚吧。”

“他俩没啥事呀。”这回轮到祁珏挠头。

“你可以编啊。”云宜笑得前仰后合，挽住他往门里走，“反正今晚赏月，一定要尽兴，要不再去弄些梅子酒来……”

人踪已杳，笑语还留。

荀予佑立在山石后，想这才是两小无猜、青梅竹马吧。云康先前的拒绝和如今的不置可否，该是别有因由。

云庐敞开的大门就在眼前，然而他一瞬没了迈步进门的勇气，木然转身，往山下去。

回到平江侯府，他怅怅几月不曾出门。天气日渐萧瑟，隆冬时节，一年又倏忽而过。

不想年后收到云康来信，展笺观览，几番疑是梦中。等他再三确认云康要将女儿嫁之，高兴得几天不能合眼。他忙着遣人去送媒聘，又愁得不知送什么好。

他在家中翻箱倒柜，寻了一支龙凤金钗和一截李廷圭墨，皆是价值连城的御赐之物。他想金钗配美人，名墨伴行家，云宜应当会喜欢吧。

桃红柳绿，春色正盛。送过媒聘，他就想去云庐和云康商议婚娶事宜。不想复收到云康书信，言月底会遣女自来，不须劳烦。随之又附上一封给云宜的信，说等她到侯府给她看了便是。

荀予佑总觉草率，但他不敢质疑，想着或许名士风流，不拘俗世之礼。只是过几日他便要去京城述职，月底怕是赶不回来。

皇命难违，不可延误。离开之时，他将云康给云宜的那封书信交与管家，并再三交代，如果他不能及时赶回，务必把人留在府中，好生伺候。又叫车夫日日去渡头等候，就算不亲往云庐，这渡头到侯府的距离，总该派人接一接才是。

他赴京叩见皇帝，一切完毕即踏上归程，快马加鞭，夜以继日地往回赶。

待他飞马经过侯府院墙之下，听到那一声低语，立时拉了马缰，拨转马头。

官道上纵马奔驰，他赶得有些急。他骑在马上往回走，强压下气喘吁吁和内心的激流涌动，一步，两步，三步……慢慢靠近。

曙色将至，凉风拂面，吹干他额间些许细汗。

他抬头，望着那骑坐在墙上的女子，一笑道：“姑娘，好雅兴。这是看星星、看月亮，还是看日出呢？”

番外二　赤子丹心犹热肠

来南京已有数日。

用过午膳，出了宫门，薛士桢踽踽步上一道城墙，对着身后跟随的人道：“朕想独自走走。”

登基一年有余，他夙兴夜寐、宵衣旰食，终至政通人和，商旅繁茂，朝野升平。两个月前，鞑靼可汗阿里台带着诸多礼物和昔日他画的那幅图画前来朝拜。他步下丹墀，拉起阿里台呵呵一笑，说感谢可汗当年不杀之恩。阿里台大惊大喜，两人饮酒畅谈，把臂同欢。

一切都已走上正轨，他才有时间来这南京城看看。此地原是旧都，宫殿楼台、城墙逶迤，景物依然。

太子荀淳煦亡故，宫城便已关闭。他踏入宫门的那一刻，只觉时空倒错，人世虚幻。月亮升起来，照得那些玉楼瑶殿影影绰绰，“山围故国周遭在，潮打空城寂寞回”，他忽然想去石头城看看。

立秋虽过，午后的阳光却依旧猛烈，他沿着城墙走到石头城上已汗湿重衣。这石头城依山而建，面对长江，崖壁如削。烈日当空，照得他有些睁不开眼，他站了须臾，转身往旁侧的林子里去。

才进得林子，就觉一阵凉意。此处树高叶茂，绿荫蔽日，乃是避暑佳处，难怪得名“清凉”。他拣了张石凳坐下，山风迎面，片刻汗意全收。

他坐了半晌，探手入怀，取出一串佛珠，摩挲之下怔怔端详。风吹枝叶，沙沙作响，他看着眼前几不离身的物什，往事秘辛，一一浮起。

他自有记忆始，便喜欢趴在那张脊背上。

脊背并不宽厚，甚至还有些孱弱，却令他感觉温暖舒适。他时而侧着脸颊，时而抵着下巴，将小手紧紧圈住脊背主人的颈项，不一会儿便能在上面熟睡过去。

他管那脊背的主人叫“哥”，哥比他大十二三岁，他们相依为命。

虽然家徒四壁，他却并不觉得日子有多难过，因为哥总有法子让他高兴。几片芦苇叶子，须臾就能变成蜻蜓、蝴蝶、蝈蝈等活灵活现的小动物，成为他爱不释手的玩具。寒风四灌、屋漏偏逢连夜雨的晚上，哥将他紧搂在怀，给他讲故事、哼小曲，他便又在这轻声缓语里酣然睡去。没有大鱼大肉，哥也能做出美味的吃食，让他一饱口福。

有时哥会从湖里捞几条小鱼，挖一截莲藕，又将山上砍下的柴换了面粉和一块夹杂着些许瘦肉的肥肉回来。他巴巴地挪了凳子坐在灶边，看着那几条小鱼被熬成一锅浓稠的鲜汤。哥把莲藕切成片，又将剔出的瘦肉剁碎塞入藕片的小孔，往面粉糊中滚几滚，放进用肥肉熬出的油里炸成金黄色。热腾腾，香喷喷，拿起来咬一口，嗯……怎么可以这么好吃！藕丝断续，粘上鼻子，酥酥痒痒，他张着小嘴咯咯地笑，哥在一旁望着他笑。

复喝下一碗鱼汤，真是鲜掉眉毛。他问哥为什么不吃，哥说看他吃比自己吃高兴。

他又长大了几岁，觉得可以帮着哥去山里砍柴的时候，哥却执意将他送进了学堂。哥说他姓薛，先生给他起名“士桢”。士，就是读书人，桢，有栋梁之意。

为了供他读书，哥更是辛劳，每天天不亮就出了家门，待他放学归来仍不见踪影。直到天色黝黑，他才看见哥背了座几乎要将他压垮的“柴山”，蹒跚着脚步挨到门前，脸上汗津津地沾满尘土。

他于是每天放学也去山里砍柴、采蘑菇、挖土豆、挑野菜。他想减轻点哥的负担，他还有个更大的愿望，就是攒起银钱给哥娶媳妇。哥已经二十出头，也该有个媳妇了。

哥知道后，红着脸笑得有些无奈，说自己并不需要媳妇。所有的活计都不要他来干，他只需把书读好就成。

他说先生教了四书五经，《礼记》上说“饮食男女，人之大欲存焉”，孟子曰“不孝有三，无后为大”。男人怎会不需要媳妇？夫妇和乐，再生几个小娃娃，一大家子在一起有多热闹开心。即使现在不需要，难道以后也不需要？

哥愣了会儿神，说这辈子都不需要。他梗着脖子道，那他也不要，和哥相依为命就是。

哥摇头说不行，哥说他们不一样。

有什么不一样？

他想哥定是为了他辛苦奔忙，委屈了自己。他决心更加努力地读书，以后多挣银两，给哥盖间不透风不漏雨的新屋子，娶个漂亮贤惠的新娘子。

他怀揣梦想雪窗萤火日夜苦读，却没有实现它的一天。

他长成十六岁的翩翩少年时，哥差一岁便到而立之年。可就在那一年，哥突然病倒了，请了大夫来看，吃了药也不见好转。家中可供开销的银钱已捉襟见肘，他瞧着躺在床上日益消瘦、目中神采全无的人，急得直欲落泪。

一日，哥拉着他的手看他许久，让他去柜子后面的墙角取一样东西。他依言挪开柜子，从一块没有砌死的墙砖里掏出个布袋。

他拂了布袋上的尘土，双手奉到床前。哥颤抖着手解开袋子的绳结，拿出里面的物什放在他掌上。他定睛细看，乃是一串一百〇八颗的佛珠，羊脂白玉的母珠硕大光洁，翡翠的隔珠鲜绿欲滴，红珊瑚的弟子珠上有赤金的云纹结。

他瞧着手中散发阵阵奇香的珠串目瞪口呆，想家里怎会有如此贵重稀罕之物。

他兀自惊讶，但听床上的人道："你喊了我这么多年哥，我便此时去了，也是值了，殿下。"

他有一瞬怀疑床上的人已神志不清，却见那毫无生气的面颊泛起一丝红晕。

"殿下，我不是你哥。我姓吴，叫大宝。你是主，我是奴。"

他吃惊地半张了嘴，想自己到底是谁？

"你是先帝在民间的儿子，你母亲姓薛，我那时还是小姐身边的一个小厮。小姐笃佛，生性温和，这交趾国进贡的白奇楠沉香佛珠，是她有了身孕后先帝所赐，祈盼她能平安生产。"吴大宝指着那串佛珠道，随即摇头叹息，"谁知先帝刚去世，殿下还没落地，皇宫里的刘妃就派人来追杀小姐。小姐受了惊吓，更兼心头悲痛动了胎气，早产诞下殿下没几个时辰就薨逝了。临去之时，身边只我一人。她把这沉香佛珠挂在你脖间，将你交到我手里。殿下那时真是又小又轻，我抱你在手却觉重如千钧。我忘不了小姐最后看我的眼神，彼时我尚不满十三岁，虽然害怕慌张，但决意哪怕拼掉自己的性命，也要保护你，养活你……"

“哥……”薛士桢伏在床头痛哭失声。

吴大宝颤手抚上他头顶：“你还能叫我一声哥，我死也瞑目了。”

“不，哥，你别死，我不要你死。”薛士桢猛然抬头，停了哭泣，看了眼手中的佛珠，立起身来要走。

“干什么去？”吴大宝急道。

“这珠串定然贵重，当了也好，卖了也罢，换了钱给你治病。”

“不行，不可以……”吴大宝急得岔了气，猛地咳嗽起来，薛士桢忙去拍他的后背，被他一把抱住道，“这是先帝和小姐留给殿下唯一的东西了。”

“东西再珍贵，也没有人命重要啊！”薛士桢道，“没有你，哪来如今的我呢？”

这么多年，自己的衣食温饱和无忧无虑，都靠眼前之人竭尽全力而来。他的岁月静好，是建立在另一个不堪重负的生命上的呀。

吴大宝喘匀一口气，摇头道：“这是宫中御用，你拿去换钱，若被人知晓，定有杀身之祸。殿下是想叫我这么多年的辛苦都白费吗？”他睁大眼睛，望着面前的人，“你要是去，我不如即刻死了。”

薛士桢哭倒在他怀中，他像儿时那样揽着他说：“殿下莫哭，人各有命，死生天定。”

“不要这样叫我，不要这样叫我。你是我哥，我是你弟。”薛士桢呜呜地哭。

他攥着佛珠日夜祈祷，吴大宝依然在不久之后离开人世。

触目伤情，他无法继续待在那间两人相依为命十几年的破屋，从此浪迹天涯，行踪不定。

他来到明月寺的时候，是一个月明之夜。

那一晚月色极好，月光斜照进烛火摇摇、阔大空寂的佛殿，亮堂堂的感觉。

他独自一人跪在那亮堂里，看着投射在地的身影，有些茫然。这几年，他去的最多的地方是寺庙，或许为了那个近乎缥缈的希望。

他想起吴大宝，难过得要落下泪来。他从怀里取出那串佛珠，紧握在胸前。

清香袅袅，沁入肺腑。他不禁深吸了一口气，便觉那丝丝缕缕、缭绕不休的香味中慢慢有了醴酪的甘甜、花朵的芬芳和薄荷的清凉，令他昏沉的头脑逐渐清晰，起伏的情绪趋于平和。只要他悲伤沮丧难过之时，这白奇楠沉香佛珠就是一剂清心凝神的良药。

他一颗颗默数着手里的佛珠，万念渐息，如入澄明。

“施主……”殿上忽有人声。

手中的珠串不由一紧，他站起回头，见那一片明灭交错中立了一人，僧袍及履，飘然不俗。

“师父是在唤我吗？”他道。

和尚点头，缓步走近。待薛士桢看清他面容，不由得心头一颤。是在哪里见过，抑或前世记忆，莫名的亲近与熟稔。

他正自恍惚，只听那和尚道：“贫僧闻香而来，施主手中之物可否容我一观？”

他倏忽回神，想自己手中的那串白奇楠沉香佛珠确非凡品，初起香气清幽，慢慢愈加浓郁，随风而散，可达十丈开外。吴大宝弥留之时，一再叮嘱切不可以示人。此际，他却毫无警觉，极自然地将珠串递将过去。

和尚伸手接过，怔怔相望，轻轻摩挲，良久，道，“贫僧冒昧，敢问施主何来此物？”

薛士桢把吴大宝的话抛在了九霄云外，讷讷而言：“父母遗留之物。”

“请问施主贵姓？”

“我随母亲姓薛。”

和尚身躯微震，眸中渐是晶莹，嗓音发颤道：“好，姓薛好。”

“师父，适才你说闻香而来，想必识得这珠串，莫非你……”

“哦，不。”和尚即时打断了他的话，将佛珠递还，“此本佛门之物，我与它有一面之缘。夜深露冷，你早些回家去吧。”

薛士桢握着那珠串，泪意涌上：“孤身一人，无以为家。”

和尚闻言，神色潸然，忽而伸出手去，拉住他道：“施主若不嫌弃，且往我房中喝一杯茶如何？”

时已初冬，薛士桢在殿中跪了半夜，早就手脚冰凉。此时被握住了手，只觉一股暖热注入掌心，如受催眠，茫茫然跟随而去。

走出殿外，但见玉宇无尘，朗月在天，树影斑驳，微动轻摇。又闻寒蛩残鸣，唧唧声响，时断时续，更增静谧。

穿屋绕廊，幽深曲折，两人终于在一间厢房前停下。和尚推开门，引了薛士桢进去，随手将门关上。

屋中一灯如豆，陈设虽简，却极干净整洁。南向一处落地花窗向外开启，一张美人靠临着一片水塘，塘中枯荷挺立，静沐月光。

和尚招呼他坐，往茶炉中添了茶叶和水，点火煮茗。不一会儿，茶水翻滚，腾腾冒出热气。

薛士桢接过递来的清茶，只觉手心暖热，喝一口，更觉齿颊盈香，滋润肺腑。

和尚又从书架的格子里拿出一盒素饼，放到他跟前，说："垫垫肚子。"

冬日不眠的深夜，最易饥肠辘辘，虽热茶好饮，则恐越喝越饿。

南瓜馅的素饼甜而不腻，入口即化。薛士桢吃下两块，和尚目光柔和地看着他，复往他杯中续了茶。

薛士桢低头慢饮，只觉茶味愈浓，茶香更甚，身心俱暖。

"公子深夜跪在佛殿之上，所求何来？"和尚忽而轻声问道，称呼也变了。

薛士桢却没注意，也不知该怎么答，半晌抬眸，望着他终是开口："我……想见一见我的父亲。"

和尚默然，垂了眼睑，良久低语："凡所有相，皆是虚妄。公子何必执着？"

"那师父能否做到无所住而生其心呢？"

和尚不答，须臾道："你只有这一个愿望吗？"

"我还愿天下苍生不逢离乱，天伦得聚，手足相亲。我愿尽己之力，使百姓安乐，海晏河清。"想起吴大宝，薛士桢一字一句地说。

和尚灼灼而视："何不独善其身？"

"穷则独善其身，达则兼济天下。先贤圣人早有名训。"

"若是这条路布满荆棘，更或充满血腥呢？"

"杀身成仁，又有何妨？"

"你……当真是这样想的吗？"和尚仰起头来，努力不使那一片水泽滑出眼眶，"竟不知是你错了，还是我错了。"室中静寂，他吸了下鼻子，低头吹灭了桌上的油灯，道，"今日十五，公子来与贫僧一同赏一赏这轮明月吧。"

步出落地花窗，临着池塘仰首苍穹，冬月清冷，和尚站在那一片清冷中身形寂寥。

薛士桢取了搭在椅背上的披风，走到他身后，默默替他披上。

“‘灭烛怜光满，披衣觉露滋’‘但愿人长久，千里共婵娟’，多好的诗句啊。”和尚转过身，对着薛士桢目中晶莹，“将你那佛珠，再与我一看。”

薛士桢依言递过，他接了细看。

薛士桢抬头望了眼悬在深蓝天幕亮白皎洁的圆月，突然有种想拥抱面前人的冲动，但终究没有造次，扶着和尚在美人靠上坐了，慢慢跪下身去，枕着他膝头，在愈渐冷冽的空气里感受些微热度。

和尚愣了会儿神，脱下披风，盖在他身上，伸手抚其顶项，道：“累了就睡会儿吧，孩子。”

更深漏残，夜风冷冷。披风之下，却是温暖。

薛士桢一瞬松弛，沉沉睡去。

薛士桢醒来时天已大亮，阳光暖融融照在背上，他猛一抬身，披风滑落于地。进屋四顾，空空荡荡，人影全无，桌上放着那串佛珠，底下压着一张纸。他拿起观看，只有寥寥三句：“只恐琼楼玉宇，高处不胜寒，何似在人间。”

他放下纸笺，打开房门，寺内寺外地寻找，不见和尚踪影。四下问询，皆是摇头。他颓然返回屋子，抓着那披风和佛珠细细摩挲。昨夜历历，却仿若梦境，恍惚不知真假。

他想追寻而去，唯叹四海茫茫，人踪难定。于是他便在明月寺住下，干些抄经砍柴挑水洒扫的活儿，想若一日和尚归来，他们还能相遇。

他努力回想那一晚种种景象，回想那和尚的神态举止，只恐记忆随着岁月模糊。他想他要将这一切画下，以便温故在心。

可他不谙丹青，所以他去云庐请求云康教授画技。云康见他诚恳，答应收他为徒，知他孤寓寺庙，又时时以衣食相济。他感动之余，常往云庐干些粗重活计。云康说无须如此，他依旧乐此不疲。他进师门不早，多被唤作“师弟”，云宜和祁珏则依年龄，尊他一声“师兄”。明月寺里的那些和尚，与他亦渐熟稔。他不再孤独寂寞，他喜欢这犹如一家、其乐融融的感觉。

他第一次见到荀予佑是替云康传信，四目相对，只觉眼前一亮。荀予佑实有龙凤之姿，而更让他讶异的是，自己与他仿佛知交好友，倾盖如故，一面相投。第二次见荀予佑则是陪云宜去“兴师问罪”。住在平江侯府，他对这位天子宠臣、年轻王侯有了更深的了解，渐是惺惺相惜。

荀瞻濠谋逆，他自告奋勇不辞辛劳出使蒙古，刀剑汤镬之前面不改色，又将所有美好祝愿与希冀汇于一幅丹青。他与诸汗歃血为盟，应下王族贵女嫁皇帝陛下为妃的条件。他想后宫佳丽三千，以此固邦交安定，该是好事。

云康被荀瞻濠抓为人质，他不忍见云宜伤心，亦不愿荀予佑冒险。云宜常说他与荀予佑相像，荀予佑说未曾与荀瞻濠谋面，他于是身替以赴，将生死置之度外。

洪都城楼，曼珠的变色证实吴大宝所言非虚。荀瞻濠惊讶于他的身份的同时，他亦惊讶于荀予佑的身份。

原来如此，一切疑惑迎刃而解。

荀瞻治崩逝，荀予佑理所当然成为继任者。可是这位即将步上丹墀、端坐龙椅的年轻帝王，身形寂寥，心头郁郁。

他看见荀予佑醉后失态，看见他怅然落寞的背影，看见他频频举盏回溯往事踉跄脚步的自言自语，看见他执杯跌坐在地的泪流满面。

他知道云宜对荀予佑而言，比天下更重要。可身为君王，又不能将个人情感凌驾于家国万民之上。这是荀予佑必须做的牺牲与割舍，然而荀予佑实实舍不得。

他不知如何去安慰，只得用力搀扶起荀予佑，却被他拉住了问洪都城楼红色的曼珠为何会变成白色。

他刹那怔愣，原来荀予佑早已知晓。他记得吴大宝说他的身份绝对不能让人知道，尤其是当今皇帝。

他默然将荀予佑扶坐于榻，听他躺倒下去兀自拉着他的手呓语："交给你我才放心……"

他守在榻边一夜，心中涛起浪涌，难以平静。他想着原本快乐不知忧愁为何物的云宜，她之所以欲孤身远离，该是哀莫大于心死。他能想见荀予佑的悲伤，这一生心心念念，不过一人而已。自己越权应下的条件，生生剥夺了两个好不容易走到一起的人的幸福和快乐。他想起那一晚明月寺中所遇，想起那些对话与留在桌上的纸笺。

林子里的风越来越大，他蓦然回神，看着被他攥在手中摩挲得发热的沉香佛珠。

艳阳收去热度，天色渐暗，这一个午后的恍惚，好似半生漫长。

他走出林子，复漫步到石头城上，从金乌西坠立到玉兔东升。

城下便是亘古奔流的长江，浪潮涌动，江水拍打着石壁发出声响。月亮越升越高，从最初的昏黄硕大，变得小而白亮。

今晚也是一轮满月，此时此刻，谁正与他千里共婵娟呢？

他仰首静静相望，见月中阴影重重。高处不胜寒，如果他要永久待在这清冷幽闭的琼楼玉宇俯视人间，那他就愿缘起不灭，有情人终成眷属；愿天伦得聚，岁丰稔万民安乐；愿河清海晏，太平年盛世长远。

冷冷夜风中，他慢慢步下城墙，向着迎候他的一片灯火走去。

番外三　翠雀花开

三月的草原冰雪开始融化，点点绿意争先恐后破土而出，虽然风里还满是寒意，但春天的脚步已经临近。

驼铃叮当，车马辚辚，一支送亲的队伍朝着东南方向逶迤前行。华丽的马车中坐着年轻的新娘，低首若有所思，红珊瑚和绿松石的珠串垂在她帽子的两侧，随着马车的晃动碰撞出清脆好听的声音。

她抬起头，掀开帘子，望一眼窗外的风景。阳光照在她粉嫩绯红的脸颊，泛出晶莹剔透的光芒。她牵动起嘴角，漾出一个微笑，仿佛春花绽放。

千里奔赴，在这春花般的年华，她要做最温柔漂亮的新娘。而新郎，正是她心心念念、朝思暮想的情郎。

一想到荀予佑，萨莉亚放下车帘，双手捂住了渐渐发热的脸庞。

自从选取王族贵女嫁与汉人皇帝为妃的消息在草原上传开，瓦剌国内便掀起阵阵波澜，让马哈木欢头痛不已。

这是政治使命多过情感爱恋的婚姻，当然不能随随便便送一个女人去。而且对此尊荣，瓦剌的王族贵女们非但没有你争我抢，反倒你推我让，避之不及。

没人愿意去。

草原多好啊，蓝天白云，辽阔美丽。如果有烦心事，骑上马往外面跑上几圈，撒个欢儿，吹一吹夹杂着青草味和各种野花香的风，保管烟消云散了去。汉人的皇宫虽然大，可除了屋子还是屋子，一道道门紧闭着，叫人呼吸都不畅快。每天看见的天空，只庭院和过道上的那块。一群年轻漂亮的女人，对着个多半并不年轻的男人，见面说话也犯难。

草原上则多的是帅气英勇的小伙儿，遇上了唱首歌跳支舞，相爱就开开心心在一起，不爱就爽爽快快分开。听说那汉人皇帝已经五十岁的年纪，比自己的阿爸还老，嫁这样的男人，有什么意思呢？

荣华富贵，哪有广阔自由的天地来得稀罕。何况，王族贵女本不缺荣华富贵，干吗要舍弃这自由自在，远离父母家园，去到那千里之外的禁锢之所？

马哈木欢着实头痛，转身看一眼正追着黄犬蹒跚学步的女儿，更是叹息。

荀瞻治驾崩的消息传来，马哈木欢竟不由得长吁了一口气。可他怎么也想不到，继任者竟是荀予佑。原来当年姑姑爱着的人是一位皇子，他们的孩子如今成了至高无上的皇帝。

马哈木欢喜出望外。如此，这一场联姻，不上心不行。

他正自思想，帐门突然被掀开，萨莉亚如疾风扑面飞奔到他跟前。

“我、我、我……去，我去，我去……”她跑得上气不接下气，一把抓住了他的肩膀使劲摇晃。

“你去干什么？”

“联姻啊，我，我要嫁汉人皇帝为妃。”

前阵子连人影都不见，今天倒是很积极。马哈木欢望着这个姨母家的小表妹，一笑说：“你虽是贵女，却并非王族，联姻的差事怕是还轮不到你。”

“我额吉和你额吉可是亲姐妹。”萨莉亚瞪着眼道。

“那你也非公主、郡主。”

“这还不是你一句话的事儿。”萨莉亚抓住他的手不放，“欢哥哥，我求求你，这差事你一定要派给我。”

“也不一定是什么好差事，你可要想仔细。”

“仔细仔细。”萨莉亚使劲点头，“你知道我一直都想着他，念着他，我想和他在一起。”

“他，他是谁？”

“哎呀，欢哥哥，我心里有谁你还没数吗？以前你教过我一个汉人的成语，叫什么……‘成人之美’。你、你就让我‘美’一回吧。”

“消息倒是挺灵通。”马哈木欢注视着眼前熠熠生辉的双眸，郑重道，“你阿爸、额吉舍得吗？”

自然是舍不得。

阿爸好几天不说话，额吉动不动就抹眼泪。

额吉说："孩子，咱能不去那么远的地方吗？草原上有这么多好小伙儿，你想嫁谁都行。"

"可我就想嫁给他。"萨莉亚抱着额吉晃了晃。

额吉很是忧愁："他会有很多女人，怎么能一心一意对你？"

"我可以一心一意对他。"萨莉亚想一想说，"额吉，你不要担心，他收下了我的贝尔其其格。"

是的，贝尔其其格，那有着长长花矩，如蓝色鸟雀的小花。她曾将它插在荀予佑的马鞍上，他当着她的面收下珍藏，那么他就一定会娶她，一定会好好待她。

只要一想到马上能见着荀予佑，萨莉亚便高兴地要笑出声来。嗯，她要成为他的新娘。她要和他一起吃饭喝酒骑马，看他好看的眉眼、挺拔的身姿和俊逸疏朗的模样。她要靠上他的肩头，在他耳边低语，感受他的温度和气息。她要与他同榻共枕，连床夜话，不尽缠绵。她要给他生许多孩子，围绕身边，如鸟雀般欢乐蹦跳，叽叽喳喳。

就算她不能和他天天在一起，就算她只是他诸多女人中的一个，她也期盼能成为他的妃子。

为此，她不惜远离父母家园，去到那遥远的陌生之地。哪怕从此不能骑着骏马飞驰于广阔的草原，不能看见绚丽的野花一路开到天边，不能望见展翅的雄鹰在空中盘旋。她会陪伴他左右，倾心以待，竭尽温柔。她会用她的聪明才智，为他排忧解难。她会努力学习汉人的文化，与他有更多的共同语言。

总之，她愿意为他奉献自己的一切。

马哈木欢封萨莉亚为德宁郡主，派遣送亲使团护卫她去到京城，接受其"宁妃"的册封。在他看来，这场政治联姻，萨莉亚不啻为合适人选——年轻健美的瓦剌贵女，既懂汉人文化，又和荀予佑曾经相处，互存了解。身为双方的亲戚，他希望这个关乎邦交的婚姻，能兼有情感的默契与美好。

呼喝声中，马行渐止，在即将走出草原的时刻，逶迤绵长的送亲队伍终于停下来休息。

萨莉亚步下马车，迎风而立，举目远眺尚是银白的大地。过不了多久，这银白之上就会冒出更多星星点点的绿意。再过不了多久，便会满目葱茏，翻卷起绿色的波浪。到那时，蓝色的翠雀花会在这绿色的波浪里如火如荼地盛开，像一只只快乐的小鸟，于飘着朵朵白云的碧空，振翅低翔。

那时候，她正身穿丽服，头戴珠冠，笑靥如花，一步步走到曾经收下她翠雀花的男人面前。

他一定会张开双臂，微笑着拥她入怀。

2021 年 12 月 初稿 于上海

2023 年 12 月 定稿 于上海